Sie sind ein Herz und eine Seele – die eineiigen Zwillinge Lucas und Landon Abbott. Doch dann taucht Amanda in dem kleinen Städtchen Butler auf, und plötzlich interessieren sich beide für die coole New Yorkerin. Nach einem ersten Date mit ihr ist Lucas begeistert. Dummerweise scheint sein Zwilling Landon genau das Gleiche zu fühlen. Lucas ist nicht nur eifersüchtig, sondern zum ersten Mal wütend auf seinen Bruder. Kurz entschlossen fährt er für drei Tage in ein Ferienhaus in den Bergen. Doch statt den Kopf frei zu bekommen und Ski zu fahren, taucht das Schicksal in Form einer wunderschönen jungen Frau und ihres Babys auf: Dani ist mit ihrer vier Monate alten Tochter ebenfalls auf dem Weg in die Berge. Doch während eines Sturms kommt ihr Auto von der Straße ab. Lucas sieht den Unfall und hilft Dani. Da springt der Funke über: Lucas kann nicht fassen, wie schnell er sich für Dani interessiert und wie rasch er Amanda vergisst, und auch Dani fühlt sich von Anfang an fast unwiderstehlich zu Lucas hingezogen. Die beiden kommen sich näher – doch kann aus der zarten Verbindung wirklich etwas Ernstes entstehen?

Als Marie Force Urlaub in Vermont, USA, machte, spürte sie sofort, dass diese wunderschöne, unberührte Landschaft die perfekte Kulisse für unwiderstehlichen Lesestoff bietet. Auf der Suche nach Souvenirs entdeckte sie in einer idyllischen Kleinstadt den Green Mountain Country Store und lernte dessen Besitzer kennen: eine moderne und sympathische Familie, die mit großer Freude heimische Produkte verkauft. Und schon sah Marie Force das Setting für die Romane vor sich. Fehlt nur noch die Liebe ... aber die findet sich in Butler, dem fiktiven Städtchen in dieser Serie, zum Glück an jeder Ecke.
Marie Force lebt mit ihrer Familie in Rhode Island, USA, sie ist New-York-Times- sowie SPIEGEL-Bestsellerautorin, und allein in den USA verkauften sich ihre Bücher über 4 Millionen Mal.

Weitere Informationen finden Sie auf www.fischerverlage.de

Marie Force

MEIN GLÜCK MIT DIR

Lost in Love
Die Green-Mountain-Serie 10

*Aus dem Amerikanischen
von Lena Kraus*

FISCHER Taschenbuch

Aus Verantwortung für die Umwelt hat sich der S. Fischer Verlag zu einer nachhaltigen Buchproduktion verpflichtet. Der bewusste Umgang mit unseren Ressourcen, der Schutz unseres Klimas und der Natur gehören zu unseren obersten Unternehmenszielen.

Gemeinsam mit unseren Partnern und Lieferanten setzen wir uns für eine klimaneutrale Buchproduktion ein, die den Erwerb von Klimazertifikaten zur Kompensation des CO_2-Ausstoßes einschließt.

Weitere Informationen finden Sie unter:
www.klimaneutralerverlag.de

MIX
Papier aus verantwortungsvollen Quellen
FSC® C014496

Deutsche Erstausgabe
Erschienen bei FISCHER Taschenbuch
Frankfurt am Main, Dezember 2020

Die Originalausgabe erschien unter dem Titel
>Till There Was You: The Butler, Vermont Series, Book IV<

Satz: Pinkuin Satz und Datentechnik, Berlin
Druck und Bindung: GGP Media GmbH, Pößneck
Printed in Germany
ISBN 978-3-596-70409-5

1

Im Leben geht es nicht darum, sich zu finden.
Im Leben geht es darum, sich selbst zu erschaffen.
George Bernard Shaw

Es hatte genau siebenundzwanzig Jahre gedauert, bis Lucas Abbott sich zum ersten Mal wünschte, er wäre nicht als Zwilling geboren worden. Sonst liebte er es, die Hälfte der beiden jüngsten Abbott-Brüder zu sein, die Fröhlichkeit und gute Laune verbreiteten, wohin sie auch gingen.

Aber jetzt? Jetzt war er sauer auf seinen Doppelgänger, sauer auf jede nur denkbare Art und Weise. Lucas und Landon sahen so völlig gleich aus, dass selbst ihre eigenen Geschwister sie regelmäßig verwechselten, und sie hatten auch exakt dieselben Interessen. Sie hatten denselben Freundeskreis, denselben Tagesablauf, dasselbe Leben, und dazu gehörte auch, wie Lucas jetzt zu seiner Verzweiflung feststellen musste, der gleiche Geschmack, was Frauen anging.

Er hatte gehört, wie Landon von seinem Date mit Amanda Pressley gesprochen hatte, der Frau, mit der Lucas zwei Abende zuvor aus gewesen war.

Es war das beste erste Date gewesen, das er je gehabt hatte, aber dann hatte er mitbekommen, wie Landon ihrem

Bruder Will genau dasselbe erzählt hatte. Als er das hörte, löste sich die Euphorie, die ihn seit seinem Date erfasst hatte, in Luft auf wie Wasserdampf in der Kälte.

Heute Abend würde sich die komplette Abbott-Familie in der Scheune, wo alle zehn Geschwister aufgewachsen waren, treffen, um seinen und Landons Geburtstag zu feiern, und er würde so tun müssen, als sei alles in Ordnung. Man würde ihn und den Menschen feiern, mit dem er gerade am allerwenigsten Zeit verbringen wollte. Alleine das war eine komplett neue Situation, denn normalerweise waren Landon und er »wie Pech und Schwefel«. So beschrieb es zumindest ihr Großvater.

Lucas trat aus der Dusche im Dachgeschoss der Scheune, die zu der von Landon geleiteten Weihnachtsbaumplantage der Familie gehörte. Landon hatte hier nicht einziehen wollen, also hatte er ihm den Vorrang gelassen und sich selbst eine Wohnung am Rand von Butler, ihrem Heimatstädtchen, gesucht. Eine Zeitlang hatten sie sogar darüber nachgedacht, sich die Wohnung zu teilen.

Gott sei Dank hatten sie das nicht getan, denn wenn es so wäre, würde er genau jetzt seine Koffer packen.

Er betrachtete sein Spiegelbild, und der Mann, den er sah, hatte sich verändert. Vielleicht lag es an seinem Geburtstag, vielleicht daran, dass er zum ersten Mal einer Frau begegnet war, die ihn wirklich interessierte. Er war sich nicht sicher, aber irgendetwas war definitiv anders. Er hatte sich den Bart, den er sonst den Winter über wachsen ließ, abrasiert, weil er gedacht hatte, dass er Amanda so besser gefallen würde. Jetzt ließ er ihn wieder wachsen, was glücklicherweise sehr schnell ging. Er wollte auf keinen Fall mit Landon verwechselt werden.

Die ganze Situation machte ihn angespannt und unausgeglichen. Er schlüpfte in sein gewohntes Winteroutfit – Thermo-Unterwäsche, ein Flanellhemd, eine Jeans und gefütterte Stiefel –, bevor er hinaus in die gefrorene Tundra trat und sich auf den Weg zu seiner Familie machte. Er hätte irgendeine Krankheit erfinden sollen, um dem alljährlichen Pizza- und Geburtstagskuchenessen zu entgehen, aber genau wie alle seine Geschwister erfreute sich Lucas einer außergewöhnlich guten Gesundheit. Niemand hätte ihm geglaubt, wenn er gesagt hätte, dass er krank sei.

Und weil das Letzte, was er wollte, war, dass seine Familie ihn mit Fragen löcherte, stieg er in seinen Truck und nahm den kürzesten Weg durch die Stadt. In der Elm Street fuhr er am Green Mountain Country Store der Familie zu seiner Rechten und dem Diner seiner Schwägerin Megan zu seiner Linken vorbei. Wenn man es genau nahm, gehörte der Diner seinem Großvater Elmer, aber Megan war diejenige, die den Laden schmiss.

Als Lucas die überdachte Brücke erreichte, die man überquerte, bevor man auf dem Weg zur Abbott-Scheune in die Hells Peak Road abbiegen musste, trat er hart auf die Bremse. Gerade noch rechtzeitig kam sein Truck zum Stehen, sonst wäre er mit Fred, dem Stadtelch, zusammengestoßen. Wie immer stand Fred seelenruhig mitten auf der Straße.

Lucas drückte auf die Hupe.

Fred schaute sich verstört zu ihm um, bewegte sich aber nicht vom Fleck.

»Na toll.« Lucas zog die Handbremse an und lehnte sich zurück. Er musste sich wohl damit abfinden, zu spät zu seiner eigenen Geburtstagsfeier zu kommen. Er wünschte, er wäre in seiner Werkstatt und könnte sich in der Holzarbeit verlieren, die seine Seele nährte, vor allem in Zeiten wie diesen, wo seine Seele das besonders nötig hatte. Streit mit jemandem aus seiner Familie war einfach das Schlimmste. Streit mit Landon zu haben machte ihn völlig fertig.

In einer Familie mit zehn Kindern gab es immer wieder Meinungsverschiedenheiten, und ab und zu auch echte Prügeleien. Aber er hatte noch kein einziges Mal wirklich Streit mit Landon gehabt, der während der siebenundzwanzig Jahre, die sie gemeinsam verbracht hatten, immer sein bester Freund und Verbündeter gewesen war.

Bis Amanda in die Stadt kam und sie beide beschlossen, sie zum Essen einzuladen. Sie hatte beide Einladungen angenommen. Niemand nahm ihn und Landon ernst, warum also hätte ausgerechnet sie das tun sollen? Vor allem nach dem, wie sie sich benommen hatten, während sie das Sexspielzeug erklärte, das von nun an im Geschäft ihrer Eltern zu haben sein würde.

Im Nachhinein waren Lucas die Fragen, die sie Amanda gestellt hatten, peinlich. Es war fast so, als könnten sie nicht anders; andererseits gibt es wohl kaum jemanden, der sich in einem Raum voller Sexspielzeug und Familienmitglieder zu benehmen weiß. Amanda war so professionell mit ihnen umgegangen, dass er sich sicher war, dass sie es nicht zum ersten Mal mit unreifen Kommentaren zu tun gehabt hatte. In ihrem Job traf sie wahrscheinlich ständig auf Typen wie ihn und Landon, die das Ganze höchst amüsant fanden.

Wahrscheinlich fand sie sie beide bescheuert und hatte sich nur aus Gutmütigkeit auf die Dates eingelassen. Ihre Firma hatte mit ihrer Familie ein wichtiges Geschäft abgeschlossen, also war sie nett – und professionell.

Der Gedanke machte ihn wütend und traurig zugleich. Wenn Landon sie nicht zur gleichen Zeit wie er gefragt hätte, hätten sie nun nicht das Problem, dass sie mit derselben Frau ausgingen. Es war einfach lächerlich, jetzt, wo er richtig darüber nachdachte. Keiner von ihnen hatte sich je besonders viel Mühe geben müssen, um Aufmerksamkeit von Frauen zu bekommen. Genau genommen bekamen sie ständig mehr Aufmerksamkeit, als sie wollten. Warum also musste Landon jetzt, wo es zum ersten Mal wirklich darauf ankam, derselben Frau schöne Augen machen?

Seine Wut auf Landon sorgte dafür, dass Lucas sich ganz krank fühlte. Es widerstrebte jedem einzelnen seiner natürlichen Impulse, seinem Zwilling so aus dem Weg zu gehen, wie er das heute schon den ganzen Tag über getan hatte. Sie waren ihr Leben lang beste Freunde gewesen. Selbst wenn die anderen Geschwister sich anfauchten, hatten Landon und er darübergestanden. Klar, sie hatten auch mal Streit mit den anderen Geschwistern gehabt, aber nie untereinander. Hunter und Hannah, den ältesten Abbott-Geschwistern, die auch Zwillinge waren, ging es nicht anders. Sie waren beste Freunde.

Der Gedanke, dass er diese Verbindung zu Landon verlieren könnte, tat weh, vor allem, weil sie so viel Zeit miteinander verbrachten. Sie waren zusammen bei der Feuerwehr im Einsatz, fuhren zusammen Ski, kletterten, wanderten und gingen allen möglichen anderen Outdoor-Sportarten nach, wenn es sich ergab – immer zusammen.

Und wenn er sich entscheiden müsste, Landon oder Amanda …

Er schnaubte durch die Nase. Natürlich war ihm sein Bruder wichtiger als eine Frau, die er gerade erst kennengelernt hatte, aber das Ganze war wirklich ein fieses Dilemma.

Als könnte er Lucas' Gedanken lesen, stieß Fred ein lautes Muhen aus.

Lucas drückte wieder auf die Hupe und hoffte, dass er Fred diesmal überzeugen konnte, zur Seite zu gehen. Aber Fred hatte keine Angst vor Autos – oder vor überhaupt irgendetwas, wenn man es genau nahm, außer vor Hannah. Sie konnte auf eine Art und Weise mit dem Elch umgehen, die ihren Mann, Nolan, fast um den Verstand brachte. Er hatte Angst, dass der riesige Elch, dem Hannah alle möglichen Kosenamen verlieh, die zierliche Frau einfach plattwalzen würde.

Lucas probierte es mit der Sirene, die für Notfälle an

seinem Truck angebracht war, aber Fred starrte ihn nur verächtlich an, als wollte er sagen: »Mehr hast du nicht drauf?«

Über Fred nachzudenken war deutlich einfacher, als sich zu fragen, was er wegen seinem Bruder und Amanda unternehmen sollte.

Sein Date mit ihr war nahezu perfekt gewesen. Das Gespräch hatte nie gestockt, sie hatten über dieselben Sachen gelacht, sie hatten ähnliche Interessen, und sie fand seine kleine Stadt in Vermont und den Green Mountain Country Store, den seine Familie seit Generationen führte, einfach toll.

Sie hatte ihm Tausende Fragen zum Familiengeschäft und darüber gestellt, wie die Abbotts es schafften, Privates vom Beruflichen zu trennen. Auch wenn Lucas nicht direkt im Laden arbeitete, war dieser immer Teil seines Lebens gewesen, und er konnte ihre Fragen genauso gut beantworten wie alle anderen aus der Familie. Er verkaufte den Großteil seiner Holzarbeiten im Country Store, handgefertigte Betten, Frisiertische und Kommoden und kleinere Gegenstände wie die geschnitzten Holzelche. Die verkauften sich so schnell, dass er nie genug schnitzen konnte. Er hatte also definitiv eine Verbindung zu ihrem Familienladen.

Lucas öffnete das Autofenster und steckte den Kopf raus. »Komm schon, Fred, sei fair. Ich hab heute Geburtstag, und es ist sowieso schon der reinste Dreckstag gewesen. Fass dir ein Herz und beweg dich ein bisschen, okay?«

Fred betrachtete ihn, als würde er eingehend über seine Bitte nachdenken.

»Bitte?«

Mit einem weiteren lauten »Muuuh!« machte Fred einen Schritt vorwärts, und dann noch einen.

»Hat er ernsthaft darauf gewartet, dass ich bitte sage?«, fragte Lucas das Universum, schloss das Fenster, machte den Motor wieder an und fuhr über die Brücke nach Hause. Er wohnte schon seit Jahren nicht mehr in der roten Scheune, aber für ihn und seine Geschwister würde sie trotzdem immer ein Zuhause sein. Die Einfahrt war mit Trucks und Pick-ups zugeparkt, den einzigen Autos, die den brutalen Wintern in Vermont gewachsen waren. Sein Großvater Elmer schien ebenfalls gerade angekommen zu sein.

Lucas stellte seinen Truck ab und stieg aus, um Elmer zu begrüßen, der stehen geblieben war, um auf ihn zu warten.

»Oh, hey, Luc.« Elmer sagte seinen Namen erst, nachdem er ihn eingehend gemustert hatte, um sicher zu sein, dass er den Richtigen erwischte. Elmer war einer der wenigen Menschen, die so gut wie nie danebenlagen. »Ich konnte im Dunkeln gar nicht sehen, welche Farbe dein Truck hat.«

Seiner war dunkelblau, Landons schwarz. Dasselbe Modell; wie überraschend.

Lucas umarmte seinen Großvater. »Wie geht's dir, Gramps?«

»Gut, gut.« Er klopfte Lucas auf den Rücken. »Alles Gute zum Geburtstag, Junge.«

»Danke.«

»Ich kann nicht fassen, dass du schon siebenundzwanzig bist. Wo zum Teufel sind nur die Jahre geblieben?«

»Und immer noch kein bisschen reifer.«

»Das hast du jetzt gesagt.«

Lucas lachte und hielt Elmer die Tür zum Vorraum auf. »Hab dir diese schwere Aufgabe mal abgenommen.«

»Ihr Jungs habt eben gerne euren Spaß. Das ist völlig in Ordnung.«

Noch vor ein paar Tagen hätte er seinem Großvater uneingeschränkt zugestimmt. Jetzt fragte er sich, wie man den Übergang vom Spaßvogel zum erwachsenen Mann schaffen konnte. Das war sein Ziel für das neue Lebensjahr. Seine Geschwister würden sich schonungslos über ihn lustig machen. Und auch alle anderen, die sich über die Jahre gewisse Erwartungen bezüglich seines Charakters aufgebaut hatten, würden ihn nicht leicht davonkommen lassen, aber das würde ihn nicht daran hindern, sein Ziel zu erreichen.

Einen Plan zu haben half ihm, sich besser zu fühlen, als er seinen Mantel an den Haken mit seinem Namen hängte, links von Landons. Er war zehn Minuten vor Landon zur Welt gekommen. Weil Landons Haken noch frei war, wusste Lucas, dass er vor ihm angekommen war. Ein Blick auf die restlichen Haken verriet ihm, dass alle anderen schon da waren.

Lucas nahm die Mütze ab, steckte sie in seine Manteltasche und fuhr sich mit den Fingern durch sein dunkelblondes Haar, um ein Mindestmaß an Ordnung hineinzubringen. Um diese Jahreszeit waren in Vermont sämtliche Frisuren von den Mützen plattgedrückt. Dann betrat er die Küche, wo ihn seine Mutter mit einem herzlichen Lächeln in Empfang nahm.

»Da ist ja endlich einer meiner Ehrengäste.«

Lucas fragte sich, wie es wohl wäre, einen Geburtstag ganz für sich alleine zu haben, hatte aber sofort ein schlechtes Gewissen wegen diesesm Gedanken. »Hi, Mom.«

Molly Abbott, ihr weißes Haar wie immer zu einem langen Zopf geflochten, strahlte vor Freude über den Abend mit ihrer Familie. Sie nahm ihn in die Arme. »Alles Gute zum Geburtstag, Luc. Die Siebenundzwanzig steht dir gut!«

Er streckte das Kinn vor. »Besser als sechsundzwanzig?«

»Viel besser.«

»Schlechter konnte es ja wohl kaum werden«, meldete sich sein jüngster Bruder Max zu Wort, der in diesem Augenblick mit seinem Sohn Caden auf dem Arm in die Küche trat.

Molly versuchte, ihr Grinsen zu verstecken, scheiterte aber kläglich.

Lucas warf seinem Bruder einen finsteren Blick zu und streckte die Arme nach Caden aus. Aus dem Wohnzimmer erklang die reinste Kakophonie – sicher schaute der Rest der Familie ein Eishockeyspiel.

Max reichte ihm das Baby. »Hör nicht auf das, was er sagt, und tu nichts, was er tut.«

Nach den Entwicklungen der letzten Zeit verletzten Max'

Worte Lucas. Nicht, dass er den gutgemeinten Seitenhieb nicht verdient hätte. Das tat er mit Sicherheit, aber das würde sich jetzt ändern, ab sofort. Er drückte Caden an sich und gab ihm einen Kuss auf sein seidiges Köpfchen. Der kleine Kerl roch immer so verdammt gut! Sein Fäustchen griff nach Lucas' Hemdkragen und erwischte ein paar Brusthaare. Lucas zuckte zusammen. »Vorsicht, Kleiner. Onkel Lucas braucht keine kahlen Stellen. Jedenfalls noch nicht.«

»Hey!«, rief seine große Schwester Hannah begeistert, als sie in die Küche kam und fast mit Lucas zusammenstieß. »Alles Gute zum Geburtstag!«

»Danke.« Er beugte sich vor, weil sie ihn auf die Wange küssen wollte. »Wo ist denn meine Nichte?«

»Bei ihrem Daddy. Sie kann in letzter Zeit gar nicht genug von ihm bekommen. Außer sie hat Hunger, dann ist Mommy die Nummer eins.«

Lucas lächelte, als er Hannahs Gesichtsausdruck sah. Er spiegelte perfekt wider, dass sie sich zwar gerne darüber geärgert hätte, aber viel zu sehr in ihre kleine Tochter, auf die sie so lange gewartet hatte, vernarrt war. Und in ihren Mann, der sie so verdammt glücklich machte. »Fred war mal wieder Fred. Stand mitten im Weg, direkt vor der Brücke, und hat die ganze Straße blockiert.«

»Er ist in letzter Zeit wirklich widerspenstig.« Hannah verhielt sich immer, als hätte sie einen direkten Draht zu Freds Gefühlen, und das stimmte auch irgendwie, nur dass niemand das zugeben wollte. Sie musste in ihrer Elchflüsterei wirklich nicht auch noch bestärkt werden. In ihren Augen war ihre Beziehung zu einem ausgewachsenen Elch kein bisschen seltsam. Alle anderen sahen das anders, vor allem Nolan, dem ihre Begegnungen mit dem Elch immer wieder Sorgen bereiteten. »Er ist einfach nicht er selbst, seit ich den kleinen Dexter mit nach Hause genommen habe.«

»Hast du mal darüber nachgedacht, dass Fred den kleinen Dexter vielleicht gerne um sich hatte und es nicht besonders toll fand, dass du dich eingemischt hast?«

»Natürlich habe ich darüber nachgedacht, aber er kann doch unmöglich ein Elchkalb aufziehen.«

Lucas wiegte Caden, der eingeschlafen war, sanft hin und her und riss ungläubig die Augen auf. »Aha. Und du schon?«

»Ich kann es jedenfalls besser als Fred. Bei mir bekommt der arme Kleine wenigstens regelmäßige Mahlzeiten und ganz viel Liebe.«

»Unglaublich wichtig für junge Elche.«

»Babys brauchen immer viel Liebe. Elchbabys sind sicher keine Ausnahme.«

Lucas musste sich alle Mühe geben, um nicht die Augen zu verdrehen. Er wusste, dass sie das Ganze völlig ernst meinte, und das hielt ihn davon ab, sich über sie lustig zu machen. Das und sein Beschluss, sich mehr wie ein Erwachsener aufzuführen und weniger wie ein Idiot. Im Wohnzimmer fing ein Baby an zu weinen, und Hannah wirbelte herum, um zu ihrer Tochter zu gehen. »Apropos Babys …«

Als sie nach nebenan verschwunden war, schaute Lucas

auf Cadens schlafendes Gesicht hinunter. »Tante Hannah ist vielleicht ein bisschen verrückt, aber auf die bestmögliche Art.« Lucas bewunderte seine ältere Schwester mehr als irgendjemand anderen, den er kannte. Nachdem sie mit dem Verlust ihres ersten Mannes Caleb, der im Irak gefallen war, fertigwerden musste, war es eine echte Inspiration gewesen zu sehen, wie die Liebe zwischen ihr und Nolan gewachsen war. Und jetzt hatten sie ihre Tochter Caleb, die sie Callie nannten, und Hannah lächelte die ganze Zeit. Wenn es sie glücklich machte, sich um einen kleinen Elch zu kümmern, dann sollte es so sein. Niemand hatte Glück mehr verdient als Hannah.

»Hat sie schon wieder über ihren Babyelch geredet?«, fragte Nolan mit vollem Mund.

»Vielleicht?« Lucas wollte keinen Ehekrach auslösen.

Nolan stöhnte. »Sie ist komplett verrückt. Letztens wollte sie ihn sogar mit ins Haus nehmen. Hat behauptet, es sei draußen zu kalt für ihn. Ich muss sie die ganze Zeit daran erinnern, dass er ein wildes Tier ist, kein Schoßhund.«

»Wenn sie mit ihm fertig ist, ist er wahrscheinlich einer.«

»Genau davor habe ich ja Angst – ein ausgewachsener Elch im Bett zwischen mir und meiner Frau.«

Lucas prustete vor Lachen. »Ist wahrscheinlich wirklich besser, das zu verhindern, solange du noch kannst.«

»Ach wirklich?«

»Was soll hier verhindert werden?« Lucas' Vater Lincoln kam aus dem Wohnzimmer zu ihnen.

»Hannahs Affäre mit dem kleinen Elch«, antwortete Nolan. »Wenn es nach ihr ginge, würde er bei uns im Bett schlafen.«

»Oje«, meinte Lincoln. »Dann ist es wahrscheinlich wirklich besser, das zu verhindern.«

»Ich sage es ja nicht gerne, Linc, aber deine Tochter ist nicht besonders leicht zu bändigen«, sagte Nolan.

»Das hat sie von ihrer Mutter«, erklärte Linc.

»Ich höre dich, Lincoln Abbott«, mischte sich Molly ein, »und du wirst das später noch bereuen.«

»Entschuldige, Nolan«, sagte Lincoln. »Du musst wohl alleine damit fertig werden.« Er ging zu seiner Frau. »Du hast dich verhört, Liebling.«

»Nein, hab ich nicht.«

»Kein Wunder, dass meine Frau komplett verrückt ist«, sagte Nolan. »Sie ist in einem Irrenhaus aufgewachsen.«

Lucas musste grinsen. »Und das fällt dir jetzt erst auf?«

»Oh, es ist mir schon seit einer ganzen Weile klar.« Nolan war mit Lucas' älteren Geschwistern zusammen aufgewachsen und ging schon seit Jahren in der roten Scheune ein und aus. In Hannah hatte er sich erst Jahre nach dem Tod seines guten Freundes Caleb verliebt. Und niemand würde je an seiner großen Liebe für Hannah zweifeln, egal, was er über sie und den Elch sagte.

Die Tür zum Vorraum fiel mit einem Knall ins Schloss, und Caden schreckte auf.

Lucas klopfte dem Baby leicht auf den Rücken. »Alles gut, Kleiner.«

»Knall doch nicht immer diese Tür so zu«, sagte Molly zu Landon.

»Entschuldige, Mom.« Landon gab Molly einen lauten Schmatz auf die Wange. »Ich habe Geburtstag, darf ich da nicht ein bisschen mit den Türen knallen?«

»In diesem Haus werden keine Türen geknallt, auch nicht am Geburtstag. Steht im Regelbuch der Familie Abbott.«

»Ich habe meine Ausgabe nie bekommen«, erklärte Landon. Lucas grinste. Er hätte genau dasselbe gesagt. »Mom, du erinnerst dich sicher an Amanda, oder? Ich hoffe, es ist okay, dass ich sie eingeladen habe.«

Lucas erstarrte.

Landon hatte Amanda zu ihrem Geburtstagsessen eingeladen? Das durfte doch nicht wahr sein.

»Natürlich ist das okay«, sagte Molly. »Je mehr, desto besser. Ein Familienmotto der Abbotts. Das du kennen würdest, wenn du das Regelbuch gelesen hättest. Willkommen in unserem Irrenhaus, Amanda.«

Als er Amanda lachen hörte, wollte Lucas sich umdrehen und sie anschauen, aber er blieb wie angewurzelt stehen. Er konnte kaum atmen, geschweige denn sich bewegen. »Vielen Dank, Mrs. Abbott.«

»Bitte nenn mich Molly. Das machen alle so.«

Lucas war wie betäubt. Seine Gedanken rasten, während er versuchte, die Situation zu erfassen. Amanda war zu ihrer Geburtstagsfeier gekommen. Mit Landon.

Das war der schlimmste Geburtstag aller Zeiten.

2

Wer es wagt, eine Stunde Lebenszeit zu verschwenden,
hat den Wert des Lebens noch nicht kennengelernt.
Charles Darwin

Wie immer servierte ihre Mutter zu ihrem Geburtstag selbstgemachte Pizza – Zwiebel mit Würstchen für ihn und Paprika-Pepperoni für Landon, und natürlich die Lieblingssorten der anderen Familienmitglieder.

Normalerweise liebte Lucas diese Tradition und wie sich seine Mutter selbst die kleinen Details zu jedem ihrer zehn Kinder merkte, selbst jetzt, wo sie erwachsen waren und manche von ihnen schon selbst Kinder hatten.

Aber am heutigen Abend, wo Landon ihm mit Amanda gegenübersaß, konnte Lucas die wunderbare Pizza kaum herunterschlucken, und auch mit dem Bier, das sein Vater ihm aufgemacht hatte, hatte er zu kämpfen. Es gab nichts, was er zu irgendjemandem hätte sagen wollen – und auch das kam nur sehr selten vor. Lucas Abbott hatte immer etwas zu sagen, vor allem, wenn er von seiner lauten, lebhaften Familie umgeben war. Alle waren gekommen, um den Geburtstag der Zwillinge zu feiern. Als achtes von zehn Kindern lernte man früh, wie man sich Gehör verschaffte.

Wenn alle da waren, kamen mittlerweile leicht zwanzig

Menschen zusammen, vor allem jetzt, wo seine Geschwister unaufhaltsam Beziehungen eingingen, heirateten und Kinder bekamen.

Erst kürzlich hatte ihr einzelgängerischer, ruhiger Bruder Wade alle schockiert, als er mit seiner Frau Mia aufgetaucht war. Kaum einer von ihnen hatte sie kennengelernt, bevor sie und Wade sich das Jawort gegeben hatten. Das war unerwartet gewesen. Mias jahrelang verschollener Vater würde im Juni eine riesige Hochzeitsfeier in Boston ausrichten, wo sie alle hinfahren würden. Würde Landon Amanda dann auch mitbringen?

Der Geräuschpegel im Raum war wahrscheinlich laut genug, um es auf die Richterskala zu schaffen. Normalerweise wäre er maßgeblich daran beteiligt. Jetzt hatte er schreckliche Kopfschmerzen.

Elmer berührte seinen Arm. »Was ist denn los mit dir?« Lucas war froh, dass sein Großvater leise gesprochen hatte, so dass niemand sonst die Frage hörte.

»Nichts.«

»Sieht dir gar nicht ähnlich, so an der Pizza herumzupicken. Normalerweise schlingst du sie nur so in dich hinein.«

»Ich hab heute Abend nicht so viel Hunger.«

Elmer runzelte die Stirn und legte Lucas die Hand auf die Stirn. »Fieber hast du nicht.«

Molly war Elmers Bewegung nicht entgangen. »Was ist los?«

»Gar nichts. Die Pizza ist super, Mom.«

Auch wenn sie seine Antwort akzeptierte, wusste Lucas genau, dass er seiner Mutter nichts vormachen konnte.

Genau wie immer brachte sie als Nachspeise eine riesige Torte an den Tisch, halb Schoko für ihn und halb Vanille für Landon, und sie bliesen zusammen die Kerzen aus. Genauso hatten sie es schon sechsundzwanzigmal gemacht, und noch nie hatte Lucas gedacht, dass er als erwachsener Mann so langsam seine eigene verdammte Torte verdient hätte. Bis heute.

»Alles Gute zum Geburtstag, Bruderherz«, sagte Landon mit einem herzlichen Lächeln.

»Dir auch.« Lucas hielt es fast nicht aus, seinem Zwillingsbruder ins Gesicht zu schauen, das seinem bis ins kleinste Detail glich. Er fühlte sich ganz nackt ohne den Bart, der ihn wenigstens ein wenig von seinem eineiigen Zwilling unterschieden hatte.

Offensichtlich zog Amanda seinen Bruder ihm vor, wenn es etwas bedeutete, dass sie über jede bescheuerte Kleinigkeit lachte, die er von sich gab.

Sie hatte ihr dunkles Haar für die Feier hochgesteckt, was ihre wunderschönen grünen Augen und die Sommersprossen auf ihrer Nase, die er süß und gleichzeitig wahnsinnig sexy fand, noch mehr zur Geltung brachte. Er konnte sich nicht daran erinnern, dass sie so viel gekichert hatte, als sie zusammen ausgegangen waren, und er war dankbar dafür. Im Allgemeinen hatte er übermäßiges Kichern noch nie besonders attraktiv gefunden.

Aber er wollte verdammt sein, wenn er den Rest von ihr

nicht trotzdem besonders attraktiv fand. Sie war einfach unglaublich sexy, das hatte er schon gedacht, als er sie zum ersten Mal im Konferenzsaal gesehen hatte, umgeben von den Spielzeugen, deren Verwendung sie seiner gesamten Familie erklärt hatte.

Und nein, es hatte nicht an den Spielzeugen gelegen. Es lag ganz allein an ihr. Wie selbstbewusst sie in einem Raum voller Fremder über Dinge gesprochen hatte, über die sich die meisten Leute selbst im privaten Bereich ausschwiegen, hatte ihn wirklich für sie eingenommen. Das war eine Frau, die sich ihrer Sexualität bewusst war und die wusste, dass sie die Freiheit hatte, diese auch zu leben.

Das war es, was sein Interesse an ihr geweckt hatte. Während des Abends, den sie gemeinsam verbracht hatten, war es dann gewachsen. Sie hatten sich so gut unterhalten – das kam selten vor, wenn er jemanden gerade erst kennengelernt hatte.

Sie hatten über alle möglichen Themen gesprochen, ihre Familien, ihre Heimatstädte, welche Sportarten sie mochten, Filme, Bücher, Serien, und es war … leicht gewesen. Es hatte Spaß gemacht. Er hatte es sofort wiederholen wollen und den Eindruck gehabt, dass es ihr genauso ging. Aber wenn er sie jetzt mit Landon beobachtete, konnte er deutlich sehen, dass zwischen den beiden ebenfalls eine Verbindung bestand. Wenn das so war, gab es nichts, was er dagegen tun konnte. Sie war die Einzige, die eine Entscheidung treffen konnte, und das hatte sie offensichtlich getan.

Er stand auf.

»Wo gehst du hin?«, fragte sein Großvater überrascht.

»Muss nach Hause. Morgen geht's früh los.«

»Wo musst du denn hin?«, fragte nun auch Landon.

»Vertretung für Denny«, sagte Lucas. Denny war einer der Rettungssanitäter, mit denen sie zusammenarbeiteten. »Seine Frau hat einen Ultraschalltermin, sie lassen das Geschlecht des Babys bestimmen.«

»Oh, cool.«

»Du hast noch gar nicht deine Geschenke aufgemacht«, warf Molly ein.

»Ich hab doch gesagt, ich will keine Geschenke.«

»Und wann machen wir jemals, was du sagst?«, fragte Lincoln.

Lucas nahm sich die Zeit, die Geschenke von seinen Eltern aufzumachen. Neue Holzwerkzeuge, ein Schlafsack (sein alter war kaputtgegangen), Cargo-Shorts, wie er sie im Sommer immer trug, ein Buch über Lewis und Clarke, das er schon länger hatte kaufen wollen, und eine GPS-Uhr.

»Vielen Dank, Mom. Die Sachen sind wirklich super.«

»Sehr, sehr gerne.«

Er wusste es zu schätzen, dass sie verstand, dass er gehen wollte, und hoffte, dass sie wusste, dass es nicht an der Familie lag.

Morgen würde er Dennys Schicht übernehmen, danach hatte er drei freie Tage vor seiner nächsten Schicht bei der Feuerwehr. Genug Zeit, um ein paar Tage aus der Stadt zu verschwinden. Wenn sein Bruder mit Amanda zusammenkam, wollte er das Ganze wenigstens nicht sehen müssen.

Nachdem er sich von den anderen verabschiedet hatte, ging er in den Vorraum. Seine Mutter wartete schon auf ihn.

»Du hättest wirklich nicht diese ganzen Geschenke kaufen sollen, Mom.«

Sie zuckte die Achseln. »Es macht mir Spaß, Sachen rauszusuchen, von denen ich denke, dass sie dir gefallen.«

»Na ja, vielen Dank. Für die Geschenke, und die Pizza, und den Kuchen. Für alles.«

»Geht es dir gut, Luc? Du bist heute Abend so gar nicht du selbst.«

»Alles gut. Ich kämpfe nur mit einer Erkältung.«

»Bist du sicher, dass das alles ist?«

»Ja.« Niemals würde er zuzugeben, dass er eifersüchtig auf seinen Bruder war. So ein dummes, unnötiges Gefühl, und er hatte noch nicht oft genug damit zu tun gehabt, um zu wissen, wie er damit umgehen sollte. Er gab seiner Mutter einen Kuss auf die Stirn. »Ich habe ein paar Tage frei und fahre morgen nach Stowe.« Einer seiner besten Freunde vom Bowdoin College lebte in Stowe, also würde es niemanden wundern, dass er dorthin fuhr. Sie mussten ja nicht wissen, dass er dieses Mal nicht vorhatte, Craig zu besuchen.

»Es soll Schnee geben. Fahr vorsichtig.«

»Das werde ich. Mach dir keine Sorgen.«

»Du weißt doch, dass es keinen Sinn hat, mir zu sagen, dass ich mir keine Sorgen machen soll.

»Aber das brauchst du nicht. Wenn es eine Sache gibt, die deine Kinder sicher können, dann ist es, auf sich aufzupassen. Dafür hast du gesorgt.«

»Stimmt. Darauf bin ich wirklich stolz.«

»Dann mach dir keine Sorgen. Ich hab Schnee in meiner DNA.« Er nahm sie in die Arme und ging eilig zur Tür hinaus, bevor er noch einmal Landon mit Amanda sehen musste. War es lächerlich, vor ihnen wegzulaufen? Bestimmt, und das wusste er auch, aber dann war es eben so. Er wollte nicht darüber nachdenken, vor allem nicht an seinem verdammten Geburtstag.

Er stieg in seinen Truck und drehte die Heizung auf. Er hoffte, dass es nicht zu lange dauern würde, bis es warm wurde. Es war wirklich verdammt kalt, wie üblich in Vermont Ende März. Der Winter endete in der Regel erst lange nachdem sich die ersten Knospen an den Bäumen bemerkbar machten. George und Ringo, die Hunde seiner Eltern, die ihm nach draußen gefolgt waren, im Augenwinkel, setzte er zurück und fuhr aus der Einfahrt. Er warf einen Blick zurück zum Haus und sah, dass seine Mutter ihn, in der offenen Tür stehend, immer noch beobachtete.

Lucas hoffte, dass sie verstehen würde, dass er so früh wegfuhr. Er hatte einfach weggemusst, bevor die ganze Familie mitbekommen hätte, was mit ihm los war. Das war alles unbekanntes Terrain für ihn. Er hatte normalerweise keine Geheimisse. Lucas Abbott war ein offenes Buch, und er hatte keine Ahnung, wie er mit dieser neuen Situation fertigwerden sollte.

Immer darauf gefasst, dass ein rebellischer Elch ihm den Weg versperrte, machte sich Lucas auf den Weg zur Weihnachtsbaumplantage. Normalerweise liebte er die Ruhe und die Einsamkeit der Farm, aber wie alles andere in den letzten Tagen spendete ihm nun auch die bekannte Umgebung nicht den gewohnten Trost. Er war angespannt, unausgeglichen, überfordert, und er fühlte sich inmitten all der bekannten Orte und Gesichter einsam.

Mit jeder Minute, die verging, gefiel ihm sein Plan, für ein paar Tage zu verschwinden, besser. In seiner Wohnung über der Farm stellte er eine Waschmaschine an und zog seine Reisetasche mit dem Logo der Vermonter Feuerwehr unter seinem Bett hervor.

Landon und er waren beide Brandmeister in ihrer Abteilung und machten gegen eine Aufwandsentschädigung die meiste Verwaltungsarbeit. Der Lohn reichte aus, um seine Lebenshaltungskosten zu decken. Er brauchte nicht viel, weil er keine Miete zahlen musste. Er konnte auf der Farm der Familie leben, wenn er außerhalb der Saison auf alles aufpasste und als Hausmeister arbeitete. Kombiniert mit dem Geld von der Feuerwehr und dem Gewinn aus dem Verkauf der Möbel, lebte er ziemlich gut. Allerdings hatte er auch keine hohen Ansprüche.

Würde einer Frau wie Amanda das Leben reichen, das ihn bisher immer mehr als zufriedengestellt hatte? Und seit wann interessierte es ihn, was andere über sein Leben dachten?

Seit dem besten ersten Date aller Zeiten.

Er hatte seine Wäsche in den Trockner getan und ein Bier aufgemacht, als das Telefon klingelte. Er sah die Nummer seines Großvaters auf dem Display und nahm ab. »Was gibt's, Gramps?«

»Ich habe auf dem Nachhauseweg an dich gedacht und beschlossen, dich anzurufen. Du warst heute Abend nicht du selbst, und ich frage mich, ob ich nicht vielleicht weiß, warum.«

Belustigt lehnte Lucas sich an die Theke in seiner Küche. »Tu dir keinen Zwang an.«

»Ich vermute, dass du und dein Bruder euch in dieselbe Frau verguckt habt und dass dir das mächtig gegen den Strich geht.«

Lucas wusste, dass es ihn eigentlich nicht überraschen sollte, dass sein Großvater wusste, was mit ihm los war.

»Warm?«

»Ziemlich warm.«

»Dachte ich's mir doch. Ist wirklich eine harte Nuss, wenn man jemanden trifft, der einem gefällt. Ist mir einmal passiert, und es war das schlimmste Gefühl der Welt.«

Lucas richtete sich auf. »Wann war das?«

»Mit deiner Großmutter. Als ich sie kennengelernt habe, war sie mit meinem Cousin zusammen.«

»Ist nicht wahr.«

»Ist wohl wahr, und es war wirklich schlimm, das kann ich dir sagen.«

»Was hast du gemacht?«

»Nichts, und das war das Schwerste daran. Ich mochte meinen Cousin sehr gerne. Wir waren wie Brüder. Ich hätte nie etwas tun können, das ihn verletzt hätte.«

»Ich weiß ja, wie diese Geschichte endet, aber es würde mich jetzt schon interessieren, wie es dazu gekommen ist.«

»Sie hat ihm gesagt, dass sie auf mich steht.«

»Wow. Wie hat er das aufgenommen?«

»Hat mir in die Fresse geschlagen«, lachte Elmer. »So habe ich herausgefunden, dass sie sich für mich entschieden hatte.«

»Wow, Gramps. Ich hatte ja keine Ahnung!«

»Wir haben nie besonders viel darüber gesprochen. Mein Cousin und ich standen uns, bis er gestorben ist, sehr nahe. Ich habe alles dafür getan, dass die Stimmung zwischen uns gut ist.«

»Hat er je geheiratet?«

»Ja, ein paar Jahre später hat er eine tolle Frau geheiratet, und dann sind wir für den Rest seines Lebens zu viert unterwegs gewesen.«

»Freut mich, dass er auch sein Glück gefunden hat.«

»Glaub mir, mich auch. Der zweitbeste Tag meines jungen Lebens war der, an dem ich sein Trauzeuge sein durfte.« Elmer hielt inne. »Man weiß nie, was jemand vor dem Glücklich-bis-ans-Ende-ihrer-Tage durchmacht, Junge. Es sind nicht immer nur Regenbögen und Einhörner und gerade Linien, die uns von A nach B bringen. Im Gegenteil, oft ist es schwer und unordentlich und schmerzhaft.«

»Ja.« Lucas bewunderte, wie genau Elmer seine Gefühlslage eingeschätzt hatte.

»Aber das Wichtigste ist immer noch die Familie. Dein Bruder ist dein engster Freund, dein Seelenverwandter, falls du an so was glaubst. Ihr beide seid von Anfang an unzertrennlich gewesen. Ich fände es wirklich schlimm, wenn etwas zwischen euch stehen würde.«

»Ich auch.«

»Dann lass es nicht zu, Luc. Amanda scheint ein tolles Mädchen mit ordentlich Köpfchen zu sein. Wenn sie sich für Landon entscheidet, kannst du nichts dagegen tun. Aber es wird es nicht besser machen, wenn du wütend auf ihn bist. Das macht alles nur noch schlimmer.«

Elmer hatte recht. Natürlich. Er hatte immer recht. »Wohl wahr.«

»Freut mich, dass du mir zustimmst. Amanda ist nur vorübergehend hier. Brüder sind für immer.«

»Vor allem eineiige Zwillingsbrüder.«

Elmer lachte. »Vor allem die. Alles klar, Junge?«

»Ja, Gramps. Alles gut. Das hat mir wirklich geholfen, danke. Ich fahre für ein paar Tage nach Stowe zum Skifahren, um wieder einen klaren Kopf zu bekommen.«

»Super Idee. Hab eine tolle Zeit.«

»Danke, dass du angerufen hast.«

»Alles Gute zum Geburtstag, Lucas. Ich glaube, das hier wird das beste Jahr, das du je hattest.«

»Das hoffe ich.«

»Hab dich lieb, Junge.«

»Hab dich auch lieb, Gramps.«

Lucas legte auf. Er war unglaublich dankbar für die bedingungslose Liebe seines Großvaters, der schon sein ganzes Leben lang für ihn da gewesen war. Elmer hatte natürlich recht. Es wäre verrückt, zuzulassen, dass eine Frau zwischen ihm und seinem Zwillingsbruder stand. Landon war auch sein bester Freund. Lucas würde nicht zulassen, dass sich daran irgendetwas änderte, und er würde die Zeit in Stowe nutzen, um die nötige Klarheit zu bekommen.

Amanda war ein toller Mensch, und er mochte sie wirklich gerne. Aber sie war ja nicht die einzige Frau auf der Welt. Wenn sie entschieden hatte, dass Landon der Richtige für sie war, würde er eben jemand anderen finden. Seinem Bruder Raum zu geben war einfach das Richtige. Nachdem er mit seinem Großvater gesprochen hatte, hatte er daran nicht mehr den geringsten Zweifel.

Er konnte nicht fassen, was ihm sein Großvater über den Beginn seiner Beziehung mit seiner Großmutter erzählt hatte. Er hatte nie besonders viel darüber nachgedacht, wie seine Großeltern vielleicht zusammengekommen waren, aber selbst wenn er das getan hätte, wäre er wahrscheinlich nie auf das gekommen, was Elmer erzählt hatte.

Am nächsten Tag, nach einer zehnstündigen Schicht bei der Feuerwehr mit ein paar dem Schnee geschuldeten Blechschäden und einem älteren Mann, der ins Krankenhaus gefahren werden musste, machte Lucas sich auf den Weg nach Stowe. Normalerweise dauerte die Fahrt etwa neunzig Minuten, aber heute kam er wegen des frischen Schnees deutlich langsamer voran. Lucas ließ sich Zeit, fuhr nicht schneller als vierzig und folgte der Spur eines LKWs, der etwa eine Meile vor ihm unterwegs war.

Das Autofahren im Schnee war ihm in Fleisch und Blut übergegangen, schließlich lebte er seit seiner Kindheit in Vermont. Wenn man da jedes Mal zu Hause blieb, wenn es schneite, dürfte man monatelang das Haus nicht verlassen.

Er hatte seinen Freund Craig angerufen, der ihm gesagt hatte, er solle sein Haus benutzen. Craig selbst war auf Geschäftsreise. Lucas hatte den Code zum Haus und freute sich auf die Zeit für sich auf der Piste. Sport half ihm immer, seine Gedanken zu ordnen, und er hoffte, dass das auch diesmal der Fall sein würde.

Es gefiel ihm gar nicht, wie er sich fühlte, und er wollte es so schnell wie möglich abschütteln und wieder der Alte sein. Es sah ihm gar nicht ähnlich, so herumzujammern. Da die Skisaison in Stowe in vollem Gange war, konnte er damit rechnen, dass das Nachtleben ziemlich gut sein würde. Vielleicht würde ihm eine Nacht mit einem Schneehäschen guttun. Was er sicher wusste, war, dass es ihm guttat, aus Butler rauszukommen. Er fühlte sich schon jetzt viel besser als während der letzten zwei Tage.

Nachdem er ungefähr zwei Stunden gefahren war, fing Lucas an zu gähnen und trank den Kaffee, den er auf der Feuerwache gekocht hatte, um sich wach zu halten. Seine

Augen waren müde von dem Schneegestöber, das stärker zu werden schien, je näher er Stowe kam. Er nahm die Ausfahrt und stellte fest, dass die Landstraße, die zu Craigs Haus führte, nicht geräumt worden war.

»Na toll.«

Er konnte jetzt nur noch Meter für Meter dahinkriechen, immer in der Hoffnung, dass sein Truck sich nach wie vor auf der Straße befand. Er fuhr um eine Kurve und beobachtete erschrocken, wie das Auto vor ihm nach hinten wegrutschte und im Graben landete.

3

Ein Baby ist Gottes Art zu sagen,
dass das Leben weitergehen sollte.
Carl Sandburg

Lucas machte den Warnblinker und die zusätzlichen Warnlichter an, die er an seinem Truck angebracht hatte, und blieb an der Stelle stehen, wo das Auto vor ihm von der Straße gerutscht war. Kein Mensch außer ihm und der Person, die sich in dem Auto befand, war in der Nähe. Er schnappte sich seinen Parka und den Ausweis, den er nach der Schicht im Handschuhfach verstaut hatte, dann griff er nach der Taschenlampe, die er immer dabeihatte. Er stieg aus und schlüpfte in seinen Mantel, während er auf das Auto zulief.

Vorsichtig bahnte er sich einen Weg, wo das Auto einen kleinen Hügel hinuntergerutscht war. Die Rücklichter waren noch an und zeigten ihm den Weg. Obwohl alle Fenster und Türen geschlossen waren, hörte er, dass die Fahrerin hysterisch weinte, während sie versuchte, die Tür zu öffnen, die durch den Hang blockiert war. Er würde sie als Allererstes beruhigen müssen.

Sie zuckte zusammen, als er ans Autofenster klopfte.

»Ich bin Feuerwehrmann und Rettungssanitäter.« Er

sprach sehr laut und hoffte, dass sie ihn so durch das geschlossene Fenster hören würde. Er nahm seinen Ausweis aus der Tasche und hielt ihn ans Fenster. »Ich kann Ihnen helfen. Machen Sie das Fenster auf.«

Sie öffnete das Fenster ungefähr zur Hälfte.

»Ich bin Lucas Abbott von der Freiwilligen Feuerwehr in Butler, Vermont. Wie heißen Sie?«

»Danielle«, sagte sie schluchzend. »Danielle Rowson.«

»Sind sie verletzt, Danielle?«

»Ich ... ich glaube nicht.«

Ein Quietschen vom Rücksitz sorgte dafür, dass er das Baby bemerkte, das in seinem Sitz zappelte.

Er war erleichtert zu sehen, dass sich Arme und Beine des Babys bewegten.

»Ich habe kein Handy dabei«, sagte er. »Haben Sie eins?« In Vermont war es nicht ungewöhnlich, ohne Handy unterwegs zu sein, da der Empfang ohnehin nicht verlässlich war.

»Ich habe eins, aber das hat schon eine Weile lang keinen Empfang mehr.«

»Das ist hier oben ja nichts Ungewöhnliches. Okay, dann sind wir also auf uns gestellt. Wenn Sie sicher sind, dass Sie nicht verletzt sind, kann ich Ihnen und dem Baby aus dem Auto helfen. Ich kann Sie dorthin fahren, wo Sie hinmüssen.«

Er reichte ihr das Portemonnaie mit seinem Ausweis, weil er bemerkte, dass sie noch immer zögerte. »Ich weiß, ich bin ein Fremder, aber ich schwöre Ihnen, dass Sie und

Ihr Baby bei mir sicher sind. Ich bin das achte von zehn Kindern. Meine Brüder und ich haben alle die Erste-Hilfe-Ausbildung für kalte Witterungsverhältnisse, und wie gesagt, ich bin Brandmeister bei der Freiwilligen Feuerwehr von Vermont.«

Nachdem sie den Ausweis ausgiebig betrachtet hatte, gab sie ihn ihm zurück. »Okay.« Sie klang nach wie vor nervös, und wer hätte ihr das verübeln können? Er war ihr völlig fremd, daran änderte auch sein Ausweis nichts. Immerhin hatte sie aufgehört zu weinen.

»Lösen Sie Ihren Sicherheitsgurt und dann den von Ihrem Baby. Ich helfe Ihnen raus, und dann holen wir das Kleine.«

Sie befolgte seine Anweisungen und kletterte durch das Fenster in seine Arme. Das Erste, was er bemerkte, war, dass sie viel kleiner war, als er gedacht hatte, und eine kurvige Figur besaß. Nicht, dass er besonders darauf geachtet hätte, wie sie sich anfühlte. Er griff durch das Fenster und zog ihren Mantel und ihre Handtasche heraus, die er ihr reichte, bevor er sich dem Baby zuwandte. Der Schneeanzug, den es trug, war pink, also dachte er, dass es sich wahrscheinlich um ein Mädchen handelte.

Er untersuchte sie flüchtig, um sicherzugehen, dass sich Arme und Beine normal bewegten und ihre Pupillen auf das Licht seiner Taschenlampe reagierten. Als er sich sicher war, dass es dem Baby gut ging, hob er es aus dem Sitz und legte es in die Arme seiner Mutter. Dann zog er auch den Sitz aus dem Fenster.

Das Baby quietschte begeistert, als es seine Mutter sah.

»Gott sei Dank geht es ihr gut«, seufzte Danielle erleichtert.

»Was braucht ihr beiden denn noch aus dem Auto?«

»Unsere Taschen aus dem Kofferraum. Die geblümten ganz oben.«

Er beugte sich durch das Fenster vor und zog den Schlüsselbund aus der Zündung, dann drückte er den Knopf für den Kofferraum. Er nahm die Taschen, um die sie gebeten hatte, aus dem vollen Kofferraum, warf sie sich über die Schulter und drückte den Knopf am Schlüssel, der das Auto zusperrte und glücklicherweise auch die Fenster schloss.

»Alles, was wir haben, ist in diesem Auto. Können wir es wirklich einfach hierlassen?«

»Ich rufe einen Abschleppdienst an, sobald wir ein Telefon finden. Sie bringen das Auto über Nacht an einen sicheren Ort.« Lucas wünschte, sie wären in Butler, dann hätte er einfach Nolan anrufen können.

Er bot Danielle seinen Arm an. »Halten sie sich an mir fest, und machen Sie ganz langsam.«

Als sie ihren Arm in seinen legte, spürte er, dass sie zitterte. Das lag wahrscheinlich genauso sehr am Schock wie an der beißenden Kälte. Der Schnee fiel weiterhin stetig, und die Schicht auf der Straße wuchs besorgniserregend.

Lucas arbeitete sich mit den beiden den Hügel hinauf zu seinem Truck. »Wir können den Kindersitz auf dem Rücksitz anschnallen.«

Während sie sich darum kümmerte, legte er die beiden

geblümten Taschen auf die andere Seite der Rückbank, neben seine Ausrüstungstasche mit seiner Schutzkleidung. Als Mitglied der Freiwilligen Feuerwehr konnte er jederzeit gerufen werden, und darauf musste er immer vorbereitet sein. Er stieg ein und drehte die Heizung voll auf.

Als das Baby sicher angeschnallt war, setzte Danielle sich auf den Beifahrersitz und schloss die Tür. »Vielen Dank, dass Sie uns helfen.«

»Kein Problem. Wo müssen Sie denn hin?«

»Ich ... ich weiß nicht genau. Ich hatte gehofft, in Stowe etwas zu finden, aber dann hat es so viel geschneit, dass ich nicht mehr sicher war, ob wir es bis dorthin schaffen.«

»Sie haben keine Reservierung?«

Sie schüttelte den Kopf. »Glauben Sie, das ist ein Problem?«

»Normalerweise wahrscheinlich nicht, aber wir sind mitten in der Skisaison. Hotels und Gasthäuser sind im März schon Monate vorher komplett ausgebucht.«

»O Gott.« Sie seufzte tief.

»Ich bin unterwegs zum Haus eines Freundes kurz vor Stowe. Er ist nicht zu Hause, aber er hat viel Platz und einige Gästezimmer. Sie können gerne in einem davon übernachten, falls das helfen würde.«

»Ich ... ich weiß nicht, ob das eine gute Idee ist.«

»Das verstehe ich. Sie kennen mich überhaupt nicht – warum sollten Sie mir also vertrauen, oder?«

Von der Seite schaute sie ihn verängstigt an. »So was in der Art.«

»Ich kann beweisen, dass ich wirklich bei der Feuerwehr bin. Das Blaulicht an meinem Truck, die Plakette auf dem Nummernschild, die Ausrüstung und die Werkzeuge auf dem Rücksitz.«

Trotz seiner Versicherungen sah Danielle unsicher aus, was er nur zu gut verstand. Er konnte auch ein Vergewaltiger sein, und sie tat recht darin, sich und ihr Baby zu schützen.

»Wie wäre es hiermit? Wir fahren zu einer Tankstelle oder einem Restaurant, ich gebe Ihnen eine Nummer, die Sie anrufen können, um ganz sicherzugehen.«

»Wen würde ich denn anrufen?«

»Meine Mom«, sagte er grinsend. »Ich kann Ihnen auch die Nummer der Feuerwache geben, meine Kollegen können ebenfalls für mich sprechen.«

Sie dachte einen Moment lang über seine Worte nach, was ihm die Chance gab, ihr hübsches Gesicht unter der Strickmütze zu betrachten. Rotblonde Haarsträhnen hatten sich aus ihrer Frisur gelöst und schauten unter der Mütze hervor, und ihre Augen waren entweder blau oder grün. Es war nicht besonders hell in seinem Truck, deshalb war er sich nicht sicher. »Das klingt gut.«

»Okay, alles klar.« Er legte den Gang ein und fuhr langsam in Richtung Stadt. »Wie heißt denn das Baby?«

»Savannah.« Als sie ihren Namen hörte, stieß Savannah ein leises Glucksen aus.

»Sie ist wirklich süß. Wie alt ist sie denn?«

»Danke, finde ich auch. Sie ist vier Monate alt.«

»Was habt ihr beiden denn mitten in diesem Schneesturm da draußen gemacht?«

»Ich hatte mein Handy über Bluetooth mit dem Radio verbunden, deshalb wusste ich nicht, dass der Sturm kommt. Jetzt ist mir natürlich klar, wie dumm das war.«

Er bemerkte, dass sie nichts darüber sagte, warum sie und ihr Baby unterwegs waren, und beschloss, nicht nachzubohren. Es spielte ja auch keine Rolle, er würde sie wahrscheinlich nie wiedersehen.

»Sind Sie neu in Vermont?« Er hatte die Nummernschilder aus Kentucky gesehen, aber es könnte ja auch ein Mietwagen sein.

»Nein, ich habe hier schon als Kind immer meine Großeltern besucht, aber ich war seit Jahren nicht mehr hier. So ein Willkommen hatte ich mir allerdings nicht ausgemalt.«

Lucas lachte leise. »Vermont benimmt sich in der Regel zwischen November und April so. Dann fängt alles an zu schmelzen, und die Schlammzeit beginnt.«

»Wunderbar.«

»Mit der Schlammzeit ist es wie mit Kaffee. Man muss sich erst an den Geschmack gewöhnen. Das geht schneller, als man denkt.«

»Da muss ich mich auf Ihr Wort verlassen.«

»Möchten Sie länger bleiben?«, fragte er und dachte an den vollen Kofferraum.

»Das ist zumindest der Plan. Ich habe mich in Stowe und in Butler beworben. Ich hoffe, eine der Bewerbungen ist erfolgreich und dass ich eine Krippe für Savannah finde.«

»Was für eine Arbeit suchen Sie denn?«

»Ich bin Einzelhandelskauffrau.«

Er musste sofort ans Familiengeschäft denken.

»Meine Großeltern haben in Stowe gewohnt, als ich klein war. Wir haben jeden Sommer dort verbracht, und meine besten Erinnerungen stammen von hier. Ich habe ihr Haus nie vergessen und immer gehofft, eines Tages hierher zurückzukehren.«

»Eine tolle Stadt, und es gibt einiges zu sehen. Ein paar Häuser mehr als damals werden es wohl schon sein, aber insgesamt hat es sich nicht besonders verändert.«

»Gut zu wissen.« Sie schaute wieder zu ihm hinüber. »Sind Sie wirklich das achte von zehn Kindern?«

»Ja.«

»Wie war das?«

»Laut.«

Sie lachte.

»Ist immer noch laut, vor allem jetzt, wo die meisten meiner Geschwister entweder schon verheiratet oder fast verheiratet sind. Zwei von ihnen haben schon Kinder, und es sind noch mehr unterwegs. Es wird immer lauter.«

»Das klingt wirklich toll«, sagte sie wehmütig.

»Haben Sie Geschwister?«

Sie schüttelte den Kopf. »Es gibt nur mich.«

»Sie können sich keine neun Geschwister vorstellen, ich mir kein Leben als Einzelkind.«

»Das sind ja auch zwei Extreme.«

»Zehn ist definitiv extrem. Wir sind in einer Scheune aufgewachsen.«

»Im Ernst?«

»O ja. Meine Eltern haben eine alte Scheune renoviert und ausgebaut. Man kann sich im Leben ziemlich viel erlauben, wenn man den Leuten sagt, dass man in einer Scheune aufgewachsen ist. Und jetzt wohne ich in einer anderen Scheune.«

Sie lachte wieder, diesmal war es ein Kichern, das sie anscheinend nicht hatte unterdrücken können und das ihn zum Lächeln brachte. Er wusste nicht, wie er darauf kam, aber er hatte das Gefühl, dass sie nicht besonders oft lachte. »Und haben Sie das getan? Sich viel erlaubt, meine ich?«

»Ich habe mir schon ein paar Streiche geleistet.«

»Das glaube ich sofort«, sagte sie und lachte noch ein bisschen mehr.

»Sind Sie den ganzen Weg von Kentucky hierhergefahren?«

Sie schnappte erschrocken nach Luft, und er bereute seine Frage sofort.

Er hob beschwichtigend die Hand. »Ich habe die Nummernschilder gesehen. Sie müssen mir gar nichts sagen, wenn Sie nicht wollen. Ich möchte Sie nicht ausfragen.«

Sie schwieg ziemlich lange. Dann sagte sie: »Ja, ich bin aus Kentucky hergefahren. Es war dumm von mir, mir nicht den Wetterbericht anzuschauen, aber ich wollte möglichst schnell hierher.«

Er hätte gerne gefragt, ob sie vor etwas – oder vor jemandem – auf der Flucht war, aber angesichts ihrer Reaktion eben stellte er ihr lieber keine weiteren persönlichen Fragen. Wenig später erreichten sie den Stadtrand von Stowe. Lucas zeigte auf eine Tankstelle. »Ist die hier okay?«

»Klar.«

Er war froh, dass sie damit einverstanden war, dort anzuhalten, denn er glaubte nicht, dass sie um diese Tageszeit und bei dem Wetter eine besonders große Auswahl haben würden. Er fuhr in eine Parklücke und machte den Motor aus.

Sie stiegen aus, und er wartete vor dem Laden der Tankstelle, während sie das Baby abschnallte. Dann hielt er ihr die Tür auf.

»'n Abend«, sagte der Tankwart.

»Hallo. Haben Sie ein Münztelefon, das wir benutzen können?«, fragte Lucas.

»Da hinten.«

»Wen sollten wir anrufen, wenn wir einen Abschleppwagen brauchen?«

Der Tankwart reichte ihm eine Visitenkarte. »Das Telefon ist rund um die Uhr besetzt.«

»Vielen Dank.« Lucas bedeutete Danielle vorzugehen. Das Telefon war am hinteren Ende des Ladens zwischen den Waschräumen. »Ich rufe zuerst den Abschleppdienst an, wenn das okay ist.«

»Ja, danke, aber was bitte ist ein Münztelefon?«

»Gibt es die in Kentucky nicht?«

Sie schüttelte den Kopf. »Wir haben eine ganz neue Erfindung. Sie nennt sich Handy.«

»Ah, davon habe ich schon mal was gehört, aber weil diese Handys hier oben oft völlig nutzlos sind, sind Münztelefone unabdingbar.«

Schmunzelnd wählte Lucas die Nummer, gab die Wegbeschreibung zu Danielles Auto durch und erwähnte, dass es im Graben gelandet sei. Der Mitarbeiter sagte, dass er unter Craigs Festnetz anrufen würde, um ihnen zu sagen, wohin sie das Auto abgeschleppt hätten. Als das erledigt war, warf Lucas Danielle einen Blick zu. »Ich rufe meine Mom an, und Sie können sie fragen, was Sie wollen. Ich bin ein offenes Buch.« Lucas warf ein paar Münzen ein und wählte die Nummer, die er besser kannte als irgendeine andere.

»Hi, Mom, hier ist Luc.«

»Hallo. Bist du gut in Stowe angekommen?«

»Gerade eben erst. Ich habe auf dem Weg einen Unfall mitbekommen.«

»Oh, wow, geht es allen gut?«

»Ja. Ich habe Danielle und ihre vier Monate alte Tochter Savannah hier bei mir. Sie hatten gehofft, in der Stadt eine Übernachtungsmöglichkeit zu finden.«

»Das wird um diese Jahreszeit nicht leicht sein.«

»Das habe ich ihr auch gesagt. Ich habe ihr ein Zimmer bei Craig angeboten, aber sie ist sich verständlicherweise nicht ganz sicher, ob sie jemandem vertrauen kann, den sie noch gar nicht kennt. Ich dachte, du kannst sie vielleicht beruhigen.«

»Aber natürlich. Gib sie mir mal.«

»Moment.« Lucas reichte Danielle den Hörer. Sie hielt Savannah im rechten Arm. Er hätte gerne angeboten, das Baby zu halten, glaubte aber zu spüren, dass sie das nicht gewollt hätte. »Meine Mom. Molly Abbott.«

»Hallo?«

Lucas wünschte, er könnte hören, was seine Mutter sagte, aber er war sich ziemlich sicher, dass sie Danielle versichern würde, dass sie ihm vertrauen könnte und dass er ihr und ihrem Baby eine sichere Unterkunft für die Nacht angeboten hatte. Wahrscheinlich sagte sie auch noch, dass er ihr am nächsten Morgen helfen würde, ein Hotel zu finden.

Danielle hörte mehr zu, als sie sprach, und ungefähr fünf Minuten später nickte sie, bedankte sich und gab Lucas den Hörer zurück.

»Danke, Mom.«

»Ich erzähle doch immer gerne von meinen Kindern.«

Dieser Satz war typisch Molly, und Lucas musste lächeln. »Bis bald.«

»Hab dich lieb.«

»Hab dich auch lieb.« Er legte auf und schaute Danielle an. Im hellen Licht konnte er sehen, dass ihre Augen haselnussbraun waren. Sie war unglaublich hübsch, mit einem feingeschnittenen Gesicht und Pfirsichhaut. So hätte seine Großmutter das jedenfalls genannt. »Soll ich auf der Feuerwache anrufen?«

Sie schüttelte den Kopf. »Deine Mom war sehr überzeugend. Ich nehme dein Angebot gerne an.«

»Was genau hat meine Mom dir denn gesagt?«, fragte er und hoffte, dass es etwas Gutes gewesen war, schließlich war Danielle gleich danach zum Du übergegangen.

Danielle lächelte. »Das werde ich dir nie verraten.«

Lucas hätte es wirklich unglaublich gerne gewusst, hakte aber nicht nach. »Wir nehmen noch ein paar Lebensmittel für heute Abend und morgen früh mit. Trinkst du Kaffee?«

»Natürlich trinke ich Kaffee. Keine Ahnung, wie manche Leute ohne auskommen.«

Lucas lachte und schnappte sich einen Einkaufskorb. »Gute Antwort. Sahne? Zucker?«

»Beides, bitte.«

Sie suchten sich je eine Tiefkühlpizza zum Abendessen aus sowie Eier, Speck und Brot fürs Frühstück. Lucas nahm noch eine Packung Wurst, ein paar Chips und Salsa, einen Zwölferpack Bier und Toilettenpapier und Küchenrolle, falls Craig nicht genug im Haus hatte. »Möchtest du noch eine Flasche Wein oder so?«

Sie schüttelte den Kopf. »Ich stille, also kein Alkohol für mich.«

»Ah, klar«, sagte er, und versuchte, die Vorstellung von ihr, wie sie ihr Baby stillte, aus seinem Kopf zu verdrängen. Ein Kribbeln breitete sich auf seiner Haut aus, und dann berührte sie ihn kurz, als sie an ihm vorbeiging, und sein ganzer Körper reagierte darauf, dass sie ihm so nahe war. Was zum Teufel? Er schüttelte die seltsamen Gefühle ab, damit er sich ganz auf sie und das Baby konzentrieren konnte und darauf, dass sie alles hatten, was sie brauchten. »Windeln?«

»Ich habe genug dabei, aber vielen Dank, dass du daran gedacht hast.«

»Brauchst oder willst du sonst noch etwas?«

»Schokolade.«

Lächelnd ging er mit ihr zum Süßigkeitenregal. »Nimm, was du willst.«

Sie begutachtete die große Auswahl eingehend und entschied sich dann für genau die Knusperriegel, die auch Lucas' Lieblingsschokolade waren. Als sie sich auf den Weg zur Kasse machte, legte er noch eine zweite Packung in den Korb, dann folgte er ihr.

Als Lucas die Lebensmittel auf die Theke legte, schob Danielle Savannah auf ihre Hüfte, damit sie ihren Geldbeutel aus der Tasche nehmen konnte.

Lucas legte ihr die Hand auf den Arm.

Sie zuckte zusammen und schaute zu ihm auf.

»Ich mach schon. Ich musste sowieso einkaufen.«

»Machen wir halbe-halbe?«

»Nein, alles gut.«

»Danke schön.«

Er bezahlte die Lebensmittel, dann trug er die Tüten zum Auto und verstaute sie auf dem Rücksitz, während Danielle Savannah anschnallte.

Sie warf einen Blick in seine Richtung, und sie sahen sich für einen kurzen, spannungsgeladenen Moment in die Augen, dann schaute sie weg.

»Alles okay?«

»Ich habe einen Riesenfehler begangen, als ich so unvorbereitet losgefahren bin.« Sie klang so traurig und voller Selbstzweifel, dass Lucas ihr sofort widersprechen wollte. »Ich hoffe einfach nur, dass das hier nicht der nächste Fehler ist.«

»Ich schwöre bei Gott und den Leben von allen, die ich liebe – und ich liebe sehr viele Menschen –, von mir hast du rein gar nichts zu befürchten.«

»Das hat deine Mutter auch gesagt.«

»Na ja, sie ist vielleicht ein bisschen voreingenommen, was mich und meine Geschwister angeht, aber ich habe sie noch nie lügen hören. Das war überhaupt das Einzige, wofür wir so richtig Ärger bekamen, als wir klein waren. Meine Schwester Charley war Weltklasse im Lügen Erzählen, also hatte sie ständig Ärger.«

»Und du? Hattest du auch mal Ärger, weil du gelogen hast?«

»Nein, bei mir ging es immer eher um kaputte Fensterscheiben, Blechschäden am Auto meines Vaters, meine Musik war immer zu laut, und ich habe mich öfter mal mit meinen Brüdern geprügelt, manchmal auch im Wohnzimmer, wo meine Mutter das Porzellan meiner Großmutter aufbewahrt. Das war dann schon ein Problem für sie, gelinde gesagt. Manchmal prügeln wir uns heute noch.«

»Diese Frau muss eine Heilige sein.«

»So wird sie oft genannt.«

»Wie viele Brüder hast du?«

»Sechs. Einer von ihnen ist mein eineiiger Zwilling.«

»Oh, wow, das ist ja cool.«

»Steig mal ein, dann erzähle ich dir davon.« Meistens waren die Leute nicht besonders begeistert, wenn sie hörten, dass es ihn doppelt gab, aber Danielle schien es einfach nur interessant zu finden. Was wahrscheinlich daran lag, dass sie nicht wusste, dass die Zwillinge von den meisten Leuten für Idioten gehalten wurden. Sie kannte ihn nicht, also war das hier eine tolle Gelegenheit, seinen Plan, sich künftig wie ein echter Erwachsener zu verhalten, in die Tat umzusetzen.

Auf dem Weg zu Craigs Haus fiel Lucas auf, dass er in der letzten Stunde noch kein einziges Mal an Amanda gedacht hatte oder an Landon und das Durcheinander, vor dem er geflohen war.

4

Unser wahrstes Leben beginnt dort,
wo wir zu unseren Träumen erwachen.
Henry David Thoreau

Dani hoffte, dass sie nicht den nächsten Riesenfehler beging, indem sie Lucas erlaubte, ihr zu helfen, aber was blieb ihr schon anderes übrig? Sowohl er als auch seine Mutter hatten gesagt, dass es zu dieser Jahreszeit fast unmöglich war, spontan eine Unterkunft in Stowe zu finden, und er hatte gesagt, dass es in dem Haus, zu dem sie fuhren, mehr als genug Zimmer gab.

Wie hatte sie nur so dumm sein können, nicht an die Skisaison zu denken? Sie war so darauf fokussiert gewesen, Kentucky zu verlassen, dass die völlig vergessen hatte, an die Logistik an ihrem Zielort zu denken. Die Fahrt hatte doppelt so lange gedauert wie berechnet, weil sie alle paar Stunden hatte anhalten müssen, um Savannah zu stillen und ihre Windel zu wechseln.

Am Vortag hatte Savannah irgendwann einfach keine Lust mehr gehabt, in ihrem Sitz festgeschnallt zu sein, und angefangen zu schreien, bis Dani keine andere Wahl gehabt hatte, als früher anzuhalten und in Pennsylvania ein Hotel zu suchen. Heute war schon wieder ein langer Tag gewesen, und als der Wagen ins Schleudern geraten und von der Straße gerutscht war, war sie fest überzeugt gewesen, dass sie und ihre Tochter da draußen in der Kälte sterben würden.

Bis Lucas Abbott vorbeigekommen war und sie gerettet hatte. Als sie aufgehört hatte, vor dem fremden Mann an ihrem Fenster Angst zu haben, hatte sie sofort bemerkt, dass er aussah wie ein Filmstar. Und als er sie aus dem Auto gehoben hatte, hatte sie festgestellt, dass er Muskeln über Muskeln hatte.

Nicht, dass sie sich im Geringsten für ihn als Mann interessierte. Nicht mal ein bisschen. Aber es war gut zu wissen, dass sie einen gutaussehenden Mann noch erkennen konnte, wenn sie einen sah. Er roch außerdem unglaublich gut. Wie kalte Winterluft, Immergrün und Feuerrauch, einer ihrer Lieblingsgerüche.

Warum sie sich erlaubte, darüber nachzudenken, wie er roch, wusste sie selbst nicht. Es war besser, wenn sie über nichts weiter nachdachte als ein Bett für die Nacht und ein Dach über dem Kopf für sich und Savannah. Morgen würde sie sich nach einer Unterkunft umsehen, wo sie bis zu ihren Vorstellungsgesprächen bleiben konnten. Sie hatte die Termine am Vorabend von dem Hotel in Pennsylvania vereinbart und dem Management gesagt, dass sie ihre Tochter mitbringen musste, bis sie einen Krippenplatz für sie gefunden hatte. Sie waren sehr verständnisvoll gewesen, aber sie hatte trotzdem Angst, dass es ihren Chancen schaden würde, die alleinerziehende Mutter eines vier Monate alten Mädchens zu sein.

Dank der Lebensversicherung, die der Arbeitgeber ihres verstorbenen Verlobten abgeschlossen hatte, war ihre finanzielle Situation alles andere als brenzlig. Jedenfalls vorerst, aber sie würde trotzdem so schnell wie möglich einen Job brauchen, der ihr und ihrem Kind auf lange Sicht die nötige Sicherheit bot. Es trieb ihr Tränen in die Augen, wenn sie daran dachte, dass Jack sie in seine Lebensversicherung eingetragen hatte und so selbst nach seinem Tod für sie sorgte.

Sobald sie das Haus erreicht hätten, von dem Lucas gesprochen hatte, würde sie ihn fragen, ob sie das Telefon benutzen durfte, um ihrer besten Freundin Bescheid zu sagen, dass sie es nach Vermont geschafft hatte. Leslie wusste besser als irgendjemand sonst, wie wichtig es für Dani gewesen war, die schmerzhaften Erinnerungen hinter sich zu lassen.

Es war ernüchternd, daran zu denken, wie hilflos sie ohne Lucas gewesen wäre.

»Ich bin wirklich froh, dass du angehalten hast, um uns zu helfen«, durchbrach sie ein weiteres längeres Schweigen.

»Natürlich habe ich angehalten, um zu helfen.«

»Das sagst du, als würden das alle machen.«

»Ich hoffe doch sehr, dass alle das machen würden.«

»Aber das wissen wir beide besser, oder?«

»Ja, das stimmt schon. Aber die meisten, die ich kenne, hätten jedenfalls angehalten und geholfen, wenn jemand Hilfe braucht.«

»Du kennst anscheinend all die guten Menschen.«

»Sind die Menschen, die du kennst, denn nicht gut?«

»Doch, schon.« Die Menschen in ihrem Leben waren schon fast zu gut, und das war zu Hause auch genau das Problem gewesen. Es wäre so leicht, wurde ihr klar, diesem süßen Kerl, der ihr das Leben gerettet hatte, ihr Herz auszuschütten. Aber sie hatte den ganzen Mist zu Hause gelassen, als sie losgezogen war, um sich ein neues Leben aufzubauen, an einem Ort, mit dem sie ihre schönsten Kindheitserinnerungen verband. Das Letzte, was sie jetzt tun wollte, war, weiter über die Gründe nachzudenken, aus denen sie die Zelte abgebrochen und ihr Leben radikal geändert hatte – und das von Savannah.

Ihre Mutter würde ihr nie verzeihen, dass ihre einzige Tochter mit ihrer einzigen Enkelin so weit weggezogen war, aber Dani konnte einfach nicht atmen, wenn ihre Eltern ständig versuchten, alles für sie zu regeln. Was nicht zu regeln war, konnten sie ohnehin nicht regeln. Das konnte nur sie selbst, und deshalb hatte sie sich entschieden, so weit weg zu ziehen, dass ihre Eltern nicht unangekündigt vorbeikommen und sich in ihr und Savannahs Leben einmischen konnten.

Sie war dankbar für alles, was sie für sie und Savannah getan hatten, aber irgendwann hatte sie festgestellt, dass sie gar nicht mehr selber dachte. Das hatte zwar für eine Weile sehr gutgetan, war aber sicher keine Lösung auf lange Sicht. Dani wünschte nur, sie hätten sich nicht so gestritten. Sie hatte sich eine richtige Gardinenpredigt anhören müssen, als ihre Mutter angerufen hatte, nachdem sie ihren Brief gelesen hatte.

Sie holte tief Luft und atmete langsam wieder aus, versuchte, nicht an die Dinge zu denken, die in der Vergangenheit besser aufgehoben waren. Wenn sie daran dachte, was ihre Eltern sagen würden, wenn sie erfuhren, dass sie zu einem Mann in den Wagen gestiegen war, der noch vor einer Stunde ein völlig Fremder gewesen war, hinterfragte sie schon wieder ihr Urteilsvermögen. Wenn sie sich in Lucas Abbott geirrt hatte, würde sie sich selbst nie wieder vertrauen.

Ein paar Minuten später bog Lucas rechts von der Straße ab.

Danis Herz schlug schneller, als sie den dichten Wald zu beiden Seiten der kurvigen Einfahrt sah, und ihr Mund wurde ganz trocken. Vielleicht war das hier doch keine so tolle Idee gewesen. Sie fuhren eine halbe Meile weiter, bis ein großes Haus im Scheinwerferlicht auftauchte. Sie dachte daran, dass es, falls sie sich in Lucas geirrt hatte, Monate dauern würde, bis irgendjemand sie und ihr Kind fand.

Panik stieg in ihr auf, und in ihrer Kehle bildete sich ein Kloß, der so groß war, dass sie kaum atmen konnte. *O Gott, nein. Nein, nein, nein, bitte nicht!*

»Danielle? Alles in Ordnung?«

Sie schüttelte den Kopf, das Einzige, wozu sie in der Lage war, als die Panik sie schonungslos zu verschlingen drohte. Es erinnerte sie an die ersten Wochen, nachdem

Jack gestorben war und sie alleine und schwanger und mit gebrochenem Herzen zurückgelassen hatte. Ihr Hals zog sich komplett zusammen, sie konnte nicht atmen, und kalter Schweiß trat ihr auf die Stirn.

»Danielle!«

Sie hörte, wie Lucas ihren Namen rief, aber nur wie aus weiter Ferne.

Das Baby begann zu weinen, aber Dani konnte sich nicht bewegen. Winzige Pünktchen tanzten vor ihren Augen. Das hier war eine schlimme Attacke, schlimmer als die, die sie in den Monaten nach Jacks Tod gehabt hatte. Dann, genauso schnell, wie sie gekommen war, ließ die Enge in ihrer Kehle nach, und sie schaffte es, tief Atem zu holen. Das Durcheinander in ihrem Kopf kam zur Ruhe. Dann bemerkte sie, dass Lucas um den Truck herumgelaufen war und in der nun offenen Tür neben ihr stand.

»Tief einatmen«, sagte er.

Sie sog die kalte Luft tief und gierig in ihre Lungen.

»Noch einmal«, sagte er. Seine Stimme war liebevoll und geduldig.

»Baby!«, brachte sie heraus und schnappte nach Luft.

»Es geht ihr gut. Atme einfach weiter.«

Dani schloss die Augen und konzentrierte sich darauf, ihre Lungen mit Luft zu füllen, bis ihr Puls sich verlangsamte. Schweißnass, wie sie war, begann sie in der kalten Luft zu zittern.

»Geht es dir jetzt besser?«

»Ich … ich glaube schon. Tut mir leid.«

»Es gibt nichts, was dir leidtun müsste. Komm, wir bringen euch nach drinnen, wo es warm ist.«

Wenn es einen Vorteil hatte, dass sie gerade im Beisein des Fremden, der sie gerettet hatte, eine Panikattacke gehabt hatte … Das wäre gerade die perfekte Gelegenheit gewesen, ihr etwas anzutun, und er hatte ihr stattdessen geholfen. Das war doch schon mal was, oder?

Auf unsicheren, wackligen Beinen trug Dani Savannahs Autositz zu der dunklen Haustür, wo Lucas gerade den Sicherheitscode eingab. Das Licht ging an, und er öffnete die Tür.

»Bitte«, sagte er und bedeutete ihr, als Erstes nach drinnen zu gehen.

Dani betrat einen großzügigen Eingangsbereich, von dem eine Tür in einen offenen Koch-, Wohn- und Essbereich führte. Ein großer, steinerner Kamin bestimmte den weitläufigen Raum. »Das ist ja schön!«

»Ich weiß. Ich liebe dieses Haus. Mein Freund Craig hat es von seinem Vater geerbt, als er gestorben ist. Normalerweise vermietet er es in der Skisaison. Dieses Jahr hat er das nicht gemacht, weil er sich in den Kopf gesetzt hat, einen Roman zu schreiben, wenn er nicht auf Geschäftsreise ist.«

»O wow, das ist ja cool.« Dani rechnete es Lucas hoch an, dass er sie wegen des Vorfalls im Truck nicht mit Fragen löcherte.

»Ich bin gespannt, was er sich einfallen lässt. Auf dem College ist er komplett verrückt gewesen, ist seitdem aber deutlich erwachsener geworden. Das sind wir alle.«

»Auf die Dauer lässt sich das nicht vermeiden.«

»Ich hole die Einkäufe und Feuerholz, und dann sehen wir zu, dass es hier drinnen warm wird.«

Er ging zurück nach draußen, und Dani zog ihren Mantel aus und nahm Savannah aus ihrem Sitz.

Das Gesicht des Babys war rot vom Weinen, und ihre Wangen waren tränennass. »Ist ja gut, meine Kleine, alles ist gut. Es tut Mommy leid, dass sie dir einen Schreck eingejagt hat.« Sie küsste die weiche Wange und schloss Savannah in die Arme.

Savannah quietschte und grabschte nach Danis Brüsten. Offensichtlich hatte sie Hunger.

Danis Brust reagierte sofort auf ihr Baby und fing an zu kribbeln. Es würde keine Minute dauern, bis die Milch einschoss. Sie reagierte schnell, schnappte sich eine Decke und ließ sich aufs Sofa fallen. Sie schaffte es, die Decke über sich und das Baby zu breiten, bevor Lucas mit den Einkäufen zurück war.

Als er ins Wohnzimmer kam, streifte er sie mit einem Blick, sah, dass sie Savannah stillte, und schaute weg. Er ging wieder nach draußen, um Feuerholz zu holen, und als Dani mit Stillen fertig war, flackerte ein Feuer im Kamin. Sie wartete, bis Savannah ihr Bäuerchen gemacht hatte, wickelte sie und trug sie dann durch das große Zimmer, bis sie glaubte, dass sie eingeschlafen war. Sie wandte Lucas den Rücken zu, so dass er das Gesicht des Babys sehen konnte. »Schläft sie?«

»Tief und fest.«

»Das dachte ich auch, aber ich war nicht ganz sicher.« Sie legte das Baby aufs Sofa, dann drapierte sie eine zusammengerollte Decke daneben, damit die Kleine nicht herunterfallen konnte.

»Sie ist aber ein ruhiges Baby.«

»Das stimmt. Gott sei Dank.« Während ihrer gesamten Schwangerschaft hatte sie für ein pflegeleichtes Baby gebetet, eines der wenigen ihrer Gebete, die in letzter Zeit erhört worden waren. Andere waren eher ignoriert worden, zum Beispiel als sie dafür gebetet hatte, dass ihre Eltern ihre Entscheidungen respektieren würden, ohne sie zu verurteilen. Die Antwort darauf war gleich null gewesen. Genau wie auf jenes, mit dem sie um Jacks Sicherheit gefleht hatte. Abgelehnt. Das Gebet für eine sichere Fahrt nach Vermont für sie und Savannah brauchte sie gar nicht erst zu erwähnen. War es ein Wunder, dass sie darüber nachdachte, das Beten aufzugeben?

»Es gibt hier unten zwei Schlafzimmer und dann noch vier im ersten Stock.« Er zeigte auf eine Treppe, die am Rand des Wohnbereichs nach oben führte. »Wenn du hier unten bleiben möchtest, gehe ich nach oben.«

»Wie du möchtest.«

»Ich bringe eure Sachen in das große Schlafzimmer hier unten. Die erste Tür rechts. Es hat ein eigenes Badezimmer. Im Schrank sind Handtücher.«

»Super, vielen Dank.«

Er trug ihre Taschen ins Schlafzimmer, und Dani fuhr sich kurz mit der Bürste durch die Haare, die unter der

Mütze komplett plattgedrückt worden waren. Nach der langen Fahrt und dem Stress des Unfalls machte sich Erschöpfung in ihr breit. Was sollte sie tun, wenn ihr Auto schlimm beschädigt war? Sie versuchte, sich daran zu erinnern, was in ihren Versicherungspapieren stand. Sie würde sich morgen darum kümmern, wenn sie besser einschätzen konnte, wie schlimm es war.

»Hast du Hunger?«, fragte Lucas, als er wieder ins Zimmer kam.

»Ich könnte definitiv etwas zu essen vertragen.«

»Ich mache die Pizza warm.«

»Das klingt gut.«

Er lächelte und sah dadurch nur noch besser aus. In den Monaten, nachdem sie Jack verloren hatte, hatte sie keinen Mann auch nur eines Blickes gewürdigt. Bis Lucas Abbott sie gerettet hatte. Er hatte ihr gezeigt, dass sie, obwohl Jack nicht mehr da war, selbst noch äußerst lebendig war.

Sie ging mit ihm in den Küchenbereich, um mit dem Essen zu helfen, behielt aber ein Auge auf Savannah. »Tut mir leid, dass ich mich so in dein Wochenende dränge. Du wolltest diese Zeit sicher für dich alleine haben. Und jetzt futtere ich dir auch noch dein Essen weg.«

»Ist überhaupt kein Problem. Ehrlich gesagt bin ich sehr froh, Gesellschaft zu haben.« Er nahm die Tiefkühlpizzen aus den Schachteln – eine Supreme und eine Pepperoni – und schob sie in den Ofen. »Ich war ziemlich schlecht gelaunt, als ich aus Butler weggefahren bin. Dir zu helfen hat mich von dem Grund dafür abgelenkt.«

Sie setzte sich auf einen der Barhocker, die an der Kücheninsel standen. »Ich kann ziemlich gut zuhören, falls du mit jemandem darüber reden willst. Meine Freunde kommen immer mit ihren Problemen zu mir. Auf der Highschool haben sie mich immer Lucy genannt.«

»So wie Lucy und Charlie Brown?«

»Ja, genau. Und weil du so nett zu mir warst, berechne ich nicht mal die üblichen fünf Cent für einen guten Rat.«

»Also das Angebot kann ich ja wohl schwer ausschlagen.« Er machte sich ein Bier auf. »Was kann ich dir denn zu trinken anbieten?«

»Wasser mit Eis wäre toll.«

Er schenkte ihr ein großes Glas Eiswasser ein und setzte sich auf den Hocker ihr gegenüber. Er holte tief Luft und atmete langsam wieder aus. »Also, es ist so. Ich habe dir ja erzählt, dass ich ein Zwilling bin. Eineiig.«

»Ja.«

»Mein Bruder Landon und ich verstehen uns super. Immer schon. Wenn einer von uns eine Idee hat, ist der andere Feuer und Flamme.«

»Lustig, dass du das als Feuerwehrmann so ausdrückst.«

»Einer der Lieblingssprüche meines Großvaters. Landon und ich sind beide bei der Feuerwehr, falls das eine Rolle spielt. Na ja, wenn es um unsere Geschwister geht, waren wir wirklich manchmal richtig sture Böcke, aber nie untereinander.«

Sie musste über seine Wortwahl lachen. »Wie sture Böcke?«

»Kopfnüsse, Fußtritte und Schubsen von hinten.«

»Ah-ja.«

»Wie auch immer, Landon und ich haben uns immer super verstanden, und dann war da diese Frau, Amanda, die in die Stadt gekommen ist, um im Geschäft Sexspielzeug zu verkaufen, und plötzlich ...«

»Wow, Moment mal. Sexspielzeug im Geschäft? Das musst du mir erst einmal erklären.«

Sein leises Lachen hallte in der Küchenecke wider. »Ich gebe zu, dass das nach einer Erklärung verlangt.«

»Äh, ja. Bitte, fahr fort.«

»Meiner Familie gehört der Green Mountain Country Store.«

»Was? Ernsthaft? Da habe ich diese Woche ein Vorstellungsgespräch.«

»Wirklich?«

»Ja! Ist meine erste Wahl. Ich liebe die Website, konnte gar nicht mehr aufhören zu lesen. Es wäre unglaublich, dort zu arbeiten.«

»Da kann ich vielleicht behilflich sein.« Er beugte sich zu ihr vor und flüsterte verschwörerisch: »Ich kenne die richtigen Leute.«

»Du stellst dich als äußerst nützlich heraus.«

Damit verdiente sie sich ein breites Lächeln. »Ach, Quatsch. Man tut, was man kann. Ist ja auch egal. Mein Dad hatte diese fixe Idee, im Laden eine Intimlinie anzubieten. Amanda kam, um die Schulung zu machen. Landon und ich haben sie beide um ein Date gebeten, und sie ist am ersten Abend mit mir ausgegangen und am zweiten mit ihm.«

»Warum sollte sie mit euch beiden ausgehen? Das ist irgendwie seltsam.«

»Ich glaube, sie wollte nur nett sein, weil unsere Firma Geschäfte mit ihrer macht.«

»Ah, okay. Also, was ist passiert?«

»Wir hatten einen wirklich schönen Abend, aber ich glaube, sie mag ihn mehr als mich. Sie ist gestern mit ihm auf unserer Geburtstagsfeier aufgetaucht, und ich wollte einfach nur eine Weile lang weg. Deshalb bin ich hier.«

»Alles Gute nachträglich.«

»Dankeschön.«

»Also, was ist schlimmer für dich? Dass sie ihn lieber mögen könnte als dich, oder dass du mit ihm Streit hast?«

»Das ist eine gute Frage.« Er stand auf und spähte in den Ofen. »Wahrscheinlich der Streit mit ihm. Das kann ich kaum aushalten.«

»Na ja, dann beende es einfach. Wenn er dir wichtiger ist als sie, dann entscheide dich für ihn. Wenn sie ihn lieber mag als dich, dann soll das wahrscheinlich so sein. Du wirst jemanden finden, der dich lieber mag als ihn. Willst du das nicht sowieso?«

»Wie kommt es, dass sich das plötzlich so einfach anhört?«

»Weil es so ist. Dein Bruder ist schon immer dein bester Freund. Er geht vor. Vor allem, wenn es um jemanden geht, dem du gerade erst begegnet bist.«

»Das hat mein Großvater auch gesagt. Ihr habt beide völlig recht.«

»Ach nee. Ich weiß.«

Sein Lachen brachte seine wunderschönen goldbraunen Augen zum Funkeln. Der Mann sah einfach lächerlich gut aus. Sie konnte nicht fassen, dass es noch einen von der Sorte gab. Die beiden ließen bestimmt eine Spur an gebrochenen Herzen zurück, wohin sie auch gingen.

Dani schüttelte diese Gedanken ab. Was gingen sie die von den beiden gebrochenen Herzen an? Sie hatte nicht die Absicht, ihres hinzuzufügen. Ihr Herz war so sehr gebrochen worden, dass es für ein ganzes Leben reichte. Zuzulassen, dass sie sich auf einen gutaussehenden, gutmütigen, wahnsinnig attraktiven Fremden einließ, wäre mit Sicherheit nicht das Richtige.

Er gab ihr heute Abend ein Dach über dem Kopf und eine Tiefkühlpizza und vielleicht eine Empfehlung für ihr Vorstellungsgespräch mit seiner Familie. Das war alles. Sie konnte nicht zulassen, dass die Einsamkeit, die jede Faser ihres Lebens durchdrungen hatte, diesen Abend zu etwas aufbauschte, was er nicht war.

Der Geruch der Pizza brachte ihren Magen zum Knurren.

»Da hat aber jemand Hunger«, sagte Lucas.

»Wie peinlich.«

»Das sollte dir nicht peinlich sein. Wenn meine ganze Familie zusammen isst, ist so was noch das harmloseste Geräusch, das zu hören ist.«

»Ich würde zu gerne wissen, wie es war, mit neun Geschwistern aufzuwachsen.«

»Es war laut und voll und chaotisch, aber wir hatten auch viel Spaß. Es gab immer jemanden, mit dem man Zeit verbringen konnte. Oder sich prügeln.«

»Prügeleien scheinen ein wichtiger Teil eures Familienlebens zu sein.«

»Ich habe sechs Brüder, von denen vier älter sind als ich. Außerdem hat eine meiner Schwestern noch gegen mich gewonnen, bis ich auf der Highschool war. Ich habe früh gelernt, mich zu verteidigen.«

»Und wie ist deine Mutter so?«

»Sie ist richtig cool und entspannt, aber sie hat uns nichts durchgehen lassen, was sie wirklich gestört hat. Sie ist wirklich eine Heilige. Das sagen alle.«

»Sie hat wahrscheinlich gar keine andere Wahl. Und dein Dad?«

»Er ist toll. Zu Hause ist er tiefenentspannt, aber wenn es um den Betrieb geht, ist er wirklich ehrgeizig und lässt einfach nicht locker.«

»Also der Familienbetrieb gehört ihm?«

»Meiner Mom. Aber Dad hat in Yale Management studiert. Mein Großvater hat ihn eingestellt, nachdem er Mom geheiratet hatte, und dann ist er Geschäftsführer geworden, als Gramps in den Ruhestand ging. Die beiden verstehen sich blendend – sie mischen sich ständig in unser Liebesleben ein und in das unserer Cousins und Cousinen. Sie glauben, sie können über uns alle bestimmen.

Hatte ich schon erwähnt, dass die Schwester meiner Mutter acht Kinder hat?«

Dani fiel die Kinnlade herunter. »Oh. Mein. Gott!«

»Die Winter in Vermont sind lang. Das sagen meine Mutter und meine Tante jedenfalls immer.«

»Lustig.«

»Es stimmt.« Er nahm die Pizzen aus dem Ofen, schnitt sie in Stücke, nahm Teller und Besteck aus dem Schrank und setzte sich wieder zu ihr.

»Du kennst dich ja ziemlich gut in dieser Küche aus.«

»Ich bin mehrmals im Jahr hier. Craig und ich sind seit dem College gute Freunde, und von Butler aus bin ich in neunzig Minuten hier. Die einfachste Möglichkeit, Abstand zu bekommen. Wir hatten hier schon viel Spaß.«

Dani beobachtete ungläubig, wie er in der Zeit, die sie für eines brauchte, fünf Stücke Pizza hinunterschlang. »Nett von ihm, dass du das Haus benutzen darfst, wenn er nicht hier ist.«

»Das stimmt. Er ist ein guter Freund.«

»Das bist du aber auch. Vielen Dank für alles, was du für mich getan hast. Ich weiß nicht, was ich gemacht hätte, wenn du nicht gekommen wärst.«

»Ich bin froh, dass ich helfen konnte.«

Als sie fertig gegessen hatten, räumten sie zusammen die Küche auf. Dani unterdrückte ein Gähnen nach dem anderen. Lucas machte eine Packung Knusperriegel auf und hielt sie ihr hin.

Sie nahm einen Riegel und wickelte ihn aus. »Ich sollte erklären, was eben passiert ist. Im Auto.«

»Das musst du nicht.«

»Ich sollte aber.« Sie nahm einen Bissen Schokolade und versuchte, sich zu sammeln. »Vor fast einem Jahr haben die Panikattacken angefangen, nach einem traumatischen Ereignis. Sie kommen einfach aus dem Nichts, und ich habe kaum Kontrolle darüber, wo oder wie es passiert.«

»Du bist mir keine Erklärung schuldig. Ich bin einfach nur froh, dass es dir wieder gut geht. Aber du solltest wahrscheinlich schlafen gehen, bevor du zusammenbrichst.«

»Das mache ich. Heute war ein langer Tag. Und Savannah wacht bestimmt bald wieder auf.«

»Gute Nacht. Ich schließe noch ab und warte, bis das Feuer heruntergebrannt ist, bevor ich nach oben gehe.«

»Danke noch mal. Du hast mir wirklich das Leben gerettet. Und Savannah.«

»Sehr gerne. Schlaf gut, und morgen früh kümmern wir uns um dein Auto.«

»Ich hoffe, es ist kein Totalschaden.«

»Das glaube ich nicht. Nach dem, was ich sehen konnte, ist der Wagen ziemlich gerade gelandet und hat nicht groß was abbekommen. Wenn sie ihn erst mal aus dem Graben gezogen haben, sollte alles in Ordnung sein. Hoffe ich jedenfalls.«

»Ich auch.« Sie hoffte wirklich, dass er recht hatte. Das Letzte, was sie brauchen konnte, war ein Totalschaden, wenn sie versuchte, sich und ihrer Tochter an dem einzigen Ort, der sich je wirklich wie ein Zuhause angefühlt hatte, ein neues Leben aufzubauen. Vielleicht hatten ihre Eltern recht. Vielleicht war es verrückt, dass sie alles selber machen wollte, obwohl sie sich gerne um alles gekümmert hätten. Sie schaute auf ihr Handy und sah, dass sie noch immer keinen Empfang hatte. »Kann ich das Telefon benutzen und meiner Freundin zu Hause Bescheid sagen, dass ich es hierher geschafft habe und wo ich bin?«

»Natürlich.«

»Ich kann Geld für die Telefonrechnung dalassen.«

»Musst du nicht. Craig hat sicher nichts dagegen. Du kannst da drüben telefonieren, während ich nach dem Feuer sehe.«

»Danke. Ich mache schnell.«

»Lass dir ruhig Zeit.«

5

Wenn du die Kontrolle über dein Leben übernimmst, brauchst du niemanden mehr um Erlaubnis zu fragen, weder andere Menschen noch die Gesellschaft als Ganzes. Wenn du um Erlaubnis bittest, gibst du einer anderen Person ein Vetorecht über dein Leben.

Geoffrey F. Abert

Als er im Wohnbereich war, nahm Dani das Telefon und wählte eine der wenigen Nummern, die sie auswendig kannte.

Leslie hob beim ersten Klingeln ab. Die unbekannte Nummer schien sie zu verwirren. »Hallo?«

»Ich bin's.«

»Oh, Gott sei Dank, ich versuche schon seit Stunden, dich anzurufen!«

»Hier oben ist so gut wie kein Handyempfang.«

»Ich war kurz davor, die Polizei einzuschalten. Deine Mutter macht mich fertig, sie schreibt mir ununterbrochen, ob ich etwas von dir gehört habe.«

»Tut mir leid, dass ich erst so spät anrufe. Du wirst nicht glauben, was mir passiert ist!« Dani erzählte, wie sie ins Schleudern geraten und von der Straße gerutscht war, und wie Lucas sie gerettet hatte.

»Warte mal. *Willst du damit sagen, dass du mit einem Typen zusammen bist, den du nicht kennst, und dann auch noch mitten in der Pampa in Vermont?*«

Ihre Freundin klang hysterisch, und Dani ärgerte sich darüber. »Er ist bei der Feuerwehr. Und Rettungssanitäter. Ich habe mit seiner Mutter gesprochen, und sie hat mir gesagt, dass er hundert Prozent vertrauenswürdig ist. Er war die ganze Zeit super nett und hilfsbereit. Und er ist das achte von zehn Kindern.« Sie hatte keine Ahnung, warum sie das mit den zehn Kindern gesagt hatte, aber es hatte sie beruhigt, und vielleicht klappte das ja auch bei Leslie.

»Das heißt nicht, dass er kein Serienkiller ist!«

»Er ist kein Serienkiller, Les. Er ist ein wirklich netter Mann, und er hat mich und Savannah davor bewahrt, in unserem Auto im Graben zu übernachten. Er hat mir sogar etwas zu essen gemacht.«

»Das gefällt mir überhaupt nicht, Dani. Was zum Teufel sollen wir machen, wenn du verschwindest?«

Danis Magen zog sich zusammen. »Das wird nicht passieren. Wir fahren morgen zur Werkstatt, dann hole ich mein Auto, und ich habe morgen auch mein erstes Vorstellungsgespräch.«

»Ich möchte seinen Namen wissen, seine Adresse und seine Telefonnummer. Und die Adresse von dem Haus, wo du bist. Wenn ich bis morgen früh um zehn nicht von dir gehört habe, rufe ich die Polizei. Ich meine es ernst.«

Dani versuchte, sich in Leslie hineinzuversetzen. Sie wusste, dass es ihr ähnlich gehen würde, wenn sie Lucas nicht kennengelernt hätte und nicht wüsste, wie nett er war. »Warte kurz.« Sie legte den Hörer weg und nahm einen Block und einen Stift, die neben dem Telefon lagen. Dann ging sie in den Wohnbereich. »Ähm, Lucas?«

Lucas hockte vor dem Kamin und schaute zu ihr auf. »Was ist?«

»Meine, ähm, meine Freundin würde gerne deinen Namen, deine Adresse und diese Adresse wissen, und sie will morgen vor zehn Uhr von mir hören, sonst ruft sie die Polizei.«

Er unterdrückte ein Lachen, was seine Lippen zum Zittern und seine Augen zum Funkeln brachte. Beides sah sehr gut an ihm aus. Na ja, Matsch hätte auch gut an ihm ausgesehen.

Er nahm den Block und den Stift und schrieb die Infos auf, um die sie ihn gebeten hatte. »Ich habe auch die Nummer von meiner Mutter und die von der Feuerwache aufgeschrieben, falls sie mich überprüfen möchte.«

»Vielen Dank, dass du nicht sauer bist.«

»Warum sollte ich sauer sein? Sie kennt mich nicht, und du kanntest mich bis vor kurzem auch nicht.«

»Ich kenne dich jetzt ein bisschen, und wenn ich bei dir falschliege, werde ich nie mehr in der Lage sein, meinem eigenen Urteil zu trauen.«

»Du liegst ganz richtig bei mir.« Die Art, wie er das sagte, sorgte dafür, dass Schmetterlinge in ihrem Bauch Purzelbäume schlugen.

»Ich, ähm … Ich gebe das nur schnell an Leslie durch.«

»Okay.«

Dani ging zurück in die Küche. »Bist du noch da?«

»Was hat da so lange gedauert? Ich wollte gerade die Polizei rufen!«

»Jetzt hör doch mal auf damit. Ich habe alles, was du wissen wolltest. Hast du was zum Schreiben?«

»Ja.«

Sie las ihr vor, was er aufgeschrieben hatte, auch die Nummer seiner Mutter und die der Feuerwache. »Falls du ihn überprüfen möchtest.«

»Das mache ich vielleicht.«

»Les, komm schon. Er ist wirklich nett. Ich schwöre. Er hat mir seinen Dienstausweis gezeigt, er hat Ausrüstung im Auto und ein Blaulicht, die Plakette auf dem Nummernschild, und er hat gesagt, ich kann seine Abteilung anrufen, wenn ich überprüfen will, ob er wirklich dort arbeitet. Er war die ganze Zeit echt nett zu mir – und seiner Familie gehört das Geschäft in Butler, bei dem ich ein Vorstellungsgespräch habe.«

»Das ist ja alles schön und gut, aber du meldest dich besser trotzdem vor zehn bei mir. Sonst rufe ich die Polizei. Das sage ich nicht nur so daher, Dani.«

»Ich glaube, du solltest aufhören, so viele Krimis zu schauen.«

»Vielleicht solltest du ein paar mehr schauen, dann wüsstest du vielleicht, dass es völlig bescheuert ist, mit deinem Baby mitten im Wald bei einem Fremden zu übernachten.«

»Ich fühle mich bei ihm sicher, Les. Sonst hätte ich sein Angebot nicht angenommen.«

»Ich hoffe, du hast recht. Schließ auf jeden Fall deine Schlafzimmertür ab und schieb was Schweres davor, damit er nicht reinkommen kann.«

»Ich gehe jetzt ins Bett. Ich rufe morgen an.«

»Vor zehn.«

»Ja. Und Les? Sag meiner Mutter nichts davon, hast du gehört?«

»Mache ich nicht, weil sie nämlich *wirklich* die Polizei rufen würde. Ich sage ihr, dass du gut angekommen bist.«

»Danke.« Dani atmete erleichtert auf. Sie war froh, dass Leslie ihrer Mutter nicht sagen würde, wo sie war, oder mit wem. »Bis morgen.«

»Ja, bis morgen. Sonst ... Oh, und Dani? Du hast meinem Bruder das Herz gebrochen.«

»Was? Habe ich nicht!«

»Doch, hast du. Er hat sich auf das Date gefreut, das ihr geplant hattet.«

»Es war kein Date, und ich habe überhaupt nichts geplant! Das waren unsere Mütter, die sich in unser Leben eingemischt haben, und das ist übrigens einer der Hauptgründe, aus denen ich wegwollte. Aber sag ihm das nicht.«

»In Ordnung. Und ich verstehe das, auch wenn er es nicht tut.«

»Es hat rein gar nichts mit ihm zu tun. Bitte sag ihm das. Ich habe diesen Entschluss schon gefasst, bevor unsere Mütter überhaupt daran gedacht haben, dass eine Beziehung uns trösten könnte, obwohl zwischen uns nie mehr als Freundschaft war.«

»Ich weiß, und er wird das irgendwann auch einsehen. Vergiss nicht, mich morgen früh anzurufen. Ich hab dich lieb.«

»Mache ich. Hab dich auch lieb.« Dani legte auf und stellte das Telefon zurück auf die Station. Sie und Leslie waren in benachbarten Häusern aufgewachsen und von klein auf beste Freundinnen. Les war mit Mark verheiratet, einem Mann, mit dem sie beide zusammen zur Schule gegangen waren. Er war Arzt geworden, und sie erwarteten im Herbst ihr zweites Kind. Les und ihre Familie zu verlassen war das Schwerste an ihrer Entscheidung gewesen, aber sie würden immer in Verbindung bleiben, egal wo sie lebte.

Leslies älterer Bruder Tom war kürzlich zurück nach Hause gezogen, nachdem seine Ehe in die Brüche gegangen war. Herauszufinden, dass ihre Mutter zusammen mit Mrs. Carter versuchen wollte, sie zu verkuppeln, hatte das Fass zum Überlaufen gebracht und sie in ihrer Entscheidung bestärkt. Tom war wie ein Bruder für sie, das war schon immer so gewesen.

»Alles in Ordnung?«, fragte Lucas.

»Ja. Danke. Sorry wegen des Verhörs.«

»Ich bin froh, dass du Freunde hast, die sich um dich sorgen.«

»Ich auch, auch wenn sie manchmal ganz schön nerven können.«

»Das ist die beste Art von Freundschaft.«

Dani warf einen Blick auf Savannah, die ihren Arm nach hinten über ihr Gesicht gestreckt hatte, wie immer, wenn sie richtig fest schlief. »Ich bringe jetzt mal meine Tochter ins Bett.«

»Sag Bescheid, wenn du etwas brauchst.«

»Mache ich. Gute Nacht.«

»Nacht.«

Sie hob Savannah vorsichtig hoch und hoffte, dass sie nicht aufwachen würde, während sie sie ins Schlafzimmer trug. Ein großes Doppelbett aus dunklem Holz nahm fast den gesamten Raum ein, und eine passende Kommode komplettierte das gemütliche Flair. Auf dem Bett lag eine rote Flanelldecke, die zu den Vorhängen passte.

Nachdem sie Savannah vorsichtig auf dem Bett abgelegt und wieder mit einer zusammengerollten Decke gesichert hatte, schaute Dani sich die Kommode an. Sie stand direkt neben der Tür, und Leslies Worte hallten in ihrem Kopf wider, als sie das schwere Möbelstück zentimeterweise nach rechts schob, bis die Tür versperrt war.

Sicher war sicher.

❄

Aus dem Wohnzimmer hörte Lucas ein schabendes Geräusch und dann einen dumpfen Knall. Was machte sie da drinnen nur?

Sollte er nach ihr sehen?

Nein, wenn sie Hilfe brauchte, würde sie sich schon melden, oder?

Er hoffte jedenfalls, dass sie das noch tun würde, nachdem ihre Freundin ihr alle möglichen Horrorgeschichten erzählt hatte. Wenn eine seiner Schwestern in Danis Situation wäre, hätte er auch Angst um sie.

Dann wurde ihm klar, woher das Geräusch gekommen war – sie hatte die Kommode vor die Tür geschoben.

Das brachte ihn zum Lachen, natürlich nur so leise, dass sie es nicht hören konnte. Sie war bei ihm in Sicherheit, aber das konnte sie natürlich nicht sicher wissen.

Das Telefon klingelte, und Lucas ging in den Küchenbereich, um den Anruf anzunehmen.

»Hi«, sagte Craig. »Ich wollte nur sichergehen, dass du reingekommen bist und hast, was du brauchst.«

»Alles gut, vielen Dank. Wo bist du denn?«

»Ich sitze in Chicago fest. Für morgen ist noch einmal ein Schneesturm angesagt. Dieser Winter gibt sich nicht so leicht geschlagen.«

»Nein, das stimmt. Wir sind hier auch eingeschneit.« Er trank einen Schluck aus seiner Bierflasche. »Ich hoffe, es macht dir nichts aus, aber es schläft heute Abend noch jemand hier. Wahrscheinlich nur heute Nacht.«

»Das macht mir überhaupt nichts aus, aber hast du mir etwa etwas verschwiegen?«

Lucas lachte. »Nein, nichts dergleichen.« Er erzählte seinem Freund von dem Unfall und dass er Dani und Savannah für die Nacht ein Bett angeboten hatte.

»Gut gemacht. In Stowe hättet ihr so spontan sicher nichts gefunden.«

»Das habe ich ihr auch gesagt. Sie scheint die Reise nicht wirklich geplant zu haben.«

»Klingt ganz so. Okay, Bro. Ich muss noch ein bisschen arbeiten, morgen sind einige wichtige Meetings. Viel Spaß beim Skifahren.«

»Werde ich haben. Danke noch mal, dass ich das Haus benutzen darf.«

»Mein Haus ist auch dein Haus. Bis bald.«

»Bis bald.«

Lucas öffnete ein weiteres Bier, ging ins Wohnzimmer und machte den Fernseher an. Er zappte sich durch die Sender, bis er bei seiner Lieblings-Stuntshow hängenblieb. Er schaute eine Weile lang dem Treiben zu, aber mit den Augen des neuen, reiferen Lucas kam sie ihm plötzlich viel zu unreif und bedeutungslos vor. Er zappte weiter, bis er eine Nachrichtensendung fand. Der neue Lucas sollte besser darüber informiert sein, was auf der Welt vor sich ging.

Eine Dreiviertelstunde später war er komplett deprimiert und schaltete zu einer Sendung über Innenarchitektur. Erst als das Weinen eines Babys ihn weckte, merkte er, dass er vor dem Fernseher eingeschlafen war. Das Feuer war komplett heruntergebrannt, also schaltete er den Fernseher aus und ging nach oben ins Bett.

Lucas zog eine warme Schlafanzughose und ein langärmliges Oberteil an und legte sich hin. Er hörte Savannah immer noch weinen und hoffte, dass alles in Ordnung war. Er verspürte den seltsamen Drang, zu Danielle zu gehen und ihr seine Hilfe anzubieten. Als ob es irgendetwas gab, was er hätte tun können. Hannah hatte ihm beigebracht, Callie zu wickeln, aber abgesehen davon und dass er Caden ab und zu auf dem Arm hatte, hatte er keine Erfahrung mit Babys. Er war der Letzte, der ihr helfen konnte, wenn mit Savannah wirklich etwas nicht stimmte.

Er blieb liegen, und während er einschlief, dachte er wieder darüber nach, wie wenig er an Landon oder Amanda gedacht hatte.

❄

Dani schlief unruhig. Sie träumte, dass ein Mann sie verfolgte, der ihr und Savannah etwas antun wollte. Sie gab Les die Schuld dafür, weil sie ihr solche Horrorgeschichten erzählt hatte, obwohl sie genau wusste, dass sie bei Lucas in Sicherheit war. Aus welchem Grund auch immer zweifelte sie nicht im Geringsten daran, dass Lucas genau war, wer und was er zu sein schien. Es gab Momente, in denen man sich auf sein Bauchgefühl verlassen musste, und bis jetzt hatte es ihr genau das Richtige über ihn gesagt.

Um viertel nach sechs stand sie auf und schnallte Savannah in ihrem Autositz an, damit ihr nichts passierte, während sie duschte. Als sie bei ihren Eltern gewohnt hatte, die beide von zu Hause aus arbeiteten, waren diese Dinge nie ein Problem gewesen. Es war immer jemand da gewesen, der auf die Kleine aufpassen konnte, wenn sie duschen oder kurz einkaufen wollte. Das würde sie vermissen – aber sie würde es ganz und gar nicht vermissen, dass die beiden versuchten, sämtliche Entscheidungen für sie und Savannah zu treffen. Sie hatte sich gefühlt, als sei sie noch ein Teenager und keine erwachsene Frau von fünfundzwanzig, die ihr eigenes Kind hatte.

Ihre Eltern hatten es gut gemeint. Das wusste sie. Aber selbst nachdem sie sie darum gebeten hatte, ihr ein wenig mehr Raum zu lassen, damit sie atmen und zur Ruhe kommen konnte, hatten sie einfach nicht aufgehört, sie zu bevormunden. Als sie dann auch noch gehört hatte, dass ihre Mutter und Mrs. Carter ein Paar aus ihr und Tom machen wollten, war Dani zu dem Schluss gekommen, dass der Umzug die einzige Möglichkeit war, wenn sie nicht die Kontrolle über ihr Leben verlieren wollte – und über das ihrer Tochter. Sie hatte für ihren Neuanfang nie an einen anderen Ort als an Vermont gedacht, und die Erinnerungen an die idyllischen Sommer ihrer Kindheit hatten sie auf der langen Fahrt begleitet.

Weil sie um zehn ein Vorstellungsgespräch hatte und um elf das zweite, nahm sie sich Zeit, ihr Haar zu föhnen und zu glätten, während Savannah mit dem Spielzeug an ihrem Sitz spielte. Sie gluckste und quietschte dabei immer wieder. Dani liebte es, wenn ihr Baby so vor sich hin brabbelte. Sie hatte die ganze Fahrt über mit der Kleinen geredet, ihr immer wieder gesagt, dass Mommy da war, auch wenn Savannah sie nicht sehen konnte. Sie hatte immer wieder versucht, im Rückspiegel einen Blick auf die Kleine zu erhaschen und war für jede Minute dankbar gewesen, die sie verschlafen hatte.

Dani zog eine schwarze Hose und einen dicken Pullover an, dann steckte sie Savannah in einen warmen Strampler. Danach schob sie die Kommode wieder dahin, wo sie hingehörte, und öffnete die Schlafzimmertür. Es roch nach Kaffee und Speck, und ihr lief das Wasser im Mund zusammen.

»Sieht aus, als wäre unser Gastgeber früh aufgestanden«, flüsterte sie Savannah zu.

Sie gingen in die Küche, wo Lucas am Herd stand und dabei Kaffee trank. »Morgen.«

»Morgen.« Verdammt, der Mann sah jetzt noch besser aus als gestern. Die Stoppeln auf seinem Kinn waren auf dem besten Wege, ein richtiger Bart zu werden. Er trug eine Schlafanzughose aus Flanell und ein T-Shirt von der Uni in Bowdoin. Mmh. Sie stellte den Kindersitz auf die Arbeitsfläche, so dass Savannah spielen konnte, während Dani aß.

»Habt ihr beiden gut geschlafen?«

»Ja, danke.« Er musste ja nicht wissen, dass sie von Serienkillern geträumt hatte. »Du bist ja früh wach.«

»Ich wusste nicht genau, wann du in der Stadt sein musst.«

»Mein erstes Vorstellungsgespräch ist um zehn, das zweite um elf.«

»Okay.«

»Ich weiß, dass du zum Skifahren hergekommen bist, du kannst uns einfach absetzen und weiterfahren. Wir kommen schon zurecht.«

»Ich werde dich nicht einfach mit deinem Baby in einer fremden Stadt absetzen, Danielle. Ich kann doch jederzeit Ski fahren. Ich helfe euch mit dem Auto und mit allem, was ihr sonst noch braucht, bevor sich unsere Wege trennen.«

»Ich habe das Gefühl, dass ich mich ständig bedanke, aber du gibst mir auch immer wieder neue Gründe dazu.«

»Kein Problem, alles gut.« Er stellte zwei Teller mit Eiern und knusprigem Speck auf den Tisch. »Kaffee?«

»Das wäre toll.« In der Stillzeit erlaubte sie sich eine Tasse am Tag. Er tat Sahne und Zucker in ihre Tasse, wie sie es am Vortag gesagt hatte. Es gefiel ihr, dass er sich diese kleinen Details merkte. »Tust du da etwas gerade Ahornsirup auf dein Rührei?«

»Klar. Das hier ist das richtig gute Zeug, direkt aus dem Geschäft meiner Familie. Wir machen es selbst. Na ja, meine Brüder Colton und Max machen es. Der Rest von uns hilft in der Sirupzeit, und dann wird der Sirup im Country Store verkauft.«

»Wow, das ist echt cool, auch wenn ich nie auf die Idee gekommen wäre, es übers Rührei zu schütten.«

Er grinste. »Es schmeckt super auf Rührei.«

»Erzähl mir mehr von eurem Geschäft. Nachdem ich die Website gesehen habe, bin ich total neugierig.«

»Die Website ist brandneu. Meine Schwägerin Cameron

ist aus New York hergekommen, um sie zu erstellen, und auf dem Weg nach Butler ist sie mit Fred, dem Stadtelch, zusammengestoßen. Mein Bruder Will hat ihr geholfen, und seitdem sind sie zusammen.«

»Moment mal. Butler hat einen Stadtelch?«

»Ja, genau. Und meine Schwester Hannah ist eine selbsternannte Elchflüsterin, so sehr das ihrem Mann, Nolan, auch missfällt.«

»Das ist ja toll! Was macht sie denn mit dem Elch?«

»Nun, erstens glaubt sie, dass sie ›Fred‹ spricht. Und jetzt hat sie einen Babyelch adoptiert, der irgendwann mit Fred aufgetaucht ist.«

»Ist nicht wahr.«

»Ist doch wahr, und Nolan ist gar nicht begeistert. Wir haben uns über ihn lustig gemacht und ihm gesagt, dass er noch mit einem ausgewachsenen Elch zwischen sich und seiner Frau im Bett enden wird, wenn er so weitermacht. Er fand das gar nicht lustig.«

Dani lachte. »Das ist einfach der Wahnsinn. Deine Familie hört sich wirklich unterhaltsam an.«

»Du hast ja keine Ahnung.«

»Dieses Rührei ist übrigens super lecker.«

»Danke. Meine Mom hat uns allen die Basics beigebracht, als wir noch in der Grundschule waren. Dann mussten wir uns damit abwechseln, für die ganze Familie zu kochen. Sie hat uns immer mit jemand Älterem zusammen eingeteilt, damit es nicht komplett in die Hose geht.«

»Darf ich zugeben, dass ich der größte Fan deiner Mom

bin? Ich würde sie so gerne kennenlernen, damit sie mir alles über Kindererziehung erzählen kann.«

»Du kannst sie ja treffen, wenn du in Butler bist.«

Dieses Lächeln hatte in den letzten Jahren bestimmt in ganz Vermont Herzen zum Schmelzen gebracht. Doch allein der Gedanke sorgte dafür, dass sie ein schlechtes Gewissen bekam. Jack war die Liebe ihres Lebens gewesen. Ja, Lucas war ein lieber, ehrlicher, gutaussehender Mann, aber sie sollte wirklich nicht darüber nachdenken, wie es wäre, mit ihm auszugehen – oder sonst irgendetwas. Sie hatte ihre große Liebe gehabt, und jetzt war Savannah ihre erste Priorität.

Sie musste sich auf ihre Tochter konzentrieren, darauf, einen Job und ein Zuhause zu finden – und zwar schnell.

»Alles in Ordnung?«, fragte er.

Dani warf ihm einen Blick zu. »Warum fragst du?«

»Du hast gerade so traurig ausgesehen.«

Über Jack und alles, was sie verloren hatte, nachzudenken, war keine gute Idee, vor allem dann nicht, wenn sie so viel zu tun hatte. Zuzulassen, dass die Trauer sie wieder in die Tiefen der Verzweiflung stürzte, war jetzt, wo sie mit Savannah alleine war, keine Option. »Es gab große Veränderungen in meinem Leben«, sagte sie. »Ich hoffe, ich habe das Richtige getan, als ich hierherkam.«

»Warum musstest du Kentucky denn verlassen?«

»Ich … Ich musste …«

»Es ist in Ordnung, wenn du nicht darüber sprechen möchtest.«

»Ich weiß, dass du Fragen hast.«

»Es geht mich nichts an, Danielle.«

»Dani.«

»Wie bitte?«

»Meine Freunde nennen mich Dani.«

»Das gefällt mir. Es passt zu dir. Werden wir denn jetzt Freunde, Dani?«

»Ich denke, das sind wir schon. Du hast mich und meine Tochter gestern Abend gerettet.«

»Ihr habt mich auch gerettet. Ich hatte dermaßen schlechte Laune, als ich herkam. Ihr habt mir etwas zu tun gegeben. Danke euch.«

»Wir sind froh, dass wir auch etwas für dich tun konnten.«

»Das habt ihr wirklich, und deine Angelegenheiten gehen nur dich etwas an. Ich werde dir nur sagen, dass ich ein wirklich guter Zuhörer bin, falls du einen brauchst. Das ist nicht an Bedingungen oder Erwartungen geknüpft.«

»Gut zu wissen. Komm, ich helfe dir, die Küche aufzuräumen.«

Sie räumten zusammen die Spülmaschine ein, dann trocknete sie die Pfannen ab, die er gespült hatte.

Sie wischte mit heißem Wasser und Spülmittel die Arbeitsfläche und den Herd ab, holte tief Luft und sagte es, bevor sie den Mut verlor: »Mein Verlobter, Jack, ist bei einem Unfall gestorben, sechs Monate bevor Savannah zur Welt kam.«

6

Trauer ist eine Last, die man alleine tragen muss.
Man kann sie nicht teilen. Jeder Mensch trauert
auf seine ganz eigene Art.
Anne Morrow Lindbergh

Lucas starrte sie eine Weile lang an, bevor er sich genug gefasst hatte, um reagieren zu können. Sein Herz schmerzte vor Mitgefühl für sie und Savannah. »O Gott, Dani. Das tut mir so leid.«

»Mir auch. Er war der beste Mann, den ich je gekannt habe, außer meinem Dad. Er hat sich so auf das Baby gefreut, und es bricht mir das Herz, dass er sie nie kennengelernt hat.« Es hatte Monate gedauert, bis sie über ihn sprechen konnte, ohne zusammenzubrechen.

»Ich kann mir nicht mal vorstellen, wie schwer das gewesen sein muss.«

»Es war schwer.« Sie hielt kurz inne. »Ist es immer noch. Die Sache ist die … Meine Eltern, sie waren so sehr für mich da, als es passiert ist und in der Zeit danach. Ich hätte es nicht überlebt ohne sie und Les, meine anderen Freundinnen und Freunde und den Rest der Familie.«

»Ich bin froh, dass du diese Unterstützung hattest, um die schwere Zeit zu überstehen.«

»Ich habe großes Glück, das ist sicher.« Ihr traten Tränen in die Augen, als sie an die schlimmste Zeit ihres Lebens dachte. Der Schock, als sie plötzlich ihren siebenundzwanzigjährigen, kerngesunden Verlobten verloren hatte, hatte sie für Monate aus der Bahn geworfen. »Aber nach einer Weile war es irgendwie so, dass ich nichts tun konnte, ohne es zuerst mit ihnen abzusprechen. Sie haben einfach komplett die Verantwortung übernommen, und ich habe es zugelassen, weil das einfacher war, als dagegen anzukämpfen.«

Als Savannah anfing zu zappeln, schnallte Lucas sie ab und nahm sie routiniert auf den Arm. »Hallo, du liebe Kleine.«

Das Baby griff automatisch nach seinem Haar, aber er war ihr einen Schritt voraus und hielt ihr einen Finger hin, nach dem sie mit ihrem kleinen Patschhändchen greifen konnte.

Dani beobachtete ihn mit ihrer Tochter. Ihr Mund war ganz trocken, als ein Gefühl das nächste jagte. Sie konnte sie kaum alle verarbeiten. Ihr wurde klar, dass dieser Mann ihr doch gefährlich werden konnte, und zwar auf eine Art, die rein gar nichts mit Serienkillern zu tun hatte.

»Du bist gegangen, weil sie dich erdrückt haben?«, fragte er, als hätte er nicht gerade ihr Herz zum Stillstand gebracht, weil er so liebevoll mit ihrer Tochter umging.

»Ja«, sagte sie. Sie war erleichtert, dass er das verstand. »Und ich musste weit genug weg, dass sie nicht jeden Tag vorbeischauen und meine Angelegenheiten für mich regeln können.«

»Wie haben sie reagiert, als du ihnen gesagt hast, was du vorhast?«

»Ich bin gefahren, als sie nicht zu Hause waren, und habe ihnen einen Brief dagelassen. Sie haben mich angerufen, um mir zu sagen, dass sie stinksauer sind. Sie haben gesagt, ich sei impulsiv und unverantwortlich – zwei Eigenschaften, die ich noch nie hatte. Warum denken sie nur, dass ich jetzt plötzlich so werde, vor allem, wo ich doch die Verantwortung für Savannah habe?«

»Vielleicht machen sie sich Sorgen, dass die Trauer dein Urteilsvermögen beeinträchtigt.«

»Vielleicht ist das auch so, aber ich habe einfach keine Luft mehr bekommen. Ich musste weg, damit ich irgendwie wieder selber denken konnte.«

»Das verstehe ich. Eigentlich habe ich sogar gerade genau dasselbe getan.«

»Wirklich?«

Er nickte. »Als ich mich gestern Abend hingelegt habe, ist mir klargeworden, dass ich seit Stunden nicht an Landon und Amanda gedacht hatte.«

»Was, glaubst du, bedeutet das?«

»Dass die Beziehung vielleicht gar nicht so schlimm für mich ist, jetzt, wo ich ein bisschen Abstand dazu habe. Du hattest recht, als du gesagt hast, dass er als mein Bruder wichtiger sein muss als sie.«

»Freut mich, dass du das so siehst.«

»Wie war das noch mal? Bruder vor ...«

Sie hob die Hand. »Sprich jetzt nicht weiter, wenn du

die gute Meinung, die ich bisher von dir habe, beibehalten willst.«

Er lachte. »Hast recht. Und falls es hilft: Ich glaube, dass du das Richtige getan hast, als du gegangen bist, bevor du dich langfristig mit deinen Eltern zerstritten hast.«

»Ich hoffe, dieser Streit ist nicht langfristig.«

»Bestimmt nicht. Wenn sie sehen, dass ihr beide in Vermont glücklich und erfolgreich seid, wird ihnen klarwerden, dass das, was du getan hast, richtig für euch war. Auch wenn es sich für sie nicht richtig angefühlt hat.«

»Ich hoffe wirklich, du hast recht. Im Moment sind sie ganz und gar nicht zufrieden mit mir.«

»Warte erst mal ab, bis sie anfangen, dich zu vermissen. Sie kriegen sich schon wieder ein.«

Sie lächelte. »Vielen Dank fürs Zuhören.«

»Jederzeit.«

»Und jetzt muss ich Les anrufen, sonst alarmiert sie noch die Polizei, und du wirst festgenommen.«

»Das wäre schlecht. Hier, das Telefon gehört dir.«

❄

Je mehr Zeit Lucas mit Dani verbrachte, desto mehr begann er, sie zu mögen. Je mehr er mit ihr sprach, desto mehr wollte er sagen und hören. Er wollte wissen, was für ein Unfall es gewesen war, bei dem ihr Verlobter ums Leben kam, und wie sie es geschafft hatte, damit zurechtzukommen, während sie mit seinem Kind schwanger war.

Er wollte wissen, wie lange sie zusammen gewesen waren und wie sie sich kennengelernt hatten.

Aber er konnte sie nichts davon fragen. Er durfte nicht aufdringlich sein. Was er jedenfalls mit Sicherheit sagen konnte, war, dass alles, was sie durchgemacht hatte, seine eigenen Probleme lächerlich klein aussehen ließ.

Er bewunderte es sehr, dass sie den Mut gehabt hatte, die Kontrolle über ihr Leben zu übernehmen, auch wenn es wahrscheinlich deutlich einfacher gewesen wäre, bei ihren Eltern zu bleiben und zuzulassen, dass diese sich für sie um alles kümmerten.

Das sagte er ihr auf dem Weg in die Stadt.

»Es ist lieb, dass du das sagst, aber es war wahrscheinlich schon verrückt, so weit von meinem gesamten Netzwerk wegzuziehen.«

»Warum sagst du das?«

»Na ja, wenn ich einen der Jobs bekomme, muss ich mich um eine Kinderbetreuung kümmern in einer Stadt, wo ich niemanden kenne. Ganz zu schweigen von einer Wohnung.«

»Brauchst du sofort einen Job, oder hast du ein bisschen Zeit?«

»Ich habe Zeit, aber ich möchte so schnell wie möglich wissen, wie es weitergeht.«

»Das kann ich verstehen.«

»Ich mag es nicht, wenn ich nicht weiß, wo ich dran bin. Ich habe gerne Ordnung in meinem Leben.«

»Ich bin extrem voreingenommen, aber ich finde, du

sollltest nach Butler gehen. Du wirst unser Städtchen lieben, und unser Country Store ist phantastisch. Viel besser als irgendwas, was es hier gibt. Und dort kennst du schon *jemanden*, der dir helfen könnte, eine Wohnung zu finden, und *jemanden*, der auf Savannah aufpassen kann.«

»Hm, du hast gute Argumente.«

»Unser Geschäft ist wirklich toll. Das sage ich nicht nur so.«

»Ich weiß. Das habe ich schon auf der Website gesehen. Die Stellenausschreibung ist für das neue Lager.«

»Ah, ja. Der Katalog. Die neueste fixe Idee meines Dads. Rate mal, wen sie zwingen, für die Klamotten zu modeln?«

Sie starrte ihn an. »Nein. Wirklich?«

»Ja, uns, unsere Cousins und Cousinen und die Partnerinnen und Partner. Dad meinte, warum zum Teufel wir Models bezahlen sollten, wenn wir all diese jungen, gutaussehenden Menschen in der Familie haben. Selbst die beiden Enkelkinder werden nicht verschont. Meine Cousine Izzy ist die Einzige, die nicht mitmachen muss, weil sie die Fotografin ist, das ist total unfair. Wir mussten das Shooting verlegen, als sie die Chance bekam, in Europa zu arbeiten. Aber sie kommt im Sommer zurück und hat versprochen, dass wir dann auf ihrer Prioritätenliste ganz oben stehen.«

Dani sagte kein Wort, aber aus dem Augenwinkel sah er, dass sie sich das Lachen verkniff.

»Das ist nicht lustig. Es ist der reinste Horror.«

»Es ist wirklich lustig.«

»Wenn du meine Familie kennen würdest, wüsstest du ganz genau, wie unlustig es ist. Das wird ein einziges großes Chaos.«

»Ihr solltet es für euren YouTube-Channel filmen. Das würde bestimmt Millionen Klicks bekommen.«

»Ich sage es ja nicht gerne, aber du hast wahrscheinlich recht. Unsere Familie ist schon an jedem normalen Tag der reinste Zirkus. Ich kann mir gar nicht vorstellen, wie es ist, wenn wir modeln müssen.«

»Es wird super lustig, und ihr müsst es filmen.«

»Ich werde deinen Vorschlag an Cameron und Lucy weitergeben. Sie werden begeistert sein.«

»Ist Lucy eine von deinen Schwestern?«

»Nein, sie ist mit meinem Bruder Colton verlobt. Sie und Cam waren in New York Geschäftspartnerinnen. Sie hatten eine Webfirma, die jetzt zum Teil in Butler sitzt.«

»Und jetzt sind sie beide mit Brüdern von dir zusammen. Das ist ja cool.«

»Und da hört es noch nicht auf. Lucys Schwester Emma wohnt mit meinem Cousin Grayson zusammen, und ihr Vater, Ray, soll mit meiner Tante Hannah ausgehen. Ich habe es noch nicht mit eigenen Augen gesehen, aber es wäre auf jeden Fall ein Ereignis. Tante Hannah ist single, seit ihr Mann sie vor über zwanzig Jahren mit acht Kindern sitzengelassen hat. Gray, der Älteste, war damals gerade sechzehn.«

»Ach, du lieber Gott. Und ich denke, ich habe Probleme. Er hat sie mit *acht* Kindern alleine gelassen? Alle unter sechzehn?«

»Ja. Ich erinnere mich nicht besonders gut an ihn. Ich war erst sechs, oder vielleicht sieben, als sie sich getrennt haben, aber ich weiß noch genau, wie sauer meine Mutter war.«

»Das kann man wahrscheinlich auch schwer vergessen. Es ist toll, dass sie nach so vielen Jahren wieder jemanden gefunden hat.«

»Ja, stimmt. Und Ray ist wirklich der Beste. Er ist seit Jahren verwitwet. Als Emma und ihre Tochter Simone Lucy nach Vermont gefolgt sind, hat Ray beschlossen, einfach mitzukommen. Und jetzt ist er mit Tante Hannah zusammen.«

»Das ist echt toll.«

»Finde ich auch.«

»Deine Familie ist wirklich interessant, Lucas.«

»Na ja, so kann man das auch nennen. Man könnte aber auch sagen verrückt, laut, nervig, laut …«

»Ich habe mir immer gewünscht, ich hätte Geschwister.«

»Ich hab noch ein paar übrig. Du kannst sie haben.«

»Das sagst du jetzt, aber du meinst es nicht so. Du würdest sie nie hergeben.«

»Vielleicht Charley. Sie ist ein bisschen kompliziert, aber es ist schon besser geworden, seit sie mit Tyler zusammen ist. Wir nennen ihn den Charley-Bändiger.«

»Weiß sie das?«

»Definitiv nicht.«

Sie lachte immer noch, als er in eine Parkbucht im Zentrum von Stowe fuhr und den Motor ausmachte. »Da wären wir.«

Der Schnee vom Vortag war von der Straße geräumt worden, trug aber überall sonst zum Charme der kleinen Stadt bei. Auf dem Bürgersteig tummelten sich Menschen in Skikleidung. Sie waren eilig unterwegs, was wahrscheinlich an der Eiseskälte lag. Obwohl die Sonne schien, war es fast minus zehn Grad kalt.

»Das Einkaufszentrum ist da drüben«, sagte Lucas, »und einer der vielen Skiläden ist gleich da vorne. Ist das der richtige?«

»Ja, genau.«

»Während du da drinnen bist, schaue ich nach deinem Auto.«

»Das musst du doch nicht.«

»Ich weiß. Es macht mir nichts aus.«

»Du wolltest doch Ski fahren.«

»Ich kann jederzeit Ski fahren.« Er hätte ihr angeboten, auf Savannah aufzupassen, aber er wusste, dass sie abgelehnt hätte, und da hatte sie ja auch recht. Auch wenn sie eine Nacht im selben Haus verbracht hatten, kannte sie ihn noch lange nicht gut genug, um ihr Kind bei ihm zu lassen. Also bot er es gar nicht erst an. »Viel Glück. Oder sollte ich besser Hals und Beinbruch sagen?«

»So wie die letzten Tage verlaufen sind, wahrscheinlich besser viel Glück.«

»Ich werde hier warten, wenn du fertig bist.«

»Okay, danke.«

»Kein Problem.« Lucas sah zu, wie sie die Straße überquerte und das Geschäft betrat, dann machte er sich auf den Weg zu der Werkstatt, zu der das Auto gebracht worden war. War es falsch, dass er hoffte, dass sie sich nicht zu den Geschäften in Stowe hingezogen fühlen würde? Er wollte sie mit nach Butler nehmen und ihr den Country Store seiner Familie zeigen.

»Warum scherst du dich überhaupt darum?«, murmelte er vor sich hin. Er hatte keine Ahnung, aber er mochte sie, und aus irgendeinem Grund wollte er ihr helfen. Und wenn es nur war, um nicht an seine eigene Situation denken zu müssen.

Die Werkstatt lag am Stadtrand von Stowe, und Lucas erreichte sie etwa zehn Minuten nachdem er Dani abgesetzt hatte. Der schwarze Sedan stand vor dem Gebäude, und auf den ersten Blick sah er nur eine Art Falte, die horizontal an der Beifahrertür verlief. Drinnen stellte er sich Bob, dem Manager, vor und fragte nach Danis Auto.

»Mann, die Karre war richtig eingeklemmt. Wie hat sie das denn geschafft?«

»Ist ins Schleudern gekommen und da unten gelandet.«

»Wow, na ja, es hat jedenfalls ganz schön lange gedauert, bis wir das Auto frei hatten.«

»Mir ist eine Delle an der Beifahrertür aufgefallen.«

Bob nickte. »Genau wie an der Fahrertür, und die Stoßstange ist hinüber, aber komischerweise hat der Rest das Ganze unbeschadet überstanden. Sie hatte Glück, dass der Graben genau die richtige Größe hatte, sonst wäre es viel schlimmer gewesen.«

Lucas atmete erleichtert auf, dass Dani sich nicht auch noch um einen Totalschaden kümmern musste. Sie hatte schon genug Sorgen.

»Wir können die Dellen reparieren, wenn Sie wollen.«

»Ist schon gut, wir haben jemanden in der Nähe, der das übernehmen kann.« Sein Schwager Nolan würde ihr Familienrabatt geben, wenn Lucas ihn darum bat. »Wie viel schulden wir Ihnen fürs Abschleppen?«

»Zweihundert. Wie gesagt, es war nicht leicht, das Auto aus dem Graben zu holen.«

Lucas reichte ihm seine Kreditkarte und unterschrieb die Quittung. »Nochmals vielen Dank für Ihre Hilfe.«

»Kein Problem.«

Er verließ die Werkstatt und fuhr wieder in die Stadt, um auf Dani zu warten. Wenn sie mit den Vorstellungsgesprächen fertig war, würde er sie zu ihrem Wagen fahren. Was sie danach vorhatte, wusste er nicht. Würde sie noch eine Nacht bei ihm bleiben oder versuchen, etwas anderes zu finden? Als er an der Stelle ankam, wo er sie abgesetzt hatte, bemerkte er, dass er noch viel Zeit hatte, bevor sie fertig sein würde. Kurz entschlossen fuhr er zu Craigs Haus zurück, um zu telefonieren.

Er rief seinen Vater auf der Arbeit an.

»Was für eine schöne Überraschung«, sagte Lincoln. »Ich dachte, du wärst Ski fahren.«

»Meine Pläne haben sich ein bisschen geändert.«

»Deine Mom hat mir erzählt, dass du jemanden gerettet hast.«

»Ja, eine Frau. Sie heißt Danielle Rowson, und sie hat eine kleine Tochter.« Er erzählte seinem Vater, dass Dani sich auf die Stelle als Lager-Managerin beworben hatte.

»Ich wusste doch, dass mir der Name bekannt vorkommt. Ich habe ihren Lebenslauf vor mir. Sie ist gut ausgebildet und ganz oben auf unserer Liste.«

»Ich bitte nicht um einen Gefallen, aber sie scheint ein wirklich guter Mensch zu sein, der es bisher nicht leicht hatte.«

»Schön, dass du ein gutes Wort für sie einlegst, Junge. Es ist immer hilfreich, eine persönliche Empfehlung zu haben.«

»Ich kann natürlich nicht wissen, wie sie beruflich tickt«, sagte Lucas und lachte. »Aber sie wirkt sehr authentisch und sehr zielstrebig.«

»In ihrem Lebenslauf steht, sie kommt aus Kentucky. Sie ist weit weg von zu Hause.«

»Ihre Großeltern kommen aus Vermont. In ihrer Kindheit hat sie immer die Sommer hier verbracht. Jetzt hat sie eine Veränderung gebraucht und ist zurückgekehrt.«

»Ah, das ergibt Sinn. Na ja, ich freue mich darauf, sie übermorgen kennenzulernen.« Er machte eine Pause. »Also, ähm … mir ist aufgefallen, dass du an deinem Geburtstag nicht ganz du selbst warst. Alles okay?«

»Ja, alles gut.«

»Du kannst es mir sagen, wenn es nicht so ist. Das weißt du.«

»Ich weiß. Und mir geht es gut. Versprochen. Es tut gut, mal rauszukommen, auch wenn es bisher nicht nach Plan läuft.«

»Ungeplante Abstecher können in interessante neue Richtungen führen.«

»Jetzt klingst du wie Gramps«, lachte Lucas.

»Da hast du sicher recht, aber es stimmt. Genieße den Umweg und schau einfach, wo er dich hinführt.«

»Vielen Dank für deine weisen Worte. Wir sehen uns, wenn ich wieder zu Hause bin.«

»Bis dann, mein Sohn.«

Belustigt stellte Lucas das Telefon zurück auf die Station und fuhr wieder in die Stadt, um Dani abzuholen.

7

Mutterschaft: Alle Liebe beginnt und endet dort.
Robert Browning

»Es tut mir so leid«, sagte Dani zur Managerin des Wintersportgeschäfts. »Sie ist sonst nie so.«

Savannah hatte kurz nach Beginn des Meetings angefangen zu weinen und zwanzig Minuten lang nicht mehr damit aufgehört. Das Vorstellungsgespräch beim Einkaufszentrum hatte sie verschlafen, aber die Managerin dort hatte beschlossen, die Stelle zunächst unbesetzt zu lassen. Das waren nicht gerade die Neuigkeiten, auf die Dani gehofft hatte.

Die Managerin des Wintersportgeschäfts, eine Frau namens Nancy, hatte versucht, Geduld zu haben, während Dani sich um das Baby kümmerte, aber sie schaute immer wieder auf die Uhr und war mittlerweile sichtlich genervt.

Dani gab Savannah die Flasche, die sie mitgebracht hatte, und als das nichts half, bot sie ihr den Schnuller an, den sie nur für Notfälle bereithielt.

Savannah spuckte ihn sofort wieder aus und schrie weiter.

Dani stand auf und klopfte Savannah sanft auf den Rücken. Sie hoffte, dass sich das Vorstellungsgespräch noch retten ließ, aber das hier konnte man wirklich niemandem zumuten.

»Können wir das Gespräch bitte verschieben?« Dani hätte morgen, bevor sie nach Butler fuhr, noch Zeit.

»Es ist so. Sie scheinen wirklich nett zu sein, und Sie sind auch gut qualifiziert, aber wir brauchen jemanden, der dem Job seine volle Aufmerksamkeit schenken kann.«

»Das kann ich auch. Ich muss nur eine Kinderbetreuung organisieren, was ich natürlich tun werde, bevor ich anfange.«

»Ich bin mir nicht sicher, ob das hier wirklich für uns passt.«

Dani hätte gerne weiterdiskutiert, aber dann fiel ihr ein, dass Nancy sie gar nicht ablehnen durfte, nur weil sie Mutter war. Das hatte sie nachgelesen, bevor sie Kentucky verlassen hatte. Aber wollte sie für jemanden arbeiten, der sie ablehnte, nur weil ihr Baby weinte? Auf keinen Fall. Ohne ein weiteres Wort nahm sie Savannahs Kindersitz und ging.

Nancy konnte sie am Arsch lecken.

Wut und Angst trieben sie aus dem Büro in den Laden, wo sie kurz stehen blieb, um Savannahs Schneeanzug zuzumachen. Dann trat sie hinaus in die Kälte. Als sie auf dem Gehsteig stand und darüber nachdachte, was sie als Nächstes tun sollte, bemerkte sie, dass ihre Hände zitterten. Was, wenn sie in Vermont keinen Job fand, mit dem sie die Rechnungen bezahlen konnte? Vielleicht hätte sie auf ihre Eltern hören sollen. Bei dem Gedanken, dass sie vielleicht mit eingezogenem Schwanz nach Hause zurückgehen müsste, nachdem sie ihren Eltern den perfekten Beweis geliefert hatte, dass sie sich wirklich nicht um sich selbst und um Savannah kümmern konnte, wurde ihr ganz schlecht.

Natürlich hörte Savannah sofort auf zu weinen, als sie im Freien waren.

Auf der anderen Straßenseite sah sie Lucas, der nun auf sie zukam. Ihr Herz machte einen kleinen Hüpfer, als sie sein bekanntes, freundliches Gesicht sah.

»Hey.« Er nahm ihr den Kindersitz ab. »Wie war's?«

»Das Erste war okay, bis sie mir gesagt haben, dass sie die Stelle vorläufig doch nicht besetzen. Das Zweite war eine komplette Katastrophe.«

Er verzog das Gesicht.

»Savannah hat beschlossen, einen Schreikrampf zu bekommen, und dann hat die Dame mir gesagt, sie glaube nicht, dass wir zueinanderpassen.«

»Im Ernst? Sie kann das nicht machen, weil du ein Baby hast.«

»Na ja, sie kann schon, weil ich ein quengelndes Baby mit zum Vorstellungsgespräch gebracht habe, und das verstehe ich auch. Aber dann habe ich mich gefragt, ob ich wirklich für jemanden arbeiten will, der sich so gar nicht in eine alleinerziehende Mutter hineinversetzen kann, und die Antwort darauf ist ein großes, fettes Nein.«

»Das ist auch gut so.«

»Es hat sich gut angefühlt, einfach aufzustehen und zu

gehen, aber als ich erst mal draußen war, hat die Kälte mir eine fette Dosis Realität ins Gesicht geklatscht. Zwei Vorstellungsgespräche, und trotzdem noch kein Job.«

»Ich habe mit meinem Dad gesprochen, während du da drinnen warst. Er sagt, er freut sich schon, dich wegen der Lagerleitung zu treffen.«

»Wirklich?«

»Wirklich.«

Dani fühlte sich sofort besser.

»Und ich habe noch mehr gute Neuigkeiten: Dein Auto hat ein paar Dellen, aber sonst ist alles in Ordnung.«

»Oh, das ist ja toll. Ich bin so erleichtert.«

»Der Typ in der Werkstatt hat gesagt, sie hätten das Auto fast nicht mehr aus dem Graben bekommen, aber irgendwann haben sie es doch geschafft. Wir können den Wagen jederzeit abholen.«

»Vielen Dank, dass du dich darum gekümmert hast. Und für alles andere auch. Ich schätze, ich sehe mich jetzt besser nach einer Bleibe für die Nacht um, damit du endlich mit deinen Urlaubsplänen weitermachen kannst.«

»Du darfst sehr, sehr gerne noch eine Nacht bleiben. Es war wirklich schön, Gesellschaft zu haben.«

Während sie darüber nachdachte, schürzte sie skeptisch die Lippen, was wirklich süß aussah. »Ich möchte mich nicht aufdrängen.«

»Machst du doch gar nicht. Ich habe euch eingeladen.«

»Bist du sicher? Bitte fühl dich nicht dazu verpflichtet, ich würde schon was finden.«

»Ganz sicher. Wirklich. Komm, wir holen dein Auto und schauen, dass Savannah ins Warme kommt.«

Dani ging mit ihm über die Straße, wo er routiniert den Kindersitz auf der Rückbank des Trucks festschnallte. Sie setzte Savannah hinein und gab ihr einen Kuss auf die Wange. Sie fühlte sich warm an. Sie legte dem Baby die Hand auf die Stirn und stellte fest, dass auch die viel zu warm war. *O nein.*

»Geht es ihr gut?« Lucas hatte sich in seinem Sitz herumgedreht, um nach ihnen zu sehen.

»Sie ist ziemlich warm, und sie war eben so quengelig, das sieht ihr gar nicht ähnlich.«

»Wir holen dein Auto und fahren nach Hause.«

Dani setzte sich auf den Beifahrersitz und schnallte sich an. Es war erstaunlich, wie wenig das gescheiterte Vorstellungsgespräch bedeutete, wenn die Möglichkeit bestand, dass Savannah krank war. Ihr Magen zog sich zusammen. Was hatte sie sich nur dabei gedacht, den Ort zu verlassen, an dem Savannahs Kinderarzt schon ihr eigener gewesen war und wo sie immer noch am selben Tag einen Termin bekommen konnte, wenn es nötig war?

Lucas legte eine Hand auf ihre. Sie hatte gar nicht gemerkt, dass sie sie zur Faust geballt hatte.

»Versuch, keine Angst zu haben. Der Sohn meines Bruders, Caden, hat beim Zahnen immer Fieber bekommen. Vielleicht ist das schon alles.«

»Sie ist eigentlich noch zu jung zum Zahnen.« Dani versuchte, nicht zu viel darüber nachzudenken, wie sehr es sie tröstete, dass seine große, warme Hand auf ihren eiskalten Fingern lag.

»Das war bei ihm auch so. Es hat angefangen, als er erst zwei Monate alt war.«

»Wirklich?«

»O ja. Caden ist wirklich ein Überflieger. Wir glauben, dass er mal Astrophysiker wird.«

Dani lachte. Zu hören, dass Lucas' Neffe früh mit dem Zahnen angefangen hatte, beruhigte sie. Hoffentlich war es bei Savannah auch so. »Wie alt ist er jetzt?«

»Er kam am fünfundzwanzigsten November zur Welt.«

»O mein Gott! Savannah auch! Sie sind am selben Tag geboren!«

Er lächelte. »Das ist ja cool.«

»Zu welchem deiner Geschwister gehört Caden?«

»Zu Max, dem Jüngsten von uns. Kaum zu glauben, aber wahr. Er hat endlich irgendetwas als Erster getan. Die Tochter meiner Schwester Hannah, Callie, ist ein paar Wochen nach Caden zur Welt gekommen, und jetzt sind mindestens noch drei unterwegs – Will und Cam, Hunter und Megan und Ella und Gavin erwarten Kinder.«

»Wow, ein richtiger Babyboom.«

»Ja, aber ich schätze, so ist das eben, wenn die Eltern zehn Kinder haben.«

»Ich habe mit einem schon genug zu tun.«

»Und sie hatten auch noch zweimal Zwillinge.«

»Ich kann es wirklich kaum erwarten, deine Mom kennenzulernen.«

»Du wirst sie mögen. Alle mögen sie.«

»Meine Mom war auch mal so wie deine – cool und witzig und entspannt. Aber dann bin ich schwanger geworden, und Jack ist gestorben, und sie hat einfach die Verantwortung über mein Leben übernommen. Das habe ich anfangs auch gebraucht, wirklich, aber sobald Savannah auf der Welt war, ist mir immer deutlicher klargeworden, dass meine Mutter mich behandelt wie eine Teenagerin. Und mein Dad hat es zugelassen, weil es ihn so getroffen hat, dass wir Jack verloren haben und dass ich unser Kind alleine großziehen muss. Da war es einfach leichter, sie machen zu lassen.«

Er zog seine Hand zurück, und Dani vermisste die Wärme und den Trost sofort. »Du machst das schon richtig. Dann sind die Vorstellungsgespräche eben nicht so gut gelaufen, und dann hat Savvy eben ein bisschen Fieber. Darum kümmerst du dich schon. Du kommst zurecht.«

»Du hast sie Savvy genannt.«

»Wirklich?«

»Ich finde das toll. Niemand nennt sie so. Du bist der Erste, der ihr einen Spitznamen gibt.«

»Ich finde, er passt zu ihr. Savvy heißt doch kompetent. Sie wird bestimmt genauso kompetent wie ihre Mama.«

Es war, dachte sie, sehr lange her, dass irgendjemand sie als kompetent bezeichnet hatte. Jack hatte ihr immer gesagt, dass sie klug sei. Er fand es toll, wenn sie irgendwelches Zeug auf Flohmärkten gefunden und daraus wunderschöne Einrichtungsgegenstände für ihr Zuhause gemacht hatte.

Dani lächelte, als sie sich daran erinnerte. Wie sie angefangen hatte, in ihrer Garage an einem ihrer Projekte zu basteln, und wie schockiert er gewesen war, als er zum ersten Mal eines ihrer fertigen Produkte gesehen hatte. Er hatte gesagt, sie sei »unglaublich talentiert«, eines der besten Komplimente, die sie je bekommen hatte. Sie hatte geplant, ihr Hobby zum Beruf zu machen und von zu Hause aus zu arbeiten, während Savannah noch klein war, und dann irgendwann wieder im Einzelhandel zu arbeiten, wenn Savannah in die Schule kam. Dieser Plan, wie all ihre anderen Pläne, war mit Jack zusammen gestorben.

Jetzt brauchte sie erst einmal einen Job, und ihre Kunst lag auf Eis.

Lucas fuhr nach rechts auf den Parkplatz der Werkstatt, wo ihr Wagen im Hof stand. Dani sah die Dellen sofort, die an beiden Seiten entlang und am vorderen Stoßdämpfer verliefen.

»Es könnte definitiv schlimmer sein. Wenn wir wieder in Butler sind, soll mein Schwager Nolan sich das mal ansehen. Er ist Spezialist. Es wird ganz schnell wieder alles wie neu aussehen, und er gibt dir Familienrabatt, weil ich ihn darum bitten werde.

»Darum kann ich ihn doch nicht bitten!«

»Tust du ja auch nicht. Ich übernehme das. Mach dir keine Gedanken, er hilft dir gerne.«

»Es ist wirklich süß von dir, dass du mir helfen willst.«

»Ist keine große Sache.« Er schnallte sich ab. »Ich mache Savvys Sitz fest.«

Sie wusste es zu schätzen, dass er nie anbot, Savannah zu nehmen, wahrscheinlich weil er wusste, dass sie es nicht wollte. »Okay. Ich muss kurz reingehen und bezahlen, ich nehme sie mit.«

»Ich, äh, ich habe schon bezahlt, wir können also einfach fahren.« Bevor sie darüber nachdenken konnte, war er ausgestiegen und machte Savannahs Sitz los. »Komm, kleines Mädchen.« Er trug sie zu Danis Auto und warf einen Blick zurück, um zu sehen, ob Dani ihm folgte.

Dani drückte den Knopf an ihrem Schlüssel, stieg aus und machte die Beifahrertür des Trucks zu. »Du kannst nicht für mein Auto *bezahlen.*«

»Ich wusste, dass du es zurückzahlst.«

»Warum bist du dir da so sicher?«

Er schnallte Savannahs Sitz an, dann drehte er sich zu ihr um. »Ich habe mir gedacht, wenn du so weit gefahren bist, um nicht mehr von deinen Eltern abhängig zu sein, dann würdest du dich sicher auch nicht zu sehr von einem neuen Freund abhängig machen wollten. An die Möglichkeit, dass du nicht zahlen könntest, habe ich gar nicht gedacht.«

»Und das mache ich auch. Sobald wir wieder in Craigs Haus sind.«

»Es eilt nicht.«

»Woher weißt du überhaupt, wie man den Sitz festmacht? Ich habe Wochen gebraucht, um es richtig zu können.«

»Wir geben einmal im Monat einen Kurs auf der Feuerwache. Die meisten Leute machen es falsch. Wir erklären es ihnen, damit die Sitze richtig fixiert sind und im Ernstfall ihren Zweck erfüllen.«

»Oh, ja dann. Danke. Ich … ich komme dann zum Haus?«

»Fahr mir einfach nach, ich kenne eine Abkürzung.«

»Okay.«

Während sie Lucas durch die verwinkelten Straßen folgte, dachte Dani, dass ihr Unfall wahrscheinlich das Beste war, was ihr in den Monaten seit Jacks Tod passiert war. Ungefähr zum Zeitpunkt des Unfalls war die Wut, die sie bis dahin auf ihrer Reise von Kentucky nach Vermont angetrieben hatte, einfach verraucht gewesen. Erschöpft nach der stundenlangen Fahrt und ihrer Sorge um Savannah war sie den Tränen nah gewesen, als die Sicht immer schlechter und die Straße immer rutschiger geworden war. Wer weiß, was aus ihnen geworden wäre, wenn Lucas sie nicht im Graben gefunden hätte?

Ihr stiegen Tränen in die Augen. Nachdem sie vor ihren übergriffigen Eltern geflüchtet war, ließ sie nun also zu, dass ein völlig Fremder ihre Probleme für sie löste. Was sagte das über ihre Fähigkeit aus, alleine zurechtzukommen? Dass es damit nicht besonders weit her war. Sie hatte sich ja nicht mal den verdammten Wetterbericht angeschaut, bevor sie losgefahren war. Nach Vermont, um diese Jahreszeit. Daran hätte sie wirklich denken müssen. Nichts von alledem wäre passiert, wenn sie sich auf den Schnee vorbereitet hätte.

Aber dann wäre sie auch nicht Lucas begegnet, und das wäre schade gewesen. Man konnte nie zu viele Freunde haben, vor allem nicht, wenn man versuchte, sich alleine mit einem Baby in einer unbekannten Stadt ein neues Leben aufzubauen, und das mit vielleicht völlig unrealistischen Plänen für die Zukunft.

Sie holte ein paarmal tief Luft, so, wie es ihr ihre Therapeutin gezeigt hatte. Nach Jacks Tod hatte sie ihr ein paar Atemtechniken beigebracht, die sie anwenden sollte, wenn ihr alles zu viel wurde. Was oft passierte. Sie hatte bewusst geatmet, während sie versuchte, die Mutter zu sein, die Savannah brauchte. Sie hatte bewusst geatmet, um die Panikattacken zu verhindern, die allen um sie herum Angst einjagten. Und sie hatte bewusst geatmet, um ein Minimum an Grenzen ihren Eltern gegenüber aufrechtzuerhalten, damit sie nicht jede einzelne Entscheidung für sie trafen, und dabei ruhig zu bleiben.

Dani war erschöpft. Es hatte sie viel Kraft gekostet, ohne Jack weiterzumachen und den Kopf über Wasser zu halten. Ihr Herz war in tausend Stücke zerbrochen, aber Savannah hatte ihr geholfen, einen halbwegs klaren Kopf zu behalten. Nichts würde je wieder so sein wie zuvor, aber sie weigerte sich aufzugeben, auch an den Tagen, wo der Stress und die Trauer ihr alles abverlangten.

Nach zehn Minuten Fahrt folgte Dani Lucas in die Einfahrt und parkte schließlich neben ihm. Bevor sie auch nur aussteigen konnte, hatte er Savannahs Sitz abgeschnallt und trug sie und ihre Wickeltasche ins Haus. Dani spürte, wie

Dankbarkeit ihre Seele erfüllte. Die Leute waren so wahnsinnig nett zu ihr, seit Jack gestorben war, vor allem ihre Eltern. Sie hatten sich solche Sorgen gemacht, nachdem sie ihren Brief gelesen hatten, egal wie sehr Dani versucht hatte, sie zu beruhigen.

Sie musste sie anrufen, sobald Savannah zur Ruhe gekommen war.

»Danke, dass du sie reingetragen hast«, sagte sie zu Lucas.

»Kein Problem. Diese Tasche ist ganz schön schwer.«

»Ich weiß. Ich habe blaue Flecken, weil sie mir gegen die Beine geflogen ist.«

»Du bist eine schwere Bürde, süße Savvy«, sagte er zu dem Baby, das zur Antwort vor sich hin brabbelte.

Ein schmerzhafter Stich durchzuckte Danis Brust, und sie schnappte nach Luft. Jack würde seiner Tochter nie auf diese Weise seine ganze Aufmerksamkeit widmen können. Er wäre so ein toller Vater gewesen.

»Alles okay?«, fragte Lucas besorgt.

»Alles gut, danke«, sagte sie und schüttelte die Traurigkeit ab, so wie sie das in letzter Zeit so oft machte. »Zeit, die Kleine zu füttern und hinzulegen.«

»Dann mache ich uns in der Zeit Mittagessen.«

»Das wäre toll.«

Dani befreite Savannah aus dem Autositz und zog ihr den Schneeanzug aus. Sie gab ihr etwas gegen das Fieber und lehnte sich an einen Stapel Kissen, um sie zu stillen. Sie streichelte die zarten Haarsträhnchen auf dem Kopf ihrer Tochter und fuhr mit dem Finger über die unglaublich weichen Wangen. Glücklicherweise fühlte sie sich nicht mehr so heiß an wie im Auto. »Dein Daddy hätte dich so sehr geliebt«, flüsterte Dani. »So, so sehr.«

Die Trauer kam in den seltsamsten Augenblicken, traf sie wie aus dem Nichts und machte sie kraftlos, manchmal tagelang. Ein Ereignis wie das misslungene Vorstellungsgespräch, das sie daran erinnerte, wie sehr ihr Leben sich verändert hatte, konnte ein Auslöser sein. Jack hatte erklärt, dass sie nicht würde arbeiten müssen, solange Savannah klein war, wenn sie das nicht wollte. Er sagte, er würde Überstunden machen, damit sie mit dem Baby zu Hause bleiben konnte.

Sobald sie wussten, dass sie schwanger war, hatte er sie in seine Lebensversicherung eingetragen. Sie hatte es nicht gewusst, bis seine Firma sie nach seinem Tod davon benachrichtigt hatte. Dieses Geld war ihre Rettungsleine, und zu wissen, dass Jack sich um dieses Detail gekümmert hatte, hatte ihr in der schweren Zeit alles bedeutet.

Als Savannah auf der Welt war, war es nur schlimmer geworden. Dani hatte sie gestillt und nachts auf sie aufgepasst, aber ansonsten die meiste Zeit im Bett verbracht und über ihren Verlust geweint und über alles, was Jack mit ihrem Baby verpasst hatte.

Es war nicht nötig, dass ihre Mutter oder Les oder sonst wer ihr sagte, dass es nicht gut für sie und ihr Kind war, wenn sie im Bett lag und weinte. Wenn ihr noch ein einziger Mensch gesagt hätte, was gut für ihr Kind sei, hätte sie demjenigen wahrscheinlich ins Gesicht geschlagen. Sie meinten es gut, aber sie wusste selbst, was das Beste für ihr Kind war. Es lag allein an ihr zuzusehen, dass Savannah immer das Beste bekam, und dafür würde sie auch sorgen, selbst wenn ihr innerlich alles weh tat.

Als die schlimmste Trauerphase vorbei war, hatte sie die Entscheidung getroffen, Kentucky zu verlassen. Sie hoffte, dass sie sich ein neues Leben aufbauen konnte, weit weg von den schmerzlichen Erinnerungen und den unaufhörlichen Bemühungen ihrer Eltern, besser zu machen, was man nicht besser machen konnte.

Bald würde der Tag, der alles verändert hatte, ein Jahr her sein, und Dani glaubte immer noch, dass diese Veränderung das Beste für sie und ihr Kind war. Sie würde sich allerdings deutlich besser fühlen, wenn sie einen Job und ein Dach über dem Kopf hatte und eine richtig gute Kinderbetreuung für Savannah.

8

Eine Liebe, die nicht auf Freundschaft basiert,
ist wie ein Schloss, das auf Sand gebaut ist.
Ella Wheeler Wilcox

Als Dani mit dem Stillen fertig war, legte sie Savannah vorsichtig aufs Bett und fixierte sie mit einer Decke. Sie war noch zu klein, um sich selbst umzudrehen, aber Dani wollte kein Risiko eingehen. Während sie wartete, dass Savannah einschlief, schrieb sie einen Scheck für Lucas, um das Geld für den Abschleppdienst zurückzuzahlen.

Erst als sie ganz sicher war, dass Savannah fest schlief, ging sie aus dem Zimmer. Sie ließ die Tür offen, damit sie mitbekam, wenn Savannah wieder aufwachte. Meist schlief sie um diese Tageszeit etwa zwei Stunden. Dani ging in die Küche, wo Lucas gerade zwei Sandwiches fertig gemacht hatte.

Er legte eine Handvoll Chips auf jeden der beiden Teller und schob ihr einen hin. Dann füllte er zwei Gläser mit Eiswasser, bevor er sich zu ihr setzte.

»Das sieht lecker aus«, sagte sie.

»Wenn es ein ›Gericht‹ gibt, das ich ›kochen‹ kann, dann sind das Sandwiches.«

Dani musste lachen. »Und Tiefkühlpizza.«

»Das ist eine meiner Spezialitäten. Zu Hause verbessere ich sie gerne mit allen möglichen Zusatzbelägen.«

»Mit was denn zum Beispiel?«, fragte Dani zwischen zwei Bissen Schinken und Käse.

»Zwiebeln natürlich. Die machen einfach alles besser. Mehr Käse ist auch obligatorisch. Frisches Gemüse und Fleisch. Viel Fleisch.«

»Mit anderen Worten: Eine Pizza Supreme bekommt bei dir eine völlig neue Bedeutung.«

»Ja.«

Sie legte den Scheck neben seinen Teller. »Vielen Dank, dass du die Reparaturkosten vorgestreckt hast. Ich hab den Betrag freigelassen, du kannst ihn selbst eintragen.«

Er stopfte den Scheck in die Brusttasche seines Hemdes. »Kein Problem. Es waren zweihundert Dollar.«

»Du solltest losfahren, auf die Piste. Uns geht es hier sehr gut. Ich möchte wirklich nicht all deine Pläne über den Haufen werfen.«

»Alles in Ordnung, wirklich. Das Skifahren war nur ein Vorwand, um mal rauszukommen. Ich kann jederzeit auch in Butler auf die Piste.«

»Fühlst du dich jetzt besser wegen deinem Bruder und der Sache mit Amanda?«

Sein Lächeln brachte seine goldbraunen Augen zum Leuchten. »Das gefällt mir. ›Die Sache mit Amanda‹. Und ja, es geht mir besser. Was du gesagt hast, was mein Großvater gesagt hat, darüber, dass mein Bruder viel wichtiger ist als eine Frau, die wir beide gerade erst kennengelernt haben, ist wirklich wahr. Sie ist echt nett, aber er ist mein Bruder. Mehr gibt es dazu nicht zu sagen.«

»Falls das etwas bedeutet: Ich finde, es ist richtig, so zu denken. Ich hätte alles für einen Bruder oder eine Schwester gegeben. Es muss toll sein, neun Geschwister zu haben – und dann auch noch acht Cousins und Cousinen!«

»Ist es auch, meistens jedenfalls. Meine Eltern haben uns ständig erzählt, dass unsere Geschwister und unsere Cousins und Cousinen unsere besten Freunde sind. Ihnen hätte es gar nicht gefallen, wenn Landon und ich uns wegen einer Frau gestritten hätten.«

»Sie hätten es bestimmt verstanden, wenn sie gewusst hätten, dass ihr sie beide mögt.«

»Oh, das wissen sie. Irgendwie wissen sie immer alles.«

Dani lachte. »Das müssen sie wahrscheinlich auch, um mit zehn Kindern zurechtzukommen.«

»Ich möchte auch mal so eine große Familie.« Sobald er den Satz ausgesprochen hatte, schlug er sich die Hand vor den Mund. »Das habe ich noch nie laut gesagt.«

Obwohl er das hinter seiner Hand hervorgenuschelt hatte, verstand sie ihn sehr gut. »Du möchtest ... *was?* Zehn Kinder?«

»Vielleicht keine zehn, aber mindestens sechs. Glaube ich. Ich bin wirklich gerne Onkel, und ich glaube, es würde mir auch Spaß machen, Vater zu sein.«

»Sechs Kinder. Wow.«

»Oder sieben«, sagte er und zwinkerte ihr lächelnd zu.

»Das kann ich mir bei dir vorstellen. Ein Mann, der sich nichts dabei denkt, eine fremde Frau und ihr Baby aufzunehmen, wenn er eigentlich Ski fahren will, wäre sicher ein guter Vater.«

»Meinst du wirklich?« Er klang verletzlich und sah plötzlich auch so aus.

Lieber Gott, dieser Mann war *unglaublich* süß. »Ja, meine ich. Warum sollte das denn nicht so sein?«

Er spielte an seinem Teller herum, drehte ihn langsam im Kreis. »Ich bin sozusagen als Clown bekannt, irgendwie. Landon und ich, wir … Wir lassen nie eine Chance auf einen Witz oder einen Streich aus.«

»Ist ja nicht verkehrt, die Leute zu unterhalten.«

»Nein, das stimmt natürlich. Es ist nur … Das ist nicht *alles*, was mich ausmacht, verstehst du?«

»Äh, ja, das verstehe ich sehr gut, und ich weiß es sogar aus eigener Erfahrung. Du hast mich gerettet, weißt du noch?«

Er winkte ab. »Ach das. Das ist doch gar nichts, so was mache ich ständig.«

Dani war sich nicht sicher, warum sie es tat, aber sie griff nach seiner Hand und nahm sie in ihre. »Du machst das vielleicht ständig, aber es war das erste Mal, dass ich auf diese Art gerettet werden musste, und du warst nett, liebevoll, fürsorglich, einfühlsam, professionell und kompetent. Und du hattest unglaublich viel Verständnis für eine alleinerziehende Mutter und ihr Kind, als sie unbedingt Hilfe brauchten. Das ist alles andere als selbstverständlich, und es sind alles wichtige Eigenschaften, eigentlich für alle Menschen, aber ganz besonders für einen Vater von sechs – oder sieben – Kindern.«

Lucas lächelte und drückte ihre Hand.

Danis Herz machte einen seltsamen kleinen Hüpfer, als ihr klarwurde, dass sie Lucas in die Augen sah und seine Hand hielt.

Er schaute auf ihre Hände hinunter. »Danke dafür.«

»Ich meine es wirklich so, jedes Wort. Du bist vielleicht witzig und kannst auch mal den Clown spielen, aber du weißt auch, wann du ernst bleiben musst und kannst im Notfall ruhig bleiben. Für mich klingt das wie die Definition eines vernünftigen, verantwortungsbewussten Erwachsenen. Du stellst dein Licht unter den Scheffel.«

»Wahrscheinlich hast du recht. Ich wünsche mir nur, dass die Leute – die, die mir wichtig sind – mich ernster nehmen.«

»Das ist ein hehres Ziel, aber deshalb kannst du nicht aufhören, du selbst zu sein. Du kannst ein lustiger Clown sein und trotzdem erwachsen.«

»Das kann gut sein.«

Dani drückte seine Hand noch einmal und ließ sie dann los. Ihr wurde bewusst, dass sie einen Mann berührte, der nicht Jack war. Sie hatte noch nie irgendeinen Mann berührt, der nicht Jack war. Sie waren seit der Highschool zusammen gewesen – ihr erstes und sein letztes Jahr. Sie waren auch zusammengeblieben, als sie auf unterschiedliche Colleges gegangen waren. Ihre Liebe war für immer gewesen, bis er plötzlich weg war und sie versuchen musste, sich an ein Leben ohne ihn zu gewöhnen.

Sie verschränkte die Arme und gab sich selbst eine kleine Umarmung. Irgendwann würde sie noch viel mehr tun müssen, als einen anderen Mann nur zu berühren, aber für heute war es für sie genug gewesen, Lucas' Hand zu halten.

»Was machst du eigentlich so, wenn du nicht gerade von zu Hause wegläufst?«

Sie musste über seine Wortwahl lachen. »Ich habe immer total gerne Liebesgeschichten gelesen. Ich habe diese Romane nur so verschlungen, drei, vier pro Woche, obwohl ich Vollzeit gearbeitet habe.«

»Vergangenheitsform?«

Sie zuckte die Achseln. »Liebesgeschichten sind für ihre Happy Ends bekannt. Ich habe herausgefunden, dass nicht alle eines bekommen, und jetzt halte ich es nicht mehr aus, sie zu lesen.« Bevor er sich eine Antwort überlegen konnte, sprach sie weiter. »Ich restauriere auch gerne Möbel. Ich kaufe sie bei Auktionen oder auf Flohmärkten. Es war ein wirklich schönes Hobby, das ich gerne zum Beruf gemacht hätte, aber das ist irgendwie auch in den Hintergrund gerückt.«

»Nachdem du Jack verloren hast?«

»Ja. Es ist sehr schwer, mit einem gebrochenen Herzen kreativ zu sein.«

»Das kann ich mir vorstellen. Ich arbeite auch gerne mit Holz, das ist also etwas, das wir gemeinsam haben.«

»Was machst du denn so?«

»Ich baue meistens Möbel – Betten, Babybettchen, Wiegen, Frisiertische, Kommoden – und schnitze kitschige Kleinigkeiten wie Holzelche, Weihnachtsdeko, das Wappen von Vermont, Ahornsirupflaschen. All so was. Wir verkaufen die Sachen im Country Store.«

»Ich will deine Arbeiten unbedingt sehen.«

»Ich würde sie dir echt gerne zeigen. Wenn du wirklich nach Butler kommst, ›vermiete‹ ich dir einen Teil meiner Werkstatt, wenn du willst.«

»Es ist lieb von dir, dass du das anbietest. Aber wenn ich arbeite und mich um Savannah kümmere, werde ich vermutlich keine Zeit dafür haben. Alleine Mutter sein ist ein Vollzeitjob.«

»Sie bleibt ja nicht für immer so klein. Das Angebot steht.«

»Danke dir.«

»Hast du Lust, einen Film zu schauen?«

»Klar, das wäre toll. Aber als Erstes … Ich muss wirklich meine Eltern anrufen. Wäre das okay?«

»Natürlich. Nur zu. Ich glaube, im Schlafzimmer ist auch noch ein Telefon, falls du alleine sein möchtest.«

»Ich schaue noch kurz nach Savannah, aber dann rufe ich lieber von hier aus an, damit ich sie nicht wecke.«

»Alles klar.«

Er stand auf und stellte ihre Teller in die Spülmaschine.

Dani ging ins Schlafzimmer und warf einen Blick aufs Bett. Savannah lag genau so da, wie sie sie hingelegt hatte.

Als sie wieder in die Küche kam, wischte Lucas gerade

die Arbeitsfläche ab. Er stand mit dem Rücken zu ihr, so dass sie sich seine breiten Schultern und seine schmale Hüfte, seine muskulösen Beine und den knackigen Hintern anschauen konnte. Er sah wirklich toll aus, und wenn die Dinge anders lägen, hätte sie sich sicher zu ihm hingezogen gefühlt.

Aber das war keine Option. Schon gar nicht jetzt, wo ihr Leben in Scherben lag und sie die alleinige Verantwortung für ihr Baby hatte.

»Fertig«, sagte Lucas. Er ging in den Wohnbereich hinüber und machte den Fernseher an.

Dani sah zu, wie er sich aufs Sofa setzte und seine langen Beine auf den Couchtisch legte, während er durch die Kanäle schaltete. Sie fuhr sich mit der Zunge über ihre Lippen, die ganz trocken geworden waren, griff nach dem Telefon und zwang sich, die Nummer zu wählen, bevor sie der Mut verließ.

Ihre Mutter hob beim ersten Klingeln ab. »Hallo?«

»Ich bin's.«

»Dani.« Ihre Mutter atmete erleichtert aus. »Warum hast du nicht auf meine SMS geantwortet?«

»Weil es hier so gut wie keinen Empfang gibt. Hat Les dir nicht gesagt, dass ich sie gestern Abend angerufen habe?«

»Hat sie.« Die beiden Wörter sagten schon alles. Ihre Mutter war sauer, weil sie sie nicht angerufen hatte.

»Es tut mir leid, wenn du dir Sorgen gemacht hast. Es ist alles gut. Ich hatte heute zwei Vorstellungsgespräche in Stowe, und übermorgen habe ich noch eins in Butler.«

»Dani, jetzt hör mir mal zu. Es gibt keinen Grund, aus dem du Hunderte Meilen weit wegziehen solltest.«

»Ich bin schon weggezogen, Mom.«

Ein Schniefen. »Ich weiß nicht, warum du uns das antust.«

»Ich tue es euch nicht an. Ich tue es für mich und für Savannah. Wir brauchen einen Neuanfang.«

»Du hast dort keine Unterstützung.«

Dani warf einen Blick auf Lucas, auf seine großen Füße, die in dicken Wollsocken steckten. Er fuhr sich mit den Fingern durch sein dunkelblondes Haar. Im Fernsehen lief etwas über die Restaurierung eines Hauses. »Ich werde Freunde finden. Ich kriege das schon hin.«

»Wir machen uns Sorgen um dich – und um Savannah. Vor ein paar Tagen kamst du noch kaum aus dem Bett, und jetzt willst du in Vermont leben?«

»Ich weiß, dass es für dich schwer ist, das zu verstehen. Aber der Grund, aus dem ich nicht aus dem Bett kommen musste, war, dass du und Dad und Tante Ellen da wart, um euch um alles zu kümmern. Ich werde nie wieder auf die Beine kommen, wenn ich zulasse, dass andere alles für Savannah und mich regeln.« Sie hatten dieses Gespräch schon geführt, wahrscheinlich mittlerweile ein Dutzend Mal, aber sie würden es so lange immer wieder führen, bis ihre Eltern verstanden, warum sie hatte gehen müssen.

»Du willst, dass sich Fremde um dein Kind kümmern, während du arbeitest? Das ist besser als deine eigene Familie?«

»Natürlich nicht. Aber Savannah ist ja nicht das einzige Kind, das nicht rund um die Uhr von seinen Eltern betreut wird.«

»Bei dir ist das aber nicht nötig!«

Dani schloss die Augen und versuchte, die Tränen zurückzuhalten. Sie hatte genug geweint. Genug, dass es für ihr ganzes Leben reichte. Sie wollte nicht mehr weinen. »Ich will es so, Mom, und ich hoffe, dass du meine Entscheidung akzeptierst. Es tut mir leid, dass es nicht so ist, wie du es dir für mich wünschst. Ich tue es nicht, um dir weh zu tun. Ich tue es, weil ich es tun muss. Für mich.«

Ihre Mutter war so lange still, dass Dani sich fragte, ob sie aufgelegt hatte.

»Ich werde nicht so tun, als könnte ich verstehen, was du durchgemacht hast ...«

»Ich hoffe, dass du diese Art von Schmerz nie kennenlernen musst.«

»Es hat uns das Herz gebrochen, Jack zu verlieren, Dani. Du weißt, dass wir ihn wie einen Sohn geliebt haben. Und zu sehen, wie du so leidest ...«

»Ich weiß, Mom.« Dani schloss die Augen und hoffte, dass sie ihre Tränen zurückhalten konnte. »Ich tue das hier nicht, um dir weh zu tun, das schwöre ich. Es ist einfach das, was ich jetzt brauche. Wir hatten hier so schöne Sommer mit Nana und Grandpa. Ich war immer so glücklich hier. Vielleicht wird es wieder so.«

»Du musst mich mindestens jeden zweiten Tag anrufen, sonst mache ich mir Sorgen.«

»Das kann ich dir versichern«, sagte Danis Dad. »Sie macht mich mit ihren Sorgen auch noch verrückt.«

Dani lachte unter Tränen. Sie hätte wissen müssen, dass er zuhörte. »Hi, Daddy.«

»Hallo, Liebes. Es ist schön, deine Stimme zu hören.«

»Deine auch.«

»Wie geht es Savannah?«

»Ihr geht es super. Sie war so tapfer auf der Fahrt.«

»Du schickst uns doch Bilder?«, fragte ihre Mutter.

»Jeden Tag, und wir skypen. Und wenn wir uns hier erst mal eingerichtet haben, kommt ihr uns besuchen.«

»Das klingt gut«, sagte ihre Mom. »Wir kommen gerne.«

»Das klappt bestimmt bald. Versuch, dir keine Sorgen zu machen. Es wird alles gut.« Sie wünschte nur, sie wäre sich da selbst so sicher, wie sie klang. Wenn ihre Eltern je erfuhren, dass sie an ihrem ersten Abend in Vermont im Graben gelandet war, würden sie Panik bekommen.

»Wir haben euch lieb«, sagte ihr Dad.

»Wir euch auch. Ich rufe in ein, zwei Tagen wieder an.«

»Wir freuen uns, von dir zu hören«, sagte ihre Mom.

Dani drückte auf den roten Knopf. Sie war erleichtert, dass sie die Wogen etwas hatte glätten können. Sie war gar nicht gerne im Streit von ihnen weggefahren, aber sie hatte befürchtet, dass sie sonst nie gefahren wäre, und das war keine Option gewesen. Das hier war das Beste, was sie für sich und Savannah tun konnte. Wenn sie sich das immer wieder sagte, konnte sie vielleicht anfangen, es zu glauben.

Lucas kam in die Küche. Sein Haar stand nach allen Seiten ab, nachdem er es vor dem Fernseher verstrubbelt hatte. Trotzdem sah er umwerfend gut aus. Dani spürte einen schmerzhaften Stich, als ihr klarwurde, dass sie sich zu ihm hingezogen fühlte. Wie konnte das sein? Panik erfasste sie und drückte ihr die Kehle zu.

»Dani? Alles klar?«

Sie zwang sich, zu nicken und tief Luft zu holen.

»Und deine Eltern? Alles in Ordnung?«

Sie schluckte den Kloß, der sich in ihrer Kehle gebildet hatte, hinunter und sagte: »Das kommt schon wieder in Ordnung. Irgendwann.«

»Das ist gut. Es gibt doch nichts Schlimmeres als Familiendramen. Das laugt einen einfach aus.«

»Ja, das stimmt. Das tut es wirklich.«

Es half, dass er sie verstand und dass er seiner Familie so nahestand, wie sie ihrer immer gestanden hatte. »Sie wollen nur das Beste für mich und Savannah.«

Er füllte sein Glas mit Eiswasser aus dem Kühlschrank. »Klingt, als wären sie tolle Eltern.«

»Das sind sie auch. Ich weiß nicht, wie ich es ohne sie hätte durchstehen können, alles.«

»Du brauchst so schnell wie möglich einen Festnetzanschluss, damit ihr in Kontakt bleiben könnt.«

»Wie haltet ihr das nur aus ohne Handys?«

»Was man nie hatte, kann man auch nicht vermissen.«

»Ich bekomme vielleicht einen Krampfanfall ohne meins. Bist du auch in Handy-Entzugs-Krampfanfall-Erste-Hilfe geschult?«

Seine Lippen zuckten. »Darüber gibt es einen ganzen Abschnitt im Handbuch. Wir behandeln das in unserer Gegend ziemlich oft. Der einzige Ort mit zuverlässigem Handyempfang ist auf dem Berg meines Bruders Colton.«

»Dein Bruder hat einen Berg?«

Lucas lachte. »Na ja, genau genommen gehört der Berg nicht ihm, aber verrate ihm das nicht. Er lebt jetzt schon seit Jahren da oben und überwacht die Sirupproduktion.«

»Wie darf ich mir das vorstellen?«

»Wie kannst du nicht wissen, wie Ahornsirup gemacht wird?« Er gab sich schockiert.

»Oh, okay, ich verstehe.«

»Nein, tust du nicht, aber ich kann es dir zeigen, wenn wir in Butler sind. Das musst du einfach sehen.«

Dani war sich da nicht so sicher, aber sie nahm ihn beim Wort. Sie bemerkte, dass sie ihn auf genau die Weise ansah, wie eine normale junge Frau einen süßen, attraktiven, gutaussehenden Mann ansehen würde. Und nachdem sie eine Minute lang mit ihm gesprochen hatte, war sie viel ruhiger, ausgeglichener.

Nur ein anderer Mensch hatte je diese Wirkung auf sie gehabt.

Dani schluckte schwer. Sie bewegte sich auf gefährlichem Terrain, was ihren Retter anging, und das durfte nicht passieren. Das ging einfach nicht.

9

Man kann nicht die Schwerkraft dafür verantwortlich machen, dass man sich verliebt.
Albert Einstein

Sie ist so wunderschön. Jedes Mal, wenn Lucas Dani ansah, war das sein erster Gedanke. So wie die Sonnenstrahlen zum Fenster hineinfielen, leuchtete ihr rötlich braunes Haar in beiden Farbtönen. Als er in die Küche gekommen war, hatte er Tränenspuren in ihren weichen haselnussbraunen Augen gesehen, und er wollte sie trösten. Was immer es kosten mochte, sie wieder zum Lächeln zu bringen, er würde es tun. Das war ein Gedanke, den er bisher noch nie gehabt hatte, wenn es nicht um eine seiner Schwestern oder Cousinen ging.

Es tat ihm weh, dass sie offensichtlich so an dem Verlust ihres Verlobten und an ihrer Entscheidung litt, nach Vermont zu ziehen. Abgesehen von dem Verlust seines Schwagers Caleb, der im Irak gefallen war, hatte Lucas nichts erlebt, was Danis Erfahrungen auch nur ansatzweise glich. Er wollte alle Details wissen. Aber er hatte immer noch das Gefühl, dass er kein Recht dazu hatte, nach diesen Dingen zu fragen, und das Letzte, was er wollte, war, sie noch trauriger zu machen.

»Ich weiß ja nicht, was du von *Die Hochzeit meines besten Freundes* hältst«, sagte er, »aber der läuft in fünf Minuten.«

»Ich liebe diesen Film. Tun das nicht alle?«

»Ähm ... *Alle* nicht ...« Er verzog das Gesicht.

Sie lachte, und er wollte sich in diesem Klang verlieren. Er wollte dafür sorgen, dass es immer wieder passierte, bis sie vergaß, dass sie eigentlich traurig war. Warum er das so sehr wollte, war etwas, worüber er später in Ruhe nachdenken musste, wenn er Zeit hatte, die letzten vierundzwanzig Stunden Revue passieren zu lassen. Er wusste jetzt schon, dass sie etwas ganz Besonderes gewesen waren.

Als sie ins Wohnzimmer gingen, um die gefürchtete Romcom anzuschauen, dachte er darüber nach, was sein Vater ihm über die Jahre immer wieder erzählt hatte: dass er an dem Tag, an dem er seine Mutter zum ersten Mal getroffen hatte, fast sofort gewusst hatte, dass sie sein Leben für immer verändern würde. Nicht, dass Lucas daran glaubte, dass ihm so etwas passieren würde. Aber er konnte nicht leugnen, dass er sich ... anders fühlte ... seit er Dani und Savannah am Vorabend kennengelernt hatte. Er konnte nicht genau sagen, was anders war, aber irgendetwas war definitiv anders.

Nicht, dass er zulassen konnte, dass zwischen Dani und ihm etwas passierte, nicht, während es so viel gab, was sie belastete. Sie hatte auf tragische Weise ihren Verlobten, den Vater ihres Kindes, verloren, und jetzt versuchte sie, sich und ihrer Tochter ein komplett neues Leben aufzubauen.

Definitiv nicht der richtige Zeitpunkt, um sich auch noch damit herumschlagen zu müssen, dass ein Mann in ihrem Leben herumschnüffelte. Nicht, dass er besonders viel schnüffeln würde, aber ihm war schon aufgefallen, dass sie unglaublich gut roch.

Er hätte schon tot sein müssen, um den Duft, der sie umgab, wohin sie auch ging, nicht zu bemerken. Er war wie eine süße Wolke.

»Hast du ihn schon mal gesehen?«, fragte sie.

Lucas war so in Gedanken versunken, dass er eine Weile brauchte, um sich daran zu erinnern, dass sie eigentlich zusammen einen Film schauten. »Leider ja. Meine Schwestern lieben diesen Film. Na ja, die schauen ja auch den *Bachelor.*«

»Ich habe alle Folgen von *Der Bachelor* und *Die Bachelorette* gesehen.«

Lucas verzog das Gesicht. »Iih, du nicht auch noch.«

»Ich fürchte, doch. Es ist wie ein Unfall, man muss einfach hinschauen. Diese Shows machen süchtig.«

»Wieso ist das so interessant?«

»Frauen dabei zuzusehen, wie sie um einen Mann kämpfen, der mit ihnen allen gleichzeitig ausgeht? Oder andersherum? Das ist die ganze Zeit interessant. Ich frage mich immer, was mit ihnen passiert, wenn sie in ihr normales Leben und zu ihren Berufen zurückkehren, nachdem sie sich so im Fernsehen lächerlich gemacht haben.«

»*Das* wäre doch eine tolle Reality Show: *Das Leben nach*

dem Bachelor. Oder: *Mein Leben, nachdem ich mich vor der gesamten Nation komplett lächerlich gemacht habe.*«

Sie lachte, und wieder wünschte er sich, sie würde nie mehr damit aufhören. »Das würde ich auf jeden Fall schauen. Ich frage mich zum Beispiel, ob sich plötzlich mehr Männer für eine der Frauen interessieren, weil sie sich im Fernsehen mit anderen Kandidatinnen gebattelt hat.«

»Also ich würde das jedenfalls nicht tun.«

»Aber du weißt auch, dass es da draußen Männer gibt, die auf alle möglichen Arten darauf stehen würden.«

»Das kann ich mir einfach nicht vorstellen. Ich hasse Drama. Ich würde alles tun, um nichts mit so was zu tun haben zu müssen.«

»Deshalb war die Sache mit Amanda und deinem Bruder auch so schlimm für dich. Du bist so etwas nicht gewohnt.«

»Ja, das stimmt, und deshalb habe ich auch keine Ahnung, wie ich damit umgehen soll.«

»Hast du wohl. Du hast dich erst einmal aus der Situation entfernt, um wieder einen klaren Kopf zu bekommen. Das war doch eine gute Lösung.«

»Das stimmt wahrscheinlich.«

»Ich glaube, das war wirklich klug von dir. Das Letzte, was du willst, ist Ärger mit deinem Bruder, also bist du ausgewichen. Man muss schon ziemlich vernünftig sein, um zu merken, dass Ärger auf einen zukommt, und dem aus dem Weg zu gehen. Ich wünschte, ich hätte das mit meinen Eltern auch gekonnt.«

»Wie meinst du das?«

»Mir ist schon vor Monaten klargeworden, dass ich mich habe bevormunden lassen, nachdem Jack gestorben war. Meine Mutter hat meine Rechnungen bezahlt und Savannahs Untersuchungen beim Kinderarzt geplant, und ich habe das zugelassen, weil es einfach leichter war.«

»Du hast getrauert. Es ist doch ganz normal, dass man sich nach so einem Schicksalsschlag erst einmal helfen lässt.«

»Erst einmal, ja. Aber monatelang?« Sie schüttelte den Kopf. »Ich hätte nie zulassen dürfen, dass es so weit kommt.«

»Du hast Furchtbares durchgemacht, und es hat wahrscheinlich wenig Sinn, wenn du dich selbst dafür kritisierst, wie du das geschafft hast. Ich finde es bewundernswert, dass du das Problem trotz deiner Trauer erkennen konntest.«

»Nach einer Weile wurde es ein wenig leichter, mit der Trauer umzugehen, und was ich sah, hat mir nicht gefallen. Ich hatte wirklich hart daran gearbeitet, mich von meinen Eltern zu lösen, als Jack und ich zusammengezogen sind. Und plötzlich war es, als sei nichts von alledem passiert. Ich war mit einem Mal wieder sechzehn und stand komplett unter der Fuchtel meiner Eltern. Ich habe keine Entscheidungen mehr getroffen, weder für mich selbst noch für mein Kind.«

»Dann hast du doch die richtige Entscheidung getroffen, als du das geändert hast.«

»Das hoffe ich.« Sie biss sich auf die Unterlippe. »Ein

Teil von mir ist ihrer Meinung. Es war verrückt, so weit von meinem Netzwerk wegzuziehen.«

Lucas versuchte, nicht auf ihre Lippe zu starren, aber er war fasziniert. »Du wirst ein neues Netzwerk aufbauen, eines, das dich unterstützt, ohne dir vorzuschreiben, was du tun und lassen sollst.«

»Sie meinen es gut. Ich möchte nicht, dass du schlecht von ihnen denkst. Sie sind keine schlechten Menschen.«

»Sprich nicht weiter. Ich weiß, was du meinst. Meine Eltern wissen auch gerne, was wir so machen, und scheuen sich auch nicht zu sagen, wenn sie finden, dass wir in die falsche Richtung laufen. Aber sie versuchen nicht, unsere Leben für uns zu leben.«

»Das muss schön sein. Ich liebe meine Mom, wirklich. Sie ist toll, aber sie hatte fünf Fehlgeburten, bevor sie mich bekommen hat. Ich bin das Wunderbaby, von dem sie dachte, dass sie es nie bekommen würde. Mich jetzt, wo ich erwachsen bin, loszulassen, ist sehr schwer für sie.«

»Wow. *Fünf* Fehlgeburten.«

»Ich weiß. Es war ein Albtraum, jedenfalls nach allem, was ich gehört habe, ich war ja schließlich nicht dabei. Meine Tanten und meine Großmutter haben es mir erzählt. Meine Mutter spricht überhaupt nicht darüber.«

»Das muss unglaublich schmerzhaft gewesen sein.«

»Ich kann mir gar nicht vorstellen, was sie durchgemacht hat, also versuche ich einfach, ihr viel Raum zu geben, wenn sie das Bedürfnis hat, mich zu bemuttern.«

»Das ist wirklich lieb von dir.«

Lucas konnte kaum glauben, wie wenig sie von dem Film mitbekamen, weil sie sich so gut unterhielten – und wie leicht es war, mit ihr zu reden. Das war auch etwas gewesen, was er an Amanda gemocht hatte. Das Gespräch war ganz leicht und natürlich vor sich hin geplätschert, aber irgendwie waren die Gespräche mit Dani noch besser. Vielleicht, weil diesmal sein Bruder nicht mit im Spiel war. Nicht, dass er jemals mit Dani spielen würde.

Während er zusah, wie sie bei »Say a Little Prayer« mitsang, hatte er einen Moment der Klarheit: Er mochte sie wirklich gerne.

Danis Handy klingelte, und sie erschraken beide. »Ich dachte, hier ist kein Empfang.«

»Das weiß man nie, es ändert sich von Minute zu Minute.«

Sie nahm den Anruf an. »Oh, hallo«, sagte sie und verdrehte die Augen, so dass Lucas es sehen konnte. »Es tut mir leid, dass sie so geweint hat. Das ist sonst nie so. Ich glaube, sie zahnt, aber Sie haben sicher nicht angerufen, um mich das zu fragen.«

Lucas machte den Fernseher leiser und lächelte, weil sie das Gesicht verzog.

»Wirklich? Das ist sehr freundlich von Ihnen. Sie müssen sich nicht entschuldigen. Ich weiß, dass es nicht ideal war, ein Baby mit zum Vorstellungsgespräch zu bringen.« Sie hörte ein paar Minuten nur zu, die Stirn konzentriert gerunzelt.

Sie ist wunderschön, dachte Lucas wieder, und sein Herz

machte irgendetwas Komisches, von dem ihm ein bisschen schwindelig wurde. Bot diese Frau ihr etwa einen Job an? Und wenn ja, warum fühlte er sich bei dem Gedanken, dass sie neunzig Minuten von ihm entfernt leben und arbeiten könnte, plötzlich so unwohl? Was war nur los mit ihm? Um diese Zeit gestern hatte er nicht einmal gewusst, dass es sie gab, und jetzt …

Was jetzt?

Er wusste es nicht, und das machte ihn ganz nervös, als sie auflegte.

»Das war die Frau aus dem Wintersportgeschäft. Sie hat sich bei mir entschuldigt und mir den Job angeboten, wenn ich noch Interesse habe.«

»Cool. Meinst du, sie hat mit ihrer Rechtsabteilung gesprochen und herausgefunden, dass sie wirklich vorsichtig sein sollte, wenn sie eine Mutter wegen ihres Kindes nicht einstellt?«

Dani riss die Augen auf. »O mein Gott! Glaubst du wirklich, dass das so war?«

Lucas bereute seinen flapsigen Kommentar sofort. »Natürlich nicht. Ihr ist wahrscheinlich klar geworden, wie glücklich sie sich schätzen kann, dass du dich dort beworben hast. Ich glaube nicht, dass die überhaupt eine Rechtsabteilung haben.«

»Hm, wahrscheinlich hast du recht, aber es ist jedenfalls gut, ein Jobangebot in der Hinterhand zu haben.«

»Du … ähm, du kommst doch trotzdem noch nach Butler für das Vorstellungsgespräch in unserem Store, oder?«

»Auf jeden Fall. Ich freue mich riesig darauf, alles zu sehen.«

»Oh, gut«, sagte er, viel erleichterter, als er es hätte sein sollen.

Er würde mehr Zeit haben, sie besser kennenzulernen und herauszufinden, warum der Gedanke daran, sie und Savannah nie wieder zu sehen, ihn so fertigmachte.

❄

Am nächsten Morgen legte Dani Savannah in ihre Babyschale auf dem Rücksitz ihres Autos und brach Richtung Butler auf. Die Fahrt würde neunzig Minuten dauern, und Dani hatte sie so geplant, dass sie genau zu der Zeit fuhren, wo Savannah normalerweise schlief. Sie hatte Savannah gestillt und gewickelt, also konnte nicht viel schiefgehen.

Am Vortag waren Lucas, Savannah und Dani nach Savannahs Mittagsschlaf zum Haus von Danis Großeltern gefahren, das noch genau so aussah, wie Dani es in Erinnerung hatte. Es war nach dem Tod ihrer Großeltern verkauft worden, und Dani hatte sich sehr gefreut, als sie gesehen hatte, dass auf der Reifenschaukel, die ihr Großvater für sie aufgehängt hatte, Kinder spielten. Danach hatte Dani darauf bestanden, Lucas zum Essen einzuladen, um sich für all seine Hilfe zu bedanken.

Lucas fuhr seinen dunkelblauen Truck aus der Einfahrt und wartete auf sie, damit sie ihm nach Butler folgen konnte. Die Seiten seines Fahrzeugs waren fast weiß vom

Salz und Schneematsch des Vermonter Winters. Er hatte am Vortag gewitzelt, dass er seinen Truck so, wie er wirklich war, außerhalb der Schnee- und der Schlammsaison vielleicht für drei Monate im Jahr zu sehen bekam.

Dani dachte darüber nach, dass sie während der letzten beiden Tage auf jeden Fall Lucas so zu sehen bekommen hatte, wie er wirklich war. Er war ein toller Mann, und sie war so froh, dass sie ihm begegnet war, auch wenn die Umstände alles andere als perfekt gewesen waren. Seit Jack gestorben war, hatte es oft Zeiten gegeben, in denen sie genau das erhalten hatte, was sie brauchte; und sie glaubte, dass das bedeutete, dass er auch nach dem Tod auf sie aufpasste und sich um sie kümmerte, so wie er das zu Lebzeiten getan hatte.

Dieser Gedanke sorgte wie immer dafür, dass ihr Tränen in die Augen traten. Es wäre typisch Jack, in ihrer Nähe bleiben zu wollen, um sicherzugehen, dass es ihr gutging, und es bereitete ihr große Freude, dass er vielleicht die wunderschöne Tochter sehen konnte, die sie zusammen bekommen hatten. Sie schaute in den Rückspiegel, wo sie Savannahs Gesicht sehen konnte. Ihre Augen waren offen, aber sie sah ganz verschlafen aus. »Gott, ich hoffe, er kann dich sehen, meine Kleine!«

Dani schniefte und tupfte sich die Tränen ab. Sie weinte immer noch beängstigend oft, und sie fragte sich, ob irgendwann der Zeitpunkt kommen würde, an dem sie einfach keine Tränen mehr hatte. Wenn es so war, dann hätte sie ihn sicher bald erreicht.

Statt länger über die Vergangenheit nachzugrübeln, versuchte sie, sich auf die Gegenwart zu konzentrieren – auf den hellen, sonnigen Tag, die wunderschöne Aussicht, das kleine Mädchen auf dem Rücksitz und den neuen Freund, der ihr den Weg zu einem Ort zeigte, an dem sie noch nie gewesen war, den sie aber unbedingt sehen wollte.

Auf der Fahrt von Kentucky nach Vermont waren ihre Gedanken bei Jack gewesen, bei den Erinnerungen an ihn und ihr gemeinsames Leben. Aber jetzt, wo sie hinter Lucas' Truck in Richtung Butler fuhr, bemerkte sie, dass sie an ihn dachte, an die Tage, die sie gemeinsam in Stowe verbracht hatten, und die Freundschaft, die sofort zwischen ihnen entstanden war. Dieser Mann war nicht nur witzig und nett, man konnte auch unglaublich gut mit ihm reden und Spaß haben, und er sah einfach umwerfend gut aus. Auch wenn sie ein schlechtes Gewissen hatte, weil sie so über einen anderen Mann dachte, war Dani klug genug, um zu wissen, dass sie früher oder später jemandem begegnen würde, mit dem sie der Liebe eine zweite Chance geben wollte. Garantiert noch nicht jetzt und auch nicht bald, aber irgendwann.

Dass sie oder Jack sterben könnten, war so weit weg gewesen, so unwahrscheinlich und unvorstellbar, und die Katastrophe war so schnell und überraschend gekommen, dass sie nie darüber geredet hatten, was einer von ihnen ohne den anderen machen würde. Aber sie musste einfach glauben, dass Jack nicht wollen würde, dass sie den Rest ihres Lebens alleine verbringen und um ihn und das, was sie und ihre Tochter verloren hatten, trauern würde.

Sie hoffte, dass er sich wünschte, dass sie eine neue Liebe fand, jemanden, der ein Vater für Savannah sein konnte und dabei den Mann in Ehren halten würde, der ihr das Leben geschenkt hatte. Das war viel verlangt, aber Dani würde sich nicht mit weniger zufriedengeben, als sie mit Jack gehabt hatte. Sie wusste, wie sich wahre Liebe anfühlte, und sie würde warten, bis sie sie wiederfand. Die Vorstellung, alleinerziehende Mutter zu sein, machte ihr keine Angst, genauso wenig, wie es ihr etwas ausmachte, alleine zu sein. Sie war lieber alleine als mit dem falschen Menschen zusammen. Einige ihrer Freundinnen hatten sich mit Männern zufriedengegeben, weil es bequem gewesen war, mit dem Ergebnis, dass sie jetzt unglücklich waren.

Nachdem sie echte Liebe erlebt hatte, konnte Dani sich nicht vorstellen, sich mit weniger zufriedenzugeben.

Die Fahrt verging wie im Flug, weil die Landschaft, durch die sie fuhren, atemberaubend schön war. Sie sah schneebedeckte Pappeln und Nadelbäume, malerische Dörfchen, gewundene Straßen, eisbedeckte Flüsse und Gebäude, von denen sie wusste, dass sie zur Herstellung von Ahornsirup dienten. Die gesamte Landschaft war mit Scheunen jeglicher Art und Größe gespickt.

Seit sie als Kind zum ersten Mal in Vermont gewesen war, hatte sie die Gegend geliebt. Einmal hatte sie sogar Jack gefragt, ob er sich vorstellen könnte umzuziehen. Weil Savannah unterwegs gewesen war und ihre beiden Familien in der Nähe lebten, hatte sie ihm letztlich zugestimmt, dass es dumm wäre wegzuziehen. Aber Dani hatte nie aufgehört, von dem Ort zu träumen, den sie so liebte; und jetzt war sie hier, und die Möglichkeiten eines völlig neuen Lebens lagen zum Greifen nah.

Endlich fuhren sie am Ortsschild von Butler vorbei, es folgten zunächst jedoch nur weitere kurvenreiche Straßen. Dann endlich kam die kleine Stadt in Sicht, die wunderschönen kleinen Läden, Restaurants und Cafés. Mittendrin befand sich der Green Mountain Country Store und das Butler Inn Hotel. Lucas setzte den Blinker und bog nach rechts auf den Parkplatz des Country Stores ab.

Dani folgte ihm und warf im Rückspiegel einen Blick auf Savannah, die immer noch schlief. Sie stieg aus und streckte sich. Sie war ganz verspannt, weil sie in den letzten Tagen eindeutig zu viel Zeit im Auto verbracht hatte. »Diese Stadt ist toll«, sagte sie zu Lucas, als er zu ihr herüberkam.

»Uns gefällt es hier.«

»Das kann ich gut verstehen.«

Er warf einen Blick auf den Rücksitz ihres Autos. »Deine kleine Co-Pilotin schläft tief und fest.«

»Wahrscheinlich wacht sie auch so schnell nicht wieder auf.« Dani betrachtete das große weiße Gebäude neben dem Store. »Ich sollte nach einem Zimmer fragen.«

»Ich kann sie tragen, wenn du möchtest.«

»Oh, danke. Du hast doch sicher anderes zu tun, oder?«

»Ich habe noch bis morgen frei. Ich helfe dir gerne beim Ankommen.«

»Das ist so lieb von dir. Ich werde dir nie genug danken können.«

»Ich habe die Gesellschaft genossen. Nicht nötig, mir zu danken.«

»Dann sage ich nur, dass ich froh bin, dass du uns gefunden und in Sicherheit gebracht hast.«

»Das war mir eine Freude.« Er lächelte, aber das Lächeln erreichte seine Augen nicht. Sie fragte sich, ob der Gedanke, dass sie sich vielleicht nicht wiedersehen würden, ihn genauso traurig machte wie sie. Wobei das Risiko wahrscheinlich recht klein war, wenn sie anfing, für seine Familie zu arbeiten. Das hoffte sie zumindest.

Lucas hob gekonnt Savannahs Autositz vom Rücksitz und trug sie, während er neben Dani in Richtung Hotel ging.

»Ich hoffe, sie haben ein Zimmer.« Sie hätte sich um die Unterkünfte kümmern sollen, bevor sie losgefahren war, aber sie hatte es so eilig gehabt zu verschwinden, bevor ihre Eltern zurückkamen, dass sie sich nicht die Zeit genommen hatte, richtige Vorbereitungen zu treffen.

Lucas hielt Dani die Hintertür des Butler Inn auf und zeigte ihr den Weg zur Rezeption, wo eine ältere Frau saß.

»Hi, Mrs. Hendricks.«

Sie betrachtete ihn eingehend. »Hallo, Landon.«

Er schüttelte den Kopf. »Lucas.«

»Mist. Ich dachte wirklich, ich liege diesmal richtig. Tut mir leid.«

»Kein Problem. Das passiert ständig. Das hier sind meine Freundin Dani und ihre Tochter Savannah. Dani hätte gerne ein Zimmer.«

»Oh, Liebling, wir sind übers Wochenende komplett ausgebucht.«

Danis Magen zog sich zusammen. »Gibt es noch etwas anderes in der Nähe?«

»Ich kann ein paar Hotels in St. Johnsbury anrufen, aber um diese Zeit ist es wirklich schwierig, weil die Skipisten geöffnet sind. Ich glaube kaum, dass du dort ein Zimmer bekommst.«

»Ist schon in Ordnung, aber vielen Dank für das Angebot.« Lucas hob Savannahs Sitz vom Rezeptionstisch. »Wir kriegen das schon hin. Danke, Mrs. H.«

»Tut mir leid, dass ich nicht helfen konnte. Kommt doch Anfang der Woche wieder, da wird bestimmt etwas frei.«

»Machen wir, danke noch mal.« Lucas legte die Hand an Danis unteren Rücken und führte sie zurück zur Hintertür.

»Was mache ich denn jetzt?«, fragte sie.

»Meine Eltern haben eine Scheune mit sieben Zimmern, und nur mein Bruder Max und sein Sohn Caden wohnen noch dort. Sie bringen dich gerne unter.«

»Ich kann doch nicht bei deinen Eltern wohnen! Ich habe ein Bewerbungsgespräch bei deinem Dad!«

Er hatte gehofft, dass sie das sagen würde. »Ich habe bei mir zu Hause auch ein Gästezimmer. Es gehört ganz dir, wenn du magst.«

»Ich bin wirklich nicht gut hier drin«, sagte sie niedergeschlagen.

»Worin denn?«

»Unabhängig sein. Von zu Hause weglaufen, um mir ein eigenes Leben aufzubauen. Wenn du uns nicht gerettet hättest, wären Savannah und ich in Stowe erfroren. Sie hätten Wochen gebraucht, um unsere Leichen zu finden, und dann hätten sie uns erst mal auftauen müssen.«

Lucas fuhr sich mit der Hand über den Mund. Offensichtlich gab er sich die größte Mühe, nicht zu lachen. »Dir wäre schon was eingefallen.«

»Was wäre mir eingefallen? In Vermont ist es nicht so wie da, wo ich herkomme. Wo es an jeder Ecke ein Hotel von irgendeiner Kette gibt, und solche Sachen wie die hier einfach nie passieren würden. Ich habe mir nicht mal Gedanken darüber gemacht, wo wir schlafen werden, bevor ich ins Auto gestiegen und nach Norden gefahren bin. Wer macht denn so was, und dann auch noch mit einem Kleinkind? Was bin ich nur für eine Mutter?«

»Du bist eine tolle Mutter, die für sich und ihr Kind das Richtige tun will. Du hast vielleicht nicht alles so gut geplant, wie du es hättest tun können, aber du warst seit deiner Kindheit nicht mehr in Vermont. Woher hättest du denn wissen sollen, dass die Hotelketten hier noch nicht jede Straßenecke besetzt haben?«

»Ich hätte mich um die Unterkünfte kümmern sollen, bevor ich losgefahren bin.«

Lucas blieb stehen und wandte sich ihr zu. »Und wenn

du dir die Zeit genommen hättest, das zu tun? Dann hättest du herausgefunden, dass in der Skisaison alles voll ist. Du wärst nicht gefahren, Dani. Du wärst jetzt nicht hier. Du hättest die Veränderung, die du und Savvy so dringend gebraucht habt, nicht vorgenommen.«

Wenn er es so ausdrückte, schien ihre schlechte Vorbereitung fast schicksalhaft.

»Du und Savvy kommt jetzt mit zu mir nach Hause. Ich habe ein Gästezimmer, mehr als genug Platz, und ich habe dich gerne bei mir. Also hör jetzt bitte auf, dir Sorgen zu machen, okay?«

Savannah suchte sich genau diesen Moment aus, um aufzuwachen, und zwar mit einem empörten Schrei, der auf eine nasse Windel und einen leeren Magen hindeutete. »Ich muss sie wickeln und füttern.«

»Komm mit, ich weiß, wo.« Er führte sie über den Parkplatz, wo sie die Wickeltasche aus dem Auto holte, und dann in den Green Mountain Country Store.

Dani wäre am liebsten ständig stehen geblieben, um sich alles genau anzuschauen, aber Savannah wollte davon nichts wissen. Mit jeder Minute, die verging, wurde ihr Schreien lauter und wütender. Lucas ging ihr voran eine Treppe hinauf, die sie zu einer Art Rezeption führte.

»Hi, Emma«, sagte er zu der hübschen blonden Frau, die am Empfangstisch saß.

Emma musterte ihn eingehend, bevor sie ihm antwortete. »Hi, Lucas.«

»Das hier sind meine Freundin Dani und ihre Tochter

Savannah. Könnten sie ein paar Minuten den Konferenzsaal benutzen?«

»Klar. Er ist heute den ganzen Nachmittag frei.«

»Super, danke.« Er bedeutete Dani, ihm voraus zu einer geschlossenen Tür am Ende der Lobby zu gehen.

»Geht das hier?«, fragte er.

»Perfekt. Danke, dass du all meine Probleme aus dem Weg schaffst.«

Er grinste. »Sehr gerne. Ich warte draußen. Komm einfach zu mir, wenn ihr bereit fürs Mittagessen seid.« Er zwinkerte ihr zu. »Ich weiß nämlich, wo.«

Danis Magen knurrte hörbar, was ihn zum Lachen brachte.

»Das ist ja peinlich.«

»Quatsch, ihr Mädels habt einfach Hunger, das geht mir nicht anders. Lass dir Zeit. Ich habe es nicht eilig.«

»Danke, Lucas. Du bist der Beste.«

»Sehr gerne.«

Er schloss die Tür hinter sich, und Dani befreite Savannah aus ihrem Autositz und der leichten Decke, in die sie sie für die Autofahrt gewickelt hatte. Ihr Schneeanzug wäre viel zu warm gewesen. An solche Sachen musste sie jetzt, wo sie Mutter war, denken. Ihr Kind war davon abhängig, dass sie wusste, was die beste Lösung war.

»Was glaubst du denn, was das Beste für uns ist?«, fragte sie ihr Baby, als sie die Decke auf dem Tisch ausbreitete, um die nasse Windel zu wechseln. »Sollen wir noch ein bisschen bei Lucas bleiben?«

Savannah gluckste und gurgelte, was Dani als Zustimmung aufnahm.

Als sie sich das Baby an die Brust legte und spürte, wie es gierig saugte, dankte sie im Stillen dem Mann, der so gut für sie gesorgt hatte. Seit sie Jack verloren hatte, hatte sie viele Gründe gehabt zu glauben, dass sie übermäßig viel Pech hatte. Aber vielleicht hatte sich das ja geändert, in einer verschneiten Nacht in Stowe, in der ihr Auto von der Straße gerutscht war und sie zu einem neuen Freund geführt hatte.

10

Alte Freunde vergehen, neue Freunde kommen.
Genau wie Tage. Ein alter Tag vergeht,
ein neuer beginnt.
Dalai Lama

Lucas verließ den Konferenzsaal und ging zurück zum Empfangstisch, wo er sich auf einen der Stühle setzte, die normalerweise nie benutzt wurden. »Wo sind denn alle?«, fragte er Emma und streckte die Beine aus. Er war froh, nicht mehr im Auto sitzen zu müssen.

»Ella und Charley sind beim Mittagessen. Dein Dad, Hunter, Will und Wade sind im Lagerhaus.« Emma warf einen Blick auf die geschlossene Tür des Konferenzraumes. »Eine neue Bekannte?«

»Sie hatte bei Stowe einen Unfall. Ich habe ihr geholfen.«

»Wow, sie hatte Glück, dass jemand mit deiner Ausbildung in der Nähe war, als sie Hilfe brauchte.«

»Ja, das hat gut gepasst. Sie hat morgen ein Vorstellungsgespräch hier.«

»Für das Management im Lagerhaus?«

»Ja, genau.«

»Oh, cool. Sie möchten diese Stelle wirklich so schnell

wie möglich besetzen. Charley und Ella haben bisher das meiste zusätzlich zu ihrer normalen Arbeit gemacht.«

»Dani wäre toll. Sie hat einen Abschluss in Einzelhandelsmanagement und viel Erfahrung.«

»Woher kommt sie?«

»Kentucky.«

»Sie ist weit weg von zu Hause.«

»Ja. Wie geht es Grayson?« Lucas fragte nach seinem Cousin, um das Gespräch von Dani abzulenken.

Emmas hübsches Gesicht errötete. »Er ist toll. Es ist alles wirklich wunderbar.«

Lucas verdrehte die Augen, weil er wusste, dass sie diese Reaktion von ihm erwartete.

»Was?«, fragte sie lachend. »Er ist toll und wunderbar.«

Sein Cousin war einer von den Guten – von den Besten –, und Lucas freute sich sehr darüber, dass er und Emma sich gefunden hatten. »Wie gefällt es Simone in Vermont?«, erkundigte er sich nach Emmas Tochter.

»Sie findet es ganz toll. Colton bringt ihr Ski fahren bei, und sie ist wirklich ein Naturtalent.« Colton würde Simones Onkel sein, wenn er im Mai Lucy heiratete.

»Super. Freut mich, dass alles so gut klappt!«

»Ja, wirklich. Uns gefällt es so gut hier. Nach Vermont zu ziehen war die beste Entscheidung, die wir je getroffen haben.«

Lucas warf einen Blick Richtung Konferenzsaal. »Vielleicht kannst du das ja Dani gegenüber mal erwähnen.«

»Klar, gerne. Ich hatte natürlich einen sehr verführerischen Anreiz hierherzukommen.«

Lucas verzog das Gesicht. »Du darfst meinen Cousin nicht als verführerisch bezeichnen.«

Emma lachte. »Er ist *extrem* verführerisch.«

»Hör auf damit. Sofort!«

Sie lachten immer noch, als Dani aus dem Konferenzsaal kam. Sie trug auf einem Arm Savannah, mit dem anderen hielt sie den Autositz und die Wickeltasche.

Lucas sprang auf, um ihr den Sitz und die Wickeltasche abzunehmen. »Alles gut?«

»Vorerst.« Dani lächelte.

Lucas sah sie gerne lächeln. Das war um so vieles besser als die Verzweiflung, die sie ausgestrahlt hatte, als sie gehört hatte, dass im Hotel alle Zimmer belegt waren. »Emma und ich haben gerade darüber gesprochen, wie sie erst kürzlich zusammen mit ihrer Tochter Simone nach Vermont gezogen ist.«

»Es ist toll hier«, sagte Emma. »Wenn du mal jemanden brauchst, der dir einen Rat zu Kinderärzten, Zahnmedizin, Kinderkrippen und so weiter gibt, kannst du mich jederzeit fragen.«

»Das wäre super. Dieses Angebot nehme ich definitiv an, falls wir in Butler bleiben können.«

Emma lächelte herzlich. »Das hoffe ich.«

»Wir gehen zum Diner«, sagte Lucas zu Emma. »Soll ich dir was mitbringen?«

»Nein, danke. Grayson hat mir ein super leckeres Mittagessen gemacht, ich freue mich schon den ganzen Morgen darauf. Er ist der Beste.«

Lucas rümpfte die Nase. Emma lachte immer noch, als er mit Dani die Treppe hinunterging.

»Emma und ihre Tochter leben mit meinem Cousin Grayson zusammen«, erinnerte Lucas Dani. »Sie sind lächerlich glücklich miteinander, genau wie ihre Schwester Lucy mit meinem Bruder Colton. Ihr Vater Ray ist der, der mit meiner Tante Hannah zusammen ist.«

»Wow, ganz schön viele Beziehungen innerhalb der Familie.«

»Alles nur, weil Will Cameron getroffen hat. Und Camerons Dad, Patrick, ist gerade mit unserer ehemaligen Büroleiterin Mary auf Weltreise.«

»Und das alles nur, weil ein einziger Mensch beschlossen hat, in eine andere Gegend zu ziehen«, sagte Dani erstaunt.

»Ich weiß. Komplett verrückt, oder?«

»Es ist richtig toll.«

»Sie sind alle total glücklich. Will und Cam erwarten ein Baby. Lucy und Colton heiraten im Mai. Und ich bin mir sicher, dass es bei Emma und Grayson auch nicht mehr lange dauert.«

»Wie kommt Grayson mit Emmas Tochter zurecht?«

»Sie lieben einander abgöttisch. Simones Vater war noch nie Teil ihres Lebens, also ist Grayson sozusagen der erste Vater, den sie je hatte. Sie sind richtig süß zusammen.«

»Das ist ja schön«, sagte sie wehmütig. »Ich hoffe, dass ich das irgendwann für Savannah finde.«

»Da bin ich mir sicher. Jeder könnte sich glücklich schätzen, sich ihr Vater nennen zu dürfen.«

Sie schaute zu ihm auf, in ihren Augen glänzten ungeweinte Tränen. »Findest du wirklich?«

»Natürlich finde ich das wirklich. Sie ist toll, und ich bin mir sicher, wenn sie groß ist, wird sie genauso wundervoll wie ihre Mutter.« Sobald Lucas das gesagt hatte, wurde ihm klar, wie verräterisch seine Worte gewesen waren. Er hatte eigentlich gar nicht so viel sagen wollen. Wenn er danach urteilte, wie sie ihm in die Augen sah, war sie genauso überrascht wie er.

»Ähm, hier können wir über die Straße.« Er zeigte auf den Zebrastreifen. »Meine Schwägerin Megan führt den Diner, sie ist die Frau meines Bruders Hunter.«

»Ich werde mir diese ganzen Namen nie merken können.«

»Wenn du bleibst, geht es irgendwann sicher ganz von selbst.« Er hoffte, dass sie in Butler bleiben würde. Er hatte sie und Savvy in den letzten Tagen wirklich ins Herz geschlossen, und er wünschte sich, dass sie in der Nähe blieben, damit er sie weiter sehen konnte.

Sie mischten sich in das mittägliche Gewusel im Diner und machten sich auf den Weg zum einzigen freien Tisch ganz hinten, der unglücklicherweise direkt neben dem Tisch stand, den sich seine Schwestern Ella und Charley teilten.

»Ladys.« Sie musterten Dani eingehend. »Hört schon auf, sie anzustarren. Das hier ist Dani und das ihre Tochter Savannah. Das sind meine Schwestern Ella und Charley. Ella ist die Nettere.«

»Halt doch die Klappe«, sagte Charley und schüttelte Dani die Hand. »Schön, dich kennenzulernen. Wo hast du denn den aufgegabelt?« Sie zeigte mit dem Daumen auf Lucas.

»Äh, eigentlich hat er mich aufgegabelt, als ich in der Nähe von Stowe im Graben gelandet bin.«

»O mein Gott«, sagte Ella. »Das ist ja furchtbar, vor allem mit einem Baby im Auto.«

»Ich weiß. Ich hatte schreckliche Angst, und dann war Lucas da, und alles war in Ordnung.«

Ihre Worte hatten eine merkwürdige Wirkung auf ihn, und er verspürte eine seltsam schmerzhafte Sehnsucht. Wonach? Das konnte er nicht sagen, aber die Sehnsucht war definitiv da.

»Du hattest echt Glück, dass er da war«, sagte Charley. »Auch wenn sie sonst einiges zu wünschen übriglassen, sind Lucas und Landon erstklassige Sanitäter und Feuerwehrleute.«

»Na, danke auch, Charl.«

Charley lachte über seinen beleidigten Gesichtsausdruck. »Das meine ich ernst.«

»Mich musst du nicht überzeugen«, sagte Dani. »Ich habe es schließlich mit eigenen Augen gesehen.«

»Wollt ihr euch zu uns setzen?«, fragte Ella.

»Schon gut«, sagte Lucas und schob Dani in Richtung des freien Tisches. »Wir müssen noch ein paar Sachen besprechen, aber es interessiert euch vielleicht, dass Dani sich auf die Stelle als Managerin des Lagerhauses beworben hat. Sie hat morgen ein Vorstellungsgespräch bei Dad.«

»Ist nicht wahr!«, sagte Ella. »Wenn er dir den Job gibt, sag bitte ja. Wir suchen jetzt schon seit Wochen nach jemandem, und bisher haben wir niemand Passenden gefunden, das sagt Dad jedenfalls.«

»Wenn er nicht bald jemanden findet, kündige ich«, sagte Charley.

»In einem Familienunternehmen kann man nicht kündigen.« Lucas wusste genau, dass Charleys Aussage nur heiße Luft war.

»Du wirst schon sehen. Ein Job ist genug für mich. Zusätzlich eine halbe Stelle auszufüllen, bei der ich auch noch mit Menschen arbeiten muss, ist zu viel verlangt.«

»Sie hasst Menschen«, erklärte Lucas Dani.

Dani musste kichern.

»Nein, sie hasst wirklich Menschen«, sagte Ella todernst.

Das brachte Dani nur noch mehr zum Lachen.

Dass sie so fröhlich war, erfüllte Lucas mit Euphorie, weil es ihm zeigte, dass sie, zumindest in diesem Moment, wirklich glücklich war. »Komm. Lass uns was essen, ich verhungere gleich.«

»Schön, euch kennengelernt zu haben«, sagte Dani zu Ella und Charley.

»Euch auch«, sagte Ella. »Es war wirklich schön, dich und deine süße kleine Tochter zu treffen.« Sie warf Lucas einen bedeutungsvollen Blick zu, den er gekonnt ignorierte.

»Als sie gesagt haben, dass ich Menschen hasse, meinten sie damit nicht dich«, fügte Charley hinzu.

»Gut zu wissen«, sagte Dani und lächelte, als sie auf die Bank am Tisch gegenüber rutschte. Sie hatte Savannah auf dem Schoß und reichte ihr ein Spielzeug, damit ihr nicht langweilig wurde.

Megan kam mit den Speisekarten auf sie zu und blieb stehen, als sie sah, dass Lucas mit einer Frau zusammensaß, die sie noch nie gesehen hatte.

»Dani, das ist meine Schwägerin Megan. Megan, das hier sind Dani und Savannah.«

»Oh, hallo, schön, euch kennenzulernen. Seid ihr zu Besuch?«

Dani nickte. »Ich habe morgen ein Vorstellungsgespräch im Country Store.«

»Willkommen in Butler.« Megan spulte die Liste mit Tagesgerichten herunter und ließ sie dann mit ihren Speisekarten alleine.

»Sind hier eigentlich alle Frauen so außergewöhnlich schön, oder nur die, die mit dir verwandt sind?«

Lucas rümpfte die Nase. »Ella und Charley sind nicht außergewöhnlich schön.«

»Äh … ich sag's dir ja nicht gerne, aber doch, sind sie.«

»Nein. Einfach nur nein.«

»Hör auf! Sie sind deine Schwestern. Sei nett zu ihnen.«

»Ich bin nett.«

Sie lachte wieder. »Kannst du mir was zu essen empfehlen?«

»Das Club-Sandwich mit Pute ist mein Lieblingsessen, und Megan macht angeblich einen super Veggie-Burger. Ich habe ihn noch nie probiert, aber mein Bruder Wade schwört darauf. Er ist Veganer.«

»Das klingt richtig gut! Ich versuche, darauf zu achten, was ich esse, solange ich stille.«

Megan kam wieder, um die Bestellung aufzunehmen. Lucas bestellte das Sandwich, Dani den Veggie-Burger.

Savannah schlug mit ihrem Spielzeug auf den Tisch und dann gleich noch mal, als sie bemerkte, wie viel Lärm es machte.

Dani legte die Hand auf die ihrer Tochter, um sie zurückzuhalten, und Savannah quietschte ungehalten. »Meine Tochter lässt sich nicht gerne sagen, was sie tun und lassen soll.«

»Das klingt genau wie die Tochter meiner Schwester Hannah, Callie.« Lucas warf einen Blick in Richtung Tür und sah, dass Hannah mit ihrer Tochter auf dem Arm auf sie zu kam. »Wenn man vom Teufel spricht. Da kommt Callie mit ihrer Mom.«

Dani drehte sich um und schaute Hannah an, die lächelte, während sie näher kam. »Sie sind definitiv alle wunderschön.«

»Hannah ist definitiv *nicht* wunderschön.«

»Du solltest mal deine Augen checken lassen. Sie ist definitiv wunderschön.«

Hannah begrüßte Ella und Charley, bevor sie zu ihnen an den Tisch trat. Was hier passierte, interessierte Hannah deutlich mehr als alles, was sie am Tisch ihrer Schwestern hören würde. Sie stellte sich neben Lucas und sagte: »Rutsch rüber.«

»Was, wenn ich das nicht will?«

»Ich kann dich zwingen.«

»Ja, klar. Kannst du nicht.«

»Los jetzt. Beweg dich.«

»Ich rutsche nur, weil Callie hier ist.« Er machte Hannah Platz auf seiner Bank. »Mit *dir* möchte ich nicht zusammensitzen.«

»Ist klar.« Hannah ließ sich neben Lucas nieder und setzte Callie auf seinen Schoß, bevor sie Dani die Hand reichte. »Ich bin Hannah, Lucas' weise große Schwester.«

»Du bist die Elchflüsterin.«

»Oooh, so hat er mich beschrieben?«

»Ich habe es so gesagt, dass es sich verrückt anhört«, sagte Lucas. »Nicht als Kompliment.«

»Achte gar nicht auf ihn«, sagte Hannah zu Dani, »und erzähl mir alles, als Erstes deinen Namen und den von deiner wunderschönen Tochter.«

»Ich bin Dani, und das hier ist Savannah. Callie ist ja super süß!«

»Dankeschön. Ich mag sie auch ziemlich gerne. Also, woher kennst du meinen kleinen Bruder?«

Lucas verzog das Gesicht.

»Was? Hab ich dir früher die Windeln gewechselt oder nicht?«

Lucas nahm das Buttermesser in die Hand und betrachtete es eingehend. »Schade, nicht scharf genug für das, was ich vorhabe.«

»Ach, halt doch die Klappe.« Sie beugte sich vor zu Dani. »Ich habe ihm wirklich die Windeln gewechselt, aber das ist schon eine ganze Weile her. Er hat richtig schnell gelernt, aufs Töpfchen zu gehen.«

»Hannah! O mein Gott.«

Dani und Hannah hatten einen Lachanfall. Lucas machte das nichts aus, weil er sah, dass Dani so viel Spaß hatte, auch wenn sie sich über ihn lustig machte.

»Deine Mom ist total lächerlich«, sagte er zu Callie, die mit einem zahnlosen Lächeln reagierte. Seiner Meinung nach lag sie gleichauf mit Caden, wenn es darum ging, wer das schönste Baby der Welt war. Er hatte sich nie sonderlich viele Gedanken über Babys gemacht, bis seine Geschwister angefangen hatten, welche zu bekommen, und er neue Menschen zum Lieben und Verwöhnen hatte.

»Sie weiß, dass ich lächerlich bin«, sagte Hannah. »Stimmt doch, meine Kleine, oder?«

Callie streckte die Arme nach ihrer Mutter aus, die sie Lucas wieder abnahm.

Hannah hatte so lange darauf gewartet, Mutter zu werden, und sie mit Callie zu sehen, berührte Lucas immer wieder aufs Neue. Er liebte die beiden abgöttisch, auch wenn er Hannah das nie würde sagen können. Er hatte den Verdacht, dass sie es ohnehin wusste. Sie war zehn Jahre älter als Landon und er, hatte sich liebevoll um sie gekümmert, und, es stimmte, sie hatte ihnen wirklich die Windeln gewechselt, als sie klein waren. Nicht, dass einer von ihnen besonders gerne darüber nachdachte.

Megan kam vorbei, um Hannah zu fragen, ob sie etwas essen wollte.

»Nur einen Eistee, bitte, und schreib es bei Lucas auf die Rechnung.«

»Klar«, sagte Lucas trocken. »Kein Problem.«

Hannah streckte ihm die Zunge heraus.

»Warte nur, bis Callie mit dir dasselbe macht.«

»Meine Callie würde so etwas nie tun.«

»Ist klar«, prustete Lucas.

»Also, was bringt dich in unsere wunderschöne Stadt?«, fragte Hannah Dani.

»Ich habe morgen ein Vorstellungsgespräch im Country Store.«

»Für die Leitung des Lagerhauses?«

»Genau.«

»Ella und Charley können es gar nicht erwarten, dass jemand für die Stelle gefunden wird«, sagte Hannah.

»Ich habe gehört, dass sie bisher die Aufgaben übernommen haben«, antwortete Dani.

»Sie hatten wirklich alle Hände voll zu tun.« Hannah

sprach jetzt leiser, damit ihre Schwestern sie nicht hören konnten. »Ella ist schwanger, also ist sie ständig müde, und sie und Charlie haben doppelten Dienst geschoben. Aber genug von ihnen. Was ist mit dir? Wie habt ihr beiden euch kennengelernt?« Sie schaute Lucas mit unschuldig aufgeschlagenen Augen an. Er hätte sie am liebsten geknebelt.

»Du hast wirklich Selbstbeherrschung bewiesen, Hannah! Ganze zehn Minuten, bevor du diese Frage gestellt hast, ich bin beeindruckt!«

»Danke, finde ich auch. Und jetzt los, sagt schon.«

»Ich war auf dem Weg nach Stowe, als mein Auto ins Rutschen kam. Ich bin im Graben gelandet. Lucas hat mich gerettet, und zwar nicht nur das eine Mal.«

»So ist das also«, sagte Hannah interessiert.

»Doch nicht so«, bremste Lucas sie. »Musst du immer gleich vorschnelle Schlüsse ziehen? Dani war nicht klar, dass in Stowe sämtliche Hotels ausgebucht sind, also habe ich ihr ein Zimmer bei Craig angeboten.«

»Wir wären ohne Lucas echt aufgeschmissen gewesen«, fügte Dani hinzu.

»Ich bin wirklich froh, dass er da war und dass es euch beiden gutgeht.«

»Danke. Ich hatte richtig Angst, aber Lucas war einfach toll. Er hat sich super um uns gekümmert.«

Hannah schaute Lucas neugierig an, was bedeutete, dass sie ihn weiter ausfragen würde, sobald sie alleine waren.

Bildete er sich das nur ein, oder streckte Savvy wirklich die Arme nach ihm aus?

»Ich bin sehr froh, dass ich euch helfen konnte.« Er streckte die Hand aus, und wirklich, Savvy schloss ihre kleine, weiche Hand um seinen Zeigefinger. Er warf einen Blick auf Dani und sah, dass sie ihn mit einem seltsamen Gesichtsausdruck beobachtete. Er hätte zu gerne gewusst, was sie dachte.

Der Moment war vorbei, als Megan mit dem Essen kam und er seine Hand wegziehen musste.

Savvy protestierte lautstark, und ihr Schrei traf ihn mitten ins Herz. Ihm wurde klar, dass er die beiden, die auf eine so dramatische Weise in sein Leben getreten waren, wirklich liebgewonnen hatte. Er kannte sie erst seit ein paar Tagen, aber bereits jetzt konnte er sich nicht vorstellen, sie nie wiederzusehen.

Er hoffte so sehr, dass sein Dad Danis Potenzial sehen und sie anstellen würde, damit die beiden in Butler bleiben konnten.

Das würde ihn wirklich glücklich machen, auch wenn er nicht genau wusste, warum. Alles, was er wusste, war, dass er die beiden mochte und dass er nicht wollte, dass sie abreisten.

11

Zwillinge zu sein geht weit über die Beziehung mit meinem Bruder hinaus. Die Verbindung geht viel tiefer.
Stan Van Gundy

Nach dem unterhaltsamen Mittagessen mit Lucas und seinen Schwestern folgte Dani ihm zur Abbott/Stillman Weihnachtsbaumplantage, wo er im Dachgeschoss der Scheune wohnte.

»Ich wusste ja nicht, was mich erwartet, als du gesagt hast, dass du in einer Scheune lebst, aber das hier ist toll.«

Holzbalken trugen das Dach der Scheune, und ein großer, offener Kamin bestimmte den Raum. Die beiden Schlafzimmer, die jeweils ein eigenes Badezimmer hatten, schlossen rechts und links an den quadratischen Raum in der Mitte an. In dessen Zentrum befand sich eine offene Küche, die nahtlos in den Wohn- und Essbereich überging.

»Es ist wirklich schön hier«, sagte sie.

»Danke. Mir gefällt es auch. Und der Preis stimmt. Ich muss hier keine Miete zahlen, dafür passe ich außerhalb der Saison auf das Gelände auf. Landon ist für die Farm an sich verantwortlich. Er wollte nicht ›auf der Arbeit‹ wohnen, so hat er das damals ausgedrückt.«

»Wohnt er in der Stadt?«

»Ja. Nicht weit von hier. Er hat vor ein paar Jahren eine baufällige Hütte gekauft und sie für richtig wenig Geld renoviert.« Lucas trug Savannahs Autositz, während er Dani zu einem der beiden Schlafzimmer brachte. »Das Bett ist nicht bezogen, aber ich bringe dir gleich Bettwäsche und Handtücher und alles, was du sonst noch brauchst.«

Sie schaute zu ihm auf. »Ich weiß wirklich nicht, was ich getan habe, um einen neuen Freund wie dich zu verdienen. Danke zu sagen reicht überhaupt nicht aus.«

Ihre lieben Worte berührten ihn. »Ich bin sehr froh, dass ihr beide hier seid.« Er stellte den Kindersitz neben Dani auf den Boden. »Es ist wirklich kein Problem.«

Savannah zwitscherte und wackelte mit Armen und Beinen, als ob sie seine Aufmerksamkeit gewinnen wollte.

Lucas bückte sich, um sie aus ihrem Sitz zu befreien und auf den Arm zu nehmen.

Sie quietschte begeistert, und er lächelte. Sie war so verdammt süß.

»Nein, überhaupt nicht«, sagte Dani. »Du hast dank uns ja nur zwei Tage Ski fahren auf frischem Pulverschnee verpasst.«

»Ich kann jederzeit Ski fahren. Es macht überhaupt nichts, dass ich diese eine Gelegenheit verpasst habe. Die letzten zwei Tage haben wirklich Spaß gemacht. Und das war genau das, was ich brauchte, um meine sogenannten Probleme zu vergessen. Eigentlich zählen sie überhaupt nicht als Probleme.«

»Mach das nicht.«

»Was denn?«

»So tun, als wären die Dinge, die dich berührt haben, das nicht wert gewesen.«

»Na ja, es war es nicht wirklich wert, mich so darüber aufzuregen, dass mein Bruder mit einer Frau ausgeht, die mir auch gefällt. Mit ein paar Tagen Abstand sieht das alles ein bisschen nach Highschool-Drama aus.«

»Das solltest du auch nicht tun.«

»Was denn jetzt schon wieder?«, fragte er schmunzelnd.

»Du solltest diese Gefühle nicht herunterspielen. Sie waren sehr echt für dich. Auch wenn sie unbequem sind, sind sie es wert, gefühlt zu werden. Das hat mir meine Therapeutin nach dem Tod von Jack beigebracht. Sie hat gesagt, dass ich alles fühlen muss, was es zu fühlen gibt, damit ich es durchleben und dann hinter mir lassen kann. All die Emotionen zuzulassen ist vielleicht im Moment schmerzhaft, aber sie hatte recht. Nachdem ich den Schmerz, den ich fühlte, wirklich zugelassen hatte, hatte er nicht mehr so viel Macht über mich. Verstehst du, was ich meine?«

Ihre Stärke und ihr Mut beeindruckten ihn tief.

»Was?«, fragte sie.

Mist, er hatte sie wie bescheuert angestarrt. »Ja, ich weiß, was du meinst. Es ergibt ziemlich viel Sinn.«

»Wirklich?«

Er nickte. Er konnte seinen Blick immer noch nicht von ihr losreißen, selbst als Savannah nach seinem Hemd grabschte und ein paar Brusthaare erwischte. Er verzog das Gesicht, griff nach ihrer Hand und schob sie sanft zur Brusttasche seines Hemdes. »Ich finde dich sehr weise.«

»Nein, bin ich nicht. Du weißt doch, was ich mit meiner Reise nach Vermont angerichtet habe. Ich bin nicht nur von der Straße gerutscht und im Graben gelandet, ich habe nicht einmal die grundlegendsten Dinge geplant.«

»Wir werden jetzt nicht noch mal über dieses Thema streiten.« Er verzog mit gespieltem Ärger das Gesicht. »Wir haben bereits beschlossen, dass es genau so sein sollte, wie es war, damit du nach Vermont kommen konntest.«

»Wirklich?« Sie schaute ihn wehmütig an.

Er nickte, und erneut überkam ihn dieses merkwürdige Gefühl, und ihm wurde ganz schwindelig, als er erkannte, dass er ihr und Savvy nie begegnet wäre, wenn sie nicht den Unfall gehabt hätte. Dieser Gedanke machte ihn unglaublich traurig, auch wenn er nicht wirklich verstand, warum. Er brauchte eine Minute für sich, um seine Gedanken zu ordnen und sein Gleichgewicht zurückzugewinnen, also gab er Savvy ihrer Mutter zurück.

Dem Baby gefiel das ganz und gar nicht, und es stieß einen wütenden Schrei aus.

»Ich glaube, sie mag dich«, sagte Dani.

»Ich mag sie auch.« Er räusperte sich. »Ähm, ich gehe mal die Bettwäsche und die Handtücher holen.«

Lucas drehte sich um und ging hinüber zu seinem Schlafzimmer auf der anderen Seite des Lofts. Er war ganz durcheinander und das aus Gründen, die sich ihm nicht erschlossen. Was war nur los mit ihm? Warum zitterten seine Hände, und warum waren seine Handflächen schweißnass? Er wischte sich die Hände an seiner Jeans ab und machte den Wäscheschrank auf. Seine Mutter hatte ihm geholfen, das, was sie »die Grundlagen« nannte, einzukaufen und einzusortieren: Betttücher, Kissenbezüge, Handtücher, Waschlappen und kleine Handtücher. Als sie diese Dinge eingekauft hatten, hatte er die ganze Zeit protestiert und über all die Dinge gelacht, von denen sie behauptete, dass er sie brauchen würde. Einiges hatte er während der fünf Jahre, die er schon hier wohnte, noch kein einziges Mal benutzt.

Er nahm einen Stapel neuer Flanellbettwäsche und drei flauschige weiße Handtücher aus dem Fach über dem, das er sonst benutzte, und war seiner Mutter sehr dankbar, weil sie dafür gesorgt hatte, dass er alles hatte, was er für seinen unerwarteten Gast brauchte. Wenn er Molly das nächste Mal sah, musste er ihr sagen, dass sie recht gehabt hatte. Es gab nichts, worüber sie sich mehr freute, als wenn eines ihrer Kinder ihr genau das sagte.

Mit der Bettwäsche unter dem Arm lehnte er sich an die Wand, um seine Gedanken zu ordnen. Vor zwei Tagen war er aus Butler geflohen, um nicht sehen zu müssen, was zwischen Landon und Amanda passierte. Jetzt hatte er seit zwei Tagen kaum je an die beiden gedacht und war stattdessen komplett auf die Bedürfnisse einer Frau und eines Babys fokussiert, die ihm noch vor achtundvierzig Stunden völlig fremd gewesen waren.

Du magst sie. Du magst Dani.

Na und? Natürlich mag ich sie. Sie ist nett und süß und hübsch und ... O Gott. Ich mag *sie.*

Wie war das überhaupt möglich, wenn er vor zwei Tagen noch gedacht hatte, dass er sich für Amanda interessierte? Was zum Teufel passierte da mit ihm? Er hatte keinen blassen Schimmer, und das war das Verrückteste an der ganzen Sache. Normalerweise wusste er ganz genau, was er wollte, und seine Gedanken und Gefühle verwirrten ihn nicht im Geringsten.

Auf der anderen Seite des Lofts hörte er Savvy weinen und hatte sofort den Drang, zu ihr zu gehen und alles zu tun, was er konnte, um dieses Baby zu trösten, das einen Narren an ihm gefressen hatte (so würde es jedenfalls sein Großvater ausdrücken). Stattdessen zwang er sich zu bleiben, wo er war, ein Versuch, nicht noch mehr von der Situation eingenommen zu werden. Als Savvys Schreien immer lauter wurde, musste er die Zähne zusammenbeißen, um nicht zu ihr zu laufen.

Er musste einen großen Schritt zurück machen und Abstand von den beiden gewinnen – und zwar sofort. Er handelte blitzschnell. Mit der Wäsche unter dem Arm ging er zu Danis Zimmer, wo sie an einen Kissenstapel gelehnt auf dem Bett saß und Savannah stillte, die sich jetzt friedlich unter einer Decke an sie schmiegte. Er wollte sich nicht aufdrängen und blieb unsicher in der Tür stehen. »Ich lege das ganze Zeug aufs Sofa. Wenn du noch irgendetwas brauchst, fühl dich wie zu Hause. Ich muss los und ein paar Sachen erledigen. Ich bin bald wieder da.« Er sprach sehr schnell, und das war ihm auch bewusst, aber er musste die Sätze herausbringen, damit er gehen konnte.

»Ist alles in Ordnung?«, fragte Dani. Sie runzelte besorgt die Stirn. Er hatte ihre Besorgnis nicht verdient.

»Alles gut. Bin gleich wieder da.« Er drehte sich um und ließ die Bettwäsche und die Handtücher auf dem Sofa liegen. Dann nahm er seinen Mantel und die Schlüssel von der Garderobe und machte sich, so schnell er konnte, aus dem Staub, bevor er etwas wirklich Dummes tat.

Sie küssen, zum Beispiel.

❄

Dani beobachtete, wie Lucas die Tür hinter sich schloss, und fragte sich, was los war. Irgendetwas stimmte nicht. Er hatte es wirklich eilig gehabt, die Wohnung zu verlassen, und sie fühlte sich schrecklich, weil sie in seine Privatsphäre eingedrungen war. Der arme Kerl hatte wahrscheinlich keine Lust mehr auf sie und ihr schreiendes Baby, selbst wenn er versuchte, sich das nicht anmerken zu lassen, um sie nicht zu verletzen.

Sobald sie Savannah gestillt, gewickelt und für ihren Mittagsschlaf hingelegt hatte, machte sie sich auf die Suche nach einem Telefon und einem Telefonbuch. Sie fand beides auf der Kücheninsel, schlug die Seite mit den Hotels auf und machte einen Anruf nach dem anderen, von *Alpine Inn* bis *Zephyr Motel.*

Nichts. Es gab kein einziges freies Zimmer.

Gott, ich bin so blöd. Wie konnte ich nur so weit fahren, ohne mich um eine Unterkunft zu kümmern? Dani verbarg das Gesicht in den Händen und kämpfte gegen den Drang, loszuheulen wie ein Baby. Das würde ihr auch nicht weiterhelfen. Wenn sie morgen den Job bekam, würde sie schnell nach einer Wohnung suchen, um Lucas nicht mehr im Weg zu sein. Und sie würde ihm sagen, dass sie erfolglos jedes einzelne Hotel in der Gegend angerufen hatte, damit er wusste, dass sie wenigstens versucht hatte, etwas anderes zu finden.

Vielleicht hatte ihre Mutter recht gehabt, als sie gesagt hatte, dass Dani nicht bereit dafür war, auf sich selbst gestellt zu sein. Wenn es nach den letzten beiden Tagen ging, hatte sie definitiv recht gehabt.

Aber auf dem Weg nach Stowe war auch etwas Seltsames passiert. Trotz der Serie von Missgeschicken mit dem Unfall, den Unterkünften, dem missglückten Vorstellungsgespräch in Stowe ... Trotz alledem hatte sie zum ersten Mal, seit sie Jack verloren hatte, das Gefühl, richtig atmen zu können. Die Enge in ihrer Brust, wegen der sie sich die ganze Zeit kurz vor einer neuen Panikattacke gefühlt hatte, war verschwunden, und sie konnte wieder klar denken.

Ihr Herz würde nie aufhören, sich nach ihrem geliebten Jack zu sehnen, aber der Nebel, der sie so lange gefangen genommen hatte, war endlich verflogen, und sie fühlte sich ... besser. Das war ein Riesenschritt nach all den Monaten, in denen es sie alle Kraft gekostet hatte, ihr Bett auch nur kurz zu verlassen. Dann war Savannah zur Welt gekommen und hatte Dani gezwungen, wieder unter die Lebenden zurückzukehren, um sich um ihre Tochter zu kümmern, während sie sich die ganze Zeit fühlte, als müsste sie Tausende Meilen durch knietiefen Schlamm waten.

Selbst die einfachsten Dinge waren eine riesige Anstrengung für sie gewesen, und sie war in Kentucky jeden Abend völlig erschöpft ins Bett gefallen, obwohl ihre Eltern sie bei jedem einzelnen Schritt unterstützt hatten. Seit sie hier war, hatte sie sich ganz alleine um Savannah gekümmert, und es war in Ordnung. Eigentlich war es sogar besser als in Ordnung. Sie hatte einfach nicht genug Zeit, um im Selbstmitleid zu versinken, weil ihre Tochter sie brauchte.

Auch mit Lucas zusammen zu sein hatte ihr sehr geholfen. Er interessierte sich für das, was sie sagte, und es machte Spaß, sich mit ihm zu unterhalten. Außerdem sah er unglaublich gut aus und war witzig. Er hatte dafür gesorgt, dass sie in jeder Minute, in der sie sich nicht um Savannah kümmerte, Spaß hatte. Und Savannah mochte ihn richtig gerne.

Er war der erste neue Freund, den sie kennengelernt hatte, seit Jack gestorben war, und er war so lieb zu ihr und ihrem Baby gewesen.

Dani wünschte, es gäbe etwas, das sie tun konnte, um sich bei ihm für alles zu bedanken. Sie dachte ein paar Minuten lang darüber nach und fasste einen Entschluss, den sie in die Tat umsetzen würde, sobald Savannah wieder aufwachte.

In der Zwischenzeit steckte sie eine Ladung Babykleider

in die Waschmaschine, die sie in einer Ecke der Küche entdeckt hatte, und versuchte, sich in ein Buch zu vertiefen, das sie zu Hause angefangen, aber seit sie unterwegs war noch kein einziges Mal angeschaut hatte. Aber die Wörter flossen bedeutungslos ineinander, während sie sich fragte, wo Lucas war und wann er zurückkommen würde.

❄

Er ging in die Scheune und verlor sich in der Arbeit, die seine Seele tröstete. Während er ein Zedernbrett glatthobelte, das einmal das Kopfende eines Bettes werden sollte, war Lucas voll auf das konzentriert, was er gerade tat. Er versuchte, an nichts anderes zu denken, aber das war leichter gesagt als getan. Das einzige Bild in seinem Kopf war das von Dani, wie sie auf dem Bett saß und ihr Baby stillte und mit großen, verwirrten Augen zu ihm aufschaute.

Es tat Lucas leid, dass er sie so verwirrt hatte, und er hoffte, dass sie nicht dachte, er wollte sie und Savvy doch nicht in seinem Zuhause haben. Er wollte es zu sehr, und genau das war sein Problem.

»Hey, du bist wieder da.«

Die Stimme seines Zwillingsbruders riss ihn aus seinen Gedanken. Lucas schaute auf und sah, dass Landon am Türrahmen lehnte. Er hatte nicht gehört, dass die Tür geöffnet worden war, was ihm deutlich machte, wie abgelenkt er war.

»Ich bin wieder da.«

»Wie war's in Stowe?« Landon trug ein Arbeitshemd von Carhartt und eine schwarze Mütze über seinem Haar, das genau die gleiche Farbe hatte wie das von Lucas.

Lucas wandte seine Aufmerksamkeit wieder dem Holz zu. »Gut.«

»Ski gefahren?«

»Diesmal nicht.«

»Dachte, deshalb bist du hingefahren?«

»Bin ich auch, aber meine Pläne haben sich geändert.«

»Wirklich? Was ist passiert?«

Lucas erzählte ihm von Danis Unfall und wie er sie gerettet hatte.

»Wow, sie hat Glück, dass du es warst und kein Serienmörder.«

»Ich musste ihr beweisen, dass ich kein Serienkiller bin, bevor sie mit zu Craigs Haus gefahren ist.«

Landon kam näher und blieb ein paar Schritte von Lucas entfernt stehen. »Wie hast du das gemacht?«

»Ich hab Mom angerufen, damit sie es ihr sagt. Ich hatte auch angeboten, auf der Feuerwache anzurufen, aber sie hat gesagt, Mom sei sehr überzeugend gewesen.«

Landon lachte leise. »Warum überrascht mich das nicht?« Er hielt einen Moment inne. »Bist du sauer auf mich?«

Auf diese direkte Frage war Lucas nicht vorbereitet. Er überlegte kurz, ob er so tun sollte, als wäre nichts gewesen, aber dann beschloss er, sich mit seinem Bruder auszusprechen. »Ja, war ich, und das war dumm. Ich habe das jetzt erkannt, und es tut mir leid.«

»Wegen Amanda?«

»Ja, und das ist der dumme Teil. Ich kenne sie nicht einmal. Warum sollte ich wegen ihr sauer auf dich sein?«

»Weil du sie magst?«

»Ja, stimmt, das war so. Aber ich bin darüber hinweg. Offensichtlich mag sie *dich*, und darauf kommt es schließlich an.«

»Ich bin mir da nicht so sicher. Wir haben Spaß zusammen, aber es ist alles ein bisschen platonisch. Ich kann sie nicht wirklich einschätzen, wenn ich ehrlich bin.«

Lucas war überrascht. »Als wir bei Mom waren, sah es für mich sehr danach aus, dass sie dich mag.«

»Meinst du?«

»Ja.«

Landon zuckte die Achseln. »Sie will noch ein paar Wochen bleiben. Sie arbeitet an einem neuen Katalog für ihre Firma, und das kann sie überall machen.«

»Und du meinst, sie bleibt hier, weil sie mehr Zeit mit dir verbringen möchte?«

»Ich habe keine Ahnung, ob es daran liegt.«

Lucas musste lachen. »Du bist so blöd.«

»Warum bin ich deswegen blöd?«

»Darum. Es gibt doch keinen Grund, aus dem sie hierbleiben würde, außer dir, du Idiot.«

»Meinst du wirklich?«

Lucas lachte wieder. »Ja, das meine ich wirklich. Und

ich habe noch eine ganz verrückte Idee für dich. Hast du mal daran gedacht, sie einfach zu fragen, warum sie in Butler bleibt, wenn sie von überall aus an ihrem Projekt arbeiten kann?«

»Äh, nein?«

»Du bist wirklich ein bisschen blöd, aber das wussten wir ja schon.«

»Ich bin jedenfalls nicht blöder als du.«

»Stimmt, aber ich versuche, ein bisschen schlauer zu sein als bisher. Du solltest das mal ausprobieren.«

Landon trat nach einem der Sägemehlhaufen auf dem Boden.

Lucas musste hier dringend mal aufräumen.

»Woher kommt dieser plötzliche Drang, schlauer zu sein?«

»Wir werden alle mal erwachsen«, antwortete Lucas. »Meinst du nicht, es wird langsam Zeit?«

Landon schaute ihn an. In dem Gesicht, das seinem bis aufs Haar glich, spiegelte sich der pure Schrecken. »Nein, ich meine nicht, dass es Zeit wird. Was zum Teufel ist denn mit dir los?«

»Nichts.« Lucas wandte seine Aufmerksamkeit wieder dem Kopfende des Bettes zu. Es sollte ein Hochzeitsgeschenk für Ella und Gavin werden und passte zu der Kommode, die er für Ella gemacht hatte, als sie in ihre erste eigene Wohnung gezogen war.

»Das ist alles? Nichts ist los, du willst einfach nur plötzlich erwachsen werden?«

»Hast du es nicht manchmal satt, ständig überall der Clown zu sein? Oder dass niemand uns ernst nimmt?«

»Nein, das habe ich nicht satt. So sind wir nun mal. Es ist die einzige Rolle, die wir in dieser Familie spielen.«

»Für immer? Sind wir dazu verdammt, mit sechzig immer noch Idioten zu sein?«

Landon runzelte die Stirn. »Wen nennst du hier Idioten?«

»Dich. Mich. Uns beide.«

»Nur, weil wir gerne Spaß haben, sind wir noch lange keine Idioten.«

»Oft schon.«

»Woher kommt das alles, Luc? Seit wann bist du so ein Langweiler?«

»Ich bin ein Langweiler, wenn ich mich ein bisschen erwachsener verhalten möchte?«

»Ja! Uns geht es um den Spaß. Das war schon immer so. Und es macht uns auch nicht zu Idioten.«

»Oft tut es das schon. Und ich habe nie gesagt, dass ich keinen Spaß mehr haben möchte. Ich habe gesagt, dass ich mich öfter mal wie ein Erwachsener verhalten möchte, weil ich, was dir hoffentlich klar ist, ein Erwachsener bin.«

Landon schüttelte den Kopf. »Ich weiß nicht, was in dich gefahren ist, Mann.«

Lucas wurde klar, dass es sinnlos war, weiter zu versuchen, seinem Zwillingsbruder seine Metamorphose zu erklären. Landon war offensichtlich noch nicht so weit. »Ist ja auch egal. Vergiss es einfach.«

»Also Dani … Diese Frau, der du in Stowe geholfen hast. Läuft da was?«

»Sie hat morgen ein Vorstellungsgespräch im Country Store, deshalb wohnen sie bei mir in der Wohnung. Sie hat nicht an die Skisaison gedacht, als sie ihre Fahrt nach Vermont geplant hat.«

London starrte ihn mit offenem Mund an.

»Was?«

»Du spielst Vater-Mutter-Kind mit irgendeiner Tussi, die du gerade erst kennengelernt hast und die auch noch ein Baby hat?«

»Wir spielen nicht Vater-Mutter-Kind. Ich habe ihr ein Zimmer angeboten, weil sie keins hatte. Das ist alles.«

»Hm.«

»Hm was?« Lucas war so langsam richtig sauer auf Landon und wünschte, er würde endlich gehen, was komisch war, weil er das bei ihm sonst nie fühlte.

»Nichts.« Landon rieb sich sein glattrasiertes Kinn. »Du sagst mir, du willst erwachsen werden, und plötzlich hast du auch noch eine tolle kleine Familie. Das ist ein bisschen viel auf einmal.«

»Halt jetzt verdammt noch mal die Klappe und verzieh dich!«

»Oh, dann scheine ich ja richtig zu liegen. Du hast plötzlich eine Frau und ein Kind?«

Lucas zwang sich, stehen zu bleiben, wo er war, damit er gar nicht erst in Versuchung kam, Landon zu schlagen. »Sie ist ein netter Mensch, der viel durchgemacht hat. Ich tue ihr einen Gefallen. Mach jetzt nichts daraus, was es nicht ist.«

Etwas, was es nie werden würde … Wenn er Dani unter anderen Umständen kennengelernt hätte, hätte er sich für sie interessiert. Aber ihr Herz gehörte dem Mann, den sie geliebt und dann verloren hatte. Da konnte er nicht mithalten, und das wollte er auch gar nicht erst versuchen.

Er schaute seinen Bruder an. »Musst du nicht los, um die Frau zu treffen, die wegen dir in der Stadt geblieben ist?«

Landon wackelte mit den Augenbrauen. »Ich sollte wahrscheinlich wirklich gehen und sie dazu bringen, mir zu sagen, dass sie nur wegen mir geblieben ist.«

»Willst du sie das wirklich so direkt fragen?«

»Warum nicht? Was habe ich zu verlieren?«

»Offensichtlich gar nichts.«

»Hunter hat was von einem Männerausflug gesagt, den er organisieren will. Bist du dabei, oder bist du jetzt zu verheiratet für so was?«

»Ich bin dabei.« Lucas biss die Zähne zusammen.

»Cool. Ich schätze, wir sehen uns morgen auf der Feuerwache.«

»Ja, bis dann.«

»Bis dann.«

Lucas atmete erleichtert auf, als die Tür hinter seinem Bruder ins Schloss fiel. Er konnte sich nicht daran erinnern, jemals so durcheinander gewesen zu sein. Er war gerade noch sauer auf Landon und Amanda gewesen, und dann hatte er Dani und Savvy getroffen. Innerhalb von zwei Tagen hatten die beiden ihm komplett den Kopf verdreht.

Und er verstand sich zum ersten Mal in seinem Leben nicht mit Landon. Das war echt scheiße.

12

Es gibt keine wichtigere Aufgabe,
als Mutter oder Vater zu sein. Keine Rolle der Welt
ist wichtiger als die der Eltern.
Sheri L. Dew

Lucas schaute auf die Uhr, sah, dass es schon kurz vor sechs war und entschied, einkaufen zu gehen, damit sie etwas zum Abendessen hatten. Er schloss die Scheune ab und fuhr zum Supermarkt, dabei fragte er sich die ganze Zeit, was Dani und Savvy wohl zu Hause machten. Er konnte es kaum erwarten, die beiden wiederzusehen, obwohl er wusste, dass er sich nicht so fühlen sollte.

Ihre Wege hatten sich zufällig gekreuzt, und er sollte wirklich nicht hoffen, dass mehr daraus wurde als eine nette Freundschaft.

Aber wenn sie den Job bekam und in der Stadt blieb …

»Nichts überstürzen, Kumpel«, murmelte er und schnappte sich den ersten Parkplatz, den er finden konnte.

Es war viel los, die meisten hielten auf dem Nachhauseweg hier an. Während er durch den Schneematsch stapfte, hoffte er, dass er den Einkauf schnell hinter sich bringen konnte. Er legte ein Grillhähnchen und einen Behälter mit Kartoffelpüree in seinen Einkaufswagen, bevor er sich auf den Weg zur Salatbar machte. Er hoffte, dass Dani mögen würde, was er aussuchte.

In der Backwarenabteilung warf er ein paar Brownies in den Wagen und ging dann zurück zum hinteren Teil der Lebensmittelabteilung, um für das Frühstück Kaffee, Eier, Speck, Milch und Brot zu holen. Auf dem Weg zur Kasse entdeckte er ein bekanntes Gesicht beim Müsliregal und stupste seinen Großvater mit dem Einkaufswagen an.

»Hallo.« Elmer strahlte, als er seinen Enkelsohn sah. »Was für eine schöne Überraschung.«

»Du triffst doch garantiert immer, wenn du das Haus verlässt, mindestens einen von uns, oder?

»Fast, aber ich freue mich trotzdem immer wieder, meine Enkelchen zu sehen.«

»Wir sind wirklich langsam zu alt für ›Enkelchen‹.«

»Für mich werdet ihr das trotzdem immer bleiben. Wie war Stowe?«

»Gut.«

»Deine Mom hat mir erzählt, dass du da drüben im Rettungsmodus warst?«

»So was in der Art.«

»Eine Mom und ihr Baby?«

»Hm.«

Elmer lehnte sich ans Müsliregal und machte sich für ein längeres Gespräch bereit. »Nur ›hm‹?«

»Denk schon.«

Sein Großvater legte den Kopf schief. »Was ist los?«

»Ich habe keine Ahnung! Zuerst war ich sauer, weil

Landon mit Amanda ausgegangen ist. Dann habe ich Dani und Savvy getroffen, und es ist, als wäre das mit Amanda nie passiert, und Landon ist sauer, weil ich erwachsen werden möchte, und Dani ist … Na ja, sie ist toll, aber sie ist traurig, weil ihr Verlobter bei einem Unfall gestorben ist, bevor das Baby zur Welt kam. Und das Baby ist …« Lucas seufzte. »Sie ist wunderschön, und sie mag mich wirklich gerne.«

Elmer riss die Augen auf. »Und das alles, seit ich dich zuletzt gesehen habe?«

»Ja, oder? Ich wünschte, ich könnte wenigstens verstehen, was zur Hölle da los ist.«

»Das Leben ist los, Luc.«

»Okay, aber muss es so verdammt verwirrend sein?«

Elmer lachte. »So ist das nun mal.«

Lucas stützte sich auf den Griff seines Einkaufswagens. Er war wirklich froh, dass er den weisesten Menschen, den er kannte, getroffen hatte, gerade jetzt, wo er wirklich dringend ein bisschen Weisheit brauchte. »Ich befinde mich wirklich auf komplett unbekanntem Terrain, Gramps. Ich mag Dani richtig gerne, aber ihr Leben steht gerade komplett auf dem Kopf. Um den toten Verlobten, von dem sie nicht sprechen kann, ohne zu weinen, gar nicht zu erwähnen …«

»Das klingt ganz so, als wärst du ein wirklich guter Freund, gerade dann, wenn sie wirklich einen braucht. Das ist ein super Ausgangspunkt.«

»Ja, wahrscheinlich hast du recht.«

»Ich werde dir jetzt etwas sagen, und ich möchte nicht, dass du es in den falschen Hals kriegst.«

»Okay …«

»Du hast dich daran gewöhnt, dass alles, was das weibliche Geschlecht betrifft, für dich sehr einfach ist. Und ich will damit nicht die Frauen kritisieren, die du bisher in deinem Leben hattest. Aber es war noch keine dabei, für die du wirklich etwas tun musstest. Es war eher so, dass sie … Wie soll ich das ausdrücken … deinem Bruder und dir zu Füßen lagen.«

»Das stimmt doch gar nicht«, sagte Lucas peinlich berührt.

»O doch, das stimmt, und das war auch schon immer so. Schon als ihr noch richtig klein wart, haben die Leute immer davon gesprochen, wie gutaussehend ihr seid. Als ihr älter wurdet, konnte der Rest der männlichen Welt nur staunend zusehen, wie viel weibliche Aufmerksamkeit euch beiden zugeflogen ist. Sie fliegen auf euch wie Bienen auf Honig.«

»Kann ich mich bitte von diesem Gespräch abmelden?«

Elmer lachte. »Der Punkt ist, mein Junge, dass du, wenn du wirklich das Herz deiner Dani gewinnen willst, zum ersten Mal in deinem Leben dafür arbeiten musst.«

»A: Sie ist nicht meine Dani, und B: Ich will nicht ihr Herz gewinnen.«

»Nicht? Stehst du gerade mit einem Einkaufswagen, in dem sich Essen für mehr als eine Person befindet, in einem Supermarkt und versuchst herauszufinden, wie du dich der

Frau gegenüber, die mit verhältnismäßig schwerem, aber wundervollem Gepäck so in dein Leben gestürmt ist, verhalten sollst, oder habe ich mich da komplett geirrt?«

Lucas schaute seinen Großvater herausfordernd an. »Du hältst dich ja wirklich für ganz besonders schlau.«

Elmer grinste selbstzufrieden. »Liege ich falsch?«

»Nein«, gab Lucas zu. Welche Chancen hatte er auch schon gegen Elmer Stillman?

»Sei ihr Freund, Luc. Das hat sie jetzt besonders nötig.«

»Wir sind schon Freunde. Wir reden über Zeug.«

»Das ist ein wirklich guter Anfang, mein Sohn.«

»Ja, du hast recht.«

»Ich weiß, dass du es nicht gewohnt bist, mit Frauen nur befreundet zu sein …«

»Gramps! Es gibt viele Frauen, mit denen ich nur befreundet bin. So ein krasser Playboy bin ich nun auch wieder nicht.«

Elmer bekam einen Lachanfall. »Wenn du das sagst.«

»Ja, tue ich.«

»Okay, okay, tut mir leid.« Elmer wischte sich Lachtränen aus den Augen.

»Du findest dich wirklich unglaublich witzig, oder?«

»Ja, wirklich.«

Lucas lachte. Wie hätte er das nicht tun können? »Obwohl du eine so schlechte Meinung von mir hast, weiß ich deinen Rat sehr zu schätzen.«

»Meine Meinung von dir ist sehr gut, mein Junge. Du

bist genauso ein toller Mann wie dein Vater und deine Brüder. Denk bloß nie etwas anderes.«

Lucas schob seinen Einkaufswagen zur Seite und umarmte seinen Großvater. »Wir brauchen dich alle, das weißt du doch? Du wirst einfach ewig leben müssen.«

»So bald gehe ich nirgendwohin, mein Sohn. Ich habe achtzehn Enkelchen, die ich ständig beaufsichtigen muss. Und jetzt habe ich auch noch Urenkelchen. Ich habe noch viel zu tun.«

»Ich habe das Gefühl, dass es nicht besonders lange dauern wird, bis die Urenkelchen in der Überzahl sind.«

»Da könntest du recht haben.«

»Danke, Gramps. Wirklich, ich weiß das so sehr zu schätzen.«

Elmer drückte seinen Arm. »Hab dich lieb, Junge. Ich bin immer für dich da, wenn du mich brauchst.«

»Was für ein Glück.«

Sie gingen zusammen zur Kasse, und Lucas sorgte dafür, dass Elmer sicher in seinem Truck saß, bevor er sich auf den Weg nach Hause machte. Auf dem Heimweg dachte er über das Gespräch nach. Teilweise konnte er nur den Kopf schütteln.

Eine Sache hatte er allerdings gehört und ernst genommen – sei ihr Freund. Das konnte er, und er würde vorerst alle anderen Gedanken, die er Dani betreffend hatte, für sich behalten.

Sie musste mit ziemlich viel auf einmal fertigwerden; das Letzte, was sie brauchte, war ein Mann, der sich so verhielt, dass sie sich unwohl fühlte. Wenn sie mit jemandem einen Neustart wagte, dann wäre dieser Jemand der Erste seit Jack, und das wäre eine Riesensache. Er kannte sie schon jetzt gut genug, um das zu wissen, und nachdem er mit seinem Großvater gesprochen hatte, wusste er auch, dass er sehr vorsichtig mit ihr umgehen musste.

Wenn er sich weiter unentbehrlich machte, würden sie vielleicht eines Tages mehr sein als befreundet. Und es gab noch eine Sache, mit der sein Großvater recht gehabt hatte: Er hatte sich noch nie für eine Frau anstrengen müssen, aber diese hier …

Irgendetwas sagte ihm, dass sie die Mühe wert sein würde.

❄

Gerade als sie dabei war, ein leckeres Abendessen für Lucas zu planen, kam Dani ein schrecklicher Gedanken: Was, wenn er Amanda besuchte, jetzt, wo er wieder in der Stadt war? Das würde er nicht machen, oder? Was, wenn sie ihm dadurch, dass sie hier war, Probleme bereitete?

Gott, das wollte sie wirklich nicht, nicht nachdem er ihr so oft geholfen hatte.

Hoffentlich mochte er die Gemüsepfanne mit Hühnchen und Reis, und hoffentlich freute er sich, dass sie als Gast ihre Dankbarkeit auf diese Weise ausdrückte. Sie hasste diese Unsicherheit! Es war schon so lange her, dass sie etwas mit einem Mann zu tun gehabt hatte, der nicht Jack war, dass sie keine Ahnung mehr hatte, wie sie sich verhalten sollte. Bestimmt hatten sich während der zehn Jahre, die sie mit Jack verbracht hatte, die Regeln geändert.

Sie hatten sich in seinem letzten Highschool-Jahr kennengelernt. Er war Kapitän des Football-Teams gewesen und hatte gerade ein Stipendium für die Universität in Tennessee bekommen. Dani konnte sich noch gut an ihre schicksalhafte erste Begegnung erinnern, auf einer Party, auf der sie nicht hätte sein sollen, als er sie plötzlich mit seinem unglaublichen Blick erfasst und ihr Leben für immer verändert hatte.

Ohne seinen Football-Helm hatte sie ihn gar nicht erkannt, aber ihre Freundinnen hatten genau gewusst, wer er war, und waren richtig ausgeflippt, als sie bemerkten, dass er Interesse an ihr zeigte. Sie hatten sie dazu gebracht, mit ihm zu reden, obwohl ihre natürliche Reaktion gewesen wäre, so zu tun, als hätte sie seinen Blick gar nicht bemerkt.

Sie war wie angewurzelt stehen geblieben, bis er zu ihr herüberkam und sich vorstellte.

»Hallo, ich bin Jack. Wie heißt du denn?«

Ihre Freundin Marissa hatte sie auf ihn zugeschubst. »Sie heißt Danielle, aber alle nennen sie Dani.«

Er schien es lustig zu finden, dass Marissa für sie sprach. »Schön, dich kennenzulernen, Dani.«

Marissa hatte Dani den Zeigefinger in den Rücken gestoßen.

»Oh, ähm, ja, freut mich auch.«

»Willst du was trinken?«

Sie trank keinen Alkohol, aber irgendetwas sagte ihr, dass sie das lieber für sich behalten sollte. »Ähm, klar, gerne.« Sie ging neben ihm her in Richtung Terrasse und drehte sich kurz zu Marissa um, die begeistert den Daumen hob und über das ganze Gesicht strahlte.

Dani hatte überhaupt keine Erfahrung mit Jungs, und noch weniger wusste sie, wie sie sich gegenüber dem gutaussehenden, charismatischen Jack verhalten sollte. Er schien das von Anfang an zu spüren. Er war groß, hatte breite Schultern, blondes Haar und blaue Augen. Wenn er lächelte, bildeten sich Fältchen in seinen Augenwinkeln. Er lächelte oft. Alle wollten mit ihm reden, aber er schüttelte immer wieder den Kopf, um sie davon abzuhalten, zu ihnen zu kommen. Dass er ihr seine volle Aufmerksamkeit widmete, machte sie noch nervöser.

Als sie bei dem Fass auf der Terrasse ankamen, zapfte er ihr gekonnt einen Becher Bier. »Also, Dani, warum habe ich dich bisher noch nie gesehen?«

Dani nahm den roten Plastikbecher in Empfang. »Ähm, ich bin erst im ersten Jahr.« *O Mann, etwas Blöderes hätte sie kaum sagen können.* All die Jahre später konnte sie sich noch genau daran erinnern, wie peinlich ihr die Situation gewesen war. Er schien ihre Unsicherheit süß zu finden. Sie hatte erwartet, dass er ein typischer Mädchenschwarm sein würde, der nur eines von ihr wollte, aber er war von Anfang an ganz anders gewesen – jedenfalls zu ihr.

Die Tür ging auf, und eine Woge eiskalter Luft, gemischt mit Holzfeuerrauch, riss Dani abrupt aus ihren Gedanken.

»Hey.« Lucas stellte eine Einkaufstüte auf die Arbeitsfläche. »Was riecht denn hier so gut?«

»Ich habe Abendessen gemacht.«

»Oh, cool, vielen Dank. Ich habe im Supermarkt ein Hähnchen für uns gekauft, aber das können wir ja einfach morgen essen.«

»Ich, ähm, ich wollte irgendetwas machen, um mich bei dir für alles zu bedanken.«

»Ich habe dir doch gesagt, dass du dich nicht bedanken musst.«

»Vorher warst du irgendwie …« Dani wollte ihre Worte am liebsten sofort zurücknehmen. Wer war sie denn, ihm zu sagen, wie er gewesen war?

»Was?«

»Unzufrieden, und ich hatte Angst, dass ich der Grund dafür bin. Wir sind einfach in dein Zuhause eingefallen, das Baby weint die ganze Zeit und …«

Lucas legte seinen Mantel auf einen der Barhocker und erschreckte sie, indem er ihr die Hände auf die Schultern legte. »Ich war nicht wegen dir sauer.«

»Oh … okay.«

Dann lächelte er dieses umwerfende Lächeln, das immer dafür sorgte, dass sie keinen klaren Gedanken mehr fassen konnte. »Na ja, irgendwie war es schon wegen dir, aber nicht so, wie du denkst.«

»Ich weiß nicht, was das heißen soll.«

Er ließ die Hände von ihren Schultern fallen und vergrub sie in den Taschen seiner Jeans. »Ich habe dich und Savvy einfach richtig gerne hier.«

»Wirklich?«

Er nickte. »Ich mag dich, Dani, und ich weiß, das Timing ist wirklich beschissen, du versuchst gerade, dich an einem neuen Ort zurechtzufinden und dir ein Leben aufzubauen, aber vielleicht würdest du ja, wenn du richtig angekommen bist ... weißt du ... mit mir ausgehen?«

Dani starrte ihn an und fragte sich, ob sie ihn richtig verstanden hatte. »Du ... du ...«

»Ich mag dich. Sehr.«

»Wirklich? Ich bin eine Katastrophe mit Muttermilchflecken auf dem T-Shirt und Dehnungsstreifen und ...«

»Und ich mag dich.« Er zuckte die Achseln. »Ich sehe keine Katastrophe, wenn ich dich anschaue. Ich sehe Stärke, Durchhaltevermögen und Mut, und das erinnert mich so sehr an meine Schwester Hannah, nachdem ihr erster Mann im Irak gefallen ist. Bevor ich dir begegnet bin, war sie der mutigste Mensch, den ich kenne. Ich sehe eine ganz besondere Mutter, die sich außergewöhnlich gut um ihr wundervolles Kind kümmert.«

Wenn er so weitermachte, würde sie anfangen, zu weinen, und zwar so richtig. »Es ist sehr lieb von dir, solche Sachen über mich zu sagen.«

»Statt ständig darüber nachzudenken, was schiefgegangen ist, solltest du dich darauf konzentrieren, was richtig gut gegangen ist.«

»Nichts davon wäre ohne dich gut gegangen.« Sie schaute geknickt zu Boden.

»Das stimmt doch nicht. Du hättest dir schon was einfallen lassen.«

»Ich wollte das hier unbedingt alleine schaffen.«

»Es spricht rein gar nichts dagegen, ab und zu ein bisschen Hilfe anzunehmen, Dani. Dadurch wirst du nicht weniger erwachsen oder eine schlechtere Mutter. Für mich ist Reife noch etwas sehr Neues, aber ich weiß trotzdem schon, dass es manchmal das Reifste ist, sich einzugestehen, dass man etwas nicht alleine schafft.«

Sie trat einen Schritt auf ihn zu und legte, ermutigt von dem, was er gesagt hatte, ihre Hände auf seine Brust. »Ich mag dich auch, und zwar nicht nur, weil du mich auf jede nur mögliche Weise gerettet hast.«

»Nicht deswegen?« Er grinste das schiefe Grinsen, von dem ihr immer ganz warm ums Herz wurde.

Dani schüttelte den Kopf. »Ich finde es schön, dass ich mit dir über Dinge reden kann, über die ich mit kaum jemand anderem rede, und dass du mir zuhörst und mir nicht immer sagen willst, was ich tun und lassen soll, so wie alle anderen.«

»Du brauchst niemanden, der dir sagt, was du tun und lassen sollst. Du machst das toll.«

»Freut mich, dass du das denkst. Ich bin mir da nicht so sicher.«

»Das kommt noch.«

»Ich weiß nicht, ob ich bereit bin für …«

Er beugte sich vor und gab ihr einen Kuss auf die Stirn. »Ich habe es nicht eilig.«

»Du solltest dir jemanden mit leichterem Gepäck suchen.«

»Ich mag dein Gepäck.«

Savannah suchte sich genau diesen Moment aus, um ein lautes Quietschen auszustoßen, das ihnen mitteilte, dass sie wach war.

»Soll ich sie holen?«, fragte Lucas.

»Ich mach schon. Sie braucht bestimmt eine frische Windel.«

»Damit komme ich zurecht. Hannah hat mir beigebracht, Callie zu wickeln, damit ich auf sie aufpassen konnte, als Hannah einen Zahnarzttermin hatte.«

»Das geht weit über deinen Aufgabenbereich hinaus.«

»Es macht mir nichts aus.« Er drehte sich um und ging zu ihrem Schlafzimmer.

Dani beobachtete ihn und bemerkte, wie viel Raum er einnahm, wenn er sich bewegte. Mit der Ungeduld, die so sehr Teil von ihm war, schien er den Boden, über den er mit seinen langen Beinen lief, geradezu aufzufressen.

Er *mochte* sie.

Er wollte mit ihr *ausgehen*, wenn der richtige Zeitpunkt gekommen war.

Er war *froh*, dass sie mit Savannah bei ihm wohnte.

Als sie nach dem Topf auf dem Ofen sah, fühlte Dani sich zum ersten Mal, seit sie Jack verloren hatte, leicht und fröhlich, und das nur dank ihres gutaussehenden Retters.

Lucas kam mit Savannah aus dem Schlafzimmer, die begeistert gluckste, als sie ihre Mutter sah. Als er sie ihr reichen wollte, hielt sie sich an seinem Hemd fest.

»Hey, kleines Mädchen, pass auf mein Brusthaar auf.« Er verzog das Gesicht und zog sanft ihre Hand weg. Schneller, als er eine Hand anheben konnte, hatte sie mit der anderen wieder zugegriffen. »Wegen dir hab ich später noch lauter kahle Stellen.«

Savannah lächelte ein breites, zahnloses Lächeln, während er sich immer wieder aufs Neue befreite und sie gleich darauf wieder zugriff. Dann stieß sie einen lauten Gluckser aus, und Dani ließ fast das Bier fallen, das sie für Lucas aus dem Kühlschrank geholt hatte.

»O mein Gott! Das war ihr erstes richtiges Lachen!« Sie wühlte in ihrer Handtasche nach ihrem Handy und schaltete die Kamera ein, weil sie hoffte, dass Savannah noch einmal lachen würde.

Lucas legte sich richtig ins Zeug, und Savannah bekam einen echten Lachanfall.

Dani stiegen Tränen in die Augen, während sie den Moment filmte. Sie wünschte, Jack wäre da, um sein kleines Mädchen zum ersten Mal lachen zu sehen. Wenn sie an alles dachte, was er verpassen würde, brach ihr Herz aufs Neue in tausend Stücke, für ihn, für sich selbst und vor allem für Savannah, die den Vater, der sie sofort geliebt hatte, als er wusste, dass sie unterwegs war, nie kennenlernen würde.

Lucas machte weiter, bis Savannah Hunger bekam.

Dani legte das Handy weg und nahm ihm das Baby ab.

»Wenn du schon mal essen willst, während ich sie füttere, ist das in Ordnung.«

»Ich warte auf euch.«

»Mach den Deckel wieder drauf, damit es warm bleibt.«

»Es riecht wirklich gut.«

Nachdem sie Savannah gefüttert und mit ein paar Spielsachen auf eine Decke gelegt hatte, servierte Dani das Essen.

»Schmeckt genauso gut, wie es riecht«, sagte Lucas begeistert.

»Freut mich, dass es dir schmeckt.«

»Wie hast du das denn geschafft? Ich war doch nur ein paar Stunden weg.«

»Savannah und ich sind nach ihrem Mittagsschlaf einkaufen gewesen.« Sie schaute ihn genauer an. »Was hast du denn da in den Haaren?«

Er fuhr sich mit der Hand über den Kopf, und etwas rieselte auf sein Hemd. »Sägemehl.«

»Warum hast du denn Sägemehl im Haar?«

»Ich war in der Werkstatt.«

Viel besser als ein Besuch bei Amanda, beschloss sie. »Ich bin neidisch. Ich würde am liebsten sofort wieder Möbel restaurieren. Ich vermisse es wirklich.«

»Ich restauriere auch ganz gerne, aber am liebsten baue ich neue Möbel. Ich habe die Kommode in deinem Schlafzimmer gemacht.«

»Sie ist wunderschön, ich habe sie eben schon bewundert.«

»Danke. Es macht mir wirklich Spaß, deshalb freue ich mich immer besonders, wenn die Sachen jemandem gefallen.«

»Ich wette, du verkaufst wie verrückt.«

»Ganz okay«, untertrieb er wie immer.

Sie aßen zusammen, dann räumten sie gemeinsam die Küche auf und spielten mit Savannah, bevor Dani sie ins Bett legte.

»Sollen wir wieder einen Film schauen?«, fragte Lucas, als sie zu ihm ins Wohnzimmer kam.

»Total gerne, aber ich warne dich vor, ich schlafe wahrscheinlich mittendrin ein.«

»Das macht nichts, wir können ja morgen weiterschauen.«

Sie setzte sich neben ihn, aber nicht zu nah.

Er reichte ihr eine Decke, und sie kuschelte sich ein. »*Speed* läuft im Fernsehen. Was sagst du dazu?«

»Macht mich nervös, aber ich liebe Keanu.«

Lucas verdrehte die Augen. »Was ist mit diesem Kerl? Du klingst wie meine Schwestern. Sie sind ganz verrückt nach dem Typ.«

»Er ist ziemlich sexy, vor allem in *Speed*.«

»Wenn du das sagst.« Er machte den Film an und vertiefte sich in das Geschehen. »Ich vergesse immer den Anfang mit dem Aufzug.«

»Ich weiß! Als ich den Film zum ersten Mal gesehen habe, hatte ich danach jahrelang Angst vor Aufzügen. Und vor Bussen!« Als ihre Nervosität immer weiter stieg, rutschte sie näher an Lucas heran und bemerkte das erst, als ihr Knie an seines stieß.

Er lachte und legte den Arm um sie, dann zog er sie an sich. »Keine Sorge, ich hab dich.«

Die Geste brachte eine wehmütige Erinnerung daran zurück, wie Jack dasselbe getan hatte, nachdem er sie überredet hatte, gemeinsam *Saw* anzuschauen. Sie hatte danach wochenlang Albträume gehabt.

»Ist das okay?«, fragte Lucas leise.

Sie nickte. »Es ist sogar unbedingt nötig, wenn ich das hier durchstehen soll.«

Sein leises Lachen brachte sie zum Lächeln.

Dann kam die Szene, in der der Bus fast den Kinderwagen überfuhr. Sie unterdrückte einen Schrei und vergrub das Gesicht in seiner Brust. »Die Szene habe ich ganz vergessen.«

»Dem Baby geht es gut, du kannst wieder hinsehen.«

»Ich glaube, ich bleibe lieber hier.«

»Ich bin der Letzte, der sich darüber beschweren würde.«

Dani spürte, wie er ihr sanft übers Haar strich, und schaffte es gerade so, einen zufriedenen Seufzer zu unterdrücken. Es fühlte sich so gut an, von einem Mann berührt zu werden. Es war schon so lange her, dass sie vergessen hatte, wie gut es tat.

Himmlisch war es, jetzt erinnerte sie sich. In seinen Armen geborgen und umgeben von dem angenehmen Duft nach frischer Luft, dem Rauch von Holzfeuern und Sägemehl konnte Dani einen Moment lang all ihre Sorgen vergessen und einfach nur atmen.

13

Reife ist erreicht, wenn langfristige Werte wichtiger werden als momentane Lust.
Joshua L. Liebman

Es war die reinste Folter. Als sie sich warm und weich und duftend an ihn kuschelte, musste Lucas sich in Erinnerung rufen, dass sie anders war als die Frauen, denen er bisher nahe gewesen war. Normalerweise würde er in einer Situation wie dieser viel mehr tun als kuscheln.

Aber nicht dieses Mal.

Wenn er auch nur den Hauch einer Chance auf mehr als Freundschaft mit Dani haben wollte, musste er sehr vorsichtig sein und es so langsam wie möglich angehen. Sie trauerte noch um den Verlust ihrer Liebe und den Vater ihres Kindes. Ein Teil von ihr würde nie aufhören, um ihn zu trauern, das durfte Lucas nie vergessen. Alles, was zwischen ihnen passierte, musste von ihr ausgehen, und das war eine völlig neue Situation für ihn.

Bis jetzt hatten die Frauen, mit denen er zu tun hatte, es gemocht, wenn er die Führung übernahm, sein Interesse ausdrückte und den ersten Schritt machte.

Keiner seiner gewohnten »Schritte« wären das Richtige für Dani.

Es war schon ironisch, dass gerade, wo er beschlossen hatte, die Sache mit der Reife einmal auszuprobieren, ebendiese Reife so hart auf die Probe gestellt wurde.

Vielleicht tue ich das Richtige, wenn ich genau das Gegenteil von dem mache, von dem ich denke, dass ich es tun sollte, dachte er und lachte innerlich über seine eigene Unzulänglichkeit.

»Hey, Dani?«

»Hm?«

»Im Juni fahren wir alle nach Boston zur Hochzeit meines Bruders Wade. Es wäre toll, wenn du mit mir hinfährst. Ich muss meine Antwort auf die Einladung zurückschicken, deshalb frage ich jetzt schon.«

Sehr lange sagte sie gar nichts. Sie schien sogar kaum zu atmen. »Ich … äh, ich habe Savannah und …«

»Sie kann doch mitkommen. Max kommt mit Caden, und Hannah bringt Callie mit, Savvy würde perfekt in die Gesellschaft passen. Wades Schwiegervater hat eine Kinderbetreuung organisiert, damit die Eltern die Hochzeit genießen können. Sie würden sich garantiert freuen, wenn die süße Savvy auch dabei wäre.«

»Ich könnte mich niemals so aufdrängen.«

Lucas machte den Fernseher leiser. »Ich erzähle dir erst mal von meiner Schwägerin Mia und ihrem Vater, und dann kannst du entscheiden. Sie hat vor kurzem herausgefunden, dass ihre Mutter sie als Baby ihrem Vater weggenommen hat, während sie mitten in der Scheidung steckten. Ihr Vater ist super reich, und er ist so froh, sie wiederzuhaben, dass er diese schicke Hochzeit für sie und

Wade organisiert. Er bringt die ganze Familie in einem Nobelhotel unter. Er würde alles tun, was Mia will, zum Beispiel auch mehr Personal für die Kinderbetreuung, wenn das nötig ist. Es wird toll. Mein Vater hat sogar einen Bus bestellt, damit wir alle zusammen nach Boston fahren können. Das wird das reinste Chaos.« Ihm wurde klar, dass er wahrscheinlich zu sehr von der Hochzeit schwärmte, und versuchte, zum Ende zu kommen. »Na ja, ich würde mich jedenfalls riesig freuen, wenn du mitkommst, aber natürlich nur, wenn du dich danach fühlst.«

»Es ist wirklich süß, dass du mich fragst, aber ich weiß nicht einmal, wo ich dann sein werde. Wenn ich den Job im Country Store nicht bekomme, muss ich mir Gedanken darüber machen, wo ich es als Nächstes versuche.«

»Kein Problem. Wir können einfach abwarten und sehen, was passiert.«

Sie schaute ihn an, und ihre Augen funkelten belustigt. Trotzdem sah er auch die Traurigkeit, die immer darunter lag. »Du weißt schon, dass du nicht einfach einen Überraschungsgast zu einer schicken Hochzeit in Boston mitbringen kannst, oder?«

»Kann ich nicht?«

Dani schüttelte den Kopf. »So funktioniert das nicht. Ich war … Ich war dabei, unsere Hochzeit zu planen, als Jack ums Leben kam.«

»Tut mir leid. Ich hab nicht nachgedacht. Wenn es zu sehr weh tut …«

Sie legte ihm den Zeigefinger auf die Lippen.

Sein gesamter Körper erstarrte unter ihrer Berührung.

»Alles gut. Ich schwöre.« Sie nahm ihre Hand wieder weg, und er wollte sie sofort zurück. »Ich würde sehr gerne mit dir nach Boston zur Hochzeit fahren, wenn alles klappt.«

»Mein Dad wäre verrückt, wenn er dich nicht anstellt, und das habe ich ihm auch gesagt.«

»Hast du?« Sie war sich nicht sicher, wie sie das finden sollte.

»Klar habe ich. Warum sollte ich kein gutes Wort für eine Freundin einlegen, wenn sie für unsere Firma arbeiten möchte?«

Dani dachte darüber nach. »Ich will ehrlich zu dir sein.«

»Ich würde auch nie wollen, dass du das nicht bist.«

»Meine erste Reaktion wäre, sauer auf dich zu sein, weil du das einfach gemacht hast, ohne mich zu fragen. Aber wie immer wolltest du mir nur helfen, also vielen Dank.«

»Tut mir leid, wenn es eine Grenzüberschreitung war, dass ich mit ihm geredet habe, ohne mich mit dir abzusprechen. Aber vertrau mir: Wenn mein Dad nicht denkt, dass du toll in dem Job wärst, wird er dich nicht anstellen. Freundin hin oder her. Er nimmt das Geschäftliche sehr ernst.«

»Das ist gut zu wissen.« Es bedeutete ihr viel, dass er ihr sagte, dass es, wenn sie den Job bekam, ganz allein ihr Verdienst sein würde. Es würde an ihren Fähigkeiten liegen, nicht daran, dass er sie empfohlen hatte. »Eine Frau und ihr Baby können gar nicht genug Freunde haben.«

»Für mich wünsche ich mir auch, dass ihr in Butler bleibt.«

»Das wäre schön. Es scheint eine tolle kleine Stadt zu sein.«

»Ist es auch, und wir können hier so viel Spaß haben. Ich könnte Savvy Skateboard- und Skifahren beibringen, und Klettern. Meine Brüder und ich machen das alles, und wir sind wirklich gut darin, auch wenn das Eigenlob ist.«

Dani lächelte. »Jetzt soll sie erst mal laufen lernen, und dann kümmern wir uns um Skifahren und Klettern.«

»Ich habe es nicht eilig. Ich bin da, wenn sie bereit dafür ist.«

»Ich möchte nur, dass du weißt … Ich habe gehört, was du eben gesagt hast und …«

Er gab ihr erneut einen Kuss auf die Stirn. »Es ist okay. Ich habe es nicht eilig.«

»Es ist nur, ich weiß nicht, ob ich bereit bin. Ich weiß nicht mal, ob ich dem näher komme oder mich noch weiter davon entferne. Bis ich einen Job habe und eine Wohnung für Savannah und mich, kann ich über nicht besonders viel anderes nachdenken.«

»Hoffentlich hast du morgen schon einen Job, und du kannst hierbleiben, solange du willst.«

»Das ist sehr lieb von dir, aber du willst sicher deine Wohnung wieder für dich haben.«

»Ehrlich gesagt: nicht wirklich. Ich habe euch gerne hier, und ich würde euch vermissen, wenn ihr geht.«

»Ich kann nicht für immer hierbleiben, Lucas.«

»Warum nicht?«

»Darum! Du kannst uns nicht einfach aufnehmen.«

»Du hast mir immer noch nicht gesagt, warum nicht.«

»Lucas …« Sie ließ ihren Kopf wieder an seine Brust fallen. »Du nervst.«

»Mir wurde schon gesagt, dass das meine Superkraft ist.«

»Das verstehe ich sofort. Lass uns einfach einen Tag nach dem anderen angehen und sehen, was passiert, okay?«

»Das klingt gut, solange dir klar ist, dass du hier sehr willkommen bist und bleiben kannst, solange du willst.«

Sie überrumpelte ihn komplett, als sie ihn auf die Wange küsste. »Falls ich vergessen habe, es dir zu sagen: Du bist der beste Retter, den ich je hatte.«

»Dich zu retten war das Beste, was ich je getan habe – für mich selbst.«

❄

Stunden später, als Dani schon längst ins Bett gegangen war, saß Lucas immer noch auf dem Sofa und schaute fern, nicht, weil es ihn interessierte, sondern um sich genug zu beruhigen, um schlafen zu können. Sie an sich gekuschelt zu spüren hatte sich so *richtig* angefühlt! Noch nie zuvor war etwas so richtig gewesen. Er hatte sich gewünscht, dass sie so lange wie möglich dort blieb, und das war noch nie mit irgendjemandem so gewesen. Noch vor kurzem hätten ihn solche Gedanken dazu gebracht, die Flucht zu ergreifen und sich mindestens eine Woche lang in den Bergen zu verschanzen, um bloß nicht in irgendetwas verwickelt zu werden, das nach Verbindlichkeit roch.

Und jetzt? Er wollte sie. So einfach war das. Und so kompliziert.

Wie kamen Menschen nur mit diesen Gefühlen zurecht, die ihre Herzen und ihre Gedanken bestimmten und keinen Platz für irgendetwas anderes ließen?

Natürlich hatte er schon beobachtet, wie es seinen Geschwistern passierte. Seine Brüder waren völlig durchgedreht, als sie die Frauen, die sie liebten, kennengelernt hatten. Sie waren alle tolle Menschen, die niemand besser hätte für sie aussuchen können.

War es das, was mit ihm passierte, seit er Dani und Savannah kennengelernt hatte? War es überhaupt möglich, dass die beiden sein Herz und seine Seele erobert hatten, und das in nur ein paar Tagen? Passierten solche Sachen wirklich?

Ein Teil von ihm war sauer, dass das Schicksal einfach so in sein Leben eingegriffen und seinen Truck in eine Richtung gesteuert hatte, die er nicht hatte kommen sehen, bis er schon mittendrin war. Aber dann erinnerte er sich an Danis Blick, als sie ihm sagte, dass sie ihn auch mochte, und sein Ärger verrauchte schneller als Morgennebel, der sich in der Sonne auflöste.

Er wollte gerade aufstehen und ins Bett gehen, als Dani mit Savannah auf dem Arm aus dem Gästezimmer kam.

Savannah war hellwach und ganz rot im Gesicht, und sie kaute auf ihren Fingern herum.

»Die arme Kleine zahnt und ist ganz und gar nicht zufrieden. Ich hab das Paracetamol hier draußen gelassen, ich hoffe, wir haben dich nicht geweckt.«

»Nein, überhaupt nicht.« Als wäre es das Natürlichste der Welt, streckte er die Arme nach Savvy aus. »Ich nehme sie, während du die Medizin suchst.«

»Oh, danke.« Dani reichte ihm das Baby.

Savvy kuschelte sich an seine Brust und begann sofort, nach seinem T-Shirt und seinem Brusthaar zu greifen.

Lucas lachte und befreite sich aus ihrem Griff, nur um ein paar Sekunden später wieder dasselbe zu machen. Sie war so verdammt süß, wenn sie sich über seine Reaktion auf ihre kleinen Angriffe freute.

»Du machst das echt gut mit ihr«, sagte Dani, als sie mit der Medizin zurückkam, die sie Savannah mit einer Pipette einflößte.

Savvy saugte gierig daran und schmatzte zufrieden.

»Gott sei Dank mag sie das Zeug.« Dani fuhr mit der Hand über die Stirn ihrer Tochter und runzelte besorgt die Stirn. »Sie ist ganz warm. Ich sollte mal messen.« Sie ging in ihr Schlafzimmer, um das Fieberthermometer zu holen, Wenig später las sie ab: »Siebenunddreißig sieben.«

»Nur ein bisschen erhöht«, sagte Lucas. »Das Paracetamol wird schnell wirken.«

»Meinst du?«

»Sie wirkt nicht krank.«

»Ich muss mir von Emma die Nummer der Kinderärztin geben lassen, nur für den Fall, dass es doch nicht nur die Zähne sind.«

»Versuch, dir keine Sorgen zu machen. Morgen früh geht es ihr sicher wieder gut.«

»Seit sie auf der Welt ist, weiß ich, dass man sich als Mutter ununterbrochen Sorgen macht.«

Lucas lächelte. »Meine Mom sagt genau dasselbe. Und die schlechte Nachricht ist, dass es auch nie aufhört. Sagt zumindest Mom.«

»Mit zehn von euch muss sie sich sehr viele Sorgen machen.«

»Sie ist ziemlich entspannt, aber Sorgen macht sie sich schon.«

»Ich freue mich so darauf, sie kennenzulernen.«

»Ich kann dich am Sonntagabend vor meiner Schicht zum Abendessen mitnehmen.«

»Wann musst du wieder zur Arbeit?«

»Ich habe die nächsten vier Nächte Dienst.«

»Oh.«

»Wenn du nicht alleine sein möchtest, kann jemand hier übernachten. Es gibt genug Leute, die ich fragen kann.«

»Nein, nein. Das geht schon. Außerdem hoffe ich immer noch, dass bei Mrs. Hendricks im Hotel ein Platz frei wird.«

»Du musst kein Geld ausgeben, um dort zu wohnen, Dani. Ich meine es ernst, wenn ich dir sage, dass ich euch sehr gerne hier bei mir habe.« Er schaute auf Savvy hinunter, die ihr Köpfchen an seine Brust gelegt hatte, ein Fäustchen an der Wange, die Augenlieder ganz schwer. »Sag's ihr, Savvy. Du würdest lieber hier bei mir bleiben, als ins Hotel zu gehen, oder?«

»Wenn es nach ihr ginge, würden wir für immer bleiben.«

»Das wäre okay.«

»Lucas ...«

»Ich weiß. Zu viel, zu früh.« Mit seiner freien Hand griff er nach Danis und führte sie an seine Lippen, um sie kurz zu küssen. Sie schnappte nach Luft. »Du musst schon an genug denken, mit deiner Kleinen und dem Vorstellungsgespräch morgen. Mach dir keine Sorgen darüber, wo du wohnst. Wenn ich nicht wollte, dass ihr hier seid, hätte ich euch nicht eingeladen.«

»Ich mache mir aber Sorgen.«

»Dann lass es einfach.« Er ließ ihre Hand los und gab ihr widerwillig Savvy zurück.

Sobald er das Baby losließ, fing sie an zu zappeln. Ihr Weinen wurde schnell lauter. Lucas stand auf, nahm sie und drückte sie erneut an seine Brust. »Schsch, Schlafenszeit, kleine Savvy.«

Zu seiner Verwunderung – und Danis – beruhigte Savvy sich sofort.

Dani lachte leise. »Ich bin ein bisschen eifersüchtig.«

Lucas lächelte. »Leg du dich hin und schlaf, solange du kannst. Ich bringe sie bald zu dir rein.«

»Das musst du nicht machen.«

»Ich weiß. Ich will aber.« Er gab dem Baby einen Kuss auf das flaumige blonde Haar. »Wir machen das schon, oder, kleine Savvy?«

»Wenn du dir sicher bist …«

»Ganz sicher.« Genau genommen war er sich noch nie bei etwas sicherer gewesen. Ihm wurde langsam klar, dass sich alles verändert hatte, ob er es nun wollte oder nicht.

Er wollte es. Er wollte Dani und Savvy.

14

Wenn sich zwei Persönlichkeiten treffen,
ist es wie mit zwei chemischen Substanzen: Wenn es
eine Reaktion gibt, verändern sich beide.
C. G. Jung

Dani legte sich ins Bett. Sie war unruhig und fragte sich, ob es richtig gewesen war, Savvy bei Lucas zu lassen. Nicht, dass sie ihm nicht komplett vertrauen würde.

Das tat sie. Und es war ja auch nicht so, dass er mit dem Baby irgendwo hinging. Sie waren direkt nebenan. Trotzdem hatte sie ein komisches Gefühl deswegen. Aber sie war auch völlig erschöpft und hatte morgen ein Vorstellungsgespräch für einen Job, den sie unbedingt bekommen wollte. Dafür musste sie hellwach sein.

Sie schloss die Augen und versuchte sich zu entspannen, während sie Lucas' Stimme lauschte, der mit Savannah redete. Er war unglaublich süß, liebevoll, witzig und sexy. Es überraschte Dani nicht, dass Savannah komplett verrückt nach ihm war. Dass sie beide es waren.

Noch vor ein paar Tagen wäre ihr die Vorstellung, einen Mann, der nicht Jack war, anziehend zu finden, völlig absurd vorgekommen.

Aber heute Abend … Sich beim Fernsehen an Lucas zu

kuscheln hatte sich so gut und so natürlich angefühlt. Sie hätte die warme Geborgenheit seiner Umarmung am liebsten nie wieder verlassen.

So viel zum Thema »auf eigenen Füßen stehen«. Schon wieder verließ sie sich auf jemand anderen. Allerdings fühlte es sich ganz anders an, sich auf Lucas zu verlassen als auf ihre Eltern. Bei ihren Eltern hatte sie ständig das Gefühl gehabt, gleich zu ersticken, bei Lucas fühlte sie sich frei.

Nein, es war ganz anders, aber sie war trotzdem hin- und hergerissen, wenn sie an sein Angebot dachte, für immer zu bleiben.

Sie musste eingenickt sein, denn das Nächste, was sie hörte, war Savannahs Weinen.

Dani setzte sich auf und strich sich ein paar Haarsträhnen aus dem Gesicht.

»Entschuldige«, flüsterte Lucas. »Ich habe versucht, sie hinzulegen, aber sie will nichts davon wissen.« Im Schein des Nachtlichtes, das sie im Badezimmer angelassen hatte, sah sie, dass er sich auf der anderen Seite des Bettes ausgestreckt hatte. Er hatte Savannah auf seine Brust gelegt und mit ihrer Babydecke zugedeckt. »Beachte uns gar nicht. Schlaf einfach weiter, ich schleiche mich raus, wenn sie eingeschlafen ist.«

Beachte uns gar nicht … Ja klar. Als ob sie auch nur ein Auge zutun würde, während er zum Greifen nahe neben ihr lag.

Wenn sie gestanden hätte, hätte sie sich setzen müssen,

so sehr berührte sie die Zärtlichkeit, die er ihrer Tochter entgegenbrachte. Ihr Vater hatte immer gesagt, dass man einen Mann daran messen konnte, wie er die Menschen behandelte, die nichts für ihn tun konnten. Er hatte Jack wie einen Sohn geliebt, und sie hatte keinen Zweifel daran, dass er Lucas auch mögen würde.

Was konnte man an ihm auch nicht mögen? Der Mann war auf jede nur mögliche Art komplett unwiderstehlich, und sie war dabei, sich in ihn zu verlieben, ob sie nun bereit dafür war oder nicht.

❄

Lucas wurde davon wach, dass Savannah ihm eine Handvoll Brusthaare ausriss. »Autsch«, flüsterte er heiser und versuchte, den Schlaf abzuschütteln.

Das Lachen des Babys ließ ihn dahinschmelzen.

»Du bist wirklich eine kleine Teufelin, oder?«, wisperte er. Ein Blick auf seine Armbanduhr sagte ihm, dass es kurz nach sechs war, und er rutschte vorsichtig aus dem Bett, um Dani nicht zu wecken. Auf der Kommode fand er eine frische Windel und eine Packung Feuchttücher und nahm alles mit ins Wohnzimmer, in der Hoffnung, dass Dani noch etwas mehr Schlaf bekam.

Während er das Baby wickelte, dachte er nach. Er konnte kaum glauben, dass er die ganze Nacht als Savvys Matratze in Danis Bett verbracht hatte – oder wie sehr er es genossen hatte, bei ihnen zu schlafen.

Savvy war morgens sehr aktiv, strampelte mit den Beinen und griff nach allem, was sie in die Finger bekam.

Obwohl er nicht besonders viel Erfahrung mit Babys hatte, schaffte er es, ihr eine frische Windel anzuziehen und sie wieder in den Strampler zu stecken. Die nächste Stunde lang beschäftigte er sie mit dem Spielzeug, das noch vom Vorabend auf ihrer Decke lag. Aber dann fing sie an zu quengeln, und er trug sie zu ihrer Mutter ins Schlafzimmer.

Dani setzte sich im Bett auf, ihr Haar umrahmte ihr Gesicht wie ein Heiligenschein. »O mein Gott! Ich habe verschlafen!«, sagte sie erschrocken.

»Hast du nicht. Du hast noch über zwei Stunden bis zu deinem Vorstellungsgespräch.«

»Ich meine, ich habe gar nicht mitbekommen, wie sie aufgewacht ist.«

»Nein, wir haben uns rausgeschlichen, damit du ein bisschen ausschlafen konntest.«

»Oh.« Sie fuhr sich mit den Fingern durchs Haar und streckte dann die Arme nach Savannah aus. »Danke.«

»Hat Spaß gemacht.«

Dani lächelte erst ihn und dann das Baby an. »Hast du mit Lucas gespielt?«

Savvy zappelte mit Armen und Beinen. War das, weil sie seinen Namen gehört hatte? O Mann, das Kind würde ihn in Nullkommanichts um den Finger wickeln, wenn sie so weitermachte.

»Ich, äh … Ich lasse euch Mädels mal alleine, während ich Frühstück für uns mache.«

»Noch mal vielen Dank für das Plus an Schlaf. Ich weiß das sehr zu schätzen.«

»Es war mir wirklich eine Freude.«

Er ging zur Küche und setzte eine Kanne Kaffee auf. Während der Kaffee durchlief, schlug er vier Eier in eine Bratpfanne und steckte vier Scheiben Toast in den Toaster. Morgen, wenn sie mehr Zeit hatten, würde er ihr Pfannkuchen machen. In der Scheune seiner Eltern hatten sie alle sehr, sehr früh gelernt, leichte, fluffige Pfannkuchen zu machen, die immer mit dem selbstgemachten Ahornsirup vom Berg übergossen wurden.

Zwanzig Minuten später kam Dani aus dem Schlafzimmer, frisch geduscht und in einer weißen Bluse und einer eng anliegenden schwarzen Hose. Sie hatte ihr Haar hochgesteckt und Make-up aufgelegt, das ihre hübschen Augen noch hübscher machte.

»Wow, du siehst toll aus.«

»Danke.«

»Ich hätte sie genommen, während du duschst.«

»Danke, aber wir haben unseren Ablauf. Sie sitzt in ihrem Autositz, während ich mich so schnell wie möglich fertig mache.

»Kaffee?«

»Ja, bitte.«

Lucas schenkte ihr eine Tasse ein und schob sie ihr hin, zusammen mit der Sahne und dem Zucker.

»Gott segne dich und deinen Kaffee«, sagte sie nach dem ersten Schluck.

»Es ist mir eine Ehre, vor dem Kaffee erwähnt zu werden.«

Er konnte an ihren Augen sehen, dass sie lächelte. Der Rest ihres Gesichts wurde von ihrer Kaffeetasse verdeckt. »Das ist eine Auszeichnung, die ich nicht leichtfertig vergebe. Ich hoffe, ich bin so richtig gekleidet für euren Store?«

»Absolut.« Er tat ihr Eier und zwei Scheiben Toast auf.

»Es riecht toll. Danke.« Dani stellte Savannahs Autositz auf die Kücheninsel und setzte sich hin, um zu essen, während die Kleine mit zwei Rasseln spielte.

»Da ist aber jemand sehr gut gelaunt heute«, sagte Lucas.

»Wahrscheinlich, weil sie bei ihrem neuen besten Freund schlafen durfte.«

»Für die Ladys tue ich immer, was ich kann.«

»Darauf würde ich wetten«, murmelte sie gerade laut genug, dass er es hören konnte.

Er grinste schelmisch. »Was hast du gesagt?«

»Ich sagte, es schmeckt wirklich sehr gut, vielen Dank fürs Kochen.«

Lucas lachte und kippte Ahornsirup über sein Rührei. Es machte wirklich Spaß, mit ihr zusammen zu sein. Er mochte einfach alles an ihr und war entspannter als mit manchen Frauen, die er schon seit Jahren kannte. Er bewunderte es, dass sie nach allem, was sie durchgemacht hatte, immer noch witzig und verspielt sein konnte. Trotz ihres Verlustes schien sie eine Aura aus hellem Licht zu umgeben.

»Du wirst meinen Vater sofort überzeugen. Du brauchst wirklich nicht nervös zu sein, er ist echt nett.«

»Wenn er seinem Sohn auch nur ein kleines bisschen ähnelt, bin ich in guten Händen.«

»Danke«, sagte er leise. »Das ist eines der größten Komplimente, die man mir je machen könnte.«

»Es stimmt. Ich werde ihm auf jeden Fall sagen, wie stolz er auf den tollen jungen Mann sein kann, den er großgezogen hat.«

Lucas war völlig schockiert davon, wie sehr ihn ihre Worte trafen. »Ich ... äh, danke.«

Sie legte ihre Hand auf seine. »Weißt du noch, was du mir in Stowe gesagt hast? Dass du dich erwachsener verhalten möchtest?«

Er nickte. Ihre Berührung, ihre Worte, ihre Anwesenheit waren überwältigend.

»Du bist super so, wie du bist. Du musst überhaupt nichts ändern.«

»Es ist lieb von dir, dass du das sagst, aber du hast meine clownhafte Seite noch nicht kennengelernt.«

»Die muss ich auch gar nicht kennenlernen. Ich weiß ja schon, dass es neben dem, was du deine ›clownhafte Seite‹ nennst, einen erwachsenen, verantwortungsbewussten, liebe- und rücksichtsvollen Mann gibt. Es steht doch nirgendwo geschrieben, dass du nicht ein Witzbold sein kannst, wenn du Lust darauf hast, und reif und erwachsen, wenn das angebracht ist, oder?«

So hatte Lucas das noch nie gesehen. »Wahrscheinlich

nicht.« Er legte den Kopf schief. »Heißt das, dass du mich noch genauso magst, wenn ich ab und zu meinen inneren Clown rauslasse?«

»Nach allem, was du für Savannah und mich getan hast, könnte ich dich gar nicht weniger mögen.«

»Das sagst du jetzt, dabei hast du noch gar nicht gesehen, wozu ich fähig bin.«

»Das sage ich unabhängig von allem anderen.«

Er drehte seine Hand um und drückte ihre. »Danke. Es bedeutet mir sehr viel, dass du das sagst. Ich habe eine seltsame Zeit hinter mir und ... na ja, euch beide kennenzulernen hat mir wirklich weitergeholfen.«

»Es freut uns, dass wir auch etwas für dich tun konnten.«

»Das habt ihr. Mehr, als ihr wahrscheinlich wisst.«

In der Zeit, die er brauchte, um zu erkennen, dass sie sich gerade händchenhaltend in die Augen schauten, schossen ihm Tausende Gedanken durch den Kopf. Sie errötete unglaublich süß, bevor sie wegschaute und seine Hand losließ, um weiter zu essen.

Der Gedanke, der am häufigsten auftauchte, war: Was, wenn sie diejenige ist, der ich schon immer begegnen sollte? Und wenn es so war, was würde er deswegen unternehmen?

❄

Das ist gar nicht gut, dachte Dani auf dem Weg in die Stadt. Lucas fuhr sie zu ihrem Vorstellungsgespräch. Beim Frühstück war etwas zwischen ihnen passiert, etwas Großes, Wichtiges und *Notwendiges.* Und jetzt ... jetzt war sie völlig durcheinander, und in weniger als einer halben Stunde hatte sie ein wichtiges Gespräch mit seinem Vater. Dani hätte gerne eine Tüte gehabt, in die sie atmen könnte. Sie hatte das Gefühl, kurz vor dem Hyperventilieren zu sein, oder, noch schlimmer, eine weitere Panikattacke zu bekommen. Das hier war definitiv nicht der richtige Zeitpunkt.

Das Letzte, was sie brauchte, war, dass Lincoln Abbott sah, was für ein Chaos in ihrem Inneren herrschte, wenn sie einfach nur ihr kühles, kompetentes und professionelles Äußeres zeigen wollte. Sie wollte, dass er sah, dass sie eine wertvolle Erweiterung für sein Team war.

Sie sollte nicht so über Lucas denken. Es war noch zu früh, nachdem sie Jack verloren hatte, und es war auch zu früh, nachdem sie Lucas kennengelernt hatte. Und vor allem, und dessen war sie sich ganz sicher, sollte sie nicht so denken, wenn sie ihre volle Aufmerksamkeit darauf fokussieren sollte, die Stelle zu bekommen.

»Ich hoffe wirklich, dass du nicht nervös bist«, sagte Lucas. »Meine ganze Familie ist super entspannt. Na ja, außer Charley vielleicht, aber die wirst du auch noch früh genug verstehen. Verscherze es dir nicht mit ihr, dann beißt sie auch nicht.«

»Das ist ja wirklich ein hohes Lob.«

Lucas lachte. »Sie ist echt cool, aber sie nervt wirklich, auch wenn es schon viel besser geworden ist, seit Tyler ihr die Klauen geschnitten hat. Aber wenn ich dir auch nur ein kleines bisschen was bedeute, dann sag ihr nicht, dass ich die Worte ›Klauen geschnitten‹ im selben Satz verwendet habe wie Tyler und Charley.«

Dani lächelte und tat so, als würde sie ihren Mund mit einem Schlüssel zusperren. »Dein Geheimnis ist bei mir sicher.«

»Oh, gut, denn sie kann mir immer noch so was von in den Hintern treten. Vor allem jetzt, wo ihr Knie wieder heil ist.«

»Was ist mit ihrem Knie passiert?«

»Sie ist von einem Berg gefallen.«

Dani schnappte nach Luft. »Wirklich?«

»Ja. Sie und Tyler sind in einem Schneesturm laufen gegangen, und sie ist vom Pfad abgekommen und abgerutscht. Landon und ich hatten an dem Tag Dienst. Wirklich beängstigend, seine eigene Schwester schwer verletzt in einer Felsspalte liegen zu sehen.«

»Oh, wow, das glaube ich dir.«

»Aber es hatte auch sein Gutes: Tyler hat sich so schlecht gefühlt, weil es passiert ist, als sie mit ihm unterwegs war, dass er sie mit nach Hause genommen und gesundgepflegt hat. Damit hat er es geschafft, dass sie sich in ihn verliebte.«

»Ooooh, wie süß! Was für eine tolle Geschichte.«

»Wir sind ihm sehr dankbar«, sagte er in einem dermaßen ernsten Tonfall, dass sie in ein hilfloses Kichern ausbrach und vergaß, dass sie sich Gedanken wegen des Vorstellungsgespräches machen sollte.

»So schlimm kann sie nicht sein.«

Er warf ihr einen Seitenblick zu. »Warte nur ab. Wenn du den Job bekommst, musst du eng mit ihr zusammenarbeiten. Sie ist fürs Inventar zuständig.«

»Schluck.«

»Keine Sorge. Sie wird nett zu dir sein. Die meisten Boshaftigkeiten spart sie sich für ihre Brüder auf.«

»Gut zu wissen.«

Als die kleine Stadt Butler in Sicht kam, fiel Dani wieder auf, wie wunderschön sie war. Die bunt bemalten Ladenfronten, der Diner, das Café und die obligatorische weiße Kirche mit dem Kirchturm. Ihre Großmutter hatte immer gesagt, dass selbst im kleinsten Dorf von Neuengland eine solche Kirche nicht wegzudenken war. Das Kronjuwel der Innenstadt von Butler war jedoch eindeutig der Country Store mit seinem rustikalen Äußeren, der hölzernen Veranda mit Dutzenden von Schaukelstühlen und dem handgemalten Schild über der Tür.

Eine Welle der Aufregung überrollte sie, als ihr klarwurde, dass sie jetzt endlich Zeit hatte, sich den Store, über den sie so viel im Internet gelesen hatte, von innen anzuschauen. Die Website hatte Produkte aus einer einfacheren Zeit angepriesen, die man sonst nirgendwo bekam. Weil der Store rechtzeitig für die Hochsaison später im Jahr den Katalog fertigstellen wollte, würde das Management des Lagerhauses für vieles verantwortlich sein, vom Inventar bis hin zur korrekten Auslieferung der Bestellungen. Der Job würde eine echte Herausforderung sein, vor allem, weil sowohl das Lagerhaus als auch der Katalog etwas völlig Neues waren, aber Dani wünschte sich eine Arbeit, die sie forderte.

Lucas hatte angeboten, während des Gespräches auf Savannah aufzupassen, weswegen er sie letztendlich auch in die Stadt gefahren hatte.

Er nahm Savannahs Autositz und die Wickeltasche. »Ich trage sie. Du willst vor dem Vorstellungsgespräch bestimmt nicht ins Schwitzen kommen.«

»Stimmt.«

Sie folgte ihm nach drinnen und versuchte, nicht zu sehr darauf zu achten, wie die Jeans seinem Hintern schmeichelte, aber sie hätte schon tot sein müssen, um nicht zu bemerken, dass Lucas Abbott sehr gut gebaut war. Dani fragte sich, ob sein Hintern genauso muskulös war wie der Rest von ihm, ein weiterer völlig unangebrachter Gedanke vor einem Vorstellungsgespräch bei seinem Vater.

»Lucas.«

Er blieb auf dem Weg zu der Treppe, die zu den Büroräumen führte, stehen.

»Wir haben noch ein paar Minuten. Wäre es okay, wenn ich mich ein bisschen umschaue, bevor wir raufgehen?«

»Natürlich.« Er hängte die Wickeltasche an den Pfosten des Treppengeländers und nahm Savannah aus dem Kindersitz, damit er sie tragen konnte. »Das hätten wir schon gestern machen sollen, als wir hier waren.«

»Kein Problem. Ich freue mich darauf, alles zu sehen, aber ich kann sie nehmen.«

»Nicht nötig, ich hab sie schon. Komm, ich zeige dir alles.«

Sie fingen in der Haushaltsabteilung an, wo Dani die handgewebten Tischdecken bewunderte, für die der Country Store berühmt war, und gingen dann in die Gesundheitsabteilung, wo es Heilmittel für so ziemlich jedes Leiden, das die menschliche Spezies befallen konnte, gab.

»Diese Abteilung ist der ganze Stolz meines Bruders Wade.«

Dani begutachtete die dunklen Holzregale, die kleinen Ecken und Winkel voller Fläschchen und Gläschen in allen erdenklichen Formen und Größen. »Oh, Tigerinnen-Parfüm!« Sie zog die Augenbrauen hoch. »Ob das wohl jede, die es trägt, in eine Tigerin verwandelt?«

Lucas schluckte schwer. »Ich, äh … ich könnte Wade fragen.«

Dani lachte. »Tu das lieber nicht.«

»Er kann dir wirklich alles, was du über jedes einzelne dieser Produkte wissen möchtest, sagen. Er ist ein kompletter Nerd.«

»Ich könnte ja Tabu-Lippenstift zu meinem Tigerinnen-Parfüm tragen«, sagte sie und zwinkerte ihm zu. Und ja, es machte ihr Spaß, ihn ins Schwitzen zu bringen.

»Das machst du doch mit Absicht«, murmelte er.

»Was denn?«, fragte sie unschuldig.

Er schaute sie gespielt finster an. »Zeit zu gehen, du Tigerin.«

»Mit dir kann man ja gar keinen Spaß haben.«

Der Blick, den er ihr zuwarf, sagte ihr, dass das nicht stimmte, aber sie beschloss, mit ihren Sticheleien aufzuhören, bevor er noch darauf einstieg. Und wenn er es tat, wenn er sie neckte? Wie würde sie dazu stehen? Sie wusste es nicht, also musste sie vorsichtig sein.

»Das hier ist der Schmuck, den meine Schwester Hannah macht.«

»Wunderschön! Ich möchte noch mal mit mehr Zeit wiederkommen und mir alles ganz genau ansehen.«

Sie gingen weiter zur Spielzeugabteilung, wo Lucas ein sprechendes Schaf entdeckte, dass er für Savvy kaufen wollte, und liefen dann weiter zur Käsetheke. Olga, die alte Frau, die dort arbeitete, begrüßte sie mit einem herzlichen Lächeln.

»Du bist Lucas, richtig?«, fragte sie zögernd.

»Japp.« Er strich sich über den Bart, der über Nacht dichter geworden war. »Das Fell verrät mich um diese Jahreszeit.«

»Das ist auch das Einzige, was mich je sicher sein lässt.«

»Das hier sind meine Freundin Savannah und ihr Mutter Dani, die heute ein Vorstellungsgespräch bei der Firma hat.«

Olga wischte sich die Hände an einem Tuch ab und streckte dann die rechte über die Theke, um Dani die Hand zu schütteln. »Wie schön, dich und deine wunderbare kleine Tochter kennenzulernen. Das hier ist ein toller Arbeitsplatz, und das sage ich nicht nur, weil er seiner Familie gehört.«

Dani musste lachen. »Wenn eine Käseprobe mit inbegriffen ist, bin ich sofort dabei.«

»Wenn du hier arbeitest, hast du mehr Käse, Ahornsirup und Pfennigbonbons, als du je essen kannst.«

Dani warf Lucas einen Blick zu. »Habe ich gerade zwei Kilo zugenommen, als ich zur Tür hereingekommen bin?«

Er lachte und schüttelte den Kopf. »Noch nicht, aber du musst wirklich aufpassen. Die Frauen, die hier arbeiten, sind die reinsten Dealerinnen. Sie sorgen dafür, dass man nach allem, was gerade im Angebot ist, süchtig wird.«

Olga schnitt ein Stück Käse, das viel größer als die übliche Geschmacksprobe war, ab und schob Dani das Schneidebrett hin.

»Siehst du, was ich meine? Sie sind einfach viel zu gut in ihrem Job.«

»Du bist bestimmt der Teufel, Olga«, sagte Dani und schob sich den Käse in den Mund.

Als der intensive, scharfe Geschmack des Cheddars Kontakt zu ihren Geschmacksknospen aufnahm, schloss Dani die Augen und stöhnte genüsslich. Als sie die Augen wieder aufschlug, begegnete ihr Blick dem von Lucas, der plötzlich voller Lust war.

Oh, hallo.

»Das ist wirklich guter Käse. Können wir welchen mitnehmen?«

»Ähm, klar.« Er schluckte. »Wir können ihn auf dem

Rückweg kaufen.« Er schaute auf die Uhr. »Wir sollten jetzt raufgehen, damit du nicht zu spät zu einer äußerst wichtigen Verabredung kommst.«

»Oje!« Dani war so begeistert vom Store gewesen, dass sie fast vergessen hätte, warum sie hier war. »Ich will auf keinen Fall zu spät kommen. Danke noch mal, Olga.«

»Viel Glück beim Vorstellungsgespräch. Ich hoffe, du bekommst die Stelle.«

»Ich auch!« Das hier war ein magischer Ort, und sie würde so gerne hier arbeiten.

Sie folgte Lucas nach oben. Er sprach auf dem gesamten Weg mit Savannah und machte ein großes Spektakel mit einem wilden Hüpfer auf jeder einzelnen Stufe, was Dani zum Lächeln brachte. Savannah lachte mit der Begeisterung, die sie so oft zeigte, wenn sie mit Lucas zusammen war. Dani wurde klar, dass Savannah dabei war, eine Bindung zu Lucas aufzubauen. Ihr ging es nicht anders.

Sie hatten sich in den letzten Tagen so leicht zu einem gemeinsamen Leben zusammengefunden, dass es sich anfühlte, als würde sie ihn schon viel länger kennen, als es tatsächlich der Fall war.

Als sie in der Rezeption ankamen, schob Dani all diese Gedanken beiseite – vorerst –, so dass sie sich darauf konzentrieren konnte, den Job zu bekommen, den sie jetzt, wo sie den Store von innen gesehen hatte, noch mehr wollte.

Emma begrüßte sie herzlich. »Willkommen zurück. Linc ist im Konferenzsaal und hat gesagt, ich soll dich zu ihm schicken, wenn du kommst.«

»Oh, okay. Na dann.« Sie schaute Lucas an. »Bist du sicher, dass du sie behalten möchtest?«

»Ganz sicher. Wir werden losziehen, um meine Geschwister bei der Arbeit zu stören, während du in der Besprechung bist, stimmt doch, Savvy?«

Sie griff nach seinem Bart.

Er erwischte ihre Hand, bevor sie daran ziehen konnte. »Schau mal, wie schnell sie ist! Sie ist ein Genie, ich sag's dir!«

Emma und Dani lachten.

»Lucas«, sagte Emma. »Warum bringst du Dani nicht in den Konferenzsaal und stellst sie deinem Dad vor?«

»Warum bin ich da nicht selbst draufgekommen? Hier entlang, bitte.« Er zeigte auf die Tür zum Konferenzsaal und ging mit ihr hin. Er klopfte und steckte dann seinen Kopf zur Tür hinein. »Können wir reinkommen?«

»Aber natürlich.«

Lucas machte die Tür auf und ließ Dani den Vortritt. Sie bemerkte sofort, dass Lincoln Abbott wie eine ältere Version seines Sohnes aussah. Auf seine Art war auch er unglaublich attraktiv. Er hatte silberfarbenes Haar und leuchtend blaue Augen, die noch mehr zur Geltung kamen, weil er ein hellblaues Hemd trug. Die Ärmel waren bis zu den Ellbogen aufgekrempelt. Ein herzliches Lächeln brachte seine Augen zum Strahlen, als er sie begrüßte.

»Wen hast du denn da mitgebracht, Junge?«

»Das hier sind Savannah und ihre Mom, Dani.«

Lincoln stand auf, um sie zu begrüßen. »Wow, du bist

aber süß!« Als er ihr die Hand hinstreckte, griff Savannah sofort nach seinem Zeigefinger. »Und stark bist du auch!«

»Sie ist auch richtig schlau«, sagte Lucas. »Ich bin mir ganz sicher, dass sie ein echtes Genie ist.«

Lincoln runzelte verwundert die Stirn, als er sah, dass sein Sohn das Baby offensichtlich mochte.

»Wir lassen euch jetzt mal alleine, damit ihr euch unterhalten könnt. Dani mag den Store wirklich, und sie will die Stelle, du solltest sie also besser nehmen.«

»Lucas!« Dani konnte nicht glauben, dass er das gesagt hatte. »Es ist in Ordnung, wie auch immer Sie sich entscheiden, Mr. Abbott.«

»Nenn mich doch bitte Linc, und achte gar nicht auf ihn. Er hat mir nichts zu sagen.«

Lucas überraschte sie mit einem Kuss auf die Stirn, bevor er zur Tür hinausging. »Gib's ihm.«

Ganz durcheinander von der unerwartet zärtlichen Geste, musste Dani sich konzentrieren, um sich daran zu erinnern, wo sie war und warum sie hier war.

»Setzen Sie sich doch, Dani. Oder soll ich lieber Danielle sagen?«

»Dani ist in Ordnung, und danke.«

Sie setzte sich neben ihn an den Tisch, und er schenkte ihnen beiden kaltes Wasser aus einem Krug auf dem Tisch ein.

»Ihre Tochter scheint meinen Sohn zu mögen.«

»Sie liebt ihn. Er war ... na ja, er ist wirklich toll, aber ich bin mir sicher, dass Sie das schon wissen.«

Linc lehnte sich in seinem Stuhl zurück, seine Körpersprache zeigte, dass er interessiert und entspannt war. »Das weiß ich allerdings, aber ich würde trotzdem gerne hören, warum Sie dieser Meinung sind.«

Dani erzählte ihm, wie Lucas sie und Savannah nach ihrem Unfall gerettet hatte und ihnen dann eine Unterkunft in Stowe und in Butler gegeben hatte. »Ich bin normalerweise besser vorbereitet. Ich habe einfach nicht an die Skisaison gedacht und daran, dass sämtliche Hotels ausgebucht sein würden.

»Ah, ja, das kann leicht passieren, wenn man die Gegend nicht kennt.«

»Ich verspreche Ihnen, wenn es um die Arbeit geht, bin ich nicht so leichtsinnig. Die Reise war ziemlich spontan, und ich habe meine Lektion gelernt, was Spontaneität in Vermont angeht.«

»Man kann in Vermont schon spontan sein, wenn man das Wetter und die Jahreszeiten kennt. Bald fängt die Schlammsaison an, da ist es immer ruhig im Store. Den meisten, die nicht von hier kommen, ist gar nicht klar, dass der Herbst am hektischsten ist, weil die Leute von überall herkommen, um sich die bunten Blätter anzuschauen.«

»Wirklich? Das hätte ich auch nicht gedacht.«

»Die Schlammsaison ist aber eine gute Zeit für den Einstieg. Da gibt es reichlich Zimmer, dafür aber ganz andere Herausforderungen, da müssen Sie nur meine Schwiegertochter Cameron fragen.«

»Lucas hat mir erzählt, was mit ihr und Fred passiert ist. Ich kann es kaum erwarten, ihn zu treffen.«

»Wenn Sie lange genug bleiben, werden Sie ihn garantiert kennenlernen.«

»Ich würde sehr gerne länger in Butler bleiben. Es ist die schönste kleine Stadt, die ich kenne, und Ihr Store ist einfach … Na ja, Sie wissen schon. Er ist wirklich toll.«

Er lächelte. »Wir sind auch sehr stolz darauf.« Er setzte sich eine Lesebrille auf die Nase und nahm ihren Lebenslauf zur Hand. »Sprechen wir über die Stelle im Lagerhaus, für die Sie sich beworben haben. Was bringen Sie denn für die Position mit?«

Dani wurde klar, dass er mit ihr geplaudert hatte, um ihr die Nervosität zu nehmen. Jetzt wusste sie auch, woher Lucas seinen natürlichen Charme nahm. »Sehr gerne.«

15

Zu lieben bedeutet nichts. Geliebt zu werden ist etwas.
Doch zu lieben und geliebt zu werden, das ist alles.
T. Tolis

Lucas nahm Savvy mit zu Hunter, der wie immer mit seinem Computer verschmolzen war. Als Finanzverwalter der vielen Familienbetriebe war Hunter der Klebstoff, der alles zusammenhielt. Das sagte er zumindest selbst. Lucas gab seinem Bruder gerne die Anerkennung für alles, was er tat, und er war sehr dankbar dafür, dass er nicht den ganzen Tag lang mit einem Computer verschmelzen musste.

»Hunter, ich möchte dir Savannah vorstellen. Du kannst sie Savvy nennen.«

»Hi, Savannah. Was machst du denn bei meinem bescheuerten Bruder?«

Lucas tat beleidigt und hielt dem Baby die Ohren zu. »Sag das nicht. Sie liebt mich.«

»Irgendjemand muss das ja machen.«

Obwohl er wusste, dass Hunter nur Spaß machte, verletzte ihn der Kommentar.

»Also, was hast du denn mit diesem kleinen Zuckerpüppchen zu tun?« Hunter gab ein paar Schmatzer von sich, um die Aufmerksamkeit des Babys zu bekommen.

»Ihre Mom hat gerade ein Vorstellungsgespräch bei Dad, für das Lagerhaus. Wir sind befreundet.«

»Ach ja? Seit wann denn?«

»Seit ich sie gerettet habe, als ihr Auto in Stowe von der Straße gerutscht ist.«

»O Mann, das ist ja beängstigend.«

»Ja, war es auch. Ich war direkt hinter ihnen und habe alles gesehen.«

»Weiß ihre Mom, wie viel Glück sie hatte, dass gerade du hinter ihr gefahren bist?«

So war das immer mit seinen Geschwistern – erst eine schallende Ohrfeige, dann ein Kompliment. »Ich glaube, mittlerweile schon. Ich bin einfach froh, dass ich da war, als sie Hilfe brauchten.«

Savvy legte den Kopf an seine Brust, und ihr fielen die Augen zu.

Lucas streichelte ihren Rücken und lief ein bisschen hin und her in der Hoffnung, dass sie einschlafen würde.

»Schau dich an! Du bist ja ein echter Profi!«

»Sie ist so süß, sie macht es mir wirklich leicht.«

Hunter schaute ihn prüfend an. »Lässt du dich auf was mit ihr und ihrer Mutter ein?«

Lucas versuchte, ganz natürlich zu wirken. »Ich weiß nicht. Ich mag sie beide.«

»Hmm, interessant.«

»Was denn?«

»Du mit einem Baby auf dem Arm. Das habe ich wirklich nicht so bald erwartet.«

»Ich auch nicht.« Lucas hatte nichts von dem, was ihm passiert war, seit er vor ein paar Tagen nach Stowe aufgebrochen war, erwartet. Eigentlich hatte er Zeit für sich gebraucht, und davon hatte er wirklich nicht besonders viel gehabt, seit er Dani und Savvy kennengelernt hatte; und komischerweise war das auch völlig in Ordnung für ihn. Noch vor einer Woche wäre so etwas ganz und gar nicht in Ordnung für ihn gewesen.

Lucas machte die Bürotür zu und setzte sich auf Hunters zweiten Stuhl. »Woher *weiß* man es, Hunter?«

»Woher weiß man *was*?«

Lucas schaute ihn forschend an. »Mit Megan ... Wie hast du es gewusst?«

»Oh. Na ja ... Ich schätze, es war, als ich einfach nicht aufhören konnte, an sie zu denken, obwohl ich wusste, dass sie bis über beide Ohren in Will verknallt war.«

»Verdammt, das hatte ich schon fast vergessen.«

»Für mich ist die Erinnerung jetzt auch ganz weit weg, aber damals hat es echt weh getan.«

»Das glaube ich, vor allem, weil niemand wusste, was du für sie empfindest.«

»Ich habe mir die größte Mühe gegeben, es geheim zu halten. Rückblickend vielleicht nicht gerade das Schlaueste, was ich je gemacht habe. All die Zeit, die ich verschwendet habe. Wir hätten schon viel früher zusammen sein können!«

»Aber es hat sich doch gelohnt, oder? Am Ende, meine ich.«

Hunters Gesichtsausdruck wurde ganz weich, und sein rechter Mundwinkel hob sich zu einem kleinen Lächeln. »Ja. Es ist einfach das Allerbeste, was einem passieren kann, wenn man weiß, dass man den Menschen gefunden hat, mit dem man zusammen sein sollte, und dass dieser Mensch dich genau so liebt wie du ihn. Es bedeutet einfach alles.«

»Bisher habe ich mir das noch nie gewünscht.« Er schaute auf Savvy hinunter, die tief und fest an seiner Brust schlief, ihre kleine Faust fest um ein bisschen Flanell seines Hemds geballt. Sein Herz machte einen seltsamen kleinen Hüpfer, als er ihr süßes kleines Gesichtchen sah, die winzigen Lippen wie zu einem Kuss geschürzt, und wie sie sich an ihm festhielt.

»Aber jetzt sind diese kleine Lady und ihre Mom hier, und ich … Ich bin einfach … Ich weiß gar nicht, was ich bin, aber irgendwas bin ich.«

»Du hast eine Bindung zu ihnen aufgebaut.«

»Ja, wahrscheinlich hast du recht.«

»Was ist mit dem Vater des Babys?«

»Er ist vor fast einem Jahr bei einem Autounfall ums Leben gekommen. Sie waren seit der Highschool zusammen und waren gerade dabei, ihre Hochzeit zu planen, als er starb.«

Hunter verzog das Gesicht. »O Mann, wie schrecklich!«

»Ja, sie hat viel durchgemacht.«

»Wenn sie und ihre Tochter dir wichtig sind, und es ist sehr offensichtlich, dass das so ist, dann lass sie das Tempo bestimmen. Diese Situation ist anders als alles, was du kennst, und du solltest sehr vorsichtig sein. Das ist der beste Rat, den ich dir geben kann.«

»Gramps hat genau dasselbe gesagt, als ich mit ihm darüber gesprochen habe.«

Ein Klopfen an der Tür unterbrach ihr Gespräch. »Herein«, sagte Hunter.

Amanda steckte den Kopf zur Tür hinein. »Tut mir leid, dass ich störe.«

Lucas fand es seltsam, dass er so gar nicht auf ihren Anblick reagierte. *Sehr interessant.*

»Hey, du hast ja ein Baby!«, flüsterte sie.

»Die Tochter einer Freundin.«

»Sie ist wunderschön.«

»Ja, stimmt. Wir wollten gerade gehen. Bis später, Hunter.«

»Bis dann.«

Lucas trat in den Flur hinaus und schlüpfte in das Büro, das Will sich mit Cameron teilte. Die beiden waren in ihre Arbeit vertieft – Will in die *Made in Vermont*-Linie, die er verwaltete, und Cameron in ihre Arbeit an der Website, die sie für den Store gemacht hatte. Sie saßen einander gegenüber, die Füße unter dem Tisch verschränkt.

Noch vor einer Woche hätte er jetzt einen Witz darüber gemacht, dass die beiden aneinander festgewachsen seien, aber jetzt fand er es einfach nur süß.

Will schaute auf und winkte ihm zu. »Was gibt's?« Er riss die Augen auf, als er bemerkte, dass Lucas nicht alleine war. »Wer hat dir denn sein Kind anvertraut?«

»Meine Freundin Dani. Sie hat gerade ein Vorstellungsgespräch mit Dad. Sie möchte die neue Managerin für das Lagerhaus werden.«

»Oh, toll!«, sagte Cameron. »Wir hätten schon vor Monaten jemanden in der Position gebraucht.« Sie stand auf, um sich das Baby genauer anzusehen. Sie und Will erwarteten im Sommer Nachwuchs. »Wie süß! Wie heißt sie denn?«

»Savannah.«

Charley und Ella kamen herein, um ihn zu begrüßen; wahrscheinlich hatten sie gehört, dass ein Baby zu Besuch war.

»Schsch, weckt sie nicht auf«, sagte Lucas leise. »Sie zahnt und hat letzte Nacht nicht besonders gut geschlafen.«

Ella lächelte herzlich. »Sie steht dir, Luc.«

»Danke.« Er freute sich über den Kommentar seiner Schwester. »Sie hat mich jetzt schon um sämtliche Finger gewickelt.«

Wade schlenderte herein, und Charley trat zur Seite, damit er das Baby sehen konnte. »Süß.« Weil er der ruhigste der Abbott-Geschwister war, überraschte Wades Einsilbigkeit Lucas nicht.

»Hey, Wade, kann ich noch jemanden zur Hochzeit mitbringen?«

»Das ist bestimmt kein Problem. Cabot schlägt wirklich komplett über die Stränge. Es gibt keine Obergrenze, hat er gesagt. Ich kann Mia Bescheid sagen, dass du jemanden mitbringst.«

»Wir brauchen vielleicht auch einen Platz bei der Kinderbetreuung.«

»Kein Problem. Angeblich hat er zwei Nannys angestellt, eine für Caden und eine für Callie.« Wade verdrehte die Augen. »Er will, dass für Mia alles perfekt ist.«

»Das kann man ihm wirklich nicht verübeln, nachdem er so lange auf sie gewartet hat«, sagte Ella. »Stellt euch nur mal vor, wie das für ihn war. All diese Jahre, und er hatte keine Ahnung, wo sie ist!« Ella schauderte. »Der arme Kerl hat die Hölle mit eigenen Augen gesehen.«

»Ich weiß«, meinte Wade. »Deshalb ist Mia auch total geduldig und lässt ihm komplett freie Hand. Wie sie immer sagt: ›Was macht es schon, wenn er auch noch einen Zirkus bestellt? Wir sind ja bereits verheiratet.‹«

»Und sie hat in einen Zirkus hineingeheiratet, das darf man nicht vergessen«, fügte Lucas hinzu.

Wade prustete los. »Genau. Die Hochzeit wird im Vergleich zum Leben mit den Abbotts ganz blass aussehen.«

»Wie macht sich euer Haus?«, fragte Will Wade.

»Sehr, sehr gut. Aber es gibt noch genug zu tun, falls jemand von euch mal Lust hat, vorbeizukommen und uns zu helfen.«

»Ich kann am Samstag für ein paar Stunden kommen«, sagte Will. »Wenn das für meine wunderbare Frau in Ordnung ist.«

»Natürlich ist es in Ordnung«, sagte Cameron. »Ich fahre mit Mia nach Rutland. Wir gehen Armaturen shoppen. Ich freue mich riesig darauf, ein kleines Vermögen für Waschbecken und all den Kram auszugeben.«

Wade stöhnte. »Das war's dann mit meinem Budget.«

Cameron grinste und legte eine Hand auf ihren stetig wachsenden Babybauch. »Ich übe schon mal für den Frühling, wenn wir ein Zimmer für Will junior an die Hütte anbauen.«

»Du wirst ihn nicht Will junior nennen«, versetzte Charley.

»Wahrscheinlich nicht, aber so nennen wir ihn jedenfalls vorerst«, gab Cameron zurück.

»Ihr bekommt einen Jungen?«, fragte Lucas.

»Wir haben keine Ahnung«, sagte Will. »Wir haben irgendwie angefangen, er zu sagen, und sind dabei hängengeblieben.«

»Wir dagegen sagen *sie*«, sagte Ella. »Ich wette, wir bekommen beide das Gegenteil.«

»Wäre mir völlig gleich«, sagte Will. »Solange er oder sie gesund ist und die Mama auch, bin ich zufrieden.« Camerons Mutter und Großmutter waren beide bei einer Geburt gestorben, deswegen hatten sie und Will den ungewöhnlichen Schritt unternommen, sie komplett durchchecken zu lassen, bevor sie versuchten, schwanger zu werden. Die Ärztinnen und Ärzte hatten gesagt, dass es keinen erdenklichen Grund gab, aus dem Cameron dasselbe Schicksal bestimmt war, aber Lucas wusste, dass Will sich trotzdem Sorgen machen würde, bis das Baby da war.

»Ich auch«, sagte Ella. »Niemand hat mir gesagt, dass neun Monate *ewig* dauern.«

Ella hatte schon unbedingt Mutter werden wollen, seit Lucas denken konnte. Und als er sie nun betrachtete, konnte er sehen, dass sie vor Glück nur so strahlte. Endlich hatte sie alles, was sie wollte – den Mann, den sie seit Jahren geliebt hatte, und ein Baby, auf das sie sich freuen konnte.

»Das ist, weil es in Wirklichkeit zehn Monate sind«, sagte Cameron. »Hallo, vierzig Wochen. Warum sagen sie neun Monate, wenn es in Wirklichkeit zehn sind?«

»Es ist jedenfalls eine Ewigkeit«, verkündete Ella.

Lucas streichelte Savannahs Rücken. Er war froh, dass sie weich und warm in seinen Armen lag – und dass er keine neun oder zehn Monate auf sie warten musste. Das wäre wirklich eine Ewigkeit, vor allem nach der Zeit, die sie schon miteinander verbracht hatten.

»Äh, entschuldigt bitte. Ist Lucas hier?«

»Lasst sie rein, Leute.«

Seine Schwestern machten Platz, und Wade wich in Wills Teil des Büros zurück, damit Dani noch in das überfüllte Zimmer treten konnte.

»Leute, das ist Dani. Dani, das hier ist eine Kostprobe vom Leben als einer von zehn. Meine Brüder Will und Wade, Wills Frau Cameron, und Ella und Charley kennst du ja schon.«

»Schön, euch kennenzulernen und wiederzutreffen.«

»Und das sind nicht mal alle«, meinte Lucas.

»Wow.«

»Ja, oder?«, sagte Cameron. »Ich bin Einzelkind, also waren die Abbotts anfangs wirklich viel für mich, und das ist noch milde ausgedrückt. Aber man gewöhnt sich dran.«

»Ich bin auch Einzelkind.«

Cameron legte den Arm um Dani. »Bleib bei mir, kleiner Grashüpfer. Ich beschütze dich.«

Dani lachte. »Vielen Dank.«

»Nicht nötig, Cam.« Lucas legte ebenfalls den Arm um Dani. »Ich beschütze sie schon selbst vor den abscheulichen Abbotts.« Es war ihm nur allzu bewusst, dass er damit eine Aussage machte – eine wichtige Aussage –, und er tat es trotzdem.

Dani lächelte zu ihm hinauf. »Ich hab die Stelle.«

Lucas jubelte so laut, dass Savannah laut protestierend aufwachte. »Schsch, es tut mir leid, Süße. Mommy hat super Neuigkeiten bekommen.«

Dani nahm ihm das Baby ab, und er fühlte sich ohne ihr Gewicht und ihre Wärme an seiner Brust sofort ganz verloren.

»Glückwunsch, Dani«, sagte Cameron. »Wir brauchen dich wirklich.«

»Das hat Linc auch gesagt. Er meinte, ihr könntet mir den ersten Entwurf vom Katalog zeigen?«

»Ja. Ich arbeite schon seit Wochen mit Lucy daran, und wir haben die Texte fast fertig. Ich habe einen Ausdruck, den ich dir mitgeben kann. Im Frühjahr und Sommer machen wir die Bilder, der Plan ist, die Kataloge im September rauszuschicken.«

»Erinnerung«, sagte Lucas. »Lucy ist die Verlobte unseres Bruders Colton, Emmas Schwester.«

»Mir schwirrt der Kopf«, sagte Dani.

»Ich zeige dir Fotos, wenn wir nach Hause kommen.«

»Eine Visualisierung wäre sicher sehr hilfreich.«

Cameron reichte Dani einen dicken Papierstapel, zusammengehalten von der größten Vielzweckklemme, die Lucas je gesehen hatte. »Wann sollst du anfangen?«

»Montag. Jetzt muss ich mich nur noch um die Kinderbetreuung kümmern. Kennt ihr vielleicht jemanden, der das machen könnte?«

Lucas und seine Geschwister warfen einander vielsagende Blicke zu, bevor sie alle gleichzeitig sprachen:

»Hannah.«

❄

Als sie wieder im Auto saßen und zurück zu Lucas' Wohnung fuhren, durch die malerische Kleinstadt und die umliegenden Siedlungen, immer mit Butler Mountain im Hintergrund, spürte Dani, wie sie innerlich ganz ruhig wurde. Sie hatte die Stelle bekommen. Lucas und seine Geschwister schienen überzeugt zu sein, dass Hannah während ihrer Arbeitszeit auf Savannah aufpassen würde, und sie hatte das Gefühl, in den letzten Tagen neue Freundschaften geschlossen zu haben, vor allem mit Lucas, ohne den nichts von allem anderen passiert wäre. Morgen würde Ella ihr die Wohnung zeigen, in der sie mal gewohnt hatte und die gerade wieder auf den Markt gekommen war.

Langsam lichtete sich der Nebel, und die Dinge ordneten sich. Der Druck, der seit Jacks Tod schwer auf ihr gelastet hatte, war verschwunden, und sie konnte endlich wieder atmen. Sie hatte sich lange gefragt, ob sie sich jetzt immer fühlen würde, als ob ein Elefant auf ihr stünde, der selbst die einfachsten Dinge unglaublich schwer erscheinen ließ. Atmen, zum Beispiel. Das Essen war geschmacklos geworden, das Leben war ihr sinnlos erschienen.

Dann war Savannah zur Welt gekommen und hatte ihrem Leben wieder einen Sinn gegeben, aber selbst sie hatte es nicht geschafft, den Elefanten zu bewegen.

Erst seit sie hier in Vermont war, weit weg von zu Hause und den ständigen Erinnerungen an alles, was sie verloren hatte, hatte der Elefant endlich seinen Arsch bewegt.

»Worüber denkst du da drüben denn gerade nach?«, fragte Lucas.

»Elefanten.«

»Was ist mit denen?«

»Sie sind echt schwer.«

»Okay …«

Dani wusste, dass sie das besser erklären musste, und sammelte sich ein paar Sekunden. »Seit Jack gestorben ist, hatte ich das Gefühl, dass mir ein Elefant auf der Brust sitzt.«

»Oh, ich verstehe.«

»Es ist ziemlich schwer zu atmen, wenn einem ein Elefant auf der Brust sitzt.«

»Das glaube ich.«

»Es ist ziemlich schwer, irgendwas zu machen, wenn man sich so fühlt.«

Sie hielt es Lucas sehr zugute, dass er schwieg und sie einfach weitersprechen ließ.

»Ich habe gerade darüber nachgedacht, dass ich zum ersten Mal das Gefühl habe, dass dieser Elefant weg ist.« Sie schaute ihn an. »Und das habe ich zu einem Großteil dir zu verdanken.«

»Nein, Dani, das hast du ganz alleine *dir* zu verdanken. Ich wünschte, du könntest dich so sehen, wie ich das tue. Wenn ich dich ansehe, sehe ich keine schwache, hilflose Frau. Ich sehe jemanden, der einen unvorstellbaren Verlust erlebt hat und sich dann trotzdem aufgerafft hat, um sich weit weg von allen Sicherheiten mit ihrer Tochter ein neues Leben aufzubauen, obwohl es so viel leichter gewesen wäre, alle Verantwortung an ihre Eltern abzugeben. Das braucht wirklich Mut, Liebes.«

»Ich weiß nicht«, murmelte sie. Seine lieben Worte hatten sie tief bewegt, der Ernst, mit dem er sie sagte, und der Kosename. Er brachte sie fast dazu, das, was er über sie sagte, zu glauben, aber sie wusste es besser. Sie sah vielleicht von außen so aus, als hätte sie alles im Griff, aber in ihrem Inneren herrschte immer noch das totale Durcheinander.

Aber nicht mehr so viel Durcheinander wie noch vor einem Monat, oder vor zwei oder drei, als sie morgens kaum aus dem Bett gekommen war, weil sie in eine riesige postnatale Depression gerutscht war, als ihr wirklich klargeworden war, dass Jack das Kind, das er so sehr gewollt hatte, nie kennenlernen würde.

»Ich weiß, wie stark du bist, selbst wenn du das noch nicht weißt, und ich werde dich immer weiter daran erinnern, damit du es nicht vergessen kannst.«

»Ich weiß nicht, was ich getan habe, um einen Freund wie dich zu finden, gerade wenn ich ihn am meisten brauche. Aber was es auch ist, ich bin jedenfalls dankbar dafür.«

»Na ja, du hattest das Glück, genau vor mir in den Graben zu rutschen, und falls das eine Rolle spielt, dafür bin ich auch echt dankbar.«

»Was habe ich denn gemacht?«

»Du und Savannah, ihr habt mir etwas geschenkt, von dem ich gar nicht wusste, dass es mir fehlt.« Er reichte über die Mittelkonsole und nahm ihre viel kleinere Hand in seine. Eine völlig unerwartete Aufregung durchzuckte sie. »Jetzt, wo ich euch in meinem Leben habe, ist euch hoffentlich klar, dass ihr mich nicht mehr loswerdet.« Zur Bekräftigung seiner Worte drückte er ihr die Hand.

»Das ist okay für uns.«

»Gut. Du brauchst nämlich jemanden, der dir die Elefanten vom Leib hält.«

»Es wäre ziemlich praktisch, meinen persönlichen Elefantenbändiger zu haben.«

»Heißt das, ich hab den Job?«

Sie sprachen in Metaphern, aber die Bedeutung dahinter war beiden klar. »Wie genau würdest du denn deine Stellenbeschreibung sehen, falls du die Position bekommst?«

Lucas schien eingehend darüber nachzudenken. »Meine Pflichten wären, allerdings nicht ausschließlich, mich auf jede nur mögliche Art um dich und Savvy zu kümmern, während ich dich in deinen beruflichen Zielen ermutige und unterstütze, so gut ich kann.«

Er raubte ihr den Atem.

»Und du … du willst diesen Job?«

Er hob ihre Hand an seine Lippen und küsste den Handrücken sanft. Sein Bart kitzelte ihre empfindsame Haut. »Ich will ihn sehr, aber nur, wenn du es auch willst. Ich wollte dich nie zu etwas drängen, für das du nicht bereit bist.«

»Ich … ich bin mir nicht ganz sicher, ob ich bereit bin, aber irgendetwas sagt mir, dass ich mir nie ganz sicher sein werde.«

»Was du durchgemacht hast, ist unglaublich schwierig, Dani. Du wirst für den Rest deines Lebens um ihn trauern.«

»Ja, das werde ich sicher. Mehr als um alles andere werde ich darum trauern, dass er seine wunderschöne Tochter nie kennenlernen durfte.«

»Er kennt sie.«

»Glaubst du wirklich?«

»Auf jeden Fall. Er passt auf euch beide auf. Daran habe

ich nicht den geringsten Zweifel. Vielleicht war er sogar derjenige, der dafür gesorgt hat, dass ich hinter euch fahre, als ihr von der Straße gerutscht seid.«

»Das wäre doch was.«

»Auf jeden Fall.«

Ein paar Minuten später kamen sie bei ihm zu Hause an, und Dani war die nächste Stunde mit Savannah beschäftigt, zuerst stillte sie sie und badete sie dann, nachdem sie gespuckt hatte. Dabei dachte sie die ganze Zeit über alles nach, was Lucas auf dem Nachhauseweg gesagt hatte. Er hatte seine Gefühle ihr und ihrer Tochter gegenüber offengelegt, und jetzt war es an ihr.

Sie glaubte ihm, wenn er sagte, er wolle sie nicht zu etwas drängen, für das sie noch nicht bereit war, und sie wusste es sehr zu schätzen, dass er das auch genau so gesagt hatte.

Was wollte sie?

Mehr als alles andere wollte sie die Mutter sein, die Savannah verdient hatte, nicht eine, die die ganze Zeit trauerte und der es unmöglich war, andere Emotionen wie Freude zu empfinden, die schon seit langem nur noch verdeckt in ihr schlummerten.

Sie wollte wieder glücklich sein.

Lucas machte sie glücklich. Würde das immer so sein? Das konnte sie nicht wissen, aber sie wollte mehr von dem, was sie mit ihm schon erlebt hatte. Wie viel mehr? Das wusste sie auch noch nicht, aber es gefiel ihr, wie sie sich fühlte, wenn er in der Nähe war, und das war vorerst mehr als genug.

16

Liebe ist die Stimme unter jedem Schweigen,
die Hoffnung, die keinen Gegensatz in der Angst findet,
die Kraft, die so stark ist, dass alles andere schwach wird,
die Wahrheit, die früher ist als die Sonne
und später als der Stern.
E. E. Cummings

Während sie mit dem Baby beschäftigt war, starb Lucas einen langsamen, schmerzvollen Tod. Die Unsicherheit, während er alles hinterfragte, was er im Auto zu ihr gesagt hatte, fraß ihn geradezu auf. Er hatte sich komplett in dem Moment verloren und einen Handschuh in den Ring geworfen, der sie vielleicht in die Flucht schlagen würde.

Während er mit dem Bügeleisen über eines der hellblauen Hemden fuhr, die er immer zur Arbeit trug, dachte er wieder und wieder über das Gespräch nach und verzog das Gesicht, wenn er zu den Stellen kam, wo er deutlicher geworden war.

»Bescheuert!«, sagte er laut. »Sie hat gerade mehr als genug mit sich selbst und allem anderen zu tun.«

Er bügelte das Hemd glatter, als er je zuvor ein Hemd gebügelt hatte, und dann noch ein zweites für die nächste Nacht, was ihm gar nicht ähnlich sah. Vorbereitet zu sein war normalerweise so gar nicht seine Stärke. Aber er musste sich einfach beschäftigen, um nicht zu ihr zu gehen, sie an eine Wand zu drücken und mit Küssen zu bedecken. Das wollte er nämlich eigentlich tun.

»Kannst du nicht machen«, murmelte er. »Was auch passiert, das kannst du nicht machen.«

»Was denn?«

Er hätte fast das Bügeleisen fallen gelassen. Dani stand mit verschränkten Armen im Türrahmen.

Er starrte sie an und schaffte es nicht, auch nur zwei Wörter halbwegs sinnvoll miteinander zu verknüpfen. Hatte sie nur die leiseste Ahnung, wie umwerfend sie aussah?

»Lucas? Was kannst du nicht machen?«

Er stand vor der Wahl, die Wahrheit zu sagen oder sie anzulügen, und er entschied sich für die Wahrheit. »Dich küssen.«

»Oh.« Sie legte wahnsinnig süß den Kopf schief. »Willst du das denn?«

»Ähm, ja, sogar sehr.«

»Komm her.«

Er zögerte, die Sicherheit des Bügelbrettes zu verlassen, von dem er unter anderem hoffte, dass es seine erste, fast schmerzhafte Reaktion auf sie verdeckte. »Wo ist Savvy?«

»Schläft.«

»Oh.«

»Lucas.«

Er zwang sich, sie anzusehen.

»Bitte komm her.«

Er hatte sich noch nie in seinem Leben stärker zu einem anderen menschlichen Wesen hingezogen gefühlt, eine Tatsache, über die er nachdachte, als er sein Refugium beim Bügelbrett verließ und auf sie zuging. Ihm war nur allzu klar, dass sie wahrscheinlich sehr deutlich sehen konnte, wie sehr er sie wollte. Dass es ihm egal war, wenn sie alles sah, was es an ihm zu sehen gab, bestätigte ihm nur noch mehr, wie sehr es um ihn geschehen war. »Hier bin ich«, sagte er, als sie nur noch eine Armlänge voneinander trennte.

»Näher.«

Er machte einen weiteren Schritt auf sie zu.

Ihre Hände legten sich an seine Hüfte und zogen ihn sanft nach vorne, bis sein Körper ihren berührte.

Er atmete scharf ein. »Dani …«

»Ja, Lucas?«

»Was machst du da?«

Sie nahm die Hände von seiner Hüfte und legte ihm die Arme um den Hals. Dann stellte sie sich auf die Zehenspitzen und drückte ihre Lippen an seine. »Das hier mache ich«, sagte sie. »Ist das okay?«

Er hatte schon viele Frauen geküsst, aber ihr weicher, süßer, unschuldiger Kuss elektrisierte ihn auf eine Weise, wie er es noch nie erlebt hatte. In diesem Augenblick wusste er, dass er wirklich in Schwierigkeiten war, was diese Frau betraf. In großen Schwierigkeiten. »Ist okay«, sagte er heiser.

»Ist es auch okay, wenn ich es noch mal mache?«

»Gott, ja, bitte.«

Dieses Mal war er bereit für sie. Lucas schlang die Arme um sie und zog sie so nahe an sich, wie es nur ging. Und als sie die Lippen öffnete, brachte er den Kuss aufs nächste Level, indem er mit seiner Zunge sanft ihre umspielte.

Sie griff ihm ins Haar, wahrscheinlich, um zu verhindern, dass er sich von ihr entfernte.

Darüber hätte sie sich nicht die geringsten Sorgen zu machen brauchen. Er ging ganz sicher nirgendwohin.

Er vergaß die Zeit und alles um ihn herum außer ihre weichen Lippen und ihren süßen Geschmack. Und als ihre Zunge seine berührte, stöhnte er auf.

Sie unterbrach den Kuss und schaute zu ihm auf, augenscheinlich genauso überrascht wie er.

Lucas starrte sie an. Er bemerkte, dass ihre Wangen gerötet waren, und dann ihre feuchten Lippen, die ihn wieder zu sich lockten. Er musste in weniger als einer Stunde auf der Arbeit sein, aber das war das Letzte, woran er dachte, jetzt, wo sie warm und weich in seinen Armen lag. Er sehnte sich schmerzlich nach mehr von ihr, so sehr wie nie zuvor. Früher war so etwas wie das hier einfach nur Spiel und Spaß gewesen, lockere Begegnungen, bei denen alle Beteiligten bekamen, was sie wollten, und niemand verletzt werden konnte.

Aber das hier …

Das hier war etwas völlig anderes.

Als sie die Hände an seinen Rücken legte, hob er seine

und umschloss ihre Brüste, dann fuhr er ihr mit dem Daumen über die Brustwarzen, die unter seiner Berührung ganz hart wurden.

Und dann zog sie sich plötzlich zurück und verbarg ihre Brüste unter ihren eigenen Händen. »Ich, äh ... Ich bin ... Ich will nicht auf dich tropfen.«

Er zog sie wieder an sich. »Das macht mir nichts aus.«

»Aber es ist komisch.«

Er schüttelte den Kopf, küsste ihren Hals und atmete den verführerischen Duft ihrer Haut ein. Er konnte den Geruch, der so einzigartig ihr eigener war, nicht identifizieren. »Nicht komisch.«

»Doch.«

»Nein.«

»Doch.«

Lucas lachte leise. »Es ist doch ganz natürlich. Denk gar nicht daran.« Er schaute über ihre Schulter, sah die Uhrzeit am Ofen und stöhnte. »Ich muss zur Arbeit.«

»Ich weiß.«

»Kommt ihr hier alleine zurecht?«

»Natürlich kommen wir zurecht.«

»Ich lasse die Nummer von der Feuerwache da, falls du mich brauchst.«

»Werde ich nicht.«

»Du könntest so um neun kurz anrufen, um mich nur ein kleines bisschen zu brauchen?«

Sie lächelte. »Ich werde sehen, was sich machen lässt.«

Er umschloss ihr Gesicht mit seinen Händen, betrachtete

die Sommersprossen auf ihrer Nase, ihre vollen Wimpern und die pinkfarbenen Lippen, die von ihren Küssen leicht geschwollen waren. »Ich wünschte, ich könnte bleiben.«

»Ich auch.«

»Du bist doch noch hier, wenn ich nach Hause komme, oder?«

»Wo sollte ich denn sonst sein?«

»Du könntest überall sein.« Er strich ihr übers Haar, dass in der Hitze des Moments ganz durcheinandergeraten war. »Ich bin nur sehr dankbar dafür, dass du hier bei mir bist.«

»Ich auch.« Sie gab ihm einen sanften Schubs. »Los, mach dich fertig.«

»Will nicht.«

»Los jetzt.«

»Na ja, wenn das so ist ...«

»Ist es. Ich will nicht, dass du wegen mir Schwierigkeiten bekommst.«

»Ich bin einer der Chefs.«

»Fahr zur Arbeit, Lucas. Ich muss einen Katalog lesen.«

»O Mann, das klingt aber aufregend.«

»Ich freue mich wirklich darauf. Ich bin so froh, dass ich die Stelle bekommen habe und in Butler bleiben kann.«

»Du hast ja keine Ahnung, wie froh ich bin, dass du bleibst.«

»Ich glaube, eine kleine Ahnung habe ich schon«, sagte sie mit einem verspielten Grinsen.

»Daran ist rein gar nichts *klein*«, murmelte er.

»*Lucas!* Geh jetzt zur Arbeit.«

Er lachte, während er ging, und er zählte die Stunden, bis er sie wieder küssen konnte.

❄

Als Lucas gegangen war, setzte Dani sich mit dem Papierstapel, den Cameron ihr gegeben hatte, aufs Sofa und versuchte, sich auf die Seiten voller Produkte zu konzentrieren, die sie als Managerin des Lagerhauses bald verwalten würde. Aber es gelang ihr einfach nicht, da alles, woran sie denken konnte, Lucas war und wie er auf sie reagiert hatte.

Er hatte sie geküsst wie ein Mann, der schon eine halbe Ewigkeit nach ihren Lippen gehungert hatte.

Dani berührte ihren Mund, der noch ganz empfindlich war. Sie lächelte, als sie daran dachte, wie er sie festgehalten und berührt hatte, wie etwas, das ganz besonders wertvoll für ihn war. Noch vor einer Woche hätte sie sich nicht vorstellen können, dass sie irgendeinen Mann küssen wollte, der nicht Jack war.

Aber jetzt ...

Sie fragte sich, was passiert wäre, wenn Lucas nicht zur Arbeit gemusst hätte.

Ihr Herz schlug schneller, als sie daran dachte, wie es wohl sein würde ...

»Nicht«, sagte sie schaudernd. »Denk nicht daran.«

Warum eigentlich nicht? Sie war eine gesunde junge Frau. Sie hatte zwar einen niederschmetternden Verlust erlitten, aber sie musste daran glauben, dass auch Jack nicht gewollt hätte, dass sie den Rest ihres Lebens alleine blieb. Irgendwann würde sie »es« mit jemand anderem teilen. Würde dieser Jemand Lucas sein?

Sie fing an, es zu hoffen. Er hatte ihr bereits in den ersten Minuten und Stunden, die sie miteinander verbracht hatten, gezeigt, wer er war. Und nichts, was sie seitdem gesehen hatte, hatte ihren ersten Eindruck verändert. Er war ein guter Mann, ein anständiger Mann, ein authentischer Mann ... Sie hatte genug Horrorgeschichten von ihren Freundinnen zu Hause gehört, um zu wissen, dass diese Qualitäten auf dieser verrückten Welt schwer zu finden waren. Ihre Freundinnen hatten bei ihren Dates so gut wie alles erlebt. Sie hatten dafür gesorgt, dass sie unendlich dankbar dafür war, ihre eine wahre Liebe auf der Highschool gefunden zu haben.

Jedenfalls, bis sie ihn verloren hatte.

Dani schüttelte den Gedanken ab. Heute war ein toller Tag gewesen – der beste, den sie erlebt hatte, seit sie Jack verloren hatte. Es war ein Tag zum Feiern und Nach-vorne-Schauen, nicht für die Vergangenheit.

Trotzdem musste sie ihre Eltern anrufen und ihnen erzählen, dass sie einen Job hatte. Sie legte den Katalog, den sie bisher kaum eines Blickes gewürdigt hatte, zur Seite und ging zur Küche, um das schnurlose Telefon zu holen. Sie nahm es mit, als sie ins Schlafzimmer schlich, um nach Savannah zu sehen.

Sie schlief immer noch tief und fest, die Arme über ihrem Köpfchen ausgestreckt. Dani würde sie in einer halben Stunde wecken müssen, damit sie nicht mitten in der Nacht aufwachte und dann kein Auge mehr zutat.

Sie nahm das Telefon mit aufs Sofa und wählte die vertraute Nummer.

Wieder einmal hob ihre Mutter beim ersten Klingeln ab. »Hallo?« Sie klang gestresst, wie so oft, seit Jack gestorben war.

»Hi, ich bin's.«

»Oh, Gott sei Dank rufst du an! Es ist Dani.«

Ihr Vater nahm das zweite Telefon ab. »Hi, Schatz.«

»Hi, Dad.«

»Warum hast du nicht angerufen?«, fragte ihre Mutter.

»Ich hatte nichts Neues zu erzählen, bis jetzt. Jetzt habe ich einen Job im Green Mountain Country Store in Butler bekommen. Ich bin die neue Managerin des Lagerhauses, und ich freue mich wahnsinnig darüber. Das Geschäft und die Firma sind einfach toll. Ihr könnt es euch im Internet anschauen.«

»Was macht du mit Savannah?«, fragte ihre Mom.

»Ich kümmere mich gerade um die Kinderbetreuung. Die Schwester meines Freundes Lucas hat eine Tochter etwa im gleichen Alter, und er denkt, dass sie Savannah nehmen würde, dann hätte sie gleich eine Spielkameradin.«

»Sie ist also nicht lizenziert?«

»Nein, Mom, sie ist eine Mutter, die selbst ein Kind hat und mir von einem Freund und seinen Geschwistern wärmstens empfohlen worden ist.«

»Wo wirst du wohnen?«

»Ich schaue mir morgen eine Wohnung an. Ich weiß, dass das hier nicht das ist, was ihr euch für mich gewünscht habt, aber ich freue mich wirklich, und ich will, dass ihr euch für mich freut.«

»Machen wir doch, Dani«, sagte ihr Dad. »Natürlich freuen wir uns.«

Ihre Mutter blieb stur und sagte kein Wort. Nicht, dass das Dani gewundert hätte. Sie hatte wahrscheinlich Schwierigkeiten, etwas mit sich anzufangen, jetzt, wo sie nicht mehr Danis Leben regeln konnte.

»Na ja, ich sollte jetzt Savannah wecken. Ich melde mich bald wieder.«

»Bist du unter dieser Nummer zu erreichen?«

»Vorerst, ja.«

»Wir freuen uns darauf, bald wieder von dir zu hören«, sagte ihr Dad. »Gib unserer Enkeltochter haufenweise Küsschen von uns.«

»Mache ich. Und ich rufe euch bald über FaceTime an, damit ihr sie sehen könnt. Hab euch lieb.«

»Wir dich auch«, sagte ihr Dad.

Es tutete, bevor ihre Mutter hatte antworten können. Wahrscheinlich war sie diejenige, die aufgelegt hatte.

Dani stellte das Telefon zurück auf die Station. Es war schön gewesen, ihre Stimmen zu hören, aber sie war einmal mehr froh, dass sie ein paar hundert Meilen von ihrer Mutter und ihrem erdrückenden Bedürfnis, sich um sie und Savannah zu kümmern, entfernt war.

Wo sie gerade an ihre kleine Erdnuss dachte, sie musste sie wirklich schleunigst wecken. Die ersten beiden Monate waren schwierig gewesen, weil Savannah immer Tag und Nacht verwechselt hatte. Dani hatte sich gefragt, ob sie je wieder eine ganze Nacht schlafen würde. Und dann, gerade als sie drei Monate alt war, hatte Savannah plötzlich durchgeschlafen.

Dani war morgens aus dem Schlaf aufgeschreckt und hatte das Schlimmste befürchtet, aber Savannah war schon wach gewesen und hatte sie angelächelt und auf ihren Zehen herumgekaut. Das Leben als Mutter, hatte Dani entdeckt, war voller kleiner Panikanfälle, die die echten Panikattacken, die sie hatte, seit Jack gestorben war, nur noch schlimmer machten, jede schlimmer als die vorhergegangene.

Sie kamen aus dem Nichts und erschütterten sie bis ins Mark. Sie hatte große Angst gehabt, dass es auf dem Weg nach Vermont passieren würde, und war sehr wachsam gewesen, damit sie die Anzeichen rechtzeitig bemerken würde. Glücklicherweise hatte sie beim Fahren keine Attacke bekommen. Sie hatte allerdings ständig Angst, dass sie eine haben könnte, wenn sie mit Savannah alleine zu Hause war und sich dann nicht um sie kümmern konnte.

Dani atmete tief ein und fand ihre innere Mitte, so, wie ihre Therapeutin es ihr beigebracht hatte, nachdem Jack gestorben war. Dann ging sie Savannah wecken. Savannah hatte ihre Position nicht verändert, seit Dani zuletzt nach ihr gesehen hatte. Sie legte ihr die Hand auf den Rücken und zuckte zurück. Der kleine Körper glühte nur so. Sie fühlte Savannah die Stirn und schnappte nach Luft.

»O mein Gott.« Sie hob sie hoch. »Savannah, wach auf und schau Mommy an.«

Savannah lag wie eine Puppe in ihren Armen.

»Liebe kleine Savannah, mach deine Mommy nicht unglücklich. Bitte wach auf und schau mich an.« Mit zitternden Händen trug Dani Savannah ins Badezimmer, machte das kalte Wasser an und hielt einen Waschlappen darunter, mit dem sie dem Baby über das rote Gesichtchen strich. »Savannah!«

Das Baby kam mit einem lauten Schrei zu sich, auf den weitere Schreie folgten, die eine Erleichterung für Dani waren, sie aber gleichzeitig noch mehr in Panik versetzten. Sie hatte noch nie so geweint.

Nie. Während der nächsten Stunde versuchte Dani alles Mögliche, um Savannah zu beruhigen, aber nichts half. Sie brachte sie dazu, Paracetamol zu nehmen, das sie aber gleich wieder über sich selbst und ihre Mutter spuckte, die jetzt auch weinte.

Dani wechselte Savannahs Windel und versuchte sie zu stillen, aber Savannah konnte nicht lange genug aufhören zu weinen, um richtig zu saugen. Erst als das Baby schon über neunzig Minuten ununterbrochen geweint hatte, war Dani verzweifelt genug, um die Nummer zu wählen, die Lucas ihr dagelassen hatte, und ihn auf der Arbeit anzurufen. Sie dachte, dass er am anderen Ende der Leitung war und sagte: »Lucas, ich bin's, Dani. Savannah, sie … sie hört einfach nicht auf zu weinen.«

»Hi, hier ist Landon. Warte, ich hole Lucas.«

Eine Minute später war Lucas am Apparat. »Dani? Was ist los?«

»Sie hört einfach nicht auf zu weinen, und sie ist ganz heiß. Wo kann ich sie um diese Zeit untersuchen lassen?«

»Das Krankenhaus in St. Johnsbury hat eine Notaufnahme.«

»Kannst du mir sagen, wie ich hinkomme?« Über die Schreie des Babys konnte sie ihn kaum verstehen, aber sie durfte sich hier in den Bergen nicht auf ihr Navi verlassen.

»Ich komme und hole euch.«

»Nein, du arbeitest doch. Ich mach das schon. Ich muss nur wissen, wie ich hinkomme.«

»Dani, es ist dunkel, nass und kalt, das bedeutet Blitzeis und alle möglichen anderen Gefahren. Es ist sicherer, wenn ich euch fahre, als wenn du es alleine versuchst. Vertrau mir.«

Wieder einmal musste sie sich eingestehen, dass sie es nicht alleine schaffen würde. Aber jetzt war wirklich nicht der richtige Moment, sich selbst oder irgendjemand anderem etwas beweisen zu wollen. Savannah brauchte Hilfe, und das war alles, was zählte. »Okay.«

»Ich bin in zehn Minuten da. Mach sie schon mal fertig.«

Er legte auf, und Dani machte sich daran, einem widerwilligen Baby einen Schneeanzug anzuziehen. Savannah kämpfte die ganze Zeit dagegen an, Arme und Beine steif von sich gestreckt und das Gesicht so rot, dass Dani Angst bekam, ihr kleines Köpfchen könnte explodieren.

»Bitte, Jack ... Wenn du mich hörst, bitte hilf mir. Bitte hilf unserem kleinen Mädchen!« Als Savannah endlich in ihrem Schneeanzug steckte, ging Dani mit ihr durchs Zimmer, bis sie das Blaulicht vor dem Fenster sah.

Lucas war wirklich schnell dagewesen, und sie hatte noch nie in ihrem Leben eine größere Erleichterung verspürt.

Sie schnallte Savannah in ihren Sitz und war schon halb die Treppe hinunter, als Lucas den Geländewagen der Feuerwehr mit quietschenden Reifen in der Einfahrt zum Stehen brachte. Er sprang aus dem Auto und nahm ihr das Baby ab.

Sie sagten kein Wort, während sie zusammen den Kindersitz auf dem Rücksitz festschnallten.

»Setzt dich zu ihr nach hinten.« Er klang so angespannt, wie Dani sich fühlte. Das machte die Panik, die dafür sorgte, dass sich ihre Brust von Minute zu Minute enger anfühlte, nicht gerade besser. Sie zwang sich zu atmen, schließlich wollte sie nicht selber zur Patientin werden, wenn ihre Tochter darauf angewiesen war, dass sie durchhielt.

Er fuhr schnell, aber umsichtig, während das Blaulicht dafür sorgte, dass die anderen Autos den Weg freimachten.

»Danke«, flüsterte sie, während Savannah weiterhin verzweifelt schrie.

Er griff nach hinten, nahm ihre Hand und ließ sie den

ganzen Weg durch die dunkle Nacht nicht wieder los. Seine ruhige Anwesenheit war das Einzige, was dafür sorgte, dass die Panik nicht überhandnahm.

17

Ein guter Vater wird bei seiner Tochter
einen Eindruck hinterlassen, der sie für den Rest
ihres Lebens begleitet.
Dr. James Dobson

Lucas fuhr schneller, als er das hätte tun sollen, aber das Baby weinte ununterbrochen, und seine Nerven waren zum Zerreißen gespannt. In dem Augenblick, in dem Landon ihm gesagt hatte, dass Dani am Telefon war, hatte er gewusst, dass etwas nicht stimmte. Sie hätte ihn sonst nie auf der Arbeit angerufen. Wie Savvy im Hintergrund weinte, hatte auch ihn in Alarmstufe Rot versetzt – es klang ganz und gar nicht gut.

Er hielt mit der einen Hand Danis, mit der anderen das Lenkrad fest umklammert, wild entschlossen, sie sicher nach St. Johnsbury zu bringen.

»Wie lange noch?«, fragte Dani.

»Zehn Minuten. Wir sind fast da.«

Zehn Minuten fühlten sich für ihn wie eine Ewigkeit an, und für Dani sehr wahrscheinlich auch. Zum Glück machten die anderen Autos Platz, sobald sie das Blaulicht sahen!

Das Funkgerät knisterte und übertrug eine Nachricht von einem alten Mann, der in seinem Zuhause in der Nähe von Gavins Eltern in Schwierigkeiten geraten war. Landon und der dritte diensthabende Feuerwehrmann würden sich darum kümmern, aber Lucas hatte trotzdem ein schlechtes Gewissen, weil er sie in Unterzahl zurückgelassen hatte. Als er Danis Stimme und Savvys Weinen gehört hatte, war er aufgesprungen und so schnell er konnte zu ihnen gefahren, ohne groß darüber nachzudenken.

Angespannte zehn Minuten später brachte er den Geländewagen vor der Notaufnahme zum Stehen und sprang aus der Tür, um Dani mit dem Sitz zu helfen.

Sie eilten zusammen nach drinnen, und Lucas atmete erleichtert auf, als er die diensthabende Krankenschwester sah. Er kannte sie schon seit Jahren, weil er immer wieder Opfer in die Notaufnahme bringen musste.

»Hi, Luc«, sagte sie mit einem herzlichen Lächeln.

»Tracy, das hier sind meine Freundin Dani und ihre Tochter Savannah. Das Baby hat hohes Fieber und weint schon seit über einer Stunde so.«

»Bringt sie nach hinten.«

Tracy führte sie durch eine Flügeltür in einen Bereich mit mehreren Einzelkabinen, und Savannah schrie noch lauter, als das helle Licht ihre Augen traf.

Als Tracy sie in einen mit Vorhängen abgetrennten Raum gebracht hatte, bemerkte Lucas, wie verängstigt Dani aussah.

Also stellte er den Kindersitz auf die Liege und beeilte sich, Savannah aus dem Sitz und ihrem Schneeanzug zu befreien. Er erschrak, als er spürte, wie heiß ihr kleiner

Körper war. Ihr Gesicht war knallrot, ihre Augen fast zugeschwollen vom endlosen Weinen.

»Arme Kleine.« Er drückte sie an sich und hoffte auf die gewohnte Wirkung, aber nicht einmal er konnte Savannah heute Nacht beruhigen.

Nachdem sie die Informationen, die sie von Dani erfragte, in den Computer getippt hatte, maß Tracy Savannahs Temperatur und runzelte die Stirn, als sie die Zahlen sah. »Neununddreißig fünf.«

»Höher, als ich es vor einer Stunde gemessen habe«, sagte Dani.

»Konnten Sie ihr Medizin geben?«

»Ich habe es versucht, aber sie hat alles erbrochen.«

»Ich hole den Arzt.«

Lucas ging mit Savannah in dem kleinen Raum auf und ab und probierte alles aus, was sie sonst beruhigte, aber diesmal war es umsonst.

Der Arzt kam ein paar Minuten später, ein dunkelhaariger Mann, den Lucas nicht kannte. Er sah so jung aus, dass Lucas sich fragte, ob er gerade mit der Highschool fertig geworden war, vom Medizinstudium ganz zu schweigen.

»Legen Sie sie bitte auf die Liege«, sagte der Arzt.

Trotz seines jugendlichen Aussehens wirkte er ruhig und kompetent, während er Savannah untersuchte. Das Baby schrie ununterbrochen weiter.

Lucas legte den Arm um Dani und spürte, dass sie unkontrollierbar zitterte. Die Arme hatte doch schon mehr als genug durchgemacht. Warum musste das jetzt auch noch passieren? Er gab ihr einen Kuss aufs Haar und streichelte ihren Arm. Er hoffte, ihr wenigstens ein wenig Trost spenden zu können, obwohl er sich wünschte, viel mehr tun zu können.

»Ich denke, sie hat eine doppelte Mittelohrentzündung, und ein Trommelfell könnte geplatzt sein«, sagte der Arzt. »Das tut sehr weh und erklärt, warum sie so schreit. Sie ist außerdem ein bisschen dehydriert, also geben wir ihr jetzt ein wenig Flüssigkeit und ein Antibiotikum, dann sollte sie sich schnell besser fühlen.«

»Sie hatte in den letzten Tagen öfter eine leicht erhöhte Temperatur, und ich dachte, sie zahnt«, sagte Dani mit zitternder Stimme.

»Das kann auch sehr gut sein, oder es waren Vorboten der Mittelohrentzündung«, sagte der Arzt. »In ein paar Stunden geht es ihr wieder gut. Ich sage der Schwester Bescheid, dass sie eine Infusion vorbereitet.«

Erleichterung durchflutete Lucas, aber dann bemerkte er, dass Danis ganzer Körper erstarrt war.

Sie legte sich eine Hand auf die Brust.

Lucas ging vor ihr in die Hocke und schaute ihr in die Augen. »Atmen, Dani.«

Ihr verängstigter Blick begegnete seinem.

»Atme. Savvy geht es gleich wieder gut. Atme!« Er schüttelte sie leicht, um ihre Erstarrung aufzubrechen, und hätte vor Erleichterung am liebsten geweint, als sie einen tiefen Atemzug machte. »Und noch mal.«

Tränen liefen ihr die Wangen hinunter, während sie ein zweites Mal tief Luft holte.

Lucas wischte ihr die Tränen ab, die ihm fast das Herz brachen. Er wusste, dass sie unbedingt für ihre Tochter stark bleiben wollte. »Noch einmal.«

Sie holte wieder Atem.

Das Ganze dauerte nur wenige Sekunden, aber es fühlte sich viel länger an, vor allem, weil Savannah ununterbrochen weinte.

Er zog Dani an sich und hielt sie fest, eine Hand legte er auf Savannahs Brust. »Schsch, meine Lieben, es wird alles gut.« Irgendwann waren sie seine Lieben geworden, und er würde alles tun, um den beiden Trost, Sicherheit, Wärme und alles, was sie sonst noch brauchten, zu geben.

Dani bewegte sich von ihm weg, und er ließ sie los, so dass sie Savannah nehmen und versuchen konnte, sie zu trösten, bis die Pflegerin zurückkam.

Lucas umarmte die beiden, und ein paar Minuten später hörte Savannah tatsächlich auf zu weinen und schlief ein. Er wagte kaum zu atmen, weil er sie auf keinen Fall wieder aufwecken wollte. Der winzige Körper des Babys bebte selbst im Schlaf vor Schluchzern.

So fand Landon sie, als er hereinkam. Er trug dieselbe Uniform wie Lucas und hatte ein Funkgerät in der Hand. »Wie geht es ihr?«, flüsterte er.

Lucas ließ Dani los und wandte sich seinem Bruder zu. »Doppelte Mittelohrentzündung, ein geplatztes Trommelfell.«

»Autsch.«

Dani warf einen Blick auf Landon und schnappte nach Luft. »O mein Gott, es gibt ja wirklich zwei von euch!«

Lucas lächelte. »Dani, mein Bruder Landon. Landon, das sind Dani und Savannah.

»Schön, euch kennenzulernen«, sagte Landon.

»Freut mich auch. Ist es okay, wenn ich dich eine Weile lang anstarre?«

Landon reckte dramatisch das Kinn vor. »Starr, so viel du willst. Ich bin es gewohnt.«

Lucas gab ihm einen Schubser. »Geh weg.«

»Ich werde immer so missverstanden«, sagte Landon schmerzhaft.

»Du wirst sehr gut verstanden, und gerade deswegen solltest du dich schleunigst aus dem Staub machen.«

»Da kommt man, um seine Besorgnis auszudrücken, und so wird es einem gedankt.«

Lucas war Landon in Wirklichkeit sehr dankbar, dass er ein bisschen Leichtigkeit in die Situation gebracht hatte. »Wie geht es dem Patienten?«

»Erholt sich gerade von einer Lungenentzündung und ist zu Hause gestürzt«, sagte Landon. »Armer Kerl.«

»Das ist ja schlimm«, sagte Dani, die Savannah den Rücken streichelte.

»Das wird schon. Ich muss zurück zur Arbeit. Ich nehme an, du kommst heute Nacht nicht wieder?«, fragte er Lucas.

»Ja, schaffst du die Vertretung alleine?«

»Ich habe Leute in Bereitschaft, falls wir noch jemanden brauchen.«

»Danke, dass du das machst.«

»Jederzeit. Schön, dich kennenzulernen, Dani. Ich hoffe, Savannah geht es bald besser.«

»Danke. Freut mich auch. Tut mir leid, dass ich dich angestarrt habe.«

Landon lachte. »Schon in Ordnung. Wir sind das gewohnt. Bis später, Bruderherz.«

»Bis dann.«

Als Landon wieder weg war, schaute Dani Lucas an. »Oh. Mein. Gott!«

»Ich hab dir doch gesagt, dass wir gleich aussehen.«

»Du darfst dir nie den Bart abrasieren, das musst du mir versprechen.«

Lucas lächelte. Er sah erleichtert, dass sie wieder etwas Farbe im Gesicht hatte und dass sich in ihren Augen wieder Lebensfreude spiegelte statt Panik. »Ich bringe dir schon bei, uns auseinanderzuhalten, keine Sorge.«

»Ich hätte solche Angst, mich zu irren. Der Bart muss bleiben.«

»Was immer du willst, Liebling.« Er würde ihr alles geben, wenn das bedeutete, dass er sie und Savannah in seinem Leben behalten konnte.

Eine andere Krankenschwester, Annie, kam ein paar Minuten später ins Zimmer geeilt. »Tut mir leid, dass es so lange gedauert hat. Innerhalb der letzten zehn Minuten sind zwei weitere Patienten angekommen. So ist das immer, zuerst ewig niemand und dann alle auf einmal. Also, geben wir Miss Savannah ihre Medizin, damit sie sich schnell besser fühlt.«

Dani legte Savannah auf die Liege.

Lucas spürte, dass sie das nicht gerne tat, und er wollte gar nicht daran denken, dass Savannah aufwachen könnte – was sicher passieren würde, wenn die Infusion gelegt wurde.

Aber Annie war gut. Sehr gut sogar. Sie arbeitete so schnell und so behutsam, dass Savannah sich kaum rührte.

»Die arme Kleine ist ganz erschöpft.« Annie hängte den Beutel mit der Flüssigkeit an den Metallständer neben der Liege. »Mom und Dad sollten auch ein bisschen schlafen, so lange sie noch können. Die Infusion dauert ein paar Stunden.«

Lucas zuckte zusammen, als sie ihn als Savannahs Dad bezeichnete. »Oh, ich bin nicht …«

»Danke«, sagte Dani. »Machen wir.«

»Ich schaue später noch mal bei euch rein.« Annie machte den Vorhang hinter sich zu.

»Tut mir leid«, sagte Lucas, auch wenn er nicht verstand, warum er das Bedürfnis hatte, sich zu entschuldigen.

»Was denn?«

»Es war nur … Sie hat mich ihren Dad genannt …« Sein Herz schien in seiner Brust schmerzhaft anzuschwellen, voller Gefühle, die ihm bisher unbekannt gewesen waren.

»Ich sollte mich entschuldigen. Nachdem du den Anstand hattest, uns zu retten, bist du komplett in unsere

Dramen hineingezogen worden. Es war wirklich dumm von mir, dass ich dachte, ich könnte alleine zurechtkommen. In der ersten Nacht wäre ich ohne dich erfroren, und heute habe ich nicht einmal eine einzige deiner Nachtschichten durchgestanden. Ich sollte zurück nach Kentucky. Meine Eltern hatten recht. Ich kann das hier nicht.«

»Stopp.« Mit dem Zeigefinger hob er ihr Kinn an, damit sie ihn ansehen musste. »Du bist in einer völlig neuen Umgebung, und es gab einen Notfall. Du hast das Richtige getan, als du mich angerufen hast. Ich konnte euch doppelt so schnell herbringen, weil ich den Weg kannte und ein Blaulicht hatte. Hättest du es alleine geschafft? Daran habe ich keinen Zweifel, aber du hast dafür gesorgt, dass Savvy die Hilfe, die sie brauchte, so schnell wie möglich bekommen hat. Das macht dich zur besten Mutter, die sie haben kann.«

Lucas war sich nicht sicher, woher er diese Worte nahm. Vielleicht hatte es auf ihn abgefärbt, jahrelang den Weisheiten zuzuhören, die sein Vater und sein Großvater regelmäßig von sich gaben, und vielleicht hatte er jetzt selber auch ein bisschen Weisheit, wenn er sie brauchte. Er konnte nur hoffen, dass es die richtigen Worte zur richtigen Zeit waren.

»Ich möchte auch die beste Mutter für sie sein.«

»Das bist du. Sie könnte sich gar keine bessere wünschen.« Er legte die Arme um sie und drückte sie fest an seine Brust. »Ihr geht es bald wieder gut, und dir auch. Heute Nacht musst du gar nichts mehr tun außer atmen.

Alles ist gut. Das verspreche ich. Halt dich an mir fest, ich hab dich.«

Sie entspannte sich in seiner Umarmung, und er verlor sich im süßen Duft ihres Haars und darin, wie es sich anfühlte, dass ihre weichen Kurven sich an ihn schmiegten. Welche Kraft es auch immer gewesen war, die dafür gesorgt hatte, dass sie an jenem verschneiten Abend in Stowe vor ihm hergefahren war, er war ihr sehr dankbar. Wie er so in der sterilen Krankenhauskabine stand, wurde ihm klar, dass er komplett die Kontrolle verloren und angefangen hatte, sich in sie und ihre Tochter zu verlieben. Kontrollverlust hatte sich noch nie so verdammt gut angefühlt.

❄

Nachdem sie kurz vor dem Morgengrauen entlassen worden waren, fuhren sie nach Hause und schliefen sofort ein. Lucas wollte in ihrer Nähe sein, falls sie ihn brauchten, also schlief er wieder auf der anderen Seite des Bettes. Dani öffnete die Augen, überprüfte, ob es Savannah gut ging, und ließ ihren Blick zu dem attraktiven Gesicht auf dem zweiten Kissen wandern.

Er war selbst im Schlaf sexy.

Das war seine ganz persönliche Superkraft, zusammen mit seinem Einfühlungsvermögen, seiner Kompetenz und seinem Humor.

Und sie mochte ihn wirklich, wirklich gerne. Und sie musste aufhören, ihn anzustarren. Sie hatte heute viel vor, zum Beispiel das Treffen mit Hannah, um herauszufinden, ob sie wirklich auf Savannah aufpassen würde, und die Verabredung mit Ella in ihrer alten Wohnung. Ob sie wohl zu ihr und Savannah passen würde? Sie sollte aufstehen, duschen und sich auf den Tag vorbereiten, solange Savannah noch schlief, aber sie schaffte es einfach nicht, die warme Geborgenheit des Bettes zu verlassen.

Ein paar Minuten mehr würden niemandem schaden.

Als sie zum nächsten Mal aufwachte, lag sie alleine im Bett. Sie sprang auf, schob sich das wilde Haargeflecht aus dem Gesicht und ging auf die Suche nach ihrer Tochter. Im Wohnzimmer saß Lucas auf dem Sofa, die Füße in seinen Stricksocken auf dem Couchtisch. Savannah schlief friedlich in seinen Armen, und er schaute Sport.

11:15 stand am Receiver. »O mein Gott, es ist nach elf!«

»Du warst die ganze Nacht wach.«

»Du doch auch!«

»Ich bin daran gewöhnt. Ich habe oft Nachtschicht.«

»Hatte sie keinen Hunger, als sie aufgewacht ist?«

»Nein. Sie hat in der Nacht reichlich Flüssigkeit bekommen.«

»Und das Fieber?«

»Sie ist kalt wie ein Fisch, so würde das zumindest mein Großvater ausdrücken.« Er schaute zu ihr auf, seine goldenen Augen voller Wärme und Zuneigung. »Es ist alles gut, Mom. Atme schön weiter.«

»Ich … ähm, ich sollte mir wenigstens die Zähne putzen.«

»Hier ist alles in Ordnung. Nimm dir Zeit.«

Wie wenig Mühe es ihn anscheinend kostete, sich um ihre Tochter zu kümmern, brachte sie genauso durcheinander wie die Art, wie er sie ansah. Dani ging ins Bad und putzte sich die Zähne. Dann beschloss sie, noch schnell zu duschen, solange Savannah bei Lucas schlief.

Lucas.

Wie war er nur innerhalb von ein paar Tagen zum Mittelpunkt ihrer Welt geworden? Es war, als hätten sie ihn schon immer gekannt, und vieles daran erinnerte sie an die Zeit, in der sie Jack kennengelernt hatte. Ihre Verbindung war sofort intensiv und tief gewesen. Gar nicht so viel anders als das, was gerade mit Lucas passierte.

Ihr Magen schien abrupt nach unten zu fallen, als ihr der Gedanke kam, dass sie vielleicht dabei war, sich in ihn zu verlieben – so, wie sie sich damals in Jack verliebt hatte, als sie gedacht hatte, es sei für immer. Sie hatte gelernt, dass für immer viel kürzer war, als es sein sollte.

Sie griff nach dem Waschbecken, ließ den Kopf nach vorne fallen und versuchte, die Anspannung zwischen ihren Schultern zu lösen. War sie bereit, so für jemand neuen zu empfinden? Würde sie je bereit sein? Wahrscheinlich nicht, aber was hatte sie schon für eine Wahl? Ihr Leben war weitergegangen, ob sie es wollte oder nicht. Eine Weile hatte sie nicht ohne Jack weiterleben wollen, aber dann war Savannah gekommen und hatte ihr einen Grund gegeben, nach vorne zu schauen.

Ihr stiegen Tränen in die Augen.

Dani hatte solche Angst, Dinge über ihn zu vergessen. Den tiefen Klang seiner Stimme, das Grübchen auf seiner rechten Wange oder wie er immer nach frischer Luft gerochen hatte, weil er mehr Zeit im Freien verbracht hatte als im Haus. Vielleicht sollte sie alles aufschreiben, woran sie sich erinnern konnte, damit sie es irgendwann mit Savannah teilen konnte. Diese Idee gefiel ihr.

In der Zwischenzeit wischte sie sich die Tränen ab und nahm sich zusammen, so, wie sie das jeden Tag tat, seit Savannah auf der Welt war. Für ihre Tochter war es nötig, dass sie immer weiter einen Fuß vor den anderen setzte, also würde sie das tun.

In einem schwarzen Rollkragenpullover und einer hellblauen Jeans ging sie zurück ins Wohnzimmer, wo Lucas und Savannah noch genauso dasaßen, wie sie sie zurückgelassen hatte.

Sein Blick wanderte hungrig über ihren Körper, und sie fühlte sich wärmer als sonst, aber vor allem gesehen. »Für jemanden, der die ganze Nacht wach war, siehst du wunderschön aus.«

»Das ist, weil ich einen wirklich guten Freund habe, der dafür sorgt, dass ich genug Schlaf bekomme.«

Lucas warf einen Blick auf Savannah. Dass er sie liebte, war genauso offensichtlich wie die Nase in seinem Gesicht. »Ich liebe es, wie sie sich an mir festhält, wenn sie schläft, als ob sie Angst hat, dass ich weggehe, wenn sie loslässt. Jemand muss ihr sagen, dass sie mich nicht so leicht wieder loswird.«

Dani setzte sich auf den Stuhl, der am nächsten beim Sofa stand. »Was würdest du jetzt gerade machen, wenn wir nicht da wären?«

»Das Gleiche, was ich jetzt mache. Nach einer Weile würde ich mich dann aufraffen, aufzustehen und ein paar Stunden in der Stadt zu arbeiten, bevor ich zu meiner Schicht auf der Feuerwache gehe.«

»Lass nicht zu, dass wir dich davon abhalten, dein Ding zu machen. Du tust so, als wäre gar nichts dabei, dass wir dein ganzes Leben auf den Kopf gestellt haben.«

Er schaute sie unverwandt an, ohne zu blinzeln. »Gibt es irgendetwas, das ich tun kann, damit du mir glaubst, dass ich euch beide gerne hier habe?«

»Alles, was du tust, sorgt dafür, aber trotzdem ...«

»Ich dachte, dass du nach dem, was gestern passiert ist, sehr genau weißt, wie sehr ich mir wünsche, dass du bleibst.«

Die Erinnerung an ihre leidenschaftlichen Küsse sorgte dafür, dass es an Stellen kribbelte, wo es schon lange nicht mehr gekribbelt hatte.

»Eigentlich ...« Er drückte Savannah fester an sich und stand auf. »Nicht bewegen.« Er ging in Danis Schlafzimmer und kam nach einer Weile alleine zurück. »Komm her«, sagte er, als er sich wieder aufs Sofa gesetzt hatte.

»Oh, ähm ... jetzt?«

»Ja, jetzt.« Er schaute ihr direkt in die Augen und streckte die Hand aus.

Als ob sie keine Kontrolle darüber hätte, hob sich ihre Hand und nahm seine, und sie ließ zu, dass er sanft daran zog, bis sie auf seinem Schoß saß. Er hatte die Arme um sie gelegt, und seine Lippen berührten fast die ihren.

Er strich ihr ein paar Haarsträhnen aus dem Gesicht. »Hallo.«

»Hi.« Ihre Stimme war höher als sonst.

Lucas lächelte und legte die Hand an ihre Wange. Er strich ihr mit dem Daumen über den Mund. »Mache ich dich nervös?«

Sie nickte.

»Warum?«

»Ich, äh … na ja …«

Sein leises Lachen polterte in seiner Brust.

»Lachst du mich aus?«

»Würde ich das je tun?«

»Ja, ich denke, schon.«

»Ich denke, du bist wundervoll.« Und dann küsste er sie, und Dani hatte keine einzige Gehirnzelle übrig, um nervös zu sein – sie waren alle mit der heißen, fast schon schmutzigen Art, auf die er sie küsste, beschäftigt. Es war, als hätte er Heißhunger auf sie gehabt und wollte sich jetzt, wo er sie endlich hatte, an ihr laben. Bevor sie wusste, wie ihr geschah, hatte er sie umgedreht, so dass sie auf dem Rücken lag und er von oben auf sie herabschaute, so sexy, dass es ihr Blut zum Kochen brachte.

»Ist das hier okay?«

Sie nickte und streckte die Arme nach ihm aus, sie wollte mehr davon, wie sie sich fühlte, wenn er sie küsste. Alle Gedanken daran, ob es zu früh war oder ob es für Jack in

Ordnung wäre oder überhaupt alles andere, das nicht mit Lucas und seinen weichen Lippen und seiner überzeugenden Zunge zusammenhing, waren wie weggeblasen.

Herr im Himmel, der Mann konnte küssen.

Und dann war er weg, und sie schnappte nach Luft und wollte mehr. Verwirrt öffnete sie die Augen und sah, dass er sie genauso schockiert anstarrte, wie sie sich fühlte. »Was ist?«

»Nichts. Ich wollte nicht … Wenn du nicht bereit bist.« Er schüttelte den Kopf. »Du verwandelst mich in einen stotternden Dummkopf.«

Irgendwie freute es sie, dass sie nicht die Einzige war, der es nach ein paar heißen Küssen so ging. »Du machst das Gleiche mit mir.«

»Ich will dich nicht drängen.«

»Alles gut.«

»Bist du sicher?«

Sie nickte, legte die Hand um seinen Nacken und zog ihn wieder an sich. Sie wollte mehr von seinen Küssen, sie wollte alle seine Küsse.

Er stöhnte und gab ihr, was sie wollte.

Der Kuss eskalierte schnell in pure Verzweiflung.

Ihre Beine öffneten sich und schlangen sich um seine Hüfte.

Seine Hand glitt unter ihren Pullover, und die Hitze seiner Haut auf ihrer fühlte sich an wie ein Brandzeichen. Dann drückte er die lange Härte seines Schafts gegen ihr Zentrum und …

Savannah wachte weinend auf.

Lucas zog sich zurück, und Dani wimmerte erschrocken. »Baby ist wach«, sagte er heiser.

Dani blinzelte und versuchte sich zu konzentrieren. Sie war schockiert, dass sie so völlig weg gewesen war, dass sie nicht sofort auf Savannahs Weinen reagiert hatte.

Er setzte sich auf und fuhr sich mit der Hand durchs Haar, sein Atem ging schnell und schwer.

Dani stand mit wackeligen Beinen auf und versuchte, das Verlangen zu ignorieren, das in ihr pulsierte wie ein zweiter Herzschlag. Lucas hatte Teile von ihr zum Leben erweckt, die sie nicht gespürt hatte, seit Jack gestorben war.

Savannah bestand nur aus zahnlosen Lächeln und zappelnden Beinen, als Dani sie aus ihrem kleinen Nest in der Mitte des Bettes hob.

»Geht es da etwa jemandem viel besser?«

Sie quietschte begeistert, und Dani musste lachen.

»Freut mich sehr, das zu hören.«

»Wie geht es ihr?«, fragte Lucas.

Dani drehte sich um und sah ihn in der Tür stehen, die Arme über seinem Kopf an den Türrahmen gelehnt. Er sah unglaublich sexy aus. Sie fuhr sich mit der Zunge über die Lippen, die sich plötzlich ganz trocken anfühlten, und beobachtete, wie sein Blick zu ihrer Zunge wanderte. »Es geht ihr viel besser. Sie quietscht und lächelt wieder.«

»So haben wir das am liebsten.«

Sie nickte.

»Sollen wir jetzt zu Hannah fahren?«

»Wir sollten ihr Bescheid sagen, dass Savannah gestern Abend mit einer Mittelohrentzündung in der Notaufnahme war. Normalerweise ist so etwas nicht besonders ansteckend, aber wir sollten es ihr überlassen.«

»Ich ruf sie an.«

Während er telefonierte, wechselte sie Savannahs Windel, wusch sie, zog ihr saubere Sachen an und machte es sich dann auf dem Bett bequem, um Savannah zu stillen. Sicherheitshalber legte sie eine Decke über sich und Savannah, falls Lucas unangekündigt zurückkäme.

»Kann ich reinkommen?«, fragte er ein paar Minuten später.

»Ja, komm nur.«

Er machte die Tür auf. »Hannah sagt, es sei alles gut, und wir sollten einfach rüberkommen, wenn es uns passt. Sie sind den ganzen Tag zu Hause.«

»Das ist doch super.«

»Ich geh mal duschen.«

»Okay.« Dani fand, dass es nicht richtig war, dass sie ihn sich sofort nackt und nass unter der Dusche vorstellte, obwohl sie gerade ihr Baby stillte. Aber ob es jetzt richtig war oder nicht, die lebhaften Bilder, die ihr Gehirn heraufbeschwor, sorgten dafür, dass ihr erneut warm wurde. Sie konzentrierte sich auf Savannah und versuchte, nicht weiter daran zu denken, aber es war wirklich nicht leicht.

Lucas Abbott und seine heißen Küsse hatten einen Teil von ihr zum Leben erweckt, von dem sie nichts mehr gespürt hatte, seit Jack gestorben war.

Aber war sie bereit dafür, wie viel so etwas mit Lucas bedeuten könnte?

Das wusste sie immer noch nicht.

18

In einer echten Freundschaft hat man die Freiheit,
wirklich man selbst zu sein – und vor allem zu fühlen.
Oder nicht zu fühlen. Was auch immer du in einem
Moment fühlst, ist in Ordnung.
Das ist es, was echte Liebe ausmacht – Menschen
so sein zu lassen, wie sie wirklich sind.
Jim Morrison

Eine Stunde später saßen sie in seinem Truck und fuhren Richtung Stadt. Er hatte ihr angeboten, mit zu Hannah zu fahren, weil ihr Haus nicht leicht zu finden war und er ohnehin in der Stadt zu tun hatte. Doch eigentlich wollte er einfach nur mit ihnen zusammen sein. Es gefiel ihm, wie er sich fühlte, wenn Dani auf dem Sitz neben ihm saß und Savannah auf dem Rücksitz lustige Geräusche von sich gab.

Savannah hatte sich schon wieder komplett von den dramatischen Geschehnissen der Vornacht erholt, aber für ihn – und mit Sicherheit auch für ihre Mutter – würde es noch eine ganze Weile dauern, bis sie den Schrecken, sie so krank zu sehen, überwunden hatten.

»Irgendwann musst du mich mal selbst fahren lassen, weißt du?«, sagte Dani. »Auch wenn der erste Eindruck dem widerspricht, normalerweise bleibe ich schon auf der Straße.«

»Man hat hier aber kaum Satellitenempfang. Es ist besser, wenn ich dir erst die Gegend zeige, bevor du selber fährst. Du musst zum Beispiel wissen, dass diese Kurve immer als Erstes vereist ist, bevor es irgendwo sonst glatt wird, deshalb musst du vorher komplett abbremsen, damit du nicht da unten landest.«

Dani schaute, wo er hinzeigte. »Oh, äh, ja. Das ist wirklich gut zu wissen. Wie tief geht es da runter?«

»An die fünfzehn Meter. Wir retten da jedes Jahr Leute, mindestens drei-, viermal.«

»Habe ich mich schon dafür bedankt, dass du mich fährst?«

Lucas lachte. »Kein Problem. Wenn du meinen Kurs *Butler und Umgebung 101* erfolgreich abgeschlossen hast, kannst du selber fahren. Glatteis ist nicht das Einzige, worauf du achten solltest. Du musst auch daran denken, dass hier überall Elche sind. Ich bremse immer vor den Kurven ab, weil man nie weiß, wann man als Nächstes einem begegnet. Ungefähr hier war es, wo Cameron bei ihrer ersten Fahrt nach Butler Fred angefahren hat. Ihr Auto hätte fast einen Totalschaden gehabt, und Fred ging es blendend. Sie hatte zwei blaue Augen vom Airbag, als sie bei uns angefangen hat. Hier oben gibt es ziemlich viele Wildunfälle. Wenn Menschen mit Elchen zusammenstoßen, ist es normalerweise nicht der Elch, der verletzt wird.«

»Langsam frage ich mich, ob ich mich mal untersuchen

lassen sollte wegen meines Wunsches, nach Vermont zu ziehen.«

»Nein, Vermont ist super. Man muss sich nur auskennen und wissen, wie alles funktioniert.«

»Wenn du das sagst.«

Er griff über die Mittelkonsole hinweg nach ihrer Hand. »Du machst das schon. Und wenn doch mal was schiefgeht, komme ich dich retten.«

Wenig später drückte er ihre Hand. »Pass jetzt gut auf, damit du weißt, wie du zu Hannah kommst.« Lucas blinkte und bog links auf eine schmale, kurvige Straße ab, die sich steil bergaufschlängelte. »Du musst gut aufpassen, wenn du hier runterfährst und es kalt ist.«

»Wie lange muss ich hier leben, bevor das alles ganz normal für mich ist?«

»Das hast du ganz schnell drauf. Dann kommt *Schlammsaison 101*, ein völlig anderer Kurs.«

Dani lachte. »Niemand hat mir gesagt, dass Vermont ein komplett anderes Universum ist.«

»So ist das Leben in den Bergen. Daran gewöhnst du dich.«

Savannahs Gequietsche wurde plötzlich viel lauter.

»Siehst du, sie stimmt mir zu. Ihr gefällt es hier.«

»War ja klar, dass sie sich auf deine Seite schlägt.«

Lucas strahlte vor Freude, als er das hörte. Er hatte sich Hals über Kopf in dieses kleine Mädchen verliebt, und wie sie sich an ihn klammerte, ob sie nun wach war oder schlief. »Ich mag es, dass sie auf meiner Seite ist.« Er nahm eine weitere Kurve. »Hier wird es interessant.« Sie fuhren noch eine Meile weiter, bevor er an einem Briefkasten abbremste, der aussah wie ein Oldtimer. »Das hier ist ihre Einfahrt. Nolan ist ein echter Autofreak. Merk dir, wie der Briefkasten aussieht.«

»Alles klar.«

»Verstehst du jetzt, warum ich dich fahren wollte?«

»Ja. Sie hätten in ungefähr einer Woche unsere tiefgekühlten Leichen gefunden, wenn ich es alleine versucht hätte.«

»Nein«, lachte er. »Ich hätte euch viel schneller gefunden.« Lucas brachte den Truck vor Hannahs Haus zum Stehen, gleich neben dem Gehege mit dem Babyelch, den Hannah adoptiert hatte.

»Dani, das hier ist Dexter, das neueste Familienmitglied.«

»Sie hat ja wirklich einen Babyelch.«

»Ja, stimmt, und sie ist komplett verrückt nach ihm.« Lucas befreite Savannah aus ihrem Kindersitz und hob sie hoch, damit sie den Elch sehen konnte.

Dexter schaute sie an, blieb aber seelenruhig an der Stelle liegen, wo er gerade noch ein Nickerchen gemacht hatte. Mit einem Blick stellte Lucas fest, dass sowohl seine Wasserschüssel als auch sein Futtertrog gut gefüllt waren und dass er sich sein großzügiges Gehege mit einer dicken, warmen Decke und einigen Kuscheltieren teilte. Natürlich hatte Hannah alles getan, damit er sich wohlfühlte.

»Als wir noch klein waren, hat sie darauf bestanden,

dass mein Vater kleine Häschen in die Tierklinik fährt, wenn unsere Hunde sie erwischt haben.«

»Das ist ja schrecklich, aber auch echt süß. Die armen Häschen.«

»Mein Dad konnte es einfach nicht ertragen, wie sie um sie geweint hat.«

Hannah kam mit Callie auf dem Arm zur Tür. Sie strahlte über das ganze Gesicht, als sie sie hineinbat. »Kommt rein!« Sie hielt ihnen die Tür auf.

Er gab zuerst ihr und dann Callie einen Kuss auf die Wange. »Hey.«

»Selber hey.«

»Dexter scheint sich da draußen in seiner Penthouse-Wohnung ja gut eingelebt zu haben.«

»Nolan lässt nicht zu, dass ich ihn reinhole. Er ist so gemein.«

»Er ist die Stimme der Vernunft«, sagte Lucas.

»Du bist entweder auf seiner Seite oder auf meiner. Beides geht nicht.«

»Ich bin definitiv auf seiner Seite.«

»War ja klar, dass ihr Typen zusammenhaltet.«

Dani musste über ihre Neckereien lachen. »Ich bin auf deiner Seite, Hannah. Er könnte in einem Körbchen vor dem Kamin schlafen.«

»Genau das habe ich auch gesagt!«

Lucas zog eine Augenbraue hoch und schaute Hannah fragend an. »Wenn er ein ausgewachsener Elch ist, gehört er dann auch noch in ein Körbchen am Feuer?«

»Das ist noch so weit weg«, sagte Hannah, als wäre die Sache damit erledigt. »Jetzt ist er jedenfalls noch ein Baby. Aber genug von ihm. Komm, wir lassen unsere kleinen Mädchen mal runter, damit sie spielen können.« Sie setzte sich vor einer Babydecke voller Spielzeug auf den Boden.

»Wäre es okay, wenn ich euch eine Weile alleine lasse und ein paar Sachen erledige?«, fragte Lucas.

»Für uns ist das okay«, antwortete Hannah für sich und Callie, die auf ihrem Schoß saß.

Dani nahm ihm Savannah ab und setzte sich Hannah gegenüber.

Savannah protestierte lautstark.

Lucas ging in die Hocke, damit sie ihn sehen konnte. »Ich bin bald zurück, meine Kleine.«

»Irgendwann im Laufe der letzten zwei Tage ist Lucas ihr absoluter Lieblingsmensch geworden«, sagte Dani.

»So geht es den meisten Frauen«, sagte Hannah trocken.

»Das habe ich auch gehört.«

Lucas verzog das Gesicht. »Ich bin weg. Und redet nicht über mich, wenn ich nicht da bin.«

»Hättest du wohl gerne«, meinte seine Schwester. »Lass dir ruhig Zeit. Dani und ich haben einiges zu besprechen.«

»Warum habe ich das Gefühl, dass ich das hier noch bereuen werde?«

»Weil es so ist?«

Dani musste lachen, und wieder einmal freute er sich sehr, dass sie lachte und Spaß hatte, obwohl es auf seine

Kosten ging. Wenn sie sich in Butler verliebte und sich mit Menschen wie Hannah anfreundete, wollte sie vielleicht für immer bleiben.

❄

»Wann ist Savannah zur Welt gekommen?«, fragte Hannah, als Lucas weg war.

»Am fünfundzwanzigsten November, genau wie Caden.«

»Das ist ja toll! Dann ist sie einen Monat älter als Callie.« Sie legte Callie anders hin, damit sie an die Spielsachen kam. »Ich habe mich so gefreut, als ich gehört habe, dass du die Stelle im Lager bekommen hast.«

»Ich auch. Ich bin so erleichtert. Dein Dad ist so nett. Ich freue mich wirklich sehr darauf.«

»Er ist super, und die Firma ist sehr familienfreundlich. Und das betrifft nicht nur unsere eigene Familie. Es gibt viele, die schon in dritter oder vierter Generation für uns arbeiten.«

»Das habe ich auf der Website gelesen, und es war eines der Dinge, die mich angezogen haben. Es fühlte sich wie die richtige Umgebung für eine alleinerziehende Mutter an. Nach dem College war ich Assistentin der Geschäftsleitung in einem großen Kaufhaus, und die Arbeit war wirklich zeitintensiv. So etwas kann ich jetzt, wo ich an Savannah denken muss, nicht mehr machen.«

»Ich glaube, unsere Firma wird sehr gut zu dir passen.

Savannah hat auf einen Schlag einen ganzen Schwarm Großmütter bekommen.« Sie zeigte auf den winzigen fliederfarbenen Pullover, den Callie trug. »Den hat Mildred Olsen gemacht, unsere älteste Mitarbeiterin. Sie macht die Buchhaltung mit meinem Bruder Hunter, dem Finanzchef, und sie ist schon über neunzig!«

»Wow, das ist ja toll!«

»Es ist wirklich ein großartiges Team. Du passt super rein.«

»Das hoffe ich. Mir gefällt es hier unglaublich gut, und ich möchte, dass es funktioniert.«

»Ella hat erzählt, dass du dir ihre alte Wohnung anschaust?«

»Ja, ich treffe mich später noch mit ihr.«

»Wenn du willst, kannst du Savannah bei mir lassen, wenn sie Mittagsschlaf macht.«

»Oh, ich möchte mich nicht aufdrängen.«

»Es ist kein Problem. Zwischen zwei und vier ist hier Schlafenszeit. Da arbeite ich an meinem Schmuck.«

»Ich habe deine Arbeit im Country Store gesehen, wirklich wunderschön!«

»Oh, danke. Es macht mir großen Spaß.«

Die Babys spielten mit dem Spielzeug und beachteten einander eher wenig, und Dani und Hannah unterhielten sich über Kinderärzte, übers Stillen, wunde Babypopos, den Schlafrhythmus ihrer Töchter und das Zahnen, und Dani erzählte, wie sie mitten in der Nacht ins Krankenhaus gefahren waren.

»Lucas war wie ein Fels in der Brandung. Ich bin ihm so dankbar, obwohl ich ihm zuerst gesagt habe, dass er nicht zu kommen braucht.«

»Für uns alle ist es offensichtlich, dass er ziemlich vernarrt in dich und Savvy ist.«

Dani war sich nicht sicher, wie sie das finden sollte. »Wirklich?«

»Ja, und das haben wir bei ihm noch nie erlebt.«

»Ich mag ihn wirklich sehr, und Savannah ist ganz verrückt nach ihm.«

»Und ihr Dad ist ... nicht mehr da?«

»Er ist vor fast einem Jahr bei einem Unfall ums Leben gekommen.«

»O mein Gott! Es tut mir so leid, Dani, das wusste ich nicht!«

»Ist okay. Woher hättest du es wissen sollen.«

»Ich habe meinen ersten Mann, Caleb, im Irak verloren.«

»Das hat Lucas mir erzählt. Es tut mir leid.«

»Danke. Es ist schon lange her, aber über so etwas kommt man nicht hinweg. Man sucht sich einfach den besten Weg nach vorne.«

»Genau das versuche ich gerade. Aber ich hätte nie gedacht, dass ich jemanden kennenlerne und ... etwas für ihn empfinde. Jedenfalls noch nicht.«

Hannah lächelte. »Es ist schon seltsam, oder? Ich hatte Nolan jahrelang direkt vor der Nase, aber ich war einfach noch nicht so weit. Dann ist Calebs Hund Homer gestorben, und Nolan war die ganze Zeit über für mich da. Und plötzlich konnte ich mir das Leben nicht mehr ohne ihn vorstellen.«

»Das mit Homer tut mir leid, aber es ist wirklich toll, dass Nolan sich um dich gekümmert hat.«

»So ist das Leben. Gerade, wenn man denkt, man hat es im Griff, kommt die nächste Herausforderung.«

»Absolut. Ich dachte, ich würde den Rest meines Lebens mit Jack verbringen, und jetzt … jetzt ist Lucas da, und ich mag ihn so gerne. Er ist so toll zu mir und Savannah, und er ist so …«

»Sag jetzt nichts, was ich nicht mehr vergessen kann.«

Dani lachte. »Er ist wirklich süß.«

»Mein Bruder? Süß?«

»Sehr.«

»Ähm, na ja, wenn du das sagst … Er ist definitiv der richtige Mann für eine Krise, so viel ist sicher.«

»Das habe ich jetzt schon mehrmals miterlebt.«

»Aber im Ernst: Wenn du je jemandem verrätst, dass ich das gesagt habe, kann ich nicht mehr mit dir befreundet sein …«

»Meine Lippen sind versiegelt, versprochen.«

»Alle meine Brüder sind tolle Männer. Sie würden immer allen helfen, und ich würde jede meiner Freundinnen ermutigen, mit einem von ihnen auszugehen. Vielleicht klingt das, als sei ich voreingenommen, weil sie nun mal meine Brüder sind und ich sie natürlich liebe. Aber vor allem nach dem, was du durchgemacht hast, würde ich dir nie sagen, dass Lucas ein guter Kerl ist, wenn er nicht wirklich gut für dich wäre, weißt du?«

»Ja, und ich weiß es sehr zu schätzen, dass du das sagst.«

»Er ist manchmal ein kompletter Idiot, aber wenn es darauf ankommt, kann man auf ihn zählen.«

»Diese Seite habe ich schon kennengelernt. Die idiotische noch nicht, aber er hat erwähnt, dass es sie gibt.«

»O mein Gott, aber so was von. Vor allem, wenn er mit Landon zusammen ist.«

»Ich habe ihn gestern Abend kennengelernt. Ich wusste, dass Lucas einen eineiigen Zwilling hat, aber das hat mich nicht darauf vorbereitet, wie *gleich* sie aussehen!«

»Die meisten können sie nicht auseinanderhalten.«

»Das hat er mir auch erzählt, und jetzt weiß ich auch, warum. Ich habe ihn gefragt, ob er mir bitte einen Gefallen tun und den Bart für immer behalten kann.«

Hannah bekam einen Lachanfall. »Du willst dich nicht versehentlich an den falschen Bruder kuscheln.«

»Ich glaube, ich könnte sie auseinanderhalten.«

Hannahs hübsche braune Augen funkelten belustigt. »Aber in solchen Dingen geht man besser kein Risiko ein.«

»Genau.«

»Ich weiß, dass du jemanden suchst, der auf Savannah aufpasst, während du arbeitest, und ich kann sie gerne nehmen. Es wäre toll, wenn Callie Gesellschaft hätte. Ich habe mich schon oft gefragt, wie sie Freundschaften schließen soll, wenn wir hier oben in den Bergen ohne Nachbarn wohnen. Es dauert noch Jahre, bis sie in den Kindergarten kommt.«

»Und du bist dir sicher, dass es dir nicht zu viel werden würde?«

»Nolan und ich haben gestern Abend darüber gesprochen. Ich werde einen Doppelkinderwagen anschaffen. Wenn ich bei klarem Verstand bleiben will, kann ich nicht die ganze Zeit im Haus sitzen.«

»Den würde ich natürlich bezahlen, wenn du ihn extra kaufst, damit du dich um meine Tochter kümmern kannst.«

Hannah winkte ab. »Wir möchten, sobald es geht, ein zweites Kind, wir würden ihn also sowieso bald brauchen.«

Würde es der Naturgewalt Hannah mit drei Babys zu viel werden? Das mochte sein, aber bis dahin war die Lösung jedenfalls perfekt für Dani und Savannah.

»Ich würde darauf bestehen, dir den gängigen Betrag für Tagespflege zu bezahlen.«

»Das liegt ganz bei dir, aber du solltest wissen, dass ich es auch umsonst machen würde, wenn Callie dann eine Spielgefährtin hat. Und weil ich dich mag.«

»Auf keinen Fall. Ich bezahle, Ende der Diskussion.«

Callie begann zu zappeln. Sie versuchte, sich aus dem festen Griff ihrer Mutter zu befreien.

»Darüber können wir ein anderes Mal streiten. Wie wäre es mit Mittagessen?«

»Du musst mir nichts zu essen geben.«

»Ich muss mir was zu essen geben, und es ist genug von

allem da. Und falls du es nicht bemerkt hast: Callies Spieldate gefällt mir wirklich gut.«

Hannah setzte Callie in einen Hochstuhl. Sie legte ihr ein paar Spielzeuge hin und machte ihnen beiden Putensandwiches und große Gläser mit Eistee.

Dani hielt Savannah mit dem linken Arm fest, während sie aß und die ganze Zeit die kleinen Händchen abwehrte, die ununterbrochen nach ihren Haaren griffen. »Warum ziehen die einen eigentlich immer an den Haaren?«

»Hah! Deshalb binde ich meine immer zusammen.«

»Mache ich normalerweise auch, aber irgendwie habe ich es nicht mehr geschafft, bevor wir losgefahren sind.«

»Brauchst du ein Haargummi? Ich hab Tausende davon.«

»Oh, ja, bitte.«

»Kommt sofort. Pass auf meine Tochter auf.«

»Mache ich.«

Hannah ging ins Nebenzimmer und kam mit einem schwarzen Haargummi zurück, das sie Dani reichte. »Ich nehm sie dir ab.«

Dani reichte Hannah Savannah.

»Hallo, kleine Savannah«, sagte Hannah. »Werden wir jetzt beste Freundinnen?«

Dani entfernte sich ein paar Schritte vom Tisch und band sich die Haare zusammen. Hannah ging in der Küche auf und ab und ließ Savannah leicht auf ihrer Hüfte auf und ab hüpfen. Sie nahm Savannahs ganze Aufmerksamkeit gefangen und die von Callie, die jede Bewegung ihrer

Mutter beobachtete. Das hier war ein guter Ort für Savannah, daran hatte Dani keinen Zweifel.

»Also, ich möchte dir etwas sagen«, begann Hannah zögernd, »und ich bin mir nicht ganz sicher, ob es richtig ist … Das passiert mir öfter. Ich habe diese Gedanken, die ich mitteilen will, weil ich hoffe, dass sie hilfreich sind, aber dann sieht es vielleicht so aus, als würde ich mich nicht um meine eigenen Angelegenheiten kümmern. Meine Geschwister sagen immer, ich mische mich in alles ein, aber das ist nur, weil ich sie so liebhabe.«

Dani lächelte. »Du kannst mir sagen, was du willst. Du bist älter und weiser als ich, und du hast die Reise, auf der ich mich befinde, schon hinter dir, also verstehst du mich.«

»Ja, das stimmt, und damit hat das, was ich sagen möchte, auch zu tun. Ich verstehe dich. Ich weiß, wie schwer es ist, über den Menschen, von dem du dachtest, dass du dein Leben mit ihm verbringen würdest, hinwegzukommen. Ich habe das erlebt, und ich habe Jahre dafür gebraucht. Und das ist genau der Punkt: Ich wünschte, ich hätte es früher geschafft. Ich habe viele Jahre damit verbracht, mich in meiner Trauer zu suhlen. Sie war das Wichtigste in meinem Leben. Bis ich Nolan hatte, der mir zeigte, dass es noch so viel Leben zu leben gibt, und jetzt habe ich auch noch meine süße Callie. Wenn ich es alles noch mal machen müsste, wäre ich schon Jahre früher mit Nolan zusammengekommen. Egal, wie lange ich um Caleb trauere, er ist trotzdem für immer weg, verstehst du?«

Danis Augen waren plötzlich voller Tränen. »Ich weiß, und ich weiß es wirklich zu schätzen, dass du deine Erfahrung mit mir teilst. Ich hatte noch nie die Möglichkeit, mit jemandem über den Verlust von Jack zu reden, der wirklich versteht, wie das war.«

»Das würde ich auch niemandem wünschen.« Hannah griff über den Tisch hinweg nach Danis Hand. »Ich bin jederzeit für dich da, wenn du mit jemandem reden möchtest, der es versteht.«

»Das bedeutet mir so viel. Danke.«

»Sehr gerne. Und nur, dass du es weißt: Ich sage das nicht, weil du mir für meinen Bruder gefällst.«

Dani lachte und wischte sich die Tränen ab, bevor sie Savannah zurücknahm. »Gut zu wissen, und es ist auch schön zu hören, dass ich dir für ihn gefalle.«

»Das tust du wirklich. Ich glaube, ihr wärt gut füreinander.«

»Das waren wir schon.«

»Das ist doch ein toller Anfang.«

»Ja, stimmt.«

»Ich glaube, ich versuche einfach nur zu sagen, dass du dir die Erlaubnis geben darfst, alles zu tun, was nötig ist, um dein Glück wiederzufinden. Sehr viele Menschen haben mir das gesagt, bevor ich es endlich wirklich hören und verstehen konnte. Dabei wusste ich die ganze Zeit, dass Caleb so was von sauer wäre, wenn er wüsste, wie ich mich in meiner Trauer vergrabe. Dafür war er nicht der Typ.«

»Ich bin mir sicher, dass er auch getrauert hätte, hätte er dich verloren.«

»Das will ich auch hoffen.«

Sie lachten zusammen und steckten ihre Töchter damit an.

❄

Als Lucas eine Stunde später zurückkam, hatte Dani das Gefühl, eine wichtige neue Freundschaft geschlossen zu haben. Noch dazu hatte sie jemanden gefunden, dem sie Savannah mit einem guten Gefühl anvertrauen konnte, während sie auf der Arbeit war. Sie hatten die beiden kleinen in dem wunderschönen Kinderzimmer, das Hannah und Nolan eingerichtet hatten, schlafen gelegt.

»Bereit für die Wohnungsbesichtigung?«, fragte er.

»Ja, wenn es für dich auch okay ist, gleich wieder loszufahren.«

»Wir kommen zurück, so schnell wir können«, sagte sie zu Hannah.

»Lasst euch Zeit. Sie schlafen tief und fest, und ich werde erst mal ein bisschen arbeiten und dann ein wenig Zeit mit meinem anderen Baby, Dexter, verbringen.«

»Viel Spaß. Bis nachher.«

»Bis dann.«

Als sie nach draußen gingen, stand Dexter am Zaun.

»Kann ich ihn streicheln?«, fragte Dani.

»Ich weiß nicht, ob er beißt.«

»Probier du es aus.«

Lucas lachte, legte den Arm um sie und schob sie in Richtung Truck. »Ich würde meine Finger heute gerne alle behalten.« Er hielt Dani die Autotür auf und wartete, bis sie sich gesetzt hatte. »War es schön bei Hannah?«

»Wirklich schön. Sie ist unglaublich.«

»Ist sie, aber du darfst ihr nicht sagen, dass ich das gesagt habe. Sie würde es für immer gegen mich verwenden.«

»Ich sage nichts.«

»Wie sie weitergemacht hat, nachdem sie Caleb verloren hat, war wirklich eine Inspiration. Ihn zu verlieren hat mich völlig erschlagen – wie es für sie war, kann ich mir gar nicht vorstellen.«

Dani legte die Hand an seine Wange und küsste ihn, bevor sie weiter darüber nachdenken konnte. Als sie sich zurückzog, liebte sie seinen überraschten Gesichtsausdruck. »Es ist wirklich süß, dass du dich so um deine Schwester sorgst.«

»Wenn ich sage, dass ich mehr Respekt vor ihr habe als vor irgendjemand sonst, küsst du mich dann noch einmal?«

»Vielleicht.«

»Ich habe so viel Respekt für Hannah, mehr als vor …«

Sie küsste ihn wieder.

Er wimmerte, was sie zum Lachen brachte.

»Nicht lachen, küssen.« Er schlang die Arme um sie und küsste sie zurück, und der Kuss entwickelte sich innerhalb von Sekunden zu viel mehr. Er lag jetzt fast auf ihr, und ihre Bewegungen wurden fieberhaft und geradezu verzweifelt. »Was machst du nur mit mir?«, fragte er, als sie ein paar Minuten später innehielten, um zu Atem zu kommen.

»Dasselbe, was du mit mir machst. Aber wir müssen los. Ich kann Ella nicht warten lassen.«

»Oh. Ja. Ella. Wohnung.« Er schüttelte den Kopf und ließ sie los, dann trat er zurück und schloss die Autotür.

Während er um den Truck herumlief, versuchte Dani, ihre Atmung zu normalisieren. Das berauschende Gefühl, von dem ihr so schwindelig wurde, erinnerte sie an den Anfang ihrer Beziehung mit Jack, als sie so verzaubert gewesen war, dass sie kaum funktionieren konnte, während sie die Stunden zählte, bis sie ihn wiedersehen konnte. Alles hatte darunter gelitten – ihre Noten, ihre Freundschaften und die Beziehung zu ihren Eltern, die erfolglos versucht hatten, die Sache zwischen ihr und Jack ein wenig abzukühlen.

Es hatte einige Zeit gedauert, bis die beiden angefangen hatten, ihn wie ihren eigenen Sohn zu lieben, aber der Anfang war einfach völlig verrückt gewesen – auf die bestmögliche Art.

»Woran denkst du denn da drüben?«, fragte Lucas.

»Ich habe darüber nachgedacht, wie damals mit Jack alles angefangen hat und dass mich das hier daran erinnert.«

»Wie denn?«

»Dasselbe Gefühl erwartungsvoller Aufregung.«

Er holte tief Luft und atmete dann langsam aus. »Falls es etwas bedeutet, ich teile deine erwartungsvolle Aufregung. Ich glaube sogar, wenn ich noch aufgeregter wäre …«

Dani hielt sich lachend die Ohren zu. »Hör auf!«

Auf dem Weg in die Stadt versuchte er, sie ununterbrochen dazu zu bringen, mit ihm über seine Aufregung zu sprechen. »Komm schon, lass es mich sagen.«

»Nein.«

»Bitte?«

»Nein!«

»Mit dir macht das überhaupt keinen Spaß.«

»Ich geb dir gleich Spaß.«

»Wirklich? Wann? Kannst du mir das Datum und die genaue Uhrzeit nennen, damit ich mich *wirklich* aufregen kann?«

»*Hör auf*«, sagte sie und kicherte hilflos. Es war, wurde ihr klar, das erste Mal, dass sie so haltlos lachte, seit sie Jack verloren hatte.

Sie hielten neben dem Haus, wo sie sich mit Ella treffen wollten, und Lucas machte den Motor aus. »Ich hoffe, du weißt … Das alles … alles, was passiert … Es geht nach deinem Zeitplan. Nicht nach meinem.«

»Es ist *unser* Zeitplan. Es geht nicht nur um mich.«

»Nein, es geht wirklich nur um dich und Savvy. Für mich jedenfalls.«

Sie schauten sich immer noch in die Augen, als Ella in ihrem Auto neben ihnen anhielt und laut hupte, um ihre Aufmerksamkeit zu erlangen.

Dani wandte den Blick ab, aber ihr Herz klopfte wild, und ihr war ganz schwindelig von dem Verlangen, das er in ihr weckte. Ihr Körper erwachte nach einer langen, dunklen Zeit voller Verzweiflung wieder zum Leben, und das alles nur dank dem gutaussehenden, sexy Mann, der sie gerettet hatte.

19

Von jemandem geliebt zu werden gibt dir Kraft,
jemanden zu lieben gibt dir Mut.
Lao Tse

Lucas starb einen langsamen, angenehm aufregenden Tod, der durch das Übermaß an Verlangen und Sehnsucht ausgelöst wurde, das Dani in ihm hervorrief. Dani hatte so viel durchgemacht. Er musste es langsam angehen und dafür sorgen, dass sie das Tempo bestimmte, egal, wie schwer sein Verlangen auszuhalten war.

Die ganze Sache war von Anfang an komplett verrückt gewesen. Wie gut sie sich bereits in den ersten Minuten verstanden hatten, jede Minute, die sie seitdem miteinander verbracht hatten, und alles, was danach passiert war. Er hatte so etwas noch nie erlebt, und wie er sich fühlte, wenn sie in seiner Nähe war, entzog sich seinem Verständnis. Alles, woran er denken konnte, war, zu tun was immer nötig war, um sie – und Savannah – für immer in seinem Leben haben zu dürfen.

Was taten sie dann bitte vor einer Wohnung, die sie von ihm fortführen würde? »Du musst das hier nicht machen, das weißt du.«

»Was machen?«

»Eine Wohnung mieten. Ihr könnt sehr gerne bei mir bleiben.«

»Es ist lieb, dass du das sagst, aber wir haben uns schon genug aufgedrängt.«

»Nein, habt ihr nicht.«

Bevor sie das Gespräch weiterführen konnten, klopfte Ella an Lucas' Fenster.

»Kommt ihr?«, fragte sie.

Sie stiegen aus.

»Entschuldige«, sagte Lucas zu seiner Schwester.

»Kein Problem.« An Dani gewandt, erklärte sie: »Grayson hat eine Weile lang hier gewohnt, nachdem ich ausgezogen war, aber dann hat er sich zusammen mit Emma und Simone eine größere Wohnung genommen. Mrs. Abernathy freut sich sehr, dass vielleicht wieder jemand dort einziehen möchte, den wir kennen, und du hast wirklich Glück, dass die Wohnung frei ist. Gute Wohnungen findet man hier nicht so leicht.«

Lucas legte die Hand an Danis unteren Rücken und ermutigte sie, Ella zu folgen, auch wenn er am liebsten lautstark gegen ihren Plan protestiert hätte. Sie stiegen zwei Treppenläufe nach oben und betraten die gemütliche Wohnung, in der Ella gewohnt hatte, bevor sie mit Gavin zusammengezogen war. Jeder Schritt, den sie machten, sorgte dafür, dass Lucas sich schlechter fühlte.

»Das ist ja süß!«, sagte Dani zu Ella.

»Ziemlich klein«, sagte Lucas.

»Perfekt für uns. Wir brauchen nicht viel Platz.«

»Es hat einen echten Kamin«, sagte Ella, »das mochte ich an der Wohnung am liebsten.«

»Und wie soll Dani mit einem Baby auf dem Arm das Holz zwei Treppen hochschleppen? Und wenn sie einschläft, bevor das Feuer aus ist?« Er steckte den Kopf in den Kamin und schaute in den Schornstein hinauf. »Ich wette, der wurde seit Jahren nicht gekehrt. Wenn du wüsstest, wie viele Feuer wir löschen müssen, weil ein Kamin nicht richtig gewartet wurde …« Er kam wieder aus dem Kamin hervor und bemerkte, dass die beiden Frauen ihn anschauten. Dani sah amüsiert aus, Ella verwirrt.

»Mrs. Abernathy kümmert sich wirklich gut um die Wohnung«, sagte Ella zu Lucas. Für Dani fügte sie hinzu: »Sie hat uns alle in Mathe unterrichtet.«

»Mich nicht«, sagte Lucas. »Sie ist in Rente gegangen, bevor ich dran war.«

»Na ja, sie hat die meisten von uns unterrichtet.« Ella sah ihren Bruder fragend an. »Sie ist eine liebenswerte Frau und eine tolle Vermieterin. Du bist hier in Sicherheit und wirst dich bestimmt wohlfühlen, Dani.«

»Gut zu wissen.«

Lucas stemmte die Hände in die Seiten und starrte einen Fleck an der Decke an, der vielleicht von einem Wasserrohrbruch zeugen könnte. »Wie willst du mit einem Kleinkind deine Einkäufe zwei Treppen hochschleppen?«

»Ich setze Savannah ins Tragetuch, da habe ich die Hände frei. Das geht schon. Wie viel kostet die Wohnung?«

»Sechshundert, warm.«

»Das ist ja gar nichts.«

»Ich weiß. Es ist wirklich ein super Preis, und sie hat die Miete seit Jahren nicht erhöht.«

»Du kannst ihr sagen, dass ich die Wohnung nehme.«

»Da wird sie sich freuen. Sie hat gesagt, falls du Interesse hast, soll ich dir sagen, dass sie etwa zwei Wochen brauchen wird, um hier zu streichen, und sie möchte auch die Böden erneuern. Das ist auch wirklich nötig, also lohnt es sich wohl, darauf zu warten.«

Dani kaute auf ihrem Daumennagel herum, während sie darüber nachdachte. »Hoffentlich wird ein Zimmer im Hotel frei.«

»Du brauchst kein verdammtes Zimmer in keinem verdammten Hotel!«

»Was zum Teufel ist denn mit dir los, Lucas?«, fragte Ella.

»Sie braucht kein Hotelzimmer.« Dieses Mal gab Lucas sich die größte Mühe, nicht zu schreien. »Sie braucht auch diese Wohnung nicht. Sie kann bei mir wohnen.«

»Lucas ... Es ist so süß von dir, dass du uns bei dir behalten möchtest, aber ich bin hierhergezogen, um auf eigenen Beinen zu stehen, und seit ich angekommen bin, habe ich auf deinen gestanden. Ich muss das hier machen. Ich muss mir selbst und allen anderen beweisen, dass ich mich alleine um Savannah kümmern kann.«

»Warum musst du das beweisen? Wen schert es, was irgendjemand denkt? Natürlich könntest du dich alleine um sie kümmern, aber das musst du jetzt nicht mehr.«

»Doch, muss ich«, sagte sie leise.

Ellas Blick schoss zwischen Dani und Lucas hin und her. »Ich ... äh. Ich lass euch mal alleine, aber ich sage Mrs. A Bescheid, dass du Interesse hast?«

»Ja, bitte«, antwortete Dani, schaute aber weiterhin Lucas an.

»Mache ich. Ich sage ihr, sie soll bei Lucas anrufen, damit ihr alles besprechen könnt.«

»Das wäre super, Ella. Vielen Dank noch mal.«

»Sehr gerne. Sehen wir uns am Sonntag zum Abendessen, Luc?«

»Ja, ich komme.«

»Super, also bis dann.«

Als Ella weg war, starrten Dani und Lucas sich weiter an, bis er endlich blinzelte und auf den Boden hinabschaute. Er fühlte sich schlechter als je zuvor. Das hier war viel schlimmer, als festzustellen, dass Amanda Landon lieber mochte als ihn. Rückblickend war es wirklich rein gar nichts, jetzt, wo er wusste, wie viel es ihm ausmachte, Dani und Savvy aus seinem täglichen Leben zu verlieren. Klar, er würde sie trotzdem sehen können. Das hoffte er jedenfalls. Aber es wäre nicht dasselbe.

»Tut mir leid, dass du sauer bist«, sagte Dani.

»Ich bin ein Idiot.«

»Nein, bist du nicht.«

»Doch, bin ich wohl, aber ich will einfach nicht, dass ihr geht.«

»Es ist so süß von dir, dass du für uns sorgen möchtest.«

»Das will ich wirklich, und das wollte ich noch nie. Nie!« Frustriert und verwirrt fuhr er sich mit der Hand durchs Haar. »Ich weiß nicht einmal, wohin mit mir, wenn ich mit dir zusammen bin. Ich will dir Raum und Zeit geben und alles, was du brauchst, aber ich will einfach nur …«

Sie machte einen Schritt auf ihn zu und schloss die kleine Lücke zwischen ihnen. »Was willst du?«

»Euch«, sagte er heiser. »Ich will dich und Savvy, und ich will … Ich will dich.«

Sie legte die Hände an seine Hüfte und zog ihn an sich. »Wir wollen dich auch.«

»Aber warum gehst du denn dann?«

»Weil ich eine Zeitlang alleine sein muss.«

»Aber warum?« Er fühlte sich, als würde er gerade um sein Leben kämpfen, oder um etwas, das mindestens genauso dramatisch war, weil er Angst hatte, dass sie, wenn sie jetzt gingen, nicht zurückkommen würden.

»Komm, wir holen Savannah und fahren zu dir nach Hause. Wir reden dort weiter.«

Lucas wollte jetzt sofort reden, aber er zwang sich, Geduld zu haben, ihr weiter die Führung zu überlassen. Schließlich hatte sie im Gegensatz zu ihm dieses Beziehungsding schon mal gemacht. Für ihn war es völlig neu, und er hatte keine Ahnung, was er da tat. Er folgte ihr die Treppe hinab und zurück zu seinem Truck, wo er ihr wieder die Tür aufhielt.

»Das musst du nicht machen, das weißt du doch.«

»Doch, muss ich.« Er schloss ihre Tür und ging um

den Truck herum zur Fahrertür. Er holte einige Male tief Luft, um sich zu beruhigen. Seine Gefühle spielten komplett verrückt. Was zum Teufel passierte da mit ihm? Seine Gefühle spielten sonst nie verrückt, jedenfalls nicht so.

Sie fuhren angespannt schweigend zurück zu Hannah, was seine Nerven noch mehr strapazierte. Das hier war die wichtigste Sache überhaupt, und er war dabei, es zu versauen, weil er keine Ahnung hatte, wie er sich verhalten sollte, wenn so viel davon abhing. Er hatte großen Respekt vor dem, was Dani nach dem Tod ihres Verlobten durchgemacht hatte, und er hatte auch Respekt davor, dass sie sich und ihrer Tochter ein neues Leben aufbauen wollte; aber mit jeder Minute, die er mit ihnen verbrachte, verstrickte er sich tiefer in etwas, das das Potenzial hatte, sein Leben für immer zu verändern.

Das war furchterregend.

»Ich möchte nicht, dass du sauer bist«, sagte sie leise. »Du warst so lieb zu mir. Es würde mich verletzen, wenn ich dich verletze.«

»Ich versuche, nicht sauer zu sein. Dazu habe ich überhaupt kein Recht.«

»Doch, hast du. Ich weiß, dass du eine Bindung zu Savannah aufgebaut hast und umgekehrt.«

»Nicht nur zu ihr. Zu euch beiden.«

»Ich sage nicht, dass ich nicht will, dass das hier zwischen uns weitergeht. Ich will es, und ich will dich.«

Ihre Worte fühlten sich an wie eine Rettungsleine, die er dringend brauchte. »Wirklich?«

»Natürlich! Savannah würde mir nie verzeihen, wenn ich nicht dafür sorge, dass du Teil unseres Lebens bleibst.«

Ihre Versicherungen halfen ihm, sich ein wenig zu beruhigen, aber nicht komplett. Bei dem Gedanken daran, dass er sie nun, wo er sie gefunden hatte, verlieren könnte, stieg immer noch Panik in ihm auf. Woran zum Teufel lag das? Noch vor einer Woche hatte er keine Ahnung gehabt, dass die beiden existierten, und jetzt ... Jetzt fühlte er sich, als würde er sterben, wenn er sie verlor. Wie war das nur möglich?

Er verstärkte seinen Griff ums Lenkrad und versuchte, sich auf die kurvenreiche Straße zu konzentrieren, die zu Hannahs Haus führte. Sein Herz machte einen fröhlichen kleinen Hüpfer, als er daran dachte, dass er gleich Savvy sehen würde – und Callie, die er ebenfalls liebte. Und dann, genauso schnell, wie die Freude in ihm aufgestiegen war, verflog sie, und er wurde ganz traurig bei dem Gedanken daran, Savvy nicht zu jeder Tages- und Nachtzeit sehen zu können, wenn sie traurig oder hungrig oder einfach nur schlechtgelaunt war.

»Es gibt ein paar Dinge ...«, sagte Dani zögernd. »Dinge, die ich dir sagen sollte. Damit du es verstehst.«

»Was für Dinge?«

»Wir reden, versprochen.«

Frustration und Angst pulsierten in ihm wie zwei zusätzliche Herzschläge. Er musste scharf bremsen, als Fred gemütlich aus dem Wald spaziert kam, nur wenige Armlängen von der Motorhaube des Trucks entfernt.

»Ach du Scheiße!«, rief Dani und schnappte nach Luft, als sie sah, wie groß der Elch war.

»Dani, das ist Fred.«

»Ach du Scheiße«, sagte sie wieder, diesmal viel leiser. »Ist er ... Kann er ...«

Lucas griff nach ihrer Hand. Er war Fred sehr dankbar dafür, dass er die Distanz zwischen ihnen vermindert hatte. »Keine Sorge. Er tut uns nichts.«

»W... wenn du das sagst.«

»Einfach atmen.«

Glücklicherweise hatte Fred keine Zeit zum Rumhängen und überquerte die Straße vergleichsweise zügig, bevor er auf der anderen Seite im Wald verschwand. Er war genauso schnell wieder außer Sicht, wie er aufgetaucht war.

»Alles klar?«, fragte er Dani.

»Gleich, wenn mein Herz wieder normal schlägt.«

»Deshalb musst du immer gut aufpassen, wenn du hier fährst.«

»Ich werde so langsam fahren, dass alle denken, ich bin mindestens neunzig.«

Lucas lachte und fuhr weiter den Berg hinauf. Als sie in die Einfahrt bogen, hob Dexter interessiert den Kopf, um zu sehen, wer da angekommen war.

Hannah kam ihnen an der Tür entgegen. »Ihr habt es gerade verpasst! Fred war hier, um Dex zu besuchen, und sie haben im Hof zusammen gespielt. Es war so süß! Und als Fred gehen wollte, hat er versucht, Dex zu überreden, mit ihm zu kommen. Aber Dex ist schnurstracks zurück in seine kleine Wohnung gegangen. Es war, als ob er ihm sagen wollte, dass es ihm hier gefällt. Ist das nicht toll?«

Sie hatte tatsächlich Tränen in den Augen. Der alte Lucas hätte sich vielleicht darüber lustig gemacht, dass sie wegen eines Elches anfing zu weinen, aber der neue Lucas nahm seine Schwester in den Arm und sagte ihr, dass er sich für sie freute. »Wir haben Fred auf der Straße gesehen. Dani hätte fast einen Herzinfarkt bekommen.«

»Er würde dir nie weh tun.« Hannah wischte sich die Tränen aus den Augen. »Ich weiß, es klingt bescheuert, aber es bedeutet mir so viel, dass Dex hier glücklich ist.«

»Warum sollte er das nicht sein?«, fragte Lucas. »Drei warme Mahlzeiten am Tag und ein Bett sind doch der Traum eines jeden Mannes.«

»Hör auf«, sagte Hannah, die unter Tränen lachte und ihm einen leichten Stoß gab. »Er bekommt auch sehr viel Liebe und Aufmerksamkeit.«

»Das ist bestimmt der Grund, aus dem er hierbleibt«, sagte Dani. »Dieses Elchbaby hat es wirklich gut.«

»Ich habe es gut. Ich liebe ihn.«

Im Kinderzimmer stieß Savannah einen Schrei aus, dicht gefolgt von einem von Callie. Er freute sich, weil es ihm so leichtfiel, Savannah zu erkennen. Diese Stimme würde er überall erkennen. »Soll ich die zwei holen?«

»Wir helfen dir«, sagte Hannah. »Sie müssen bestimmt beide gewickelt werden.«

Lucas ging vor, Dani und Hannah folgten ihm. Die Babys lagen in Callies Bettchen, und Hannah hatte eine zusammengerollte Decke zwischen die beiden gelegt. Sie hatten die Ärmchen über die Deckenrolle gestreckt und zogen aneinander.

»Ist das ein Spiel oder ein Kampf?«, fragte Lucas.

»Ein Spiel«, sagte Hannah. »Glaube ich.«

»Ganz sicher ein Spiel«, sagte Dani.

Savannah quietschte begeistert, als sie ihre Mutter sah, und dann ein zweites Mal, als ihr Blick auf Lucas fiel. Ihre Reaktion traf ihn wie ein Pfeil ins Herz. Und in diesem Moment verstand er, dass er sie liebte. Deshalb waren seine Emotionen so außer Kontrolle geraten. Er liebte sie, und er war außerdem dabei, sich in ihre Mutter zu verlieben.

Lucas versuchte, den Kloß, der sich in seinem Hals gebildet hatte, herunterzuschlucken, aber er wurde nur noch größer, als Dani Savannah hochhob und sie die Arme nach ihm ausstreckte.

Dani lachte und gab sie ihm.

Savannah grabschte sofort nach seinem Hemd, genau wie immer.

»Ist da jemand in meinen Bruder verknallt?«, fragte Hannah.

»Aber so was von, und das ist wirklich unfair der Person gegenüber, die sie neun Monate lang in ihrem Bauch getragen und seitdem kein Auge mehr zugetan hat.«

»Das kenne ich, Schwester. Callie ist verrückt nach ihrem Daddy. Er kommt nach Hause, und man könnte meinen, Mommy wäre gar nicht da.

Lucas schaute auf Savvys winziges Gesicht hinab und

wusste, dass es nichts auf der Welt gab, was er nicht für sie tun würde, nichts, was sie wollen könnte, wo er keinen Weg finden würde, es ihr zu beschaffen, nichts, was er nicht tun würde, um dafür zu sorgen, dass sie sicher, gesund und glücklich war. Wenn sie ihn weiter so ansah, dann war das alles, was er je als Gegenleistung brauchen würde.

Verdammt, wenn er dieses emotionale Chaos nicht unter Kontrolle bekam, würde er anfangen zu weinen. Er nahm sie mit ins Wohnzimmer, um sich eine Minute lang zu sortieren.

Dani folgte ihm. »Ich sollte ihr eine frische Windel anziehen.«

Lucas drehte sich um, um ihr das Baby zu reichen, und ihre Blicke trafen sich. Das Durcheinander, das er in ihren Augen sah, half ihm sehr, etwas ruhiger zu werden. Was immer da mit ihm passierte, ihr ging es nicht anders, und solange sie beide so empfanden, würden sie eine Lösung finden.

Sie nicht in seinem Leben zu haben, war einfach keine Option mehr.

❄

Er war traurig gewesen, als sie die Wohnung verlassen hatten, das war für Dani genauso leicht zu sehen gewesen wie der Bart in seinem Gesicht, und sie wusste, dass es ihre Schuld war. Sobald sie wieder bei ihm auf der Farm wären, würde sie versuchen, ihm zu erklären, warum ihre Unabhängigkeit ihr so wichtig war, auch wenn sie es sehr zu schätzen wusste, dass er sich um sie und Savannah kümmern wollte.

Sie wechselte Savannahs Windel und setzte sich kurz hin, um sie zu stillen, bevor sie sich dann auf den Heimweg machten.

Savannah war quengelig, also setzte Dani sich zu ihr nach hinten und versuchte, sie zu beschäftigen, während ihre Gedanken wie rasend um den neuen Job, die Wohnung und den neuen Freund, der in so kurzer Zeit zu so viel mehr geworden war, kreisten.

Als sie bei Lucas ankamen, blieb ihnen noch etwas Zeit, bevor er wieder zur Arbeit musste. Sie hoffte, dass es reichen würde.

»Könntest du sie kurz nehmen? Ich möchte etwas aus meinem Auto holen.«

»Klar.« Er nahm den Kindersitz aus dem Truck und ging nach oben.

Dani holte den Spielbogen, den ihr ihre Tante zusammen mit ihren Cousinen zu Savannahs Geburt geschenkt hatten, aus dem Kofferraum. Das Auto war voller Baby-Ausstattung, die sie noch nicht hatte auspacken können. Sie hatte ja gewusst, dass Lucas' Wohnung nur ein Zwischenstopp war. Wie oft er danach gefragt hatte, wie sie mit dem Baby Sachen hinauf in den zweiten Stock schleppen wollte, sorgte dafür, dass sie sich fragte, ob sie hätte weitersuchen sollen nach einer Wohnung, die besser zu ihren Bedürfnissen passte. Aber Ella hatte gesagt, dass man in

Butler nicht besonders leicht gute Wohnungen fand, und diese hier war gemütlich und sauber. Sie würde das schon schaffen.

Außerdem würde Savannah ja nicht für immer ein Baby bleiben.

Dani brachte den Spielbogen in Lucas' Wohnzimmer und baute ihn in einer Ecke auf.

»Wo kommt der denn her?«

»Aus meinem Auto. Das ist voller Babysachen.«

»Du hättest alles, was du willst oder brauchst, mit raufbringen können. Ich hoffe, das weißt du.«

»Weiß ich. Danke.«

»Komm, Savannah, wir schauen uns das hier mal an«, sagte sie und legte ihre Tochter unter den Holzbogen, von dem verschiedene Spielzeuge baumelten.

Savannah schlug voll konzentriert mit zappelnden Armen und Beinen auf das Spielzeug ein.

Lucas lachte. »Es gefällt ihr.«

»Ja, stimmt.« Er wandte seine Aufmerksamkeit wieder dem Baby zu. »Lucas ... können wir reden?«

»Klar.«

Er lehnte sich ans Sofa, so dass er sich um Savannah kümmern konnte, falls das nötig war, und gleichzeitig Dani sehen konnte. Er schaute erwartungsvoll zu ihr auf.

»Ich habe dir gesagt, dass ich seit der Highschool mit Jack zusammen war, oder?«

Er nickte.

»Vor drei Jahren sind wir zusammengezogen. Meine

Eltern waren nicht besonders begeistert. Sie wollten, dass wir heiraten, aber obwohl wir schon jahrelang zusammen waren, waren wir dazu noch nicht bereit. Ich hatte mich auf meine Karriere konzentriert und auf einen anspruchsvollen Job, der damals meine volle Aufmerksamkeit forderte, vor allem, als der Einzelhandel über Nacht aus greifbaren Gebäuden ins Internet verlegt wurde. Es war eine sehr stressige Zeit. Alle meine Bekannten auf der Arbeit … Wir hatten ständig Angst, unsere Jobs zu verlieren und dann keinen neuen mehr zu finden, weil es im Einzelhandel sowieso nur noch so wenige gute Stellen gab. Jack hatte es mit dem Heiraten auch nicht besonders eilig. Er war im Bauwesen, und bei seiner Firma lief es super. Es war alles gut, und wir dachten, dass wir noch mehr als genug Zeit haben würden, um zu heiraten und eine Familie zu gründen.«

Lucas hörte aufmerksam zu, aber sie spürte, dass er sehr angespannt war.

»Er hat mich mit dem Antrag überrascht. Ich war richtig schockiert, weil wir überhaupt nicht darüber gesprochen hatten. Aber er hatte meine Eltern um Erlaubnis gebeten und mir einen wunderschönen Ring gekauft. Es war wirklich süß und romantisch. Er hat gesagt, dass er sich sein Leben nicht ohne mich vorstellen könne und dass er mit mir Kinder bekommen und alt werden wolle.«

Dani wischte sich verärgert ein paar Tränen weg. Es musste doch nach all der Zeit möglich sein, dass sie über ihn redete, ohne fast zusammenzubrechen. »Ich habe natürlich ja gesagt. Er hat gesagt, es müsste sich ja erst einmal überhaupt nichts ändern, aber es hat alles verändert. Wir haben angefangen, die Hochzeit zu planen, und beschlossen, dass wir so früh wie möglich versuchen wollen, ein Baby zu bekommen, damit wir junge Eltern wären. Ich glaube, ich bin schwanger geworden, sobald ich die Pille abgesetzt habe«, sagte sie und lachte. »Ich hatte erwartet, dass es eine Weile dauern würde, also warfen wir schon wieder unsere Pläne über den Haufen. Wir zogen die Hochzeit vor, und sie war noch einen Monat entfernt, als er in dem Quad-Unfall getötet wurde.«

Lucas setzte sich neben sie und legte den Arm um sie. »Du musst nicht darüber sprechen, wenn es zu weh tut.«

»Ich muss aber darüber sprechen. Du hast es verdient, zu wissen, worauf du dich einlässt.«

»Es gibt nichts, was du mir sagen könntest, das dafür sorgen würde, dass ich nicht mit dir zusammen sein möchte.«

»Es ist wirklich süß, dass du das sagst, aber es gibt Dinge …«

»Sag es mir, und dann können wir das alles hinter uns lassen und darüber nachdenken, wie es weitergeht.«

»Er war mit Freunden unterwegs und hat getan, was er schon hundertmal gemacht hatte. Jack … Er ist durch einen flachen Teich gefahren, und sein Quad hat sich überschlagen. Er war darunter eingeklemmt.«

Lucas verzog das Gesicht. »Oh, verdammt.«

»Sie haben versucht, ihn rauszuholen, aber es war schon zu spät. Sie glauben, dass er vielleicht so schnell tot war, weil er sich das Genick gebrochen hatte. Aber ich hatte noch monatelang Albträume, weil ich mir nicht sicher war, ob er wirklich sofort tot war.«

Lucas drückte sie fest an sich. »Es ging mit Sicherheit sehr schnell, wenn sein Genick gebrochen war.«

»Das haben sie auch gesagt. Na ja, die Monate danach sind ganz verschwommen. Meine Mom und mein Dad haben komplett die Führung übernommen. Sie haben unsere Wohnung gekündigt, mich zu sich geholt und alles getan, was getan werden musste. Sie haben dafür gesorgt, dass ich etwas aß und schlief und weiteratmete. Sie haben darauf geachtet, dass ich regelmäßig in die Praxis meiner Frauenärztin ging und dafür sorgte, dass das Baby alles hat, was es braucht. Savannah kam zur Welt, und sie haben einfach so weitergemacht und sich um alles gekümmert. Ich habe es zugelassen, weil ich nicht die Kraft hatte, mich mit ihnen zu streiten. Es war mir nicht wichtig genug, um deswegen zu streiten.« Sie sah ihn an, dann fuhr sie fort:

»Versteh mich bitte nicht falsch, ich bin sehr dankbar für alles, was sie für mich und Savannah getan haben, aber dann ist mein Sandkastenfreund Tom wieder zu seinen Eltern gezogen, ein paar Monate nachdem er sich von seiner Frau getrennt hatte. Seine Mom und meine Mom hatten sich anscheinend in den Kopf gesetzt, dass Tom und ich perfekt füreinander wären …«

»Oje!«

»Ja, es hat alles nur schlimmer gemacht. Als ich gespürt habe, wie sehr sie mich in diese Richtung drängen … Da habe ich langsam angefangen zu sehen, dass ich die Kontrolle über mein Leben aufgegeben hatte. Dann hat Tom mir gesagt, dass er sich schon immer vorgestellt hat, dass wir irgendwann heiraten würden, aber dann hätte ich Jack kennengelernt, und das habe ihm das Herz gebrochen. Er sagte, dass es jetzt eine Chance für uns gibt, nur dass ich ihn nie als etwas anderes als einen guten Freund gesehen habe. Irgendetwas ist passiert, als er diese Sachen gesagt hat. Ich hielt es nicht mehr aus, diese Leute um mich zu haben, die es so gut meinten und doch immer nur meine Tragödie sahen und die alles tun würden, um es mir leichter zu machen. Ich konnte es einfach nicht mehr, verstehst du?«

Er nickte. »Ich verstehe. Wir haben mit Hannah dasselbe gemacht, als Caleb gestorben ist, bis sie uns irgendwann angefleht hat, sie in Ruhe zu lassen und ihr ein bisschen Raum zu geben.«

»Die Leute wollen einem helfen. Es liegt in der menschlichen Natur, alles zu tun, was möglich ist, damit es einem Menschen, den man liebt, besser geht. Alles, was ich weiß, ist, dass ich mich besser gefühlt habe, sobald ich mein altes Leben hinter mir gelassen hatte, und das, obwohl ich Menschen, die mir wichtig sind, weh getan habe.«

»Es ist ganz sicher richtig, zu tun, was du tun musst, um zu überleben.«

»Ja, das stimmt, und ich hoffe, dass meine Eltern irgendwann verstehen, was ich getan habe und warum ich es getan habe. Aber vorerst glaube ich, dass es am besten ist, wenn wir diesen Neustart alleine machen.«

»Hast du das nicht schon getan? Du bist diejenige, die beschlossen hat zu gehen, die euch beide nach Vermont gefahren hat.«

»Und dann in einem Graben gelandet ist, aus dem du mich gerettet hast.«

»Weißt du, was mich wirklich traurig macht?«

»Was?«

»Das du den Mut nicht siehst, den du gebraucht hast, um ganz alleine so weit zu kommen, wie du gekommen bist. Wenn ich nicht dagewesen wäre, hättest du es schon geschafft, weil du stark bist und kompetent und weil du niemals zulassen würdest, dass es diesem kleinen Mädchen an irgendetwas fehlt. Wenn du dich nur so sehen könntest, wie ich dich sehe, dann würdest du nicht glauben, dass du irgendjemandem irgendetwas beweisen musst.« Er gab ihr einen Kuss auf die Stirn und ließ sie los. »Ich muss zur Arbeit.«

Lucas stand auf und ging in sein Zimmer, um sich umzuziehen, aber er hatte ihr einiges zu denken gegeben.

Seine Worte über Stärke und Mut hatten ihr viel bedeutet. Er bedeutete ihr viel. Hoffentlich konnte sie ihm das weiterhin zeigen, selbst nachdem sie und Savvy ausgezogen waren.

20

Mein Vater hat mir nicht gesagt, wie ich leben soll.
Er hat gelebt, und ich habe ihm zugeschaut.
Clarence Budington Kelland

Zwei Monate später ...

Hey, Les,
es tut mir so leid, dass ich erst nach so langer Zeit auf deine E-Mail antworte. Ich verbringe gerade einen aufregenden Abend zu Hause, und Savannah schläft, also finde ich endlich die Zeit, dir zu schreiben. Es hat ein bisschen gedauert, bis ich mich an das Leben ohne Handynetz gewöhnt habe. Manchmal fühle ich mich, als wäre ich in ein völlig anderes Universum gezogen – ich bin so isoliert ohne mein Handy. Anfangs habe ich mich immer gefragt, wie die Leute hier das aushalten, aber so langsam komme ich zurecht. Irgendwie. Ich habe so viel zu erzählen! Meine Mutter hat dir doch meine neue Adresse gegeben, oder? Savannah und mir gefällt es gut in unserer neuen Wohnung, aber mein Freund Lucas hatte schon recht, als er gesagt hat, dass das Treppensteigen mir auf den Geist gehen würde, wenn ich gleichzeitig auf ein Baby aufpassen muss. (Er hat meistens recht, aber das darfst du ihm nie verraten.) Ich habe mittlerweile viel Übung darin, Savannah ins Tragetuch zu binden und die Treppen hoch und runterzulaufen, aber sie ist jetzt schon so groß! Bestimmt reißt das

Tragetuch bald. Ich kann kaum fassen, wie sehr sie sich verändert und wie schnell sie wächst. Ich habe ein paar Fotos angehängt.
Vielen Dank für die Bilder von Jessie. Ich hoffe, sie vergisst ihre Tante Dani nicht, und JA, ich möchte, dass ihr mich im Sommer besuchen kommt! Es gibt mitten in der Stadt ein richtig süßes Hotel, wo ihr wohnen könntet, und es gibt auch massenweise Ferienwohnungen in ganz Vermont. Ich nehme mir frei, wenn ihr kommt. Sag mir nur einen Monat vorher Bescheid oder so, damit ich den Urlaub beantragen kann. Ich freue mich so darauf, euch den Country Store und das Lagerhaus zu zeigen! Ich glaube, du wirst den Store lieben – das tun alle. Ich werde meinen Angestelltenrabatt benutzen, um dich mit einem Jahresvorrat Cheddar und Ahornsirup nach Hause zu schicken. Und Jessie wird die Spielwarenabteilung LIEBEN. Sie haben so viele tolle Sachen – die meisten davon haben noch nie eine Batterie gesehen. Freut mich zu hören, dass dieser Idiot aus deinem Büro aufgehört hat. Es muss dir so viel leichter fallen, zur Arbeit zu gehen, jetzt, wo er endlich weg ist!
Der Besuch meiner Eltern war schön, danke, dass du danach gefragt hast. Sie haben sich gefreut zu sehen, dass ich mich an mein neues Leben in Vermont gewöhnt habe und es sehr genieße. Ich bin wirklich dankbar, dass sie mir scheinbar vergeben haben, dass ich weggezogen bin. Zumindest haben sie so getan, und das ist ja das Einzige, worauf es ankommt. Tante Ellen hat mir erzählt, dass meine Mom in einem Programm für Kinder, die traumatische Erfahrungen gemacht haben, arbeitet. Das kann sie garantiert sooo gut! Sie hat so viel Liebe zu geben, und ich glaube, das ist genau der richtige Ort für sie. Diese Kinder haben wirklich Glück, sie zu haben. Sie hat mir noch nichts davon erzählt. Ich werde warten, bis sie etwas von sich aus sagt, be-

vor ich ihr gratuliere. Wahrscheinlich will sie nicht, dass ich denke, sie hat aufgehört, meine Mutter zu sein, oder irgend so was! Als ob sie je aufhören könnte, meine Mutter zu sein! Wir versuchen, einmal im Monat über FaceTime zu telefonieren, damit sie Savannah sehen können, und sie haben meinen Freund Lucas kennengelernt, als sie hier waren. Sie mochten ihn wirklich gerne, aber das war ja zu erwarten. Alle mögen ihn, vor allem meine Tochter!

Und ja, ich LIEBE meinen neuen Job! Ich habe so viel Spaß, und die Menschen, mit denen ich arbeite, sind jetzt schon wie eine große Familie. Alle sind so nett und hilfsbereit und freuen sich darauf, dass der Katalog fertig wird. Er soll im Herbst rauskommen, rechtzeitig vor den Feiertagen. Meine Aufgabe ist es, dafür zu sorgen, dass das Warenhaus bereit ist, die Bestellungen abzuwickeln, wenn sie eingehen. Lucas' Familie hat die Firma jetzt schon seit siebzig Jahren, und weißt du was? Sie sammeln seit fünfundzwanzig Jahren die Adressen ihrer Kundinnen und Kunden für den Fall, dass sie irgendwann einen Katalog verschicken. Ich hoffe nur, wir sind bereit! SCHLUCK! Und weißt du, von was sie glauben, dass es sich am besten verkaufen wird? Das neue Segment, die Sexspielzeuge. Nein, ich mache keine Witze! Wir erwarten, dass sie der Bestseller im Katalog werden. Das könnte ich mir gar nicht ausdenken! LOL! Ich arbeite so gerne für die Familie Abbott. Es ist so toll, mit ihnen Zeit zu verbringen. Und sie haben gesagt, wenn ich den Winter und die Schlammsaison hier überstanden habe, dann bin ich fast eine Vermonterin. Dann muss ich nur noch die Blätter-schauen-Saison – sie nennen es hier »leaf-peeping« – im Herbst überstehen, um offiziell eingebürgert zu werden. Nach allem, was ich gehört habe, ist das hier die hektischste Zeit des Jahres, noch schlimmer als die Skisaison.

Also, du hast nach Lucas gefragt, und ja, wir sehen uns immer noch so gut wie jeden Tag. Wenn er tagsüber auf der Feuerwache arbeitet, bringt er Abendessen mit, oder ich koche für ihn, und er hilft mir, Savannah zu baden und sie ins Bett zu bringen, bevor er nach Hause fährt. Wenn er Nachtschicht hat, kommt er morgens vorbei, um sie zu sehen, und manchmal nimmt er sie dann mit zu seiner Schwester, damit ich sie nicht hinbringen muss (sie wohnt genau in der entgegengesetzten Richtung meiner Arbeit). Habe ich dir schon erzählt, dass er unglaubliche Holzarbeiten macht, die im Country Store verkauft werden? Er hat das schönste Bettchen der Welt für Savannah gemacht. Ich habe angefangen zu weinen, als er es mitgebracht und für mich aufgebaut hat. Er kann so gut mit Holz umgehen, es ist einfach unglaublich. Meine Tochter ist komplett verliebt in ihn. Sie kann noch nicht viel sagen, nur »Lu, Lu, Lu«, wenn er hier ist. Kein »Mama« von meinem Kind. Nur Lu, Lu, Lu. Er findet das natürlich ganz toll. Wenn wir beide gleichzeitig freihaben, versuchen wir, etwas Schönes zu unternehmen, eine Wanderung oder ein Picknick. Er hat mir die Ahornsirup-Fabrik seines Bruders gezeigt, mitten in der Saison, und es war so interessant zu sehen, wie der Saft gekocht und zu Sirup verarbeitet wird. Es ist wirklich eine Wissenschaft für sich, aber sein Bruder Colton ist ein wahrer Meister.

Ich war ein paarmal sonntags zum Abendessen bei seinen Eltern eingeladen, und das will schon was heißen, mit seinen neun Geschwistern, ihren Partnerinnen und Partnern, massenweise Cousins und Cousinen, seinem Großvater und so weiter. Es ist wirklich chaotisch, aber auch so toll – mir tut danach immer alles weh vom Lachen. Sie sind so WITZIG! Ich LIEBE seine Mom! Sie ist einfach toll. Die Frau fängt nicht mal an zu schwitzen, wenn sie Abend-

essen für dreißig Leute kocht, und sie ist total in ihrem Element, wenn ihr Kinder und Enkel und Hunde um die Füße wuseln. Ich bin richtig verknallt in sie. Zehn Kinder! Kannst du dir das vorstellen! Ich komme gerade so mit einem zurecht. Sie hat mir sogar ihre Nummer gegeben, damit ich sie immer anrufen kann, wenn ich eine Babyfrage habe oder etwas brauche. Wie nett ist das denn?!?!?!?!
Lucas' Schwester Hannah, die auf Savannah aufpasst, wenn ich arbeite, ist so eine gute Freundin geworden, und ihr Tochter Callie ist Savannahs BFF. Sie sind so süß zusammen. Sie wollen immer noch zusammen im selben Babybett schlafen, obwohl sie langsam zu groß dafür werden. Sie weinen beide, wenn Hannah sie trennt. Und habe ich dir schon erzählt, dass Hannah auch noch einen Babyelch aufzieht, der Dexter heißt? So was gibt es wirklich nur in Vermont, oder? Ich glaube, sie ist vielleicht wieder schwanger, aber sie hat noch nichts gesagt. Sie ist in letzter Zeit manchmal ein bisschen grün morgens, und ihr Gesicht ist irgendwie voller geworden. Ich drücke ihr und Nolan alle Daumen, weil sie wirklich so bald wie möglich ein zweites Kind wollen. Sie ist siebenunddreißig, also will sie nicht mehr viel länger mit Nummer zwei warten. Ich habe auf der Arbeit auch Lucas' Schwestern Ella (meine Wohnung war mal ihre) und Charley besser kennengelernt, und die sind auch toll.
Also, zurück zu Lucas ... Er ist wundervoll und hat mir allen Raum gelassen, den ich brauchte, als ich darum gebeten habe und in meine Wohnung gezogen bin, außer, dass ich mir mittlerweile wünsche, er würde mir ein bisschen weniger Raum geben, falls du weißt, was ich meine ... Bevor ich bei ihm ausgezogen bin, haben wir uns ein paarmal geküsst, und es war wirklich schön (und HEISS!!), aber seit ich gegangen bin – NADA. Er ist super respektvoll und hält Ab-

stand und schenkt Savannah seine ganze Aufmerksamkeit. Ich fange langsam an, mich zu fragen, ob er das Interesse an mir verloren hat ... Ich könnte es ihm nicht verübeln, schließlich habe ich um Abstand gebeten und alles. An Jacks Todestag hat er mir Blumen gebracht und gesagt, dass er wollte, dass ich weiß, dass er an diesem Tag an mich denkt. Es war so süß, dass ich angefangen habe zu weinen. Ich will dir nichts vormachen – das war ein schwerer Tag. Manchmal ist es immer noch so schwer zu glauben, dass es wirklich passiert ist und dass er nie mehr wiederkommt. Ich hatte darüber nachgedacht, mir den Tag freizunehmen, aber dann war ich froh, dass ich es nicht gemacht hatte. Es hat wirklich geholfen, zur Arbeit zu gehen und beschäftigt zu sein, statt den ganzen Tag weinend zu Hause zu sitzen. Na ja ... Lucas hat mich zur Hochzeit seines Bruders eingeladen, im Mai, und zu der eines weiteren Bruders im Juni, in Boston. Ich freue mich so auf beide, aber ich bin mir nicht ganz sicher, wie die Dinge zwischen uns stehen. Jedenfalls habe ich ein sexy Kleid für die Hochzeit im Juni bestellt. Die wird richtig schick, und ich hoffe sehr, dass es passt. Ich habe fast meine Figur von vor der Schwangerschaft wieder, nur dass ich jetzt ein bisschen kurviger bin.

Ich hoffe, du findest mich nicht schrecklich, weil ich so über einen anderen Kerl rede. Ich denke jeden Tag an Jack. Letzte Woche habe ich mit seiner Mom gesprochen, und seine Eltern kommen uns bald besuchen. Ich werde Savannah von ihm erzählen, wenn der richtige Zeitpunkt gekommen ist, aber ich glaube, ich bin bereit zu schauen, was zwischen mir und Lucas sein könnte – und nur, weil er es ist. Ich würde mit sonst niemandem ausgehen wollen. Na ja, jetzt labere ich nur noch so vor mich hin, und es ist schon spät. Savannah wird mal wieder mit den Hühnern aufwachen, also sollte ich wohl besser ins Bett gehen. Danke, dass du nach mir fragst und meine Eltern in Schach hältst. Ich weiß, dass es ihnen viel bedeutet, wenn du mit Jessie vorbeischaust, vor allem, weil ich mit ihrem einzigen Enkelkind abgehauen bin, also vielen Dank dir! Ich kann es kaum erwarten, im Herbst dein Kleines kennenzulernen, und wir kommen auf jeden Fall ein Wochenende nach Hause, wenn er oder sie da ist. Ich verspreche, ich schreibe bald mehr!!!

xoxo

Hab dich lieb! Ich vermisse dich!

Dani

Nachdem sie die ellenlange E-Mail geschrieben hatte, gab Dani Lesleys E-Mail-Adresse ein und hängte ein paar Fotos von Savannah an, dann klickte sie auf *Senden.* Sie stand auf, streckte sich und schenkte sich ein Glas Weißwein ein. Schon wieder ein aufregender Freitagabend, aber nach der Hektik ihrer Arbeitswoche war sie einfach nur froh, an den Wochenenden ein bisschen Ruhe und Frieden zu haben.

Ihr Laptop gab ein leises Klingeln von sich, und sie lächelte. Sie wusste genau, dass das eine Nachricht von Les war, die jetzt schon auf ihre E-Mail antwortete.

Hast du schon mal versucht, ihn anzuspringen????

Dani musste laut lachen. Natürlich nahm Les wie immer kein Blatt vor den Mund. *Noch nicht.*

Warum nicht? Probier' es mal aus. Was hast du zu verlieren?

Außer dem besten Freund, den ich in Vermont habe?

Den wirst du nicht verlieren. Er ist total verrückt nach der Klei-

nen. Er geht nirgendwohin. Er wartet die ganze Zeit darauf, dass du ihm zeigst, dass du bereit bist.

Woher willst du das wissen?

Natürlich weiß ich das nicht, aber es ist meine Theorie.

Es ist keine SCHLECHTE Theorie ...

Mach es. Und dann mach es noch mal. Du willst doch keine Spinnweben im Keller!

STOPP! OMG! Dani fügte ein lachendes Emoji hinzu.

Na ja, ganz im Ernst ... Ich weiß, wie schwer das letzte Jahr für dich gewesen ist. Und ich weiß ganz sicher, dass Jack wollen würde, dass du alles tust, was nötig ist, damit du glücklich sein kannst. Wenn Lucas dich glücklich macht, dann sei mit Lucas GLÜCKLICH. Ich erlaube es dir.

Danke, Les. Ich denke darüber nach. Das weiß ich sehr zu schätzen.

Nicht denken. ANSPRINGEN! Mach es einfach. Er fängt dich auf. Ich habe ein gutes Gefühl bei der Sache.

Ich auch.

Halt mich auf dem Laufenden!

Mache ich!

PS: Du klingst wirklich glücklich, und meine Patentochter ist wunderschön. Ich bin so froh, dass alles so gut klappt, auch wenn ich euch wie verrückt vermisse.

Ich bin auch glücklich. Wir vermissen dich auch. Ich melde mich bald wieder!

Das will ich hoffen! Küsschen an die Kleine!

Sie hatte Les die Wahrheit gesagt, dachte Dani, als sie ihren Wein austrank und ins Bad ging, um sich die Zähne zu putzen. Sie war glücklich in Vermont. Dieses neue Leben passte zu ihr, und Savannah ging es super. Dani gewöhnte sich an ihr Dasein als alleinerziehender Elternteil, und sie hatte eine Routine entwickelt, die für sie beide funktionierte. Sie betrat das winzige Schlafzimmer, in dem Savannah schlief, beugte sich über das wunderschöne Mahagonibettchen, mit dem Lucas sie überrascht hatte, und zupfte die Decke zurecht. Savannah strampelte sich jede Nacht frei, und Dani deckte sie mindestens dreimal pro Nacht wieder zu.

Das Bettchen war so ein besonderes Geschenk gewesen, und sie hatte sofort Tränen in den Augen gehabt, als ihr klargeworden war, dass er daran die ganze Zeit gearbeitet hatte. »Nur das Beste für meine kleine Savvy«, hatte er gesagt, als er fertig war.

Sie hatte sich wirklich zusammennehmen müssen, um ihm an dem Tag nicht um den Hals zu fallen und ihn anzuflehen, für immer zu bleiben. Aber das konnte sie wirklich nicht machen, wo sie diejenige gewesen war, die ihn um Abstand gebeten hatte. Das wäre einfach nicht fair gewesen.

Savannah schlief jetzt regelmäßig länger, und wenn das passierte, bekam Dani immer einen Riesenschreck, wenn sie morgens aufwachte und ihr klarwurde, dass sie die ganze Nacht über nichts von Savannah gehört hatte.

Als sie auf das schlafende kleine Mädchen hinunterblickte, wusste sie, dass sie das Richtige getan hatte, als sie von ihrem alten Leben und all den Erinnerungen weggezogen war. Sie vermisste Jack die ganze Zeit und hatte angefangen, sich damit abzufinden, dass sich das auch nicht ändern würde. Aber die allumfassende, tiefe Traurigkeit, die es so lange so gut wie unmöglich gemacht hatte, mehr zu tun, als nur zu atmen, war irgendwann leichter geworden, und sie fühlte sich ein bisschen besser als im ganzen letzten Jahr. Noch nicht wieder normal, natürlich nicht, denn was normal war, war komplett neu definiert worden, aber zumindest war sie an den meisten Tagen voller Hoffnung, und das war eine große Verbesserung im Vergleich zu der Dunkelheit, die sie in den Monaten nach Jacks Unfall umgeben hatte.

Nun merkte sie, dass sie hinter dem dunklen Vorhang hervorschaute und neugierig auf das Licht geworden war, das sie dahinter erwartete.

Wartete Lucas auf sie? Hatte er deshalb ihre Beziehung komplett platonisch gehalten und sich vor allem auf Savannah konzentriert, seit sie bei ihm ausgezogen war? Was musste sie tun, um ihm zu sagen, dass sie bereit für das war, was als Nächstes kam? Ihn anzuspringen erschien ihr dann doch ein wenig extrem, auch wenn der Gedanke daran, wie er sie auffangen würde, sie vor Aufregung ganz kribbelig werden ließ.

Er war übers Wochenende mit seinem Vater, seinem Großvater und seinen Brüdern zu ihrem jährlichen Frühjahrszelten aufgebrochen. Bereits Wochen vorher hatte er angefangen, sich darauf zu freuen. Die Tage wurden zwar langsam wärmer, aber die Nächte waren nach wie vor eiskalt. Sie konnte nicht verstehen, was er daran fand, sich in einem Zelt den Arsch abzufrieren, und das hatte sie ihm auch gesagt, woraufhin er sie mit einem Vortrag über Camping bei Minusgraden beglückt hatte.

Nein, danke.

Er würde morgen Nachmittag nach Hause kommen, und sie wollten zusammen zu seinen Eltern zum Abendessen fahren. Sie konnte ja mal schauen, ob sie danach vielleicht Lust hatte, ihn anzuspringen.

Sie kicherte, als sie an all die Möglichkeiten dachte, wie das schiefgehen konnte. Aber wenn sie an all die Möglichkeiten dachte, wie es verdammt gutgehen konnte, hörte sie auf zu lachen.

❄

Lucas fror sich wirklich den Arsch ab, und er genoss jede einzelne Minute. Schließlich war er mit seinen Lieblingsmännern unterwegs. Allerdings vermisste er Dani und Savannah so sehr, dass er sich fragte, wie er es bis morgen Nachmittag ohne sie aushalten sollte. Er musste auf jeden Fall duschen, bevor er zu ihnen fuhr, er stank nämlich nach Rauch vom Lagerfeuer, nach Schweiß und Fischinnereien und allen möglichen anderen ekligen Sachen. Aber sobald er wieder sauber war, würde er sich auf den Weg zu ihnen machen, getreu dem Masochismus, den er entwickelt hatte, seit er die beiden kannte.

»Du bist so still heute, mein Sohn«, sagte Lincoln, als

nur noch sie beide am Lagerfeuer saßen. »Und du bist nicht gerade dafür bekannt, ein ruhiger Typ zu sein.« Linc machte eine Flasche Bier auf und reichte sie Lucas, dann öffnete er noch eine für sich selbst. »Was ist denn los mit dir? Allen ist schon aufgefallen, dass du dich verändert hast. Natürlich habe ich so meinen Verdacht …«

»Ach ja?«, fragte Lucas belustigt. »Und der wäre?«

»Ich glaube, es hat etwas mit unserer wunderbaren neuen Lagerhaus-Managerin und ihrer bezaubernden kleinen Tochter zu tun. Warm?«

»Sehr warm. Ich liebe die beiden.«

»Aha! Ich wusste es! Dein Großvater und ich haben gewettet, und ich verdanke dir jetzt zwanzig Dollar.«

»Hat er denn gegen mich gewettet?« Lucas musste wie so oft über seinen Großvater schmunzeln.

»Nicht direkt gegen dich, aber er war nicht so überzeugt wie ich, dass die Dinge zwischen euch schon so weit fortgeschritten sind.«

»Sie sind nicht besonders weit fortgeschritten, da hat er recht.«

»Ich komme nicht mit. Hast du nicht gerade gesagt, du liebst die beiden?«

»Ja, aber zwischen Dani und mir passiert nichts. Wir sind nur befreundet.«

»Aber du willst, dass etwas passiert?«

»Auf jeden Fall! Aber nicht, bevor sie es auch will, und sie ist noch nicht so weit, also warte ich.«

»Du wartest?«

»Ja. Sie hat im letzten Jahr, als sie mit Savvy schwanger war, bei einem tragischen Unfall ihren Verlobten verloren, und sie hat wirklich viel durchgemacht. Sie braucht Zeit, um wieder einen klaren Kopf zu bekommen, und wenn sie das geschafft hat, warte ich auf sie.«

»Und du triffst dich in der Zwischenzeit nicht mit jemand anderem?«

»Nein. Mich interessiert überhaupt niemand außer ihr.«

»Du meine Güte. Ich hätte nie gedacht, dass ich das mit Landon und dir noch erlebe.«

»Selbst Schwachköpfe werden irgendwann erwachsen, Dad.«

»Ja, ich schätze, da hast du recht. Nicht, dass ich dich je für einen Schwachkopf gehalten hätte.«

»Wirklich?«, fragte Lucas in seinem trockensten Tonfall. »Nie?«

»Na ja, vielleicht ab und zu.«

Lucas musste lachen. »Es ist ein wohlverdienter Titel, aber ich möchte wirklich nicht, dass er den Rest meines Lebens bestimmt.«

»Sicher nicht. Ich sage das vielleicht nicht oft genug, aber ich bin verdammt stolz auf dich und die Arbeit, die Landon und du für die Gemeinschaft leistet. Ihr benehmt euch vielleicht manchmal wie Schwachköpfe, aber ihr seid gut ausgebildete, unglaublich kompetente Rettungssanitäter und Feuerwehrmänner, und ich für meinen Teil habe sehr, sehr viel Respekt vor euch.«

»Es ist wirklich nett, dass du das sagst. Danke, Dad.«

»Ich sage das nicht nur. Es ist wirklich so, und ich finde, Dani könnte sich glücklich schätzen, dich in ihrem Leben und dem ihrer Tochter zu haben.«

»Ich hoffe, ihr wird irgendwann klar, dass sie mich nicht mehr loswird. Für Savvy würde ich barfuß durch einen Schneesturm laufen.«

»Junge, Junge, die Kleine hat dich ganz schön verzaubert, oder?«

»Du hast ja keine Ahnung. Ich schaue sie an und schmelze einfach. Dieses zahnlose Lächeln und jetzt die zwei winzigen Zähnchen, an denen sie vorbeisabbert. Ich liebe sie einfach.«

»Sieh dich nur an. Mein kleiner Junge ist verliebt.«

»Gar nicht mehr so klein.« Lucas warf seinem Vater einen gespielt bösen Blick zu.

»Du wirst immer mein kleiner Junge sein. So ist das einfach. Genauso wie Savvy immer dein kleines Mädchen sein wird.«

»Aber sie ist ja gar nicht wirklich mein kleines Mädchen.«

»Nicht?«

»Sie hatte einen Vater, der sie sehr liebgehabt hat. Es ist mir wichtig, seine Erinnerung zu würdigen.«

»Natürlich sollst du ihn würdigen, Luc. Ich würde nie etwas anderes sagen. Aber es ist nun einmal so, dass du hier bist und er leider nicht. Ich glaube, es gehört schon einiges dazu, das Kind eines anderen so zu lieben, als wäre es das eigene, und ich bin mir sicher, dass ihre Mutter sieht, wie viel Glück sie beide haben.«

»Das hoffe ich auch, aber ich weiß wirklich nicht, was sie denkt. Alles ist zurzeit so unsicher.«

»Woran genau liegt das?«

Lucas seufzte. »Als Dani in ihre Wohnung gezogen ist, hat sie um Raum für sich gebeten. Also habe ich ihn ihr gegeben. Und jetzt bin ich mir nicht sicher, wie ich die Lücke wieder schließen und da weitermachen soll, wo wir waren, bevor sie ausgezogen ist.«

»Ihr scheint viel Zeit miteinander zu verbringen.«

»Ja, aber nur freundschaftlich.«

»Das macht doch nichts. Freundschaft ist eine tolle Basis, auf der man viel aufbauen kann.«

»Jetzt klingst du wie Gramps.«

»Ich bekomme einige meiner Weisheiten von ihm, aber verrate ihm nicht, dass ich das gesagt habe.«

Lucas lachte. »Wenn er eines ist, dann voller Weisheiten.«

»Allerdings. Du bittest mich nicht um Rat, aber wenn du es tun würdest, dann würde ich dich ermuntern, mit Dani darüber zu sprechen, was du fühlst. Vielleicht könntest du ihr sagen, dass du ihren Wunsch nach Raum respektierst, aber dass du auf sie wartest, wenn sie bereit für mehr als Freundschaft ist.«

»Ich hoffe sehr, dass sie das bereits weiß.«

»Sieh nichts als selbstverständlich an. Sag ihr, was du fühlst, damit sie Bescheid weiß. Sag ihr, dass es keinen

Druck gibt und keine Deadline. Das wird ihr viel bedeuten, mein Sohn.«

»Ich rede morgen mit ihr, wenn wir wieder zu Hause sind.« Er fragte sich, wie er es schaffen sollte, so lange zu warten. Noch Stunden, nachdem sie in die Schlafsäcke gekrochen waren, lag Lucas wach und dachte über Dani und Savannah nach – und über ein Leben, in dem sie ein fester Bestandteil wären. Er wollte das Gleiche machen wie Wade – ein altes Haus kaufen, es restaurieren und wirklich zu ihrem eigenen machen – und es dann mit Kindern füllen.

❄

Er schlief nicht viel, aber als er aufwachte, konnte er es kaum erwarten, nach Hause zu fahren, Dani und Savvy zu sehen und ihr zu sagen, was er fühlte. Als sie die letzten Ausrüstungsgegenstände in die Trucks geladen hatten, waren seine Brüder schon völlig entnervt von seiner Ungeduld.

»Was für eine Laus ist dir denn gestern Abend über die Leber gelaufen?«, fragte Landon, als sie endlich in seinem Truck saßen.

Lucas wünschte, er säße am Steuer, damit er schneller fahren könnte. »Gar keine. Ich will einfach nach Hause.«

»Ja, das haben wir verstanden. Die Frage ist nur: Warum die Eile?«

»Ich habe viel zu tun.« Der Rat seines Vaters, Dani zu

sagen, was er fühlte, war das Einzige, an das er seit gestern Nacht denken konnte.

»Du bist so komisch in letzter Zeit.«

»Danke.«

»Das war kein Kompliment.« Landon lachte. »Aber natürlich nimmst du das in deinem derzeitigen Zustand so auf. Was ist nur *los* mit dir?«

»Nichts.«

»Doch, klar. Ich kriege dich kaum mehr zu Gesicht.«

»Das stimmt doch nicht. Wir sehen uns jeden Tag.«

»Auf der Arbeit. Aber wann haben wir zuletzt außerhalb was zusammen gemacht?«

Das war schon eine ganze Weile her, das konnte Lucas nicht leugnen. In letzter Zeit verbrachte er jede freie Minute mit Savannah und Dani. »Wir waren gerade ein ganzes Wochenende zusammen unterwegs.« Das längste Wochenende seines Lebens. Er hatte jede Stunde gezählt.

»Das hab ich nicht gemeint, und das weißt du auch.«

»Mann, es tut mir leid, okay? Ich bin einfach sehr beschäftigt.«

»Kannst du nicht wenigstens ehrlich sein? Du hast eine Freundin und bist zu dem Kerl geworden, über den wir uns früher immer lustig gemacht haben. Der, der vergessen hat, dass er ein Leben hatte, bevor er sich an eine Frau gekettet hat.«

»A: Ich habe keine Freundin. B: Ich habe mich an niemanden gekettet. C: Ich habe mein Leben nicht vergessen.«

»Red keinen Mist.«

»Sie ist wirklich nicht meine Freundin. Wir sind nur gut befreundet.«

»Niemand verbringt so viel Zeit mit einer Frau, wenn er kein Interesse an ihr hat.«

»Ich habe ja auch nicht gesagt, dass ich kein Interesse habe. Ich habe nur gesagt, sie ist nicht meine Freundin.«

»Das sind doch jetzt Haarspaltereien.«

»Es tut mir leid, aber das ist die Wahrheit. Ja, wir sind die ganze Zeit zusammen, und nein, wir sind kein Paar.«

»Aber du hättest gerne, dass ihr eins seid?«

»Ja, auf jeden Fall, unbedingt, aber es ist kompliziert.«

»Wegen des Babys.«

»Ja, wegen ihr und ihrem Vater, der vor ihrer Geburt bei einem Unfall ums Leben kam. Dani hat viel durchgemacht.«

»Das ist echt hart.«

»Ja, war es, aber sie hat viel Energie aufgewendet, um sich ein neues Leben aufzubauen. Ich habe versucht, ein guter Freund für sie zu sein, als sie einen gebraucht hat.«

»Und jetzt steckst du in der Friendzone fest?«

»Ich weiß es nicht genau.«

»Dann musst du es herausfinden.«

»Glaub mir, das weiß ich nur zu gut. Ich will mit ihr reden, wenn wir nach Hause kommen.«

»Aha, daher die Eile. Jetzt verstehe ich.«

Lucas konnte es nicht leugnen, also versuchte er es gar nicht erst. »Willst du nicht zurück zu Amanda?«

»Ähm, das läuft auch nicht wirklich.«

Lucas warf seinem Bruder einen überraschten Blick zu. »Nicht?«

»Ich glaube nicht. Ich kann sie nicht einschätzen. In einer Sekunde ist sie voll dabei, in der nächsten plötzlich nicht mehr. Ich kriege noch ein Schleudertrauma, wenn ich versuche, da mitzukommen.«

»Das ist echt scheiße.«

»Es ist, wie es ist. Ich gehe erst mal auf Abstand. Wer braucht schon dieses ganze Drama? Genau aus diesem Grund ist es besser, Single zu bleiben und sich nicht unnötig zu belasten.«

»Für immer?«

»Na ja, vorerst jedenfalls.«

Noch vor ein paar Monaten hätte Lucas seinem Bruder zugestimmt. Freundinnen waren viel Arbeit. Es war viel einfacher, Single zu sein. Aber seit er Dani kennengelernt hatte, hatte er seine Meinung dazu komplett geändert. Jetzt wollte er die ganze Arbeit, er wollte sich die Zeit nehmen und alles sein, was sie brauchte. Was für eine Kehrtwende.

»Soll ich dich zu Hause absetzen oder bei ihr?«, fragte Landon, als sie sich Butler näherten.

»Zu Hause. Ich muss erst duschen.«

»Wahrscheinlich keine schlechte Idee«, lachte Landon. »Wir stinken.«

»Du stinkst. Ich bin nur schmutzig.«

»Wie du meinst.«

Landon fuhr die lange Einfahrt der Weihnachtsbaumplantage entlang und hielt vor der Scheune. »Home, sweet Home.«

»Danke fürs Fahren.«

»Kein Ding.« Landon machte den Motor aus und stieg aus, um Lucas mit seinem Gepäck zu helfen. »Also, hast du schon einen Plan für dieses Gespräch, das du mit ihr führen möchtest?«

Lucas hatte die ganze Nacht damit verbracht, das Thema aus jeder nur möglichen Richtung auszuleuchten. »Ja, habe ich.«

Landon lehnte sich an den Truck und widmete Lucas seine volle Aufmerksamkeit. »Dann sag an.«

»Oh, äh, nun ... Ich werde ihr sagen, dass ich weiß, dass sie viel durchgemacht hat und dass ich respektiere, dass sie immer noch dabei ist, ihr Leben wiederaufzubauen, aber dass ich da bin und auch nirgendwo hingehe. Wenn es eine Woche dauert, einen Monat, ein Jahr, zwei Jahre, völlig egal. Ich setze alles auf sie und Savvy.«

Ein langes Schweigen folgte seinen Worten, und Lucas hatte keine Ahnung, was sein Zwillingsbruder dachte. Normalerweise wusste er immer ganz genau, was Landon dachte.

»Das ist wunderschön, Bro.«

»Willst du mich verarschen?«

Landon lachte. »Ausnahmsweise mal nicht. Wenn du ihr das genauso gefühlvoll sagst, wie du es mir gerade gesagt hast, dann kann gar nichts schiefgehen.«

»Meinst du?«

»Ja, sicher. Na los! Wie du schon gesagt hast, du hast heute viel zu tun.«

»Hey, Landon?«

»Ja?«

»Tut mir leid, dass ich so ein Idiot war wegen der Sache mit Amanda. Es war nicht deine Schuld, dass sie lieber mit dir zusammen sein wollte.«

»Ich bin mir immer noch nicht sicher, dass das so ist, aber danke, dass du das sagst. Ich finde es echt scheiße, wenn irgendetwas zwischen uns steht.«

»Geht mir genauso. Schauen wir, dass das nicht noch mal passiert, okay?«

Landon nickte. »Viel Glück, Luc. Ich hoffe, du bekommst alles, was du willst.«

»Danke. Ich auch.«

21

Du weißt, dass du verliebt bist, wenn du nicht einschlafen möchtest, weil die Wirklichkeit endlich besser ist als deine Träume.

Dr. Seuss

Lucas schnappte sich seinen Rucksack, das Zelt und den Schlafsack und ging nach drinnen. Er ließ die Campingausrüstung in der Garage liegen, darum würde er sich später kümmern. Er stieg zwei Stufen auf einmal hinauf und ging sofort ins Bad. Noch im Gehen zog er die ersten Kleidungsstücke aus. Er stopfte die verdreckten Sachen in die Waschmaschine, gab den Inhalt seines Rucksacks hinzu, kippte Waschmittel in die Schublade und machte die Waschmaschine an, bevor er unter die Dusche stieg.

Eine Viertelstunde später war er auf dem Weg in die Stadt. Ob der Blumenladen wohl sonntags geöffnet war? Wahrscheinlich nicht, und außerdem wollte er es nicht übertreiben, indem er mit einem Blumenstrauß auftauchte. Er wollte nicht, dass sie bemerkte, dass sein Besuch heute anders war als sonst, bis er ein Gefühl dafür bekommen hatte, ob das, was er sagen wollte, heute erwünscht sein würde.

Als er vor ihrem Haus ankam, war er das reinste Nervenbündel, was wirklich seltsam war, wenn man bedachte, wie Frauen sich, wo er auch hinging, an ihn heranschmissen, und das, seit er alt genug war, die Grundsätze zwischenmenschlicher Anziehung zu verstehen. Bisher war er noch nie nervös gewesen, wenn er mit einer Frau zusammen war, aber jetzt hing einfach mehr davon ab als je zuvor.

Er bemerkte, dass ihr Auto nicht da war.

Die Welle der Enttäuschung, die ihn überkam, riss auf einen Schlag sämtliches Adrenalin mit sich.

Er machte den Motor aus und lehnte sich zurück. Er würde warten, bis sie wiederkam. Er warf einen Blick auf die Uhr. Fast zwei. Sie würde nicht mehr viel länger weg sein, schließlich machte Savvy normalerweise zwischen zwei und halb drei ihren Mittagsschlaf. Ja, er wusste, wann sie schlief, denn er achtete sehr genau auf jedes Detail, wenn es um die beiden ging. Deshalb wusste er auch, dass Dani sonntags einkaufen ging, wahrscheinlich auch jetzt gerade.

Ein paar Minuten später parkte sie ihr Auto in der Einfahrt und lächelte, als sie sah, dass er auf sie gewartet hatte.

Lucas stieg aus seinem Truck, als Dani aus dem Auto stieg. Er freute sich, dass sie immer noch lächelte.

»Du bist wieder da.«

»Ich bin wieder da. Habt ihr mich vermisst?«

»Haben wir. Es war so ruhig ohne dich.« Sie machte die hintere Autotür auf, und Savvy quietschte begeistert, als sie ihn sah.

»Lu, Lu, Lu!«

Sein Herz schmolz jedes Mal dahin, wenn sie ihn so nannte. »Darf ich?« Er zeigte auf das Baby.

»Ja, bitte, sonst reißt sie noch den Sicherheitsgurt ab, so eilig, wie sie es hat, zu dir zu kommen.«

So routiniert, wie er mittlerweile war, hatte er sie in Sekundenschnelle aus dem größeren Kindersitz befreit, den sie seit etwa vier Wochen brauchte. Er hob sie heraus und hielt sie hoch über seinen Kopf, und er freute sich sehr über die vergnügten Gluckser, die sie ausstieß, als sie ihn sah. Und dann drückte er sie an sich und atmete den süßen Duft ihres Babyshampoos ein, und all seine Emotionen waren plötzlich so nah an der Oberfläche, dass sie jederzeit aus ihm heraussprudeln könnten.

»Lu, Lu, Lu.«

»Immer noch ihr Lieblingswort.«

»Immer noch kein ›Mama‹?«

»Noch nicht.«

»Es kann nicht mehr lange dauern.« Er sah Dani an, das rotblonde Haar, das im Sonnenlicht schimmerte wie Gold, das Gesicht, das so vertraut und so lebensnotwendig für ihn geworden war, die Augen, die ihn mit so viel Zuneigung ansahen, und die Lippen, von denen er es kaum erwarten konnte, sie wieder zu küssen. Würde er das je dürfen? Es würde ihn noch umbringen, dass er das nicht wusste. »Hast du eingekauft?«

»Ja.«

»Nimm du sie, ich lade aus.«

»Musst du nicht.«

»Weiß ich doch.« Er reichte ihr Savvy, und das Baby fing sofort an zu quengeln.

Sie zappelte die ganze Zeit, während Dani sie nach oben trug und Lucas ihnen mit Einkaufstüten an beiden Armen folgte. Erst als er die Tüten abstellte und sie Dani wieder abnahm, beruhigte sie sich. Sobald sie auf seinem Arm war, stieß sie dieses leise Gurren aus, das eines der süßesten Geräusche war, die er je gehört hatte.

»Da wird aber jemand nach Strich und Faden verwöhnt«, meinte Dani, die begonnen hatte, das Essen in den Kühlschrank und die Gefriertruhe zu räumen.

»Das hat sie ja auch verdient!« Lucas verteidigte Savvy sofort. »Sie ist perfekt.« Er hielt sie auf dem Arm, bis sie unruhig wurde.

»Zeit für einen Snack und ein Nickerchen.« Dani nahm Lucas Savvy ab, und die Kleine war so mit Gähnen beschäftigt, dass sie keine Zeit hatte, sich darüber zu beschweren. »Mach's dir bequem. Ich beeile mich.«

Weil er sonst nichts zu tun hatte, räumte er den Rest der Einkäufe weg und faltete die Einkaufstüten ordentlich zusammen, dann wusch er das wenige schmutzige Geschirr ab und wischte die Oberflächen.

»Machst du meine Küche sauber?«

»Daran ist ganz allein meine Mutter schuld. Wenn ich schmutziges Geschirr sehe, muss ich es spülen, sonst weiß sie es. Ich habe Angst vor ihr.«

»Hast du nicht, aber trotzdem danke. Das musst du doch nicht machen.«

»Es macht mir nichts aus.«

»Du hast mich also vermisst, oder?

»War es schön?«

Sie hatten gleichzeitig gesprochen, und Dani kicherte nervös. »Ja, ich habe dich vermisst.«

»Nein, es war nicht schön.«

»Nicht?«

Er schüttelte den Kopf und trat etwas näher zu ihr, bis nur noch etwas weniger als eine Armlänge Abstand zwischen ihnen lag.

»Warum denn nicht?«

»Ich habe die ganze Zeit an dich und deine Tochter gedacht, anscheinend so sehr, dass ich sogar ein richtiger Spielverderber war.«

»Oh.«

»Das ist eine etwas kompliziertere Art, dir zu sagen, dass ich euch auch vermisst habe.«

»Es waren nur zwei Tage.«

»Ich habe dich vermisst. Ich habe Savvy vermisst. Ich habe es vermisst, mit euch zusammen zu sein und sie morgens zu sehen und abends hinzulegen und mit dir zu reden. Ich habe euch vermisst.«

»Kann ich dich was fragen?«

»Was du willst.« Sein Herz schlug jetzt ganz langsam, und wenn man ihn gefragt hätte, ob es möglich war, dass die Welt aufhörte, sich zu drehen, hätte er gesagt, dass sie das während der Sekunde, die es dauerte, bis Dani ihre Frage stellte, getan hatte.

»Willst du immer noch mehr als befreundet mit mir sein?«

»Dani!« Er war schockiert, dass sie das fragen musste. »Ich möchte alles mit dir sein.«

Er war sich nicht sicher, wer sich zuerst bewegt hatte, aber das war auch völlig egal, denn das Ergebnis war, dass sie in seinen Armen lag und sie sich gegenseitig geradezu verschlangen. Gott, es fühlte sich an, als sei es ewig her, dass er sie geküsst hatte, und endlich spürte er wieder diese felsenfeste Richtigkeit, die immer über ihn kam, wenn er sie festhalten durfte. Wenn es nach ihm ging, würde er nie wieder aufhören, sie zu küssen. Er würde sie ins Schlafzimmer tragen und diese aufgeladene Begegnung aufs nächste Level bringen. Aber ein Gedanke nagte im Hintergrund an ihm. Sie hatte ihn um Raum gebeten, und es war möglich, dass sie für das nächste Level noch nicht bereit war.

Obwohl es ihm weh tat, zog er sich langsam aus dem Kuss zurück, bis seine Lippen ihre kaum noch berührten.

»Was ist?«, fragte Dani und klammerte sich an seinem Pullover fest.

Der Apfel fällt nicht weit vom Stamm.

»Wenn wir so weitermachen, werden Sachen passieren, und ich bin mir nicht sicher, ob du das willst.«

»Ich will.«

»Dani …«

Sie nahm seine Hand und zog ihn hinter sich her ins Schlafzimmer.

Verdammt, das hier passiert gerade wirklich. Eine Welle

der Erregung, ein so akutes Verlangen, wie er es noch nie gekannt hatte, raubte ihm den Atem und ließ ihn zitternd und bebend zurück. Er hoffte, dass er diesen wichtigsten aller Momente überstehen würde, ohne sich zu blamieren.

Sie erschreckte ihn fast zu Tode, als sie sich den Pullover über den Kopf zog und darunter ein sexy Spitzen-BH und volle, wunderschöne Brüste zum Vorschein kamen.

Er war so überwältigt, dass er plötzlich Angst hatte, sie zu berühren.

»Lucas?«

»Ich wache doch jetzt nicht gleich auf und finde heraus, dass das alles nur ein Traum war, oder?«

Sie schüttelte lächelnd den Kopf.

»Denn ich habe schon davon geträumt, von dir und wie es wohl wäre, wenn ich dich im Arm halten und küssen und berühren dürfte.« Er legte ihr die Hände auf die Schultern, strich dann an ihren Armen herab und beobachtete, wie sie eine Gänsehaut bekam. »Ich habe davon geträumt, wie es wäre, wenn du und Savvy zu mir gehören würdet.«

»Wir gehören zu dir, Lucas. Schon seit der Nacht, in der du uns gerettet und mit nach Hause genommen hast. Und du gehörst zu uns.«

Wenig, was sie hätte sagen können, hätte ihm mehr bedeutet als das. Es beruhigte ihn ein wenig, und er hob die Arme und hielt ganz still, als sie ihm den Pullover auszog. Obwohl er es fast nicht aushalten konnte, blieb er ebenfalls ganz still, als sie die Hügel und Täler seines Oberkörpers erkundete.

»Du hast Muskeln über Muskeln«, sagte sie voller Bewunderung, und als sie sich vorbeugte, um seine Brust zu küssen, vergrub er eine Hand in ihrem Haar, um sie festzuhalten. Die Lust, die ihre Berührung verursachte, war so stark, dass ihm schwindelte.

»Ich fühle mich, als hätte ich das hier noch nie gemacht.«

»Nach allem, was ich gehört habe, bist du der reinste Profi.«

Obwohl er wusste, dass sie nur Spaß machte, musste er das richtigstellen. Er schaute sie an. »Ich habe noch nie etwas getan, das auch nur im Entferntesten so war wie das hier«, sagte er.

»Was ist denn jetzt anders?«

»Alles. Du bist es, und du bist … alles.« Er kam immer wieder auf dieses Wort zurück, das für ihn die Situation perfekt zusammenfasste.

Sie schaute ihn an. Anscheinend gefiel ihr, was er gesagt hatte.

Er hoffte auch, dass es ihr gefiel, weil er es wirklich so meinte. Irgendwann musste er ihr noch sagen, dass noch nie jemand alles für ihn gewesen war.

Aber dann zupfte sie am Knopf seiner Jeans, und sein Kopf wurde ganz leer, als der Großteil seines Blutes gen Süden schoss. Er war noch nie in seinem Leben härter gewesen als jetzt für sie, und er hatte keine Ahnung gehabt, dass er so sehr wollen konnte und dass es ihn schwindelig und aufgeregt gleichzeitig machen konnte.

»Deine Hände zittern.« Ihre heisere Stimme unterbrach seine wild kreisenden Gedanken und zwang ihn, seine gesamte Aufmerksamkeit wieder auf sie zu richten, wo sie hingehörte.

»Wirklich?«

Sie nickte.

»Ich bin aufgeregt.«

»Warum?« Sie schaute mit diesen großen, vertrauensvollen Augen zu ihm auf, die ihn immer völlig fertigmachten.

»Ich habe so lange auf dich gewartet. Ich möchte, dass es für dich gut ist.«

»Lucas«, lachte sie. »Hast du eigentlich irgendeine Ahnung, was du mit mir anstellst?«

Er schüttelte den Kopf. »Sag es mir.«

»Du musst mich nur anschauen, und schon bin ich ...«

»Bist du was?«

Sie schmiegte ihren Körper an seinen. »Hier.«

»Mehr braucht es nicht?«

»Mehr braucht es nicht.«

»Gott, Dani, ich bin mir nicht sicher, ob ich dich überleben kann.«

»Doch, natürlich kannst du.« Sie streckte die Arme nach ihm aus und zog ihn für einen weiteren Kuss an sich, der erst endete, als er die Luft noch dringender brauchte als sie. Lucas vergrub das Gesicht an ihrem Hals und atmete den einzigartigen Geruch ihrer Haut ein. Es erinnerte ihn an Sandgebäck, das gerade frisch aus dem Ofen kam, und

Sandgebäck war eines der Dinge, die er am allerliebsten mochte. Und sie war das jetzt auch.

Dani machte den Reißverschluss seiner Jeans auf, ganz vorsichtig. Er war so hart, dass es wehtat, und selbst die leichte Berührung ihrer Hand, als sie den Reißverschluss öffnete, war fast zu viel für ihn.

»Lass mich.« Er öffnete den Reißverschluss komplett und schleuderte die Hose von sich, so dass er nur noch in den engen Boxershorts vor ihr stand, die kaum etwas der Vorstellungskraft überließen.

Sie schaute ihn lange an, dann fuhr sie sich mit der Zunge über die Lippen.

Benzin, das hier ist Feuer.

Lucas küsste sie, schlang die Arme um sie und legte sich mit ihr aufs Bett, wo er sofort über ihr war, und das alles, ohne den leidenschaftlichsten Kuss seines Lebens auch nur eine Sekunde lang zu unterbrechen. Er könnte sie ewig küssen, und er würde nie genug von ihrer Süße bekommen. Und trotzdem fragte er sich, ob das hier echt war, ob sie echt war. Nachdem er so viele Tage und Nächte damit verbracht hatte, sich zu fragen, ob das hier je passieren würde, konnte er kaum glauben, dass es jetzt wirklich geschah.

Er küsste sich von ihrem Hals zu den weichen Rundungen ihrer Brust hinab, die im heißesten BH steckte, den er je gesehen hatte. Oder vielleicht lag das auch nur an ihr. Es lag definitiv an ihr. Er machte den Verschluss zwischen den Körbchen auf und klappte sie zur Seite, so dass die vollen Brüste, deren Spitzen sich an der kühlen Luft zusammenzogen, vor ihm lagen.

»Gott, bist du schön, Dani.« Er legte die Stirn an ihre Brust und holte tief Atem, um die Kontrolle und Geduld zu gewinnen, die er brauchen würde, damit das hier auch für sie gut war.

Sie fuhr ihm mit der Hand durchs Haar, was ihn gleichzeitig beruhigte und noch mehr erregte.

»Wir sollten vielleicht nicht … Ich meine, ich könnte auslaufen …«

»Mir egal.«

»Mir nicht.«

Er hob den Blick und schaute sie an, schüttelte den Kopf und umschloss ihre Brüste mit den Händen, während er mit den Daumen über ihre Brustwarzen strich.

»Lucas …«

»Schsch.« Er nahm ihre linke Brustwarze in den Mund und fuhr mit der Zunge darüber, immer wieder, während er die rechte Brustwarze sanft zwischen Daumen und Zeigefinger drehte. »Alles an dir ist wunderschön für mich.«

Ihre Brust hob und senkte sich immer schneller, während er sich nach unten arbeitete und ihren Bauch mit Küssen bedeckte, bevor er die Knöpfe ihrer Jeans aufmachte. Dani hob die Hüfte an, um es ihm leichter zu machen, ihr die Hose auszuziehen, die er zur Seite schleuderte. Dann richtete er den Blick auf ihr knappes rotes Unterhöschen.

»Sag die Wahrheit. Hast du das hier geplant, oder trägst du immer sexy Unterwäsche?«

Sie lächelte. »Immer.«

»Es ist gut, dass ich das erst jetzt herausfinde, Dani, sonst wären meine Phantasien noch viel lebhafter gewesen.«

»Du hattest lebhafte Phantasien?«

Er begegnete ihrem Blick. »Dermaßen lebhaft. Du bist alles, woran ich denken kann. Und Savvy.«

»Du bist auch alles, woran wir denken.«

»Wirklich?«

Sie nickte. »Wirklich.«

Als er an dem Stückchen roten Stoffes zupfte, das sie noch bedeckte, hob sie wieder die Hüfte an, um es ihm einfacher zu machen, und dann war sie komplett seinem gierigen Blick ausgesetzt.

Sie streckte die Arme nach ihm aus.

»Warte. Ich bin noch nicht fertig mit Schauen.«

Ihr nervöses Kichern brachte ihn zum Lächeln, und er küsste sie von der Fußsohle zu ihrer Wade hinauf und weiter bis zu ihrer Oberschenkelinnenseite.

»Und falls du dich fragst: Meine Phantasien wurden dir nicht ansatzweise gerecht.«

»Ich habe Dehnungsstreifen und …«

»Du bist perfekt, Dani. Ich habe noch nie jemanden so gewollt, wie ich jetzt dich will, also denk bitte nicht, dass du nicht gut genug bist. Für mich bist du perfekt.« Er machte es sich zwischen ihren Beinen bequem und öffnete sie seiner Zunge.

»O Gott«, flüsterte sie. Sie klang genauso verzweifelt, wie er sich fühlte.

Als er die Finger in ihre feuchte Hitze schob, biss er die Zähne zusammen, um dem drängenden Verlangen nicht nachzugeben, das ihn dazu bringen wollte, draufloszustürmen, wenn er viel lieber genießen wollte. Sie würden das hier nie wieder zum ersten Mal machen. Es musste etwas sein, woran sie sich erinnern würden. Mit der Zunge bearbeitete er den festen Knoten ihrer Klitoris, während er die Finger nach hinten bog, um den Punkt zu finden, der ihren Orgasmus auslösen würde.

Sie griff nach einem Büschel seines Haars und zog so fest daran, dass es wehtat, aber der Schmerz brachte sein Verlangen nur endgültig in den roten Bereich.

Und dann kam sie, sie schrie auf, als der Orgasmus sie erfasste und ihre Muskeln sich fest um seine Finger schlossen. Er bleib bei ihr, bis sie sich beruhigte und tief atmend zurück auf die Matratze sank.

Lucas zog sich gerade lange genug zurück, um ein Kondom auszupacken und es aufzurollen und dann dorthin zurückzukehren, wo sie auf ihn wartete. Moment … waren das Tränen? »Dani …« Er legte sich auf sie, achtete aber darauf, dass seine Arme einen Großteil seines Gewichtes trugen, während er ihr die Tränen vom Gesicht küsste. »Was ist denn?«

»Nichts. Ich bin nur überwältigt.«

»Auf die gute Art?«

Sie nickte. »Auf die beste. Es ist nur, es ist … du weißt schon. Das erste Mal seit …«

»Ich weiß, Liebling. Wir müssen nicht.«

»Ich will aber. Wirklich.« Sie umschloss sein Gesicht mit den Händen. »Ich könnte mir das hier mit niemandem vorstellen außer mit dir.«

»Das will ich auch hoffen«, sagte er und hoffte, dass sie das ein bisschen lustig finden würde.

Sie lachte. »Es gibt niemanden außer dir, Lucas Abbott.« Sie zog ihn zu einem weiteren Kuss an sich und wand sich unter ihm, so dass er ganz genau wusste, was sie wollte. »Und das weißt du ganz genau.«

Er gab ihr, was sie wollte, langsam, vorsichtig, sanft, damit sie viel Zeit hatte, sich daran zu gewöhnen und genügend auszudehnen, auch wenn er sich dabei auf die Innenseite seiner Wangen beißen musste, um seine Bedürfnisse den ihren unterzuordnen. Während der letzten Jahre war er eher skeptisch gewesen, als er beobachtet hatte, wie ein Bruder nach dem anderen die Frau fand, ohne die er nicht leben konnte. War es mit jemand Besonderem wirklich so anders? Das hatte er sich gefragt, und jetzt hatte er ja die Antwort.

Es war nicht anders, aber es war so viel *mehr.* Die Gefühle und die Nähe, die damit einhergingen, es mit jemandem zu tun, der einem wirklich wichtig war, machten das Verlangen so viel schärfer. Die Gefühle fügten einer ohnehin schon magischen Begegnung eine weitere Dimension hinzu.

Tränen liefen aus ihren Augenwinkeln.

Er küsste sie weg und hielt ganz still, während er auf ein Zeichen von ihr wartete. Er wollte, dass sie bereit war. »Sag mir, dass ich aufhören soll, wenn du das brauchst.«

»Ich will nicht, dass du aufhörst.«

Lucas versuchte sich in Erinnerung zu rufen, dass dieser wichtige Schritt, über den er sich einfach nur freuen konnte, bittersüß für sie war, weil sie um ihre erste Liebe trauerte. »Geht es dir gut?«

Sie nickte und fuhr mit den Händen an seinem Rücken hinunter, bis sie sie an seinen Hintern legte.

Er erschauerte, als sich ihre Muskeln um ihn zusammenzogen. »Ich muss mich bewegen. Ist das okay?«

»Ist okay.«

Er stützte sich auf die Unterarme auf und beobachtete sie genau, während er sich vorsichtig in ihr bewegte. »Sag mir, was du brauchst, Liebling!«

»Nur das hier.« Sie bewegte sich mit ihm und schien immer mehr aus ihren Erinnerungen heraus in die Gegenwart zu treten. Dann machte sie ihn komplett fertig, als sie nach unten griff, dorthin, wo sie miteinander verbunden waren, und einen Orgasmus auslöste, der auch ihn zum Höhepunkt brachte.

»Dieser Move am Ende war unglaublich heiß«, flüsterte er, als er sich genug beruhigt hatte, um wieder sprechen zu können. Nun wusste er, wie anders Sex sein konnte, wenn es wirklich darauf ankam.

»Das hat dir gefallen, hm?«

»O ja, aber ich hätte es für dich machen können.«

»Ich helfe gerne.«

Lucas lachte, zog sich aus ihr zurück und wickelte das Kondom in ein Papiertaschentuch. Dann legte er sich auf die Seite und zog sie mit sich, so dass sie sich gegenüberlagen. Er strich ihr ein paar Haarsträhnen aus dem Gesicht und wünschte, er wüsste, was sie dachte. »Ich hatte eine ganze Rede geplant, als ich hierherkam, und jetzt habe ich sie nie gehalten.«

»Ich muss sie hören.«

»Ich wollte dir sagen, dass ich gerne mehr als Freundschaft mit dir möchte und dass ich, falls du denkst, dass du das vielleicht auch irgendwann willst, so lange auf dich warten würde wie nötig. Eine Woche, einen Monat, ein Jahr, egal wie lange, bis du bereit wärst.« Während er sprach, strich er ihr weiter mit den Fingern durchs Haar. »Ich wollte dir sagen, dass ich alles auf dich und Savvy setze.«

»Du hast so viel Geduld mit mir gehabt, während ich mir die Zeit genommen habe, mein Leben aufzubauen und mich auf das hier vorzubereiten.« Ihre Hand zog sanfte Kreise auf seinem Bauch, die dafür sorgten, dass er schon an die zweite Runde dachte. »Danke dafür.«

»Ich habe doch gar nichts gemacht, Dani.«

»Das ist nicht wahr. Du warst von der ersten Sekunde an ein wunderbarer Freund, und das bedeutet mir alles. Und obwohl du mehr wolltest, hast du dich zurückgenommen und mir die Zeit gegeben, die ich brauchte. Überhaupt hast du die ganze Zeit über meine Bedürfnisse respektiert. Und du liebst meine Tochter so sehr, als wäre sie dein eigenes Kind – nichts, das du für mich tun könntest, bedeutet mir mehr als das.«

»Es fühlt sich an, als ob sie mein eigenes Kind wäre,

aber ich habe ein schlechtes Gewissen deswegen, weil ich nun mal nicht ihr Dad bin. Ich werde ihn nie ersetzen können, und das weiß ich auch.«

»Du kannst ihn nicht ersetzen, aber vielleicht kannst du ihn vertreten?«

»Ja«, sagte er leise. »Das wäre mir eine Ehre. Danke, dass ich Teil ihres Lebens sein darf.«

Dani lachte. »Es ist nicht so, dass das meine Entscheidung wäre. Sie hat das ganz alleine entschieden.«

»Sie steht auf mich.«

»Nach allem, was ich gehört habe, stehen die meisten Frauen auf dich. Meine Tochter ist da nicht anders.«

»Deine Tochter ist außergewöhnlich, genau wie ihre Mutter. Ich bin total in euch beide vernarrt. Ich hoffe, das weißt du.«

»Du hast es gerade sehr eindrucksvoll unter Beweis gestellt.«

»Vielleicht sollte ich es noch mal beweisen, nur zur Sicherheit?«

Sie streckte die Hand aus und nahm das zweite Kondom, das er auf den Nachttisch gelegt hatte, und reichte es ihm. »Du hast tatsächlich noch nicht alle Fragen beantwortet …«

Er hielt sie ein wenig fester und drehte sich auf den Rücken, so dass sie über ihm war. »Das geht natürlich gar nicht …«

22

Das Wasser funkelt nur in der Sonne.
Und du bist meine Sonne.
Charles de Leusse

Als sie am Abend zum Essen in der Abbott-Scheune ankamen, fragte Dani sich, ob es für alle offensichtlich war, dass sie den Nachmittag im Bett verbracht hatten. Sie hätte sich genauso gut ein Schild um den Hals hängen können, auf dem stand: *Ich habe mit deinem Sohn / Enkelsohn / Bruder / Schwager geschlafen, und es war unglaublich.* Sie sahen doch sicher sofort, dass sich alles verändert hatte, oder?

Gott, sie hoffte, es war nicht ganz so offensichtlich.

»Wie geht's?«

Sie drehte sich in Richtung der männlichen Stimme um und zuckte zusammen, als sie Lucas' Zwillingsbruder erblickte. Genau wie Lucas trug Landon ein dunkelblaues Hemd, und wenn Lucas keinen Bart gehabt hatte, wäre sie sich vielleicht nicht ganz sicher gewesen. Dann bemerkte sie, dass sie ihn anstarrte, und blinzelte. »Gut, und dir?«

»Ist schon okay«, sagte er lachend. »Wir haben uns daran gewöhnt, angestarrt zu werden.«

»Tut mir leid. Ich kannte vor euch noch keine eineiigen Zwillinge.«

Er reckte den Kiefer vor. »Gib es zu. Ich sehe viel besser aus als er. Du kannst es mir sagen. Er hört dich nicht.«

»Hört er wohl.« Lucas kam mit Savannah auf dem Arm ins Zimmer.

Als Dani ihn mit ihrem Kind auf dem Arm sah, wurde sie innerlich ganz schwach. Doch, sie könnte ihn auf jeden Fall von Landon unterscheiden, auch ohne Bart.

»Sag ihm die Wahrheit, Dani«, sagte Lucas grinsend. Er sah genauso glücklich aus, wie sie sich fühlte.

»Tut mir leid, Landon, aber ich mag den hier ziemlich gerne.«

Landon verdrehte die Augen. »Na ja, irgendwer muss das ja machen.«

»Ich habe sogar zwei Frauen, die mich ziemlich gerne mögen.« Lucas gab Savannah einen Kuss auf den Kopf und grinste seinen Zwillingsbruder herausfordernd an. »Komm mit, das musst du sehen, Dani.«

»Was denn?«

»Folg mir.«

Sie warf Landon einen verwirrten Blick zu und folgte Lucas dann ins Wohnzimmer, wo Wade, Mia, Colton, Lucy und Elmer ein Spiel der Bruins anschauten.

Lucas setzte sich neben einen der goldfarbenen Labradore der Familie auf den Teppich. Dani war sich nicht ganz sicher, ob es George war oder Ringo, aber sie fand es toll, dass die beiden Hündinnen nach Musikern von Lincolns Lieblingsband benannt worden waren.

»Warte nur, bis du das siehst, Dani«, sagte Mia.

Lucas nahm den Schwanz des Hundes und wuschelte Savannah damit durchs Gesicht.

Savannah lachte mit ihrem ganzen Körper, und Dani starrte die beiden an.

Lucas machte es wieder.

Savannah lachte. Sie lachte jedes einzige Mal, und Dani traten Tränen in die Augen, als ihr klarwurde, wie sehr Savannah Lucas liebte.

Lucy stand auf, zog ihr Handy aus der Tasche und begann die beiden zu filmen.

»Danke«, sagte Dani zu ihr.

»Das musst du einfach auf Video haben. Ich maile es dir.«

Ihre Eltern würden sich wahnsinnig über dieses Video freuen, darüber, dass es Savannah so gut ging. Ihr Blick begegnete dem von Lucas, und sie teilten einen Moment elterlichen Stolzes auf ihr kleines Mädchen. *Ich denke als Savannahs Vater an ihn, und ich weiß gar nicht, ob es das ist, worauf er sich eingelassen hat.* Er liebte die Kleine. Er hatte eben gesagt, dass es ihm eine Ehre sein würde, Jack zu vertreten, aber wie lange?

Vater zu sein war eine lebenslange Aufgabe, das war schon viel verlangt.

Als sie wieder zu Lucas sah, hatte er besorgt die Stirn gerunzelt. »Was ist los?«

»Nichts«, sagte sie, aber ihre Stimme war höher als sonst, was ihre Lüge aufdeckte.

»Atmen.«

Sie hielt seinen Blick, atmete tief ein und langsam wieder aus.

»Noch einmal.«

Sie wiederholte das Ganze.

»Besser?«

»Ja.«

»Was es auch ist, wir kriegen das hin.«

»Essen!«, rief Molly aus der Küche.

Lucas stand mit Savannah auf, und als Dani ihm Richtung Esszimmer folgte, lief Lucy neben ihr her.

»Ich weiß nicht, was das gerade war, aber ihr beiden seid unglaublich süß zusammen«, flüsterte sie.

»Das war Lucas, wie er einfach toll ist.«

»Ich weiß, wie das ist. Sein Bruder ist auch ziemlich gut im Toll sein.«

»Sprichst du gerade von mir, Babe?« Colton legte den Arm um Lucy.

»Natürlich, Colton. Über dich rede ich am allerliebsten.«

»Siehst du das? Sie objektifiziert mich«, sagte Colton zu Dani.

»Er liebt es, wenn ich ihn objektifiziere.«

Colton streckte die Zunge heraus, hechelte wie ein Hund und nickte.

Dani bekam einen Lachanfall. Das passierte ihr ziemlich oft, wenn sie mit diesen Leuten zusammen war.

Als alle an dem riesigen Esstisch saßen, stand Colton auf und räusperte sich. »Erinnerung: Ihr seid alle am Samstag zu einer Zwangshochzeit bei uns auf dem Berg eingeladen.«

»Colton!«

Er grinste seine Verlobte an. »Bist du jetzt schwanger oder nicht?«

»Ich bringe dich um.«

»Nicht bevor du mich geheiratet hast. Wenn ihr auf dem Berg zelten wollt, sagt einfach Bescheid. Wir haben viel Platz, das wisst ihr ja, und na ja, ich werde verheiratet sein – und ein Dad.« Seine Stimme brach beim letzten Wort, und Dani musste blinzeln, um die Tränen zurückzuhalten.

Alle klatschten und jubelten und sprachen Lucy abwechselnd ihre Glückwünsche und ihr Beileid aus. Wenn man auf Coltons Geschwister hörte, brauchte Lucy alles Mitleid, das sie kriegen konnte, weil sie sich ihres Bergmenschen annahm.

»Habe ich schon erwähnt, dass er fünfeinhalb Kilo gewogen hat, als er zur Welt kam?«, fragte Molly und schob sich eine Gabel voll Lasagne in den Mund. Es war die leckerste Lasagne, die Dani je gegessen hatte.

Lucy verschluckte sich an ihrem Wasser.

Colton klopfte ihr auf den Rücken. »Jetzt gibt es kein Zurück mehr. Meine Teufelsbrut ist schon da drinnen.«

»Tut mir leid«, sagte Lincoln zu Lucy. »Wir haben getan, was wir konnten.«

»Du hast ein *Fünfeinhalb-Kilo-Baby* bekommen?«, fragte Cameron, blass und mit weit aufgerissenen Augen.

»Und zwei Fünfer«, sagte Molly. »Will und Ella.«

»Ich möchte wissen, wen ich hier verklagen kann.« Cameron schlug mit der flachen Hand auf den Tisch. »Das sind Informationen, die uns hätten mitgeteilt werden sollen, bevor wir uns mit eurem Nachwuchs paaren. Findest du nicht auch, Luce?«

Lucy, die ebenfalls blass geworden war, nickte. »Definitiv. Ich rufe gleich morgen früh meine Anwältin an.«

»Machen wir eine Sammelklage daraus«, sagte Megan, und die anderen brachen in wildes Gelächter aus.

»Na, na, ihr Lieben«, meldete sich Hunter zu Wort. »Wir wollen nichts überstürzen.«

»Sei du bloß still«, sagte Megan zu ihrem Mann. »Solange du nicht der Möglichkeit ins Auge siehst, ein Fünfeinhalb-Kilo-Baby gebären zu müssen, hast du in diesem Gespräch gar nichts zu sagen.«

»Ja, Liebling.«

Seine Brüder brüllten vor Lachen.

Dani beobachtete das Ganze. Ihre Gedanken wirbelten wie wild, während sie versuchte, den Witzen, den Gesprächen, dem Gelächter zu folgen. Das sonntägliche Abendessen in der Abbott-Scheune war besser als jede Reality-Show.

»Sie sind komplett verrückt«, sagte Lincoln in einem der seltenen ruhigen Momente. »Es tut mir leid, dass du meiner verrückten Familie ausgesetzt bist.«

»Ich liebe deine Familie. Sonntagabend ist jetzt mein Lieblingsabend.«

Lincoln lächelte. »Das freut mich. Du hast unser Warenhaus wirklich in Schuss gebracht, und wir werden locker rechtzeitig bereit für den Katalog sein.«

Um sie herum wirbelte das Chaos, während sie und Lincoln ein Gespräch unter vier Augen führten, das aufgrund des Lärmpegels nur sie beide hören konnten. »Ja, es wird.«

»Ich bin sehr zufrieden mit der tollen Arbeit, die du machst, Dani.«

»Vielen Dank, das bedeutet mir sehr viel.«

»Ich freue mich auch sehr, dass mein Sohn die ganze Zeit lächelt. Er liebt dein kleines Mädchen wirklich.«

»Sie liebt ihn auch, und er hat uns beide sehr glücklich gemacht. Er ist ein guter Mann.«

»Ja, ist er. Ich bin vielleicht voreingenommen, aber ich bin sehr stolz auf die sieben guten Männer, die Molly und ich großgezogen haben.«

»Ihr habt auch jeden erdenklichen Grund, stolz zu sein.«

»Die Kinder zu guten Menschen zu erziehen – das ist das Einzige, was im Leben als Eltern wirklich zählt. Erfolg und Geld spielen keine Rolle, wenn die Kinder dann verwöhnte Idioten werden, weißt du?«

»Ich habe schon einige von der Sorte kennengelernt, und ich bin ganz deiner Meinung. Wenn ich darüber nachdenke, eine gute Mutter für Savannah zu sein, dann ist das meine wichtigste Aufgabe. Dafür zu sorgen, dass sie ein guter Mensch ist, der für andere sorgt und etwas zurückgibt.«

»Dein kleines Mädchen hat sehr großes Glück, dass sie dich hat.«

»Ich habe Glück, sie zu haben. Als ich ihren Dad verloren habe, dachte ich zuerst, dass ich ohne ihn nicht weiterleben kann. Aber zu wissen, dass ich für sie da sein muss, hat mir geholfen, nach vorne zu schauen, selbst in den dunkelsten Zeiten.«

»Mein herzliches Beileid zu deinem Verlust.«

»Danke. Du hättest ihn gemocht.«

»Daran besteht kein Zweifel.«

»Ich möchte, dass du weißt … Ich mag Lucas sehr, und du machst dir sicher Sorgen, dass er sich auf mich einlässt, wo ich doch ein Kind habe und …«

Lincoln schüttelte den Kopf. »Ich mache mir überhaupt keine Sorgen. Ich habe meinen Sohn noch nie so fasziniert von etwas gesehen, wie er von deiner Tochter ist – und von dir, wenn ich mich nicht irre.«

Danis Gesicht wurde ganz heiß. »Du irrst dich nicht, und mir geht es mit ihm nicht anders.«

»Das ist ja wundervoll, ich freue mich für euch beide.«

»Ich bin in letzter Zeit wirklich glücklich. Ich liebe mein neues Leben in Butler.«

»Butler ist toll zum Kinder-Großziehen.«

Lucas, der immer noch Savannah auf dem Schoß hatte, drehte sich zu seinem Vater um. »Was sagst du ihr da, Dad?«

»Ich habe ihr gesagt, dass sie sich vor dir hüten soll, und dass sie etwas Besseres haben kann.«

»Sehr witzig.«

»Nein, wirklich«, sagte Lincoln ernst. »Ich habe sie vor dir gewarnt.«

»Dad!«

Dani löste sich in hilfloses Lachen auf. »Das hat er überhaupt nicht gesagt.«

Lucas warf seinem Vater einen finsteren Blick zu. Jetzt war es an Lincoln zu lachen.

Sie sah schon, woher Lucas seinen Humor hatte.

Savannah fing nach dem Abendessen an zu quengeln, also packten sie sie warm ein und fuhren zu Danis Wohnung zurück. Lucas trug das Baby die Treppe hinauf und zog ihr die Jacke aus. Der eiskalte Winter war zwar vorbei, aber auch der Frühling war in Vermont sehr frisch. Lucas hatte gesagt, dass es bin Mitte Juni dauern konnte, bis es richtig warm wurde; das war wirklich ganz anders als in Kentucky.

Dani hatte Savannah nach ihrem Mittagsschlaf gebadet, also legte sie sich jetzt mit ihr aufs Bett, um sie zu stillen, wie sie es jetzt meistens nur noch morgens und abends tat. Dazwischen gab es Babygläschen und Müsli.

Lucas stand im Türrahmen, die Hände oben angelehnt. »Brauchst du noch etwas?«

Sie klopfte neben sich aufs Bett. »Nur dich.«

Er streckte sich neben ihr aus und verschränkte seine Finger mit ihren. »Ich bin da.«

»Kannst du hierbleiben?«

»Möchtest du, dass ich bleibe?«

Sie nickte.

»Sehr gerne.«

Eine Weile lang lagen sie friedlich schweigend nebeneinander, die einzigen Geräusche kamen von Savannah. Nach einer Weile ließen die Geräusche nach, und Savannah atmete tief und gleichmäßig.

»Schläft sie?«, fragte Lucas.

»Ich glaube schon.«

»Ich lege sie in ihr Bettchen.«

Dani reichte ihm Savannah. Sie liebte es, wie er immer Teil von allem sein wollte, was mit ihrem Baby zu tun hatte.

Sie konnte ihn durch den Babymelder hören, wie er die Decke zurechtzupfte und Savannah einen Kuss gab.

Danis Herz dehnte sich so sehr aus, dass sie dachte, es würde gleich platzen. Nachdem sie Jack verloren hatte, hätte sie nie gedacht, dass sie jemanden finden würde, der ihre Tochter so sehr liebte, wie Jack das getan hätte. Sie hätte sich Lucas nicht erträumen können.

Lucas kam zurück. Er knöpfte im Gehen sein Hemd auf.

»Danke.« Dani schaute zu ihm auf und versuchte, sich jedes kleinste Detail seines Gesichts einzuprägen.

»Wofür denn?«, fragte er.

»Dafür, dass du meine Kleine liebst.«

Er legte sich neben sie und nahm sie in den Arm. »Dafür musst du mir doch nicht danken. Es ist das Leichteste, was ich je gemacht habe.«

»Man muss schon ein ganz besonderer Mensch sein, um ein Kind zu lieben, das nicht das eigene ist, und du, mein Freund, bist wirklich ein ganz besonderer Mann.«

»Freut mich, dass du das denkst.«

»Es ist viel, was ich von dir verlange.«

»Hast du deswegen eben bei meinen Eltern Panik bekommen?«

Sie nickte.

»Du hast gar nichts von mir verlangt. Ich bin aus einem einzigen Grund hier, und zwar nur aus diesem Grund.«

»Aus welchem denn?« Sie war so gespannt, dass sie kaum atmen konnte.

»Weil ich nirgendwo sein will, wo ihr beide nicht seid.«

Sie legte ihre Hand an sein Gesicht und fuhr mit dem Finger den Umriss seines Bartes nach. »Manchmal kann ich nicht glauben, dass du echt bist.«

»Ich bin echt. Das hier ist echt.« Er küsste sie sanft, zärtlich und mit unendlich viel Gefühl. Sie fanden zueinander, als hätten sie nie etwas anderes getan. Seine Arme umschlangen sie, ihr Bein rutschte zwischen seine, ihre Körper richteten sich aneinander aus, und der Kuss wurde zum Brennpunkt ihrer Existenz.

Sie könnte ihn stundenlang küssen.

»Komm, wir machen es uns gemütlich.« Er knöpfte das leichte Flanellhemd auf, das sie sich im Store gekauft hatte, und half ihr aus ihren Kleidern.

Unter der Decke vereinten sie sich in einer Explosion hungrigen Verlangens, und der Kuss ging genau dort weiter, wo sie aufgehört hatte, jetzt nur mit verstärkter Dringlichkeit. Seine Hände waren überall, und seine Berührungen steigerten ihr Verlangen schnell bis zur Verzweiflung.

»Bist du noch wund von zuvor?«, fragte er.

»Vielleicht ein bisschen.«

»Da kann ich bestimmt helfen.« Er schaute sie vielsagend an und schob sich dann an ihrem Körper hinab, bis ihre Beine auf seinen Schultern lagen und seine Zunge sanft über jene Körperteile strich, die noch von ihrem letzten Mal schmerzten.

Gott, der Mann hatte viele Talente, und das hier war definitiv eines davon. Sie war fast sofort kurz vor dem Orgasmus, und er hatte sie kaum berührt. Er schien zu merken, dass es nicht mehr lange dauern würde, und verlangsamte die Bewegungen seiner Zunge, um die Lust hinauszuzögern. Beinahe hätte sie laut geschrien, so mächtig war die Erleichterung, die er ihr schließlich verschaffte.

Er brachte sie langsam zur Ruhe, bis sie auf der Matratze zusammensackte, erschöpft, befriedigt und glücklich.

Mit ihm zusammen zu sein machte sie glücklich. Eine Zeitlang hatte sie gedacht, dass sie sich nie wieder so fühlen würde, aber er hatte ihr gezeigt, dass es ein Leben nach dem niederschmetternden Verlust, den sie erlitten hatte, gab, dass sie für einen anderen Mann empfinden konnte, was sie für Jack empfunden hatte. Allerdings nicht für irgendeinen Mann. Nur für diesen einen.

»Besser?«, fragte er und grinste selbstgefällig.

»Du siehst aus, als wärst du ziemlich zufrieden mit dir, aber na ja, du hast auch wirklich Grund dazu.«

Sein Lächeln wurde noch breiter, selbst seine wunderschönen Augen lächelten.

»Jetzt schulde ich dir wohl was von dem, was du mir gerade gegeben hast.«

Er ließ den Kopf sinken und küsste ihren Bauch. »Du schuldest mir überhaupt nichts.«

»Was, wenn ich es dir geben will?«

»Naja ... das ist natürlich etwas anderes.«

Lachend schubste sie ihn zurück in die Kissen und beugte sich über ihn. Sie schaute sich seinen wundervollen Körper sehr genau an.

Er wickelte sich eine ihrer Haarsträhnen um den Finger. »Sei vorsichtig mit mir, du Killerin.«

»Warum sollte ich?«

Er stöhnte, als sie über die Umrisse seiner Bauchmuskeln leckte, und wimmerte, als sie den Kopf so hielt, dass ihr Haar sein steifes Glied berührte.

Sie küsste ihn überall, außer dort, wo er es am meisten wollte, und tat ihr Bestes, um ihn komplett verrückt zu machen, bevor sie seine breite Eichel in den Mund nahm und sanft daran saugte.

Sein ganzer Körper erstarrte vor Anspannung, und das Geräusch, dass er machte, war eine Mischung aus einem Stöhnen und einem Flehen um Gnade.

Sie rutschte mit den Lippen seinen Schaft hinab, streichelte ihn mit der Zunge und schlang die Hand um seine Basis. Sie erinnerte sich plötzlich daran, wie sie das zum ersten Mal mit Jack gemacht hatte, und hatte plötzlich Tränen in den Augen. Sie hatten zusammen alles über die Lust gelernt, sie zu empfangen und sie zu spenden.

Dani schob jeden anderen Gedanken zur Seite und gab Lucas ihre volle Aufmerksamkeit. Sie benutzte ihre Lippen, ihre Zunge und ihre Hand, um ihm Lust zu verschaffen.

»Dani«, sagte er, sein Ton rauer, als sie es je zuvor gehört hatte.

Sie behielt seinen Schwanz im Mund und schaute zu ihm auf.

»Stopp.«

Sie ließ ihn los.

Er griff ihr unter die Arme und zog sie hoch, bis ihre Brüste seinen Penis berührten. Dann drückte er sich fest dagegen und kam mit einem lauten Stöhnen an ihrer Brust.

Und dann stieß er den Atem aus, den er angehalten hatte, und schlang die Arme um sie.

Sie hörte, wie sein Herz unter seiner sich heftig hebenden und senkenden Brust hämmerte. »War das okay?«

Sein leises Lachen grummelte an ihrem Ohr. »Es war verdammt phantastisch. Ich war kurz davor, die Kontrolle zu verlieren, sobald deine Haare mich berührt haben.« Er nahm ihre Haare zu einem Pferdeschwanz zusammen und wickelte ihn um seine Finger. »Lass mich aufstehen und ein Handtuch holen. Ich habe dich komplett eingesaut.«

Als er ihr Haar losgelassen hatte, legte sie sich auf den Rücken und wartete, bis er mit einem Gästehandtuch zurückkam, mit dem er sanft ihre Brust abwischte. »Du bist so verdammt schön, Danielle. Ich könnte dich für immer ansehen und würde nie genug bekommen.« Er küsste sie zwischen ihren Brüsten.

Dani drückte seinen Kopf an ihre Brust, und ihr wurde etwas Beängstigendes klar. Sie liebte ihn. Sie hatte sich während der letzten Monate komplett und endgültig in ihn verliebt. Gerade als sie dachte, dass sie nie wieder lieben würde, war Lucas gekommen und hatte ihr die Hoffnung auf eine Zukunft wiedergegeben, die genau so strahlend sein konnte wie ihre Vergangenheit mit Jack.

Aber war sie bereit dafür?

Sie war sich noch nicht ganz sicher, und das war das Einzige, was sie noch davon abhielt, rundum zufrieden zu sein.

23

Ich liebe dich nicht nur für das, was du bist, sondern
auch für das, was ich bin, wenn ich bei dir bin.
Roy Croft

Danis warmen, nackten Körper an sich zu drücken, war das reinste Paradies, beschloss Lucas, lange nachdem sie eingeschlafen war. Er würde sich bis auf weiteres die unglaubliche Lust, die ihr warmer Mund an seinem Schwanz verursacht hatte, immer wieder in Erinnerung rufen. Er begann langsam zu verstehen, warum seine Brüder es so eilig gehabt hatten, sich auf eine einzige Frau einzulassen.

In der Vergangenheit hatte Lucas einfach Frauen geliebt.

Jetzt war Dani die einzige Frau, die er wollte. Er konnte sich nicht vorstellen, je wieder eine andere als sie zu wollen. Während jener endlosen Wochen, in denen er ihr den Abstand gab, um den sie ihn gebeten hatte, hatte er von dem geträumt, was auf sie warten könnte, wenn sie bereit für mehr war. Aber seine Träume waren nicht annähernd an die Realität herangekommen. Sie im Arm zu halten, sie zu berühren, mit ihr Liebe zu machen und nackt neben ihr zu schlafen, das alles war so viel besser, als er sich das je hatte vorstellen können.

Er hatte sich so sehr in sie und ihre kleine Tochter verliebt. Die einzige Frage, die ihn jetzt noch quälte, war, wann es nicht mehr zu früh wäre, ihr einen Antrag zu machen, damit sie auch offiziell eine Familie werden konnten. Wenn es für Dani in Ordnung war, würde er Savannah sehr gerne adoptieren, sie wie sein eigenes Kind lieben und gleichzeitig sein Bestes tun, um die Erinnerung an ihren Vater in Ehren zu halten.

Dani drehte sich um und kuschelte sich an seine Brust. »Warum bist du noch wach?«

»Woher wusstest du, dass ich wach bin?«

»Ich weiß nicht, das merke ich einfach.«

»Ich fühle mich, als hätte ich schon immer darauf gewartet, so mit dir zusammenzusein.« Er drückte sie fester an sich. »Jetzt, wo es so weit ist, will ich keine einzige Sekunde davon verpassen.«

»Ich gehe nicht weg.«

»Ich weiß.«

»Schlaf jetzt.«

»Ich will nicht.«

»Was willst du denn machen?«

»Ich möchte dir etwas schenken.«

»Jetzt?«

»Wenn das okay ist.«

»Äh ja, klar ...«

Er befreite sich aus ihrer Umarmung. »Nicht bewegen.« Lucas stand auf, suchte kurz nach seiner Jeans und schlüpfte hinein, als er sie gefunden hatte.

»Du brauchst eine Hose, um mir etwas zu schenken?«

»Es ist in meinem Truck, und ich schätze, es ist dir auch lieber, wenn ich nicht mit nacktem Hintern mit Mrs. Abernathy zusammenstoße.«

»Das wäre wahrscheinlich besser so«, kicherte Dani. »Ella hat mir ein paar Geschichten erzählt. Mrs. Abernathy hat immer an die Tür geklopft, wenn sie Geräusche aus der Wohnung gehört hat, als Ella und Gavin frisch verliebt waren.«

Lucas starrte sie entsetzt an. »Wenn ich dir auch nur ein kleines bisschen was bedeute, dann erzähl mir keine Sexgeschichten über meine Schwestern.«

Dani schlug sich die Hand vor den Mund, um einen weiteren Kicheranfall zurückzuhalten.

Er liebte sie, wenn sie so war – entspannt, glücklich –, wenn sie so viel lachte. Verdammt, er liebte sie einfach immer, auch wenn sie gestresst war oder mitten in einer Panikattacke steckte oder sich Sorgen um Savvy machte.

»Was?«

Ihre Frage machte ihm klar, dass er sie angestarrt hatte. Er blinzelte, schüttelte ein paarmal den Kopf und schlüpfte dann in seine Stiefel.

Er nahm seine Jacke mit und lief die Treppe hinunter und nach draußen zu seinem Truck, wo er die Kiste auf der Rückbank neben dem Kindersitz verstaut hatte. Er hatte den Sitz gekauft, damit er Savvy bei Hannah absetzen oder sie abholen konnte, falls Dani sich mal verspätete.

Er schleppte die Kiste die Treppe hinauf und in ihre Wohnung, wo er die Stiefel, die er nicht zugebunden hatte, von den Füßen schleuderte, seine Jacke auf einen Stuhl fallen ließ und zurück ins Schlafzimmer ging. Dani hatte das Licht angemacht und saß aufrecht im Bett.

Als sie die große Kiste sah, schnappte sie nach Luft. »Was hast du gemacht?«

»Ich habe ein paar Monate lang in der Friendzone festgesteckt, da hatte ich genügend Zeit, darüber nachzudenken, was ich mache, wenn ich es je wieder hinausschaffe.«

»Lucas.«

»Nicht weinen.«

»Ich kann nicht anders! Du bist so süß.«

»Du hast es doch noch gar nicht aufgemacht«, sagte er, belustigt von ihrer Reaktion, aber auch bestürzt wegen der Tränen. Er wusste ja, was in der Kiste war, und hatte den Verdacht, dass die richtigen Tränen erst noch kommen würden.

Sie nahm sich sein Flanellhemd, dass neben dem Bett auf dem Boden lag, und zog es an. Sie machte nur einen Knopf unter ihren Brüsten zu.

Das Heißeste, das er je gesehen hatte, war sie, kaum mit seinem Hemd bekleidet.

Und dann roch sie an der Kiste. »Sägemehl, Leinöl, Feuerrauch, frische Luft. Danach riechst du.«

»Ich sollte offensichtlich mal in ein Aftershave investieren.«

»Bloß nicht! Ich liebe es, wie du riechst.«

Manchmal fühlten sich die Gefühle, die ihn überkamen, wenn sie so etwas sagte, an, als hätte ihn ein Pfeil direkt ins Herz getroffen, und er verstand die ganze Sache mit Amors Pfeilen und so weiter jetzt viel besser. »Mach schon auf.«

Sie kniete sich hin, klappte die Kiste auf und nahm die erste Lage Seidenpapier weg. Zwölf Taschenbücher kamen darunter zum Vorschein.

»O mein Gott ...« In ihrem Blick lag alles, was er für sie empfand, was wiederum dafür sorgte, dass seine Gefühle noch zehnmal stärker wurden. »Lucas ...«

»Ich hoffe, dass du vielleicht wieder anfängst, an Happy Ends zu glauben und bereit bist, dein Hobby wieder aufzunehmen.«

Sie ließ die Bücher aufs Bett fallen, rutschte um die Kiste herum und schlang die Arme um ihn. »Danke.«

»Ich passe auf Savvy auf, wann immer du willst, damit du Zeit zum Lesen hast.«

Sie küsste ihn auf den Mund. »Das beste Geschenk überhaupt.«

»Das war noch nicht alles.«

»Das hättest du nicht tun sollen.«

»Zu spät. Schon passiert. Weiter geht's!«

Als Nächstes packte sie einen Stoffelefanten aus, den er im Geschäft des Krankenhauses entdeckt hatte, als er jemanden dort hinfahren musste.

»Ich wollte den Elefanten von deiner Brust runter und in deine Arme bringen. Das ist hoffentlich bequemer.«

Sie schlug die Hand auf den Mund und schluchzte leise.

»Keine Tränen«, sagte er streng.

Die Tränen liefen ihr die Wangen hinunter, und sie schüttelte den Kopf.

»Rede mit mir.«

»Ich liebe ihn«, flüsterte sie. »Das ist das einfühlsamste Geschenk, dass ich je von irgendjemandem bekommen habe.«

Das bedeutete ihm sehr viel. Er würde nie der erste Mann sein, den sie liebte, und das war auch okay, aber er wollte der Letzte sein. »Da ist noch mehr.«

»Das ist viel zu viel!«

»Selber schuld. Du hast ja ›Zeit gebraucht‹, und ich hatte deswegen nichts zu tun.«

Der entnervte Blick, den sie ihm zuwarf, war genau derselbe, mit dem Freundinnen und Ehefrauen seit Jahrtausenden ihre Männer bedachten. Er liebte es, dass sie ihn so ansah. Unter der letzten Lage Seidenpapier lagen Schleifpapier in verschiedenen Stärken, Dosen mit Abbeizmittel und Beize, Schwammpinsel und ein kleines Kästchen, in dem ein Schlüssel lag.

»Das ist der einzige Zweitschlüssel zu meiner Werkstatt, und ich habe eine Ecke freigeräumt, die ganz dir gehört. Sie ist fertig, damit du gleich anfangen kannst, wenn du dein nächstes Projekt findest. Du kannst kommen und gehen, wie du willst.«

Sie drehte und wendete den Schlüssel in ihren Händen, während ihr weiter die Tränen die Wangen hinunterliefen. »Das ist doch der Ort, an den du gehst, um alleine mit deiner Kunst zu sein.«

Er legte ihr einen Finger ans Kinn und bedeutete ihr, zu ihm aufzuschauen. »Wenn ich mir aussuchen kann, ob ich alleine sein möchte oder mit dir zusammen, dann will ich mit dir zusammen sein. Immer.«

Sie warf sich auf ihn und küsste ihn wie wild. Die Kiste landete mit einem lauten Plopp, der ihnen bestimmt Mrs. Abernathys Aufmerksamkeit sicherte, auf dem Boden.

Er hätte sich nicht weniger um die neugierige Vermieterin scheren können. Nicht, wenn die Frau seiner Träume in seinen Armen lag und sein Gesicht und alles andere an ihm, das sie erreichen konnte, mit Küssen bedeckte.

»Das sind die besten Geschenke, die du mir je machen konntest.«

»Freut mich, dass du sie magst.«

»Ich liebe sie. Fast so sehr, wie ich dich liebe.«

Es hatte eine Zeit gegeben – und sie war noch gar nicht so lange her –, da hätten diese Worte dafür gesorgt, dass er die Flucht ergriff und so schnell wie möglich so viel Abstand wie möglich zwischen sich selbst und die Person, die sie ausgesprochen hatte, gebracht hätte.

Diese Zeit war vorbei.

Die letzten Wochen waren die beste Zeit seines Lebens gewesen, weil Dani und Savvy darin vorkamen. Er schlang die Arme noch fester um sie. »Ich liebe dich auch, aber du musst unbedingt aufhören zu weinen.«

»Ich kann nicht. Du bist so süß, und ich hatte so viel Glück, als ich mit meinem Auto im Graben gelandet bin.«

Er lächelte. »Und ich hatte so viel Glück, als ich dich im Straßengraben aufgelesen habe.«

Obwohl sie weiterhin schluchzte, brachte sie das zum Lachen, und sie boxte ihn in die Schulter. »So kannst du das aber nicht ausdrücken, wenn du es anderen Leuten erzählst.«

»Ich kann den Leuten nicht sagen, dass ich die Frau meiner Träume und das kleine Mädchen meines Herzens im Straßengraben gefunden habe?«

»Na ja, wenn du es so sagst, kann ich ja schlecht widersprechen.«

❄

Dani hatte vergessen, wie es sich anfühlte, wirklich glücklich zu sein. Savannah zu bekommen hatte sie glücklich gemacht, weil sie ihr einen neuen Fokus geschenkt hatte. Dennoch hatten ihre Sorgen als Mutter – ganz besonders als alleinerziehende Mutter –, gepaart mit der allumfassenden Trauer nach Jacks Tod, ihrer Freude über ihr erstes Kind einen gehörigen Dämpfer versetzt. Die Entscheidung, alleine loszuziehen, hatte ein Problem gelöst, das unhaltbar geworden war.

Beides waren wichtige Schritte aus der Dunkelheit nach Jacks Tod gewesen.

Aber bevor sie Lucas begegnet war und zugelassen hatte, dass sie echte Gefühle für ihn entwickelte, hatte sie gar nicht bemerkt, wie einsam sie gewesen war und wie hoffnungslos sie sich gefühlt hatte, weil sie dachte, dass sie sich nie wieder so fühlen würde wie jetzt.

Vielleicht war es noch zu früh, aber seit der Nacht, in der er ihr die Kiste mit Geschenken gegeben hatte und in der sie sich ihre Liebe gestanden hatten, war alles anders.

Es war mehr. So viel mehr, und sie konnte gar nicht genug davon bekommen, wie er sie und Savannah liebte.

Heute waren sie oben auf Coltons Berg, um dabei zu sein, wie sein Bruder seine geliebte Lucy heiratete. Selbst jetzt, Ende Mai, hing immer noch eine gewisse Kälte in der Luft, und für später waren sogar ein paar Schneeflocken angesagt, aber vorerst war es ein perfekter, klarer, sonniger Tag.

Lucys Freund Troy Kennedy war aus New York gekommen, und Camerons Dad Patrick war mit seiner Verlobten Mary aus Europa hergeflogen, um mitzuerleben, wie die beste Freundin seiner Tochter Colton das Jawort gab. Ein paar Cousins und Cousinen der Familie Coleman waren aus Boston angereist, aber alle anderen Gäste kamen aus Butler.

Colton und Lucy hatten ein Zelt mit Tischen und Stühlen aufgestellt, ein Caterer aus dem Ort war beim Grillen, und ein alter Freund der Familie Abbott spielte Gitarre. Alle weinten, als Lucy am Arm ihres Vaters Ray auf Colton zuging. Ihre Schwester Emma, ihre beste Freundin Cameron und ihre Nichte Simone gingen ihr voran zwischen den Stuhlreihen, die auf den Gipfel von Butler Mountain ausgerichtet waren. Es war ein atemberaubend schöner Ort für eine Hochzeit.

In einer schwarzen Hose, einem weißen Hemd mit aufgekrempelten Ärmeln und einer schwarzen Weste mit einer weißen Blume in der Brusttasche stand Colton neben seinen sechs Brüdern und erwartete seine Braut.

Lucas sagte, dass Colton sich nicht für nur einen von ihnen hatte entscheiden können, und weil es sowieso niemanden interessierte, wenn sie alle seine Trauzeugen waren, waren sie alle seine Trauzeugen.

Colton, so hatte Dani gelernt, konnte wirklich mit Worten umgehen.

Aber als er in das strahlende Gesicht der Frau, die er liebte, schaute, verließen ihn die Worte, und ihm traten Tränen in die Augen.

Lucy beugte sich vor, um ihm etwas zuzuflüstern.

Er nickte und legte seine Stirn an ihre. Der Moment war so süß und so vertraut, dass Dani sofort den Blick des Mannes, der sie liebte, suchte.

Und natürlich schaute er auch zu ihr und schickte ihr ein kleines Lächeln und ein Zwinkern. Sie fühlte sich besonders und geliebt. Er, der jede Frau der Welt haben konnte – und sie sah ganz genau, wie Frauen ihn ansahen, wenn sie glaubten, dass es niemand bemerkte –, hatte sich sie und ihre Tochter ausgesucht. Dafür würde sie ewig dankbar sein. Er merkte es vielleicht nicht, wenn die anderen ihn anschmachteten, sie schon.

Heute war allerdings nicht der richtige Tag, um über die Frauen nachzudenken, die nie auch nur in die Nähe des Mannes kommen würden, der ihr seine Liebe gestanden hatte – und zwar nur ihr. In der Dunkelheit der letzten Nacht hatte er es wieder und wieder gesagt, während sie ineinander verschlungen waren, und er hatte ihr auch gesagt, dass er diese Worte noch nie zu jemand anderem gesagt oder für irgendjemanden so empfunden hatte wie für sie.

Das Herz tat ihr weh, weil sie ihn so sehr liebte, und sie war ihm so dankbar, dass er dafür gesorgt hatte, dass sie wieder an Happy Ends glauben konnte.

Sie konzentrierte sich wieder auf das, was Lucy zu Colton sagte. »Du hast mich einmal gefragt, wann mir klarwurde, dass ich dich liebe. Es war, nachdem du mich in meinem Badezimmer auf dem Boden gefunden hast, mitten in einer ekelhaften Lebensmittelvergiftung. Ich hatte dich am Flughafen angerufen und abgesagt, dich ganz alleine gelassen, als du zum ersten Mal in New York City warst. Und du bist trotzdem zu mir gekommen, hast mich gefunden und dich um mich gekümmert, obwohl ich dir gesagt hatte, dass du nicht kommen sollst.«

»Ich habe noch nie getan, was man mir sagt. Frag meine Mom.«

»Da hat er ganz recht«, meldete sich Molly zu Wort. Alle anderen lachten. »Und ich habe auch versucht, dich zu warnen, Luce.«

»Ich weiß, Molly.« Lucy schaute Colton die ganze Zeit an. »Und irgendwie liebe ich ihn trotzdem.«

»Irgendwer muss das ja machen«, murmelte Will gerade laut genug, dass schon wieder alle in wildes Gelächter ausbrachen.

Diese Abbotts waren so verdammt witzig.

Elmer, der die Trauung vornahm, räusperte sich und warf Will einen strengen Blick zu. Will schien sein Kommentar kein bisschen leidzutun.

»Colton, mein Bergmensch, mein Liebster, mein Alles, ich gebe mich dir hin, weil ich weiß, dass ich immer sicher und geliebt und belustigt und genervt sein werde, solange ich dich in meinem Leben habe.«

»Wenn ich nicht nervig bin, bin ich gar nichts«, erwiderte er ernst.

»Und ich liebe dich, weil du das weißt. Ich nehme dich zu meinem Mann. Ich nehme deinen Berg zu meinem Zuhause. Ich nehme deine Hunde und deine Elche und deine Zapfstellen und deine Schläuche und dein Zuckerhaus. Ich nehme es alles.«

»Sie nimmt deinen Schlauch, Bro«, sagte Landon.

Lucas stieß seinem Zwillingsbruder fest den Ellbogen in den Bauch.

Landon schnappte nach Luft, was sehr zur allgemeinen Erheiterung beitrug. Langsam, aber sicher verwandelte sich diese Hochzeit in eine Comedy-Show.

Dani hatte den Verdacht, dass das in dieser Familie gar nicht anders möglich war.

»Ich entschuldige mich für meinen idiotischen Bruder«, sagte Colton. »Also, wo waren wir noch gleich?«

»Wir waren an der Stelle, wo ich dir sage, dass du wahrscheinlich genau das gedacht hast, was Landon gerade gesagt hat.«

Colton trat von einem Fuß auf den andern. »Hab ich nicht.«

Lucy warf ihm einen abschätzigen Blick zu. »Lüg mich nicht an unserer Hochzeit an, Colton Abbott.«

»Na ja, vielleicht hatte ich einen flüchtigen Gedanken daran, als du geschworen hast, meinen Schlauch zu nehmen, aber es war nur für eine Nanosekunde, und dann habe ich die Fassung wiedererlangt. Und mir auf die Zunge gebissen. Fest.«

Lucy lachte und schüttelte den Kopf. »Wusste ich's doch.«

Colton legte ihr den Arm um die Taille und zog sie an sich. Dann küsste er sie zärtlich auf den Mund. »Du hast es gewusst, weil du mich so gut kennst wie niemand anderes auf der Welt. Du verstehst mich, Luce, und du hast ja keine Ahnung, was das für einen Typen wie mich, der immer gedacht hat, dass er mit zwei Hunden besser dran ist als mit einer Freundin, für ein Geschenk ist. Dann habe ich meine Lucy in the Sky getroffen und durfte herausfinden, wie viel besser das Leben ist, wenn der Mensch, den man am meisten auf der Welt liebt, alles mit einem teilt (außer Camping bei Minusgraden). Ich danke Gott jeden Tag dafür, dass es auf meinem Berg eine Internetverbindung gibt, weil ich weiß, dass das das Einzige ist, was du außer mir und meinen Hunden brauchst, um glücklich zu sein.«

Lucy lachte unter Tränen. »Sehr wahr.«

Sie schauten sich lange in die Augen, bevor sie sich wieder küssten.

»Und PS: Du kannst meinen Schlauch haben, wann immer du willst.«

»*Colton!*«

Lächelnd küsste er ihr die Entrüstung von den Lippen.

Elmer räusperte sich und schüttelte den Kopf. Er sah aus, als würde ihn das Ganze sehr amüsieren. »Wir sind gleich da, Kinder. Also, jetzt machen wir es erst mal offiziell. Colton, sprich mir nach. ›Ich, Colton, nehme dich, Lucy, zu meiner Frau. Von diesem Tag an will ich dich lieben, ehren und wertschätzen, an jedem einzelnen Tag meines Lebens.‹«

Colton blinzelte, starrte Lucy an und wiederholte die Worte.

»Lucy? Du bist dran. Sprich mir nach.«

Lucy sprach ihren Schwur, und sie tauschten die Ringe, die Hunter Colton in die Hand legte.

»Kraft des mir vom Staate Vermont verliehenen Amtes erkläre ich Colton und Lucy zu Mann und Frau. *Jetzt* darfst du deine Braut küssen, Junge.«

Während das Publikum wild applaudierte, küssten Colton und Lucy sich mindestens genauso wild. Die Freude, die sie versprühten, war ansteckend, besonders als er sie hochhob und einen Freudenschrei ausstieß, während er sie durch die Luft wirbelte.

Dani hatte nicht bemerkt, dass ihr Tränen über das Gesicht liefen, bis Savannah ihr die Hand an die Wange legte und die Feuchtigkeit mit ihren Fingerchen verrieb. Sie lächelte auf das kleine Gesicht hinab, das der Mittelpunkt ihrer Welt geworden war. Sie wollte ihrer Tochter zeigen, dass sie glücklich war, nicht traurig. Wie irgendjemand ungerührt zusehen konnte, wie zwei Menschen, die so offensichtlich füreinander bestimmt waren, sich das Jawort gaben, war für Dani unverständlich.

24

Zu lieben braucht Mut, aber der Schmerz der Liebe
ist das reinigende Feuer, das diejenigen,
die lieben, reichlich kennen.
Eleanor Roosevelt

Lucas legte von hinten den Arm um sie und warf über ihre Schulter hinweg einen Blick auf Savannah, die vor Lachen quietschte, als er eine Grimasse zog.

Dani hatte die ganze Zeit Angst, dass Lucas sie zu sehr verwöhnte, aber sie zweifelte nie daran, dass er ihre Tochter sehr liebte.

»Es tut mir leid, dass meine Familie so bescheuert ist.«

»Bitte entschuldige dich nicht. Das hier ist die beste Hochzeit, auf der ich je war. Sag mir, dass sie alle so gut sind.«

»Die meisten sind jedenfalls ziemlich unterhaltsam. Bei Will und Camerons ist Fred mitten beim Empfang aufgetaucht. Ist einfach so durchs Zelt gelaufen, als hätte er die allererste Einladung bekommen. Bei Hunter und Megan ist Cameron umgekippt, und wir haben auf diese Weise herausgefunden, dass sie schwanger ist. Oh, und die biologische Mutter von Caden ist aufgetaucht, um Max zu sagen, dass sie das Sorgerecht abgibt. Das war nicht so lustig.«

Sie gingen ins Zelt und fanden sich an einem Tisch mit seinen Eltern, Geschwistern und ihren Partnerinnen und Partnern wieder. Während Lucas für die Fotos mit der Hochzeitsgesellschaft posierte, versuchte Dani, dem Gespräch zu folgen, das blitzschnell war und zahllose Insiderwitze enthielt, wie immer in dieser Familie.

»Wir sind schon viel, oder?«, sagte Molly leise zu Dani.

»Nein, gar nicht.«

Molly lachte. »Bitte, wenn ich eines weiß, dann ist es, dass meine Familie ziemlich überwältigend ist, vor allem für neue Leute.«

»Sie sind alle so unterhaltsam, so witzig, so lieb und so gutaussehend. Wie hast du es nur geschafft, zehn umwerfend schöne Kinder zu bekommen?«

»Ooh, es ist wirklich süß, dass du das sagst.« Molly beugte sich näher zu ihr vor und sagte: »Insgeheim stimme ich dir zu, aber eine Mutter sollte so etwas ja nicht über die eigenen Kinder sagen.«

»Dann sage ich es eben für dich. Sie sind wunderschön. Und zwar allesamt.«

»Eines vielleicht noch ein bisschen mehr als die anderen?«

Dani lächelte. »Vielleicht.«

»Sein Vater und ich freuen uns so darüber, dass er so in dich und deine Kleine verliebt ist.«

»Wir freuen uns auch. Er ist einfach … Er ist der Beste. Seit wir uns zum ersten Mal begegnet sind, war er einfach immer für mich da, auf jede nur erdenkliche Art.«

»Klingt ganz nach ihm. Er ist wirklich beständig, was die Menschen angeht, die ihm wichtig sind.«

»Ja, das ist er wirklich. Er hat mir erzählt, dass er den Ruf hat, ein unreifer Quatschkopf zu sein.«

»Das stimmt auch, aber er ist auch dafür bekannt, ein gut ausgebildeter, kompetenter Feuerwehrmann und Rettungssanitäter zu sein, der regelmäßig Leben rettet. Manchmal glaube ich, dass der ganze Quatsch seine Art ist – und Landons –, mit den Dingen umzugehen, die sie in der Arbeit erleben.«

»So hatte ich das noch gar nicht gesehen, aber du hast wahrscheinlich recht.«

»Sie sprechen nicht viel von der Arbeit, also wissen wir nicht, was sie dort sehen, aber wir wissen, dass sie auch zu tödlichen Unfällen und Bränden gerufen werden, und das muss ja seine Spuren hinterlassen.«

»Natürlich. Und Humor zu benutzen, um das alles zu verarbeiten, macht absolut Sinn.«

»Was natürlich auch dazu beiträgt, ist, dass sie einfach die beiden lustigsten Menschen der Welt sind.«

»Er bringt mich wirklich die ganze Zeit zum Lachen.«

»So ist er, unser Lucas … und unser Landon.«

Als Savannah das Interesse an den Spielsachen verlor, die Dani ihr gegeben hatte, streckte Molly die Hände nach ihr aus. »Darf ich?«

»Auf jeden Fall. Ich gebe sie schließlich an eine wahre Expertin ab.«

Molly lachte. »Ich bin wohl kaum eine Expertin, aber

ich liebe Babys einfach. Und übrigens, sie ist wirklich wunderschön.«

»Finde ich auch«, flüsterte Dani im gleichen Ton, den Molly eben verwendet hatte. »Sie ist ihrem Vater Jack wie aus dem Gesicht geschnitten.«

»Es tut mir so leid, dass du ihn viel zu früh verloren hast.«

»Danke. Mir auch. Er wäre so gerne ein Dad gewesen.«

»Das ist eine Trauer, die du immer in dir tragen wirst. Ich habe auf der Highschool meinen ersten Freund an Krebs verloren, und ich habe nie aufgehört, ihn zu vermissen oder über all die Dinge traurig zu sein, die er verpasst hat.«

»Das tut mir auch leid. Mir wird langsam klar, dass die Trauer für immer bei mir bleiben wird, aber dass es trotzdem möglich ist, Freude und Hoffnung und Glück zu empfinden.«

»Ja, ist es, aber es ist normal, sich ein bisschen schuldig zu fühlen, wenn du diese Dinge hast, die er nie haben konnte.«

»Das ist eine wichtige Einsicht von jemandem, der das selbst durchgemacht hat.«

Molly ließ Savannah auf ihrem Knie hüpfen, und das Baby kicherte zur Antwort. »Das Leben ist so kurz und so wertvoll, Dani. Tu, was du tun musst, um glücklich zu sein. Dein Jack würde das auch für dich wollen.«

»Ja, das stimmt.«

Savannahs Lachen war ansteckend. »Sie ist einfach toll«, verkündete Molly. »Lucas hat gesagt, sie hat am selben Tag Geburtstag wie unser Caden.«

»Ja, was für ein Zufall!«

»Ich weiß. Das erste Jahr im Leben eines Babys ist so toll! Anfangs sind sie völlig hilflos, und dann laufen sie und plappern vor sich hin und essen richtiges Essen.«

»Wirklich erstaunlich. Gerade diese Woche hat sie angefangen, nach allem zu greifen, was sie erreichen kann. Ihr die Windel zu wechseln artet jedes Mal zu einem Ringkampf aus.«

Molly lachte. »Caden macht das auch. Plötzlich zappelt er ununterbrochen. Ich habe Max gesagt, er soll die Phase genießen, weil er bald anfangen wird zu krabbeln.«

»Ich weiß nicht, ob ich dafür bereit bin.«

»Niemand ist je bereit dafür, aber es geht sehr schnell.«

Colton kam mit bündelweise Wunderkerzen ins Zelt gestürmt, die er an die Gäste verteilte.

»Lieber Gott«, sagte Molly. »Jetzt spielen sie auch noch mit Feuer.«

Dani musste lachen, als sie Mollys Gesichtsausdruck sah. Offensichtlich war sie Kummer gewohnt.

Lucas kam zurück ins Zelt und ging sofort zu Dani. »Willst du tanzen?«

Sein intensiver Blick sorgte dafür, dass ihr ein Schauer den Rücken hinunterlief. »Oh, ich habe Savannah …«

»Ihr geht es sehr gut bei Grandma Molly. Geht nur, ihr beiden.«

Zu hören, dass Molly sich Savannahs Grandma nannte, brachte Dani fast schon wieder zum Weinen. Wie viel Glück ihr kleines Mädchen doch hatte, eine so außergewöhnliche Frau als zusätzliche Großmutter zu haben. »Danke«, sagte Dani zu Molly und versuchte, ihr zu zeigen, dass sie ihr für viel mehr dankte als nur dafür, dass sie auf Savannah schaute, während Dani mit Lucas tanzte.

»Sehr gerne, Liebes.«

Lucas nahm sie bei der Hand und führte sie zur Tanzfläche, wo sie sich zu seinem Cousin Grayson und seiner Cousine Emma sowie Ella und Gavin, Will und Cameron und Megan und Hunter gesellten.

Coltons Freund spielte »Thinking Out Loud« von Ed Sheeran, und als Dani sich an Lucas schmiegte und den besonderen Duft nach Sägemehl einatmete, der so schnell zu einem ihrer Lieblingsgerüche geworden war, wurde ihr klar, dass es das erste Mal war, dass sie miteinander tanzten. An diesen besonderen Moment mit ihm würde sie sich immer erinnern.

Voller Liebe und Verlangen und etwas, das man nur als Glück bezeichnen konnte, schaute Lucas auf sie hinab und küsste sie, vor seiner ganzen Familie. »Diesen Teil des Tages konnte ich kaum erwarten.«

»Bisher auch mein Lieblingsteil. Noch besser als der, wo Lucy versprochen hat, Coltons Schlauch zu nehmen.«

Lucas prustete los. »Das war einfach super … Und so *sie*.«

»Es war toll.«

»Ich finde es toll, dich und Savannah hier bei meiner Familie zu haben und dass du so gut bei uns reinpasst.«

»Tue ich das?«

»Musst du das wirklich fragen? Alle lieben dich, vor allem ich!«

Sie schlang die Arme fester um ihn. »Ich liebe dich auch.«

❄

Dieser Frühling würde Dani als die beste Zeit ihres Lebens in Erinnerung bleiben. Alles um sie herum blühte auf und offenbarte die Schönheit von Vermont, während ihre Tochter genauso schnell wuchs und gedieh wie ihre Beziehung zu Lucas, die mit jedem Tag noch besser wurde. Sie hatten eine Routine entwickelt, bei der er jede Nacht bei ihr schlief und sie jede freie Stunde, die sie hatten, zusammen verbrachten.

Sie arbeiteten Seite an Seite in der Holzwerkstatt, wo Dani eine Kommode restaurierte, die sie auf dem Flohmarkt gefunden hatte. Wenn sie die Scheunentore aufmachten und so frische Luft hereinließen, konnte Savannah in ihrem Babygitter spielen, ohne dass sie Angst haben mussten, dass sie etwas Gefährliches einatmen könnte. Sie hatte jetzt angefangen sich hochzuziehen, und Molly hatte vorausgesagt, dass sie noch vor ihrem ersten Geburtstag anfangen würde zu laufen.

Sonntags gingen sie zu seinen Eltern zum Abendessen,

und Lucas blieb montagsabends mit Savannah zu Hause, damit Dani zusammen mit seinen Schwestern *Der Bachelor* oder *Die Bachelorette* schauen konnte.

Immer, wenn sie von diesen Fernsehabenden zurückkam, schlief Lucas mit Savannah auf der Brust auf dem Sofa.

Dani suchte dann immer ihr Handy, das sie nun fast nur noch als Kamera verwendete, machte ein Foto von den beiden und weckte ihn dann auf, um ihm zu sagen, dass sie zu Hause war. »Ich nehme sie.«

Sie hob Savannah von seiner Brust und legte sie in ihr Bettchen, unter die Decke mit den Entchen, die die Kleine am liebsten überallhin mitnehmen wollte. Molly hatte vorgeschlagen, eine zweite zu kaufen, damit Ersatz da war, falls die erste verlorenging oder gewaschen werden musste. Dani hatte die Idee super gefunden und sofort eine zweite bestellt.

Lucas putzte sich gerade im Bad die Zähne, als Dani zu ihm kam und ihn aus dem Weg schob, damit sie an ihre Zahnbürste kam.

»War es schön mit den Mädels?«, nuschelte er durch den Zahnpastaschaum.

»Ja, sehr. Ich muss immer so lachen, wenn ich mit ihnen zusammen bin.«

»Irgendwelche Neuigkeiten?«

»Ella hat gesagt, dass sie beschlossen haben, mit dem Heiraten zu warten, bis das Baby da ist. Mit dem Anbau hat sie jetzt schon alle Hände voll zu tun, und sie hat einfach nicht die Zeit, sich um noch etwas zu kümmern. Sie hat auch erwähnt, dass Calebs Todestag immer sehr schwierig für Gavin ist, und dass es dieses Jahr nicht anders ist.«

Lucas verzog das Gesicht. »Der Arme ist nie über den Verlust seines Bruders hinweggekommen. Sie waren beste Freunde.«

»Es ist einfach so traurig. Ella scheint deswegen ein bisschen gestresst zu sein.«

»Er kriegt das schon hin, aber er hat um Calebs Todestag herum immer eine schlimme Zeit. Er hat mir einmal gesagt, dass es ihm so weh tut, die Bäume blühen zu sehen, weil dann sofort alles wieder da ist.«

»Das verstehe ich. Als Jack gestorben ist, hat es geregnet, und dieser Regengeruch ist für mich genauso.«

Lucas drehte sich zu ihr um. »Das hast du mir nie erzählt.«

Sie zuckte die Achseln. »Ist nicht so wichtig.«

»Natürlich ist es wichtig. Dann brauchst du mich an den Regentagen mehr als an den sonnigen. Das ist doch etwas, was ich wissen muss.«

»Ich kann mir gar nicht vorstellen, dass du mir noch mehr geben könntest als jetzt.«

»Es gibt immer noch mehr, Baby«, sagte er und hob die Augenbrauen. Dann lächelte er das schiefe Lächeln, dass sie so liebte.

Sie stellte sich auf die Zehenspitzen und gab ihm einen Kuss. »Danke.«

»Bitte bedank dich doch nicht bei mir. Du und meine

süße Savvy, ihr habt mein Leben auf jede nur mögliche Art verändert. Es gibt nichts, das ich für euch beide nicht tun würde.«

»Das geht uns mit dir genauso.«

Er hob sie völlig überraschend hoch und trug sie ins Bett.

»Lucas! Ich hab mir noch gar nicht das Gesicht gewaschen.«

»Mach dir darüber keine Sorgen, es wird sowieso wieder schmutzig.«

❄

Das Telefon weckte Lucas viel später aus einem tiefen Schlaf. Er griff nach dem Hörer auf dem Nachttisch. Als er auf den Knopf drückte, hoffte er, dass Dani ihrer Mutter – für den Fall, dass sie es war – gesagt hatte, dass er meistens hier schlief.

»Wach auf«, sagte Landon. Er klang angespannter, als Lucas ihn je gehört hatte. »Es brennt im Hotel. Stufe drei. Beeil dich, Luc. Es ist schlimm. Da sind noch Leute drin, auch Amanda.«

»Ich komme.«

Lucas sprang aus dem Bett und zog die erstbesten Kleidungsstücke an, die er finden konnte – Jeans und ein Langarm-Shirt.

»Was ist los?« Dani hatte sich im Bett aufgesetzt.

»Es brennt im Hotel.«

»O nein.«

Er stahl eine Sekunde, um ihr einen Kuss zu geben. »Schlaf weiter.«

»Sei vorsichtig. Bitte …«

»Ich mach das schon. Keine Sorge.«

»Lucas!«

»Was, Liebling?«

»Ich liebe dich.«

»Ich liebe dich auch.« Er rannte zurück, um sie noch einmal zu küssen, dann sprintete er zur Tür hinaus.

Fünf Minuten nach Landons Anruf hielt er neben dem Hotel, das komplett in Flammen stand.

»Scheiße«, flüsterte er. Es war das größte Feuer, das er seit Jahren gesehen hatte.

Lucas schlüpfte schnell in seine eigene Schutzausrüstung, dann machte er sich auf den Weg zu den anderen Feuerwehrleuten, die um die Kommandozentrale versammelt waren, die mitten auf der Elm Street, der Hauptverkehrsader von Butler, eingerichtet worden war.

Er erkannte Einsatzkräfte aus nahe gelegenen Städten und Richard Smith, den Chef der Feuerwehrstation von Butler, der die gesamte Einsatzleitung übernommen hatte.

»Mrs. Hendricks hat gesagt, dass das Hotel ausgebucht ist. Wir haben das Erdgeschoss evakuiert, und wir brauchen noch mehr Leute, um die oberen Stockwerke zu überprüfen – und zwar schnell. Abbott, Abbott, Jenkins, Dicey, Monroe und Grimes – rein mit euch. Geht zu zweit und bleibt zusammen.« Ein weiteres Team wurde zum Löschen eingeteilt.

Am Rande des Geschehens kümmerte sich Sanitäter um die völlig aufgelöste Hotelbesitzerin. Sie hatten ihr eine Decke um die Schultern gelegt.

»Was ist mit den anderen Gebäuden?« Lucas warf einen Blick auf den Country Store und den Funkenregen, der vom Hotel ausging.

»Schon dabei, Leutnant.« Smith stellte Blickkontakt her. Er hoffte wohl, dass seine Versicherung, dass sie alles tun würden, um das Geschäft seiner Familie zu retten, Lucas beruhigen würde.

»Auf geht's!«, rief nun einer der Feuerwehrleute, und sie schnappten sich die Atemgeräte und schnallten sie um.

Sie liefen um das Hotel herum, wo die Flammen weniger heftig waren. Was auch immer das Feuer ausgelöst hatte, war an der Vorderseite des Gebäudes passiert. Lucas hatte im Sommer sämtliche Kamine des Hotels überprüft und sie alle für in Ordnung befunden. Er hoffte bei Gott, dass er nichts übersehen hatte.

Sie hatten die Hintertür fast erreicht, als Lucas sah, wie auch sein Bruder einen besorgten Blick auf den Country Store warf. Er wusste, dass er das Gleiche dachte wie er. Ob irgendjemand ihren Dad benachrichtigt hatte, dass es brannte?

Sein Magen krampfte sich zusammen, wenn er daran dachte, dass das Feuer auf das Geschäft überspringen könnte. Sie durften nicht zulassen, dass das passierte, aber was noch wichtiger war: Es befanden sich noch Menschen im Hotel, und die rauszuholen musste ihre erste Priorität sein.

Es wurde oft gesagt, dass Feuerwehrleute dort hineinrannten, wo andere herausrannten – daran dachte Lucas jedes Mal, wenn er ein brennendes Gebäude betrat. Das Adrenalin und das Bedürfnis, Menschen zu retten, trieben ihn und die anderen, die ihr Leben der Feuerwehr widmeten, an. Und ja, ein kleines bisschen verrückt musste man schon sein, um einen Kick zu bekommen, wenn man in ein brennendes Gebäude lief.

Zu wissen, dass darin unschuldige Menschen waren, die Hilfe brauchten, machte das Ganze nur noch interessanter.

»Hier oben!«

Er und Landon rannten die Hintertreppe hinauf. Sobald sie im ersten Stock angekommen waren, fingen sie an, systematisch von Tür zu Tür zu gehen und jedes einzelne Zimmer zu überprüfen. Je näher sie der Vorderseite des Hotels kamen, desto heißer brannte das Feuer. Hinter der letzten Tür rechts entdeckte Lucas eine dreiköpfige Familie, die sich in einer Ecke des Zimmers zusammengekauert hatte. Er konnte sie in Dunkelheit und Rauch kaum erkennen, aber sie wurden im Licht eines der Notausgangsschilder gerade so sichtbar.

»Landon!«

Sein Bruder folgte ihm in das Zimmer.

»Wir müssen sie hier rausbringen!«

»Meine Frau hat eine Panikattacke. Sie kann sich nicht bewegen.« In den Augen des Mannes lag dieselbe Panik wie in denen seiner Frau und seiner Tochter.

Landon ging vor der Frau in die Hocke. »Kommen Sie, wir bringen Sie raus. Sie möchten nicht, dass Ihre Tochter hier drinnen verletzt wird. Sie sind eine gute Mom. Sie wollen sie retten.«

Die Frau, deren Gesicht tränenverschmiert war, nickte.

Landon hob sie hoch.

»Folgen Sie ihm«, sagte Lucas dem Mann, der seine Tochter trug. »Bleiben Sie unten und beeilen Sie sich. Laufen Sie, so schnell Sie können.«

Während Landon mit der Familie zurück zum Hinterausgang rannte, trat Lucas die letzte Tür auf der linken Seite ein. Im nächsten Augenblick riss ihn ein Feuerball von den Füßen und warf ihn an die Wand. Ein Schrei aus dem Inneren des Raumes sorgte dafür, dass er sich rasch sammelte und auf die Frau, die dort auf dem Boden lag, zukroch.

»Können Sie sich bewegen?«, fragte er und zuckte zusammen, als er erkannte, dass es sich um Amanda handelte.

»Ich hab mir den Knöchel verletzt.«

»Kriech hinter mir her. Ich führe dich hier raus.«

»Lucas, ich habe Angst.«

»Ich hab dich. Komm mit.«

Als er darauf wartete, dass sie ihn einholte, schaute er gerade rechtzeitig nach oben, um zu sehen, dass die Decke und alles, was darüber lag, auf sie herabstürzte. Er hatte keine Zeit, zu schreien, als er sich auf Amanda warf, um sie vor dem Gröbsten zu schützen. In der Sekunde, bevor die Hölle auf ihn einstürzte, waren seine Gedanken bei Dani und Savvy.

25

Die Liebe kennt keine Grenzen.
Sie springt über Hürden und Zäune und reißt Wände
und Mauern ein, um voller Hoffnung
an ihr Ziel zu gelangen.
Maya Angelou

Dani konnte nicht mehr einschlafen, nachdem Lucas gegangen war. Der Lärm der Sirenen in der Ferne hielt sie hellwach, während die Katastrophe die kleine Stadt heimsuchte.

Sie betete für die Menschen im Hotel und für die Feuerwehrleute, die alles daransetzten, diese zu retten.

Nach einer Weile stand sie auf, um sich eine Tasse Tee zu machen, in der Hoffnung, dass sie sie genug beruhigen würde, dass sie wieder einschlafen konnte. Sie würde morgen völlig fertig sein, wenn sie sich nicht ausruhte.

Als sie darauf wartete, dass das Wasser kochte, ging sie zu einem der Fenster, die die Stadt überblickten. In der Ferne sah sie Rauch und Flammen, was nicht gerade dazu beitrug, ihre Nerven zu beruhigen.

Sie nahm den Tee mit aufs Sofa und versuchte, nicht darüber nachzudenken, wie sehr sie das hier an den Tag erinnerte, an dem Jack gestorben war. Damals hatte sie genau wie jetzt ein schlechtes Gefühl, eine Art Vorahnung gehabt, obwohl Jack nur etwas getan hatte, was er ständig tat: mit seinen Kumpels über die Trails heizen. Als sein Bruder zu ihr gekommen war, um sie zu holen, mit wilden Augen und tränenverschmiertem Gesicht, da hatte sie sofort gewusst, dass das Schlimmste passiert war.

Ihre Schreie hatten dafür gesorgt, dass sämtliche Nachbarn angerannt kamen, um nach dem Rechten zu sehen.

Dani ließ zu, dass ihre Gedanken zum schlimmsten Tag ihres Lebens zurückkehrten, und sie durchlebte alles ein zweites Mal, von der Minute, als Braydon vor ihrer Tür stand, wie sie darauf bestanden hatte, Jack zu sehen, wie man sie zur Leichenhalle gefahren hatte. Es war ein Fehler gewesen, das wusste sie heute, denn es wäre besser gewesen, ihn so in Erinnerung zu behalten, wie er gewesen war, als er noch lebte.

Sie saß auf dem Sofa und ließ ihren Tee kalt werden, während sie sich in den Erinnerungen verlor. Die Trauerfeier und die Beerdigung, die schönen Worte, die seine trauernden Freunde gesagt hatten, die Menschen, das Essen, die Verzweiflung und die allumfassende Angst, dass sie das Baby verlieren könnte, von dem sie beide doch erst vor kurzem erfahren hatten.

Sie hatten noch nicht einmal ihren Eltern von dem Baby erzählt.

Und dann war Jack einfach weg.

Für immer.

Dani griff nach ihrem Handy, das auf dem Couchtisch

lag, und scrollte durch ihre Fotos, bis sie das letzte Jahr erreichte, die Fotos, die sie sich seit Wochen nicht mehr angeschaut hatte, die letzten Fotos, die es je von ihm geben würde.

Sein dunkelblondes Haar, das nie zu bändigen gewesen war, obwohl er es ständig versucht hatte. Sein Grübchen am Kinn, das sie so gerne geküsst hatte. Und er hatte die blausten Augen, die sie außer bei ihrer gemeinsamen Tochter je bei jemanden gesehen hatte.

Sie erinnerte sich daran, was Molly auf der Hochzeit gesagt hatte, darüber, wie sie ihre erste Liebe verloren hatte und dass man nie darüber hinwegkam, dass man immer traurig sein würde, weil der verstorbene Mensch so viel verpasste.

Dani würde Jacks Verlust nie verwinden, und sie würde dafür sorgen, dass seine Tochter wusste, wer er war und wie sehr er sie liebte.

Er hatte immer ihrem Bauch etwas vorgesungen, mit dem Baby geredet, ihr Versprechen gegeben, die er nicht hatte halten können. Dani würde sie für ihn halten.

Sie gähnte, legte das Telefon auf den Couchtisch zurück und wollte gerade wieder ins Bett gehen, als es an der Tür klopfte.

Ihr Magen stürzte nach unten, und sie blieb wie angewurzelt stehen. Sie starrte die Tür an und konnte sich nicht bewegen.

Es klopfte wieder. »Dani.« *Hannah.*

Nein, bitte, bitte nicht. Nicht schon wieder.

Mehr Klopfen. »Dani, mach auf.«

»Wir hätten anrufen sollen.« *Eine andere Stimme, Ella vielleicht?*

»Nein, hätten wir nicht.« Klopfen. »Dani, bitte.«

Dani bewegte sich zur Tür und machte Lucas' Schwestern auf. Sie waren nur aus einem einzigen Grund mitten in der Nacht hier draußen. Es war etwas Schreckliches passiert.

»Ist er tot?«

Hannah schüttelte den Kopf. »Nein, aber er ist verletzt. Ich bleibe bei Savannah. Ella bringt dich zu ihm.«

»Ich ... ich glaube nicht ... Ich meine ... ich kann nicht.«

»Doch, du kannst«, sagte Hannah fest. »Er braucht dich, Dani. Er war da, als du ihn gebraucht hast, und jetzt braucht er dich.«

Hannahs Worte weckten sie aus ihrer Starre. »Ich ziehe mich schnell an und sehe nach Savannah.«

Sie rannte in ihr Zimmer, zog die erstbesten Kleidungsstücke an, die sie finden konnte, und schlüpfte in ihre Laufschuhe. Nachdem sie gesehen hatte, dass Savannah fest schlief, zog sie ihre Jacke an. »Sie wird Hunger haben, wenn sie aufwacht. Im Kühlschrank sind Fläschchen, und im Schrank ist Müsli.«

»Los«, sagte Hannah. »Wir kommen zurecht.«

Dani folgte Ella die Treppe hinunter und zu dem Auto, das mit laufendem Motor vor der Tür stand.

»Sag mir die Wahrheit«, sagte Dani, als sie sich auf

den Weg zu demselben Krankenhaus machten, zu dem sie wegen Savannahs Mittelohrentzündung gefahren waren. »Wird er sterben?«

»Das weiß ich nicht. Meine Mutter hat angerufen und uns gesagt, dass er verletzt ist und dass jemand es dir sagen und dich zu ihm bringen muss.«

Ich kann das nicht noch einmal. Ich kann nicht. Ihre Brust zog sich zusammen, sie war kurz davor, eine Panikattacke zu bekommen. Sie hörte Lucas' Stimme, die ihr sagte, dass sie atmen sollte.

Einfach atmen.

Also tat sie das und zwängte die Luft an der Panik vorbei in ihre Lungen.

Atmen, Dani.

Wenn sie die Augen schloss, konnte sie ihn vor sich sehen, wie er sich noch vor ein paar Stunden die Zähne geputzt, sie hochgehoben und ins Bett getragen hatte. Das konnte doch nicht sein Ende gewesen sein. Ihr Ende. Sie fingen doch gerade erst an.

Tränen liefen ihr die Wangen hinunter, als sie Jack und ihre verstorbene Großmutter in Gedanken anflehte, Lucas zu beschützen.

Die gesamte Familie Abbott schien sich im Wartezimmer der Notaufnahme eingefunden zu haben. Molly kam auf Dani zu und nahm sie in die Arme.

Dani klammerte sich an die Frau, die sie so lieb willkommen geheißen hatte. »Ist er … Hast du gehört …«

»Wir warten darauf, dass sie uns mehr sagen.«

»Was ist passiert?«, fragte Dani und löste sich aus Mollys Umarmung.

»Die Decke und der dritte Stock sind auf ihn herabgestürzt«, sagte Colton mit grimmigem Gesichtsausdruck. »Er hat versucht, Amanda aus ihrem Zimmer zu holen, und hat es geschafft, sich auf sie zu legen. Er hat alles abbekommen.«

Danis Knie gaben nach, und das Einzige, was sie auf den Beinen hielt, war Will, der die Arme ausgestreckt hatte, um sie festzuhalten.

»Ganz ruhig«, sagte er.

Dani löste sich in hilfloses Schluchzen auf. Sie hielt den Gedanken, dass Lucas schwer verletzt war, oder noch schlimmer, einfach nicht aus.

Landon kam durch die Tür gerannt, sein Gesicht war schwarz, sein Haar stand nach allen Seiten ab. Ein beißender Geruch nach Rauch begleitete ihn. Er hatte die Augen weit aufgerissen. »Ist er …«

»Wir wissen es noch nicht, Junge«, sagte Lincoln und nahm Landon kurz in die Arme.

»Es war schrecklich«, sagte er leise. »Ich war mir sicher, dass sie beide tot sind.«

»Sind sie aber nicht«, sagte Molly mit einem bedeutungsvollen Blick in Danis Richtung. »Und daran werden wir jetzt auch nicht denken.«

Landon schaute Dani eine Weile lang an, bevor er sie in die Arme schloss. »Es tut mir leid. Ich wollte es nicht schlimmer machen.«

»Ist okay.« Als Landon die Arme um sie schlang, fragte sie sich, wie sie je darauf gekommen war, dass sie ihn mit Lucas verwechseln könnte. Sie könnte niemanden mit Lucas verwechseln, nicht einmal seinen eineiigen Zwillingsbruder.

»Er hat Amanda das Leben gerettet«, sagte Landon. Er klang so verzweifelt, wie sie sich fühlte.

»Ja, das hat er«, sagte Lincoln und drückte Landons Schulter, »Gott sei Dank.«

Zu hören, dass er der Frau, die er einmal gewollt hatte, das Leben gerettet hatte, machte Dani stolz auf ihn. Sie hatte keinen Zweifel daran, dass Lucas, so gut er konnte, für sie gesorgt hatte, als sie ihn brauchte. So war er nun mal.

Sie warteten sehr lange. Dani hatte keine Ahnung, wann endlich ein Arzt zu ihnen kam.

»Die Familie von Lucas Abbott?«, fragte er.

Eine Menschenmenge stürmte auf ihn zu.

»Wow, na ja, okay. Er ist stabil, und außer einem gebrochenen linken Arm, der operiert werden muss, fanden wir keine schlimmen Verletzungen. Er hatte wirklich Glück.«

Dani wurde ganz schwindelig vor Erleichterung. Glücklicherweise hielt Landon sie fest, eine sichere Stütze, die sie sehr zu schätzen wusste.

»Er fragt nach Dani. Ist sie da?«

»Ja, hier«, sagte Molly.

»Bitte nicht mehr als zwei auf einmal«, sagte der Arzt. und begutachtete sichtlich amüsiert die Versammlung.

Molly hielt Dani die Hand hin. »Komm schon, Liebes. Komm, wir gehen zu ihm.«

Dani wollte nicht sehen, dass Lucas verletzt war oder Schmerzen hatte, aber sie hätte es auch nicht ausgehalten wegzubleiben. Sie nahm Mollys Hand und ging mit ihr in das Zimmer, wo sich ein weiterer Arzt und zwei Pfleger um Lucas kümmerten.

Das Erste, was ihr auffiel, war der gleiche überwältigende Rauchgeruch, der auch Landon angehaftet hatte. Und genau wie bei Landon war auch Lucas' Gesicht ganz schwarz. Sein gebrochener Arm war geschient und lag auf einem Kissen.

Er streckte seinen unverletzten Arm nach Dani aus. »Komm her«, sagte er. Seine Stimme war belegt.

Sie ging zu ihm, nahm seine Hand und schaute sich jedes Detail seines unschätzbar wertvollen Gesichtes an.

»Atmest du auch?«, fragte er.

»Gerade so«, gab sie zurück.

»Du kannst jetzt wieder atmen. Mir geht es gut.«

»Dir geht es nicht gut.«

»Mir geht es gut und dir auch. Los, ich will sehen, dass du atmest.«

Sie schaute ihm in die Augen und holte tief Luft, und dann ein zweites Mal.

Er drückte ihre Hand. »Es tut mir leid, dass ich dir das angetan habe.«

Sie lachte, als die Euphorie die grausame Angst ersetzte,

die sie bis zu diesem Moment fest im Griff gehabt hatte. Ihre Gefühle spielten komplett verrückt. »Bitte entschuldige dich doch nicht. Du hast Amanda das Leben gerettet.«

»Das mag ja sein, aber ich konnte die ganze Zeit nur an dich und Savvy denken.«

Ihr traten Tränen in die Augen.

»Atmen.«

»Haben Sie etwas, mit dem ich ihm das Gesicht abwischen kann?«, fragte Dani einen der Pfleger.

»Natürlich. Ich bringe Ihnen ein paar Tücher.«

Lucas wandte sich seiner Mom zu, die auf der anderen Seite des Bettes stand.

»Alles okay, Mom?«

»Jetzt schon.« Sie beugte sich über ihn und küsste ihn auf die schmutzige Stirn.

Der Pfleger kam mit einer Packung Feuchttücher zurück, die er Dani reichte.

Lucas sah sie die ganze Zeit an, während sie den Ruß und den Schmutz von seinem Gesicht wischte.

»So«, sagte sie, als sein schönes Gesicht wieder sichtbar war.

»Viel besser«, sagte Molly. »Ich gehe mal raus, damit die anderen reinkommen können.«

»Ich auch«, sagte Dani.

»Nein!« Lucas griff nach ihrer Hand. »Du bleibst.«

»Deine Familie will dich sehen, und sie lassen immer nur zwei rein.«

»Bitte bleib!«, sagte er mit Nachdruck.

Also blieb sie bei ihm, während zuerst sein Vater und dann Landon hereinkamen.

»Mann, Bruder!«, sagte Landon, der offensichtlich bewegt war, als er Lucas bei vollem Bewusstsein im Bett sitzen sah. »Ich bin um Jahre gealtert.«

»Tut mir leid.«

»Wenn du dir auf der Arbeit den Arm brechen wolltest, so wie mir das passiert ist, dann hätte ich das auch einfach für dich machen können.«

Lucas lächelte. »Geht es Amanda gut?«

Landon nickte. »Sie ist ganz schön mitgenommen, aber es geht ihr gut. Dank dir. Wir haben alle rausgeholt. Gott sei Dank.«

»Und das Hotel?«

»Ist völlig zerstört, aber wir haben das Feuer unter Kontrolle gebracht, und es hat sich nicht ausgebreitet.«

»Da bin ich erleichtert.«

»Ja, oder? Bevor du dich fast umgebracht hast, konnte ich an nichts anderes als unser Geschäft denken.«

»Ich weiß. Ich auch.«

»Mrs. Hendricks hat geschworen, das Hotel wieder aufzubauen.«

»Sie wäre ja auch verrückt, wenn sie das nicht täte. Es ist das einzige Hotel in Butler.«

»Die Leute haben alle Gäste aufgenommen und dafür gesorgt, dass sie es bequem haben.«

»Weiß man schon, was das Feuer ausgelöst hat?«

»Die Untersuchung läuft noch, aber wir glauben, dass es die Elektrik war.«

»Das sind gute Neuigkeiten. Ich hatte gehofft, dass es nicht einer der Kamine war, die ich überprüft habe.«

»Nee«, lachte Landon. »Du bist aus dem Schneider. Gott sei Dank!« Ihm stiegen Tränen in die Augen, und er ließ den Kopf an die Brust seines Bruders fallen. »Tu mir das nicht noch mal an, hast du gehört?«

Lucas schlang seinen gesunden Arm um seinen Zwillingsbruder. »Ich hab dich gehört.«

Als Dani die beiden Brüder beobachtete, musste sie schon wieder weinen. Wenn sie daran dachte, wie knapp sie der Katastrophe entgangen waren, gaben ihre Knie erneut beinahe nach. Ihr ganzer Körper schmerzte wie damals, als sie Jack verloren hatte.

Sie wollte sich nie wieder so fühlen. Wie sollte sie es aushalten, dass Lucas in Brände und andere Situationen, vor denen die meisten Menschen die Flucht ergriffen, hineinrannte, wo sie nur zu gut wusste, dass er dabei verletzt werden könnte oder schlimmer?

Die Panik begann genau wie immer, der Elefant drückte ihr die Luft aus den Lungen, und ihr tanzten Funken vor den Augen.

»Dani!« Lucas' Stimme drang durch das Chaos in ihrem Kopf. »Atmen.«

»Was ist mit ihr?«, fragte Landon.

»Panikattacke«, sagte Lucas.

»Oh, verdammt.«

»Schau mich an«, sagte Lucas in einem Ton, den andere vielleicht unhöflich gefunden hätten, den sie aber dringend nötig hatte. »Atme, Dani.«

Sie schaute in die goldbraunen Augen, die sie verzaubert hatten, seit sie sie zum ersten Mal gesehen hatte. Seine Hingabe für sie und ihre Tochter gaben ihr Kraft.

»*Jetzt atme doch, verdammt noch mal!*«

»Soll ich jemanden holen?« Landon klang gestresst.

»Atme, Dani. Bitte, hol doch Luft.«

Sein Flehen drang durch den Lärm hindurch und brachte sie zurück ins Hier und Jetzt. Er war hier. Es ging ihm gut. Es würde alles gut werden. Und solange es ihr gut ging, ging es ihm auch gut.

Sauerstoff durchflutete sie in einer Welle der Erleichterung.

»Genau so, Baby, so ist es gut. Atmen, einfach atmen.« Während er sprach, zog er sie zu sich aufs Bett. Er drückte sie mit seinem gesunden Arm fest an sich, murmelte tröstende Worte und küsste ihr Haar. »Ich hab dich, und ich werde dich nie loslassen.«

»Tut mir leid«, sagte sie, als sie wieder sprechen konnte. »Ich wollte nicht, dass sich jetzt alles um mich dreht.«

»Natürlich geht es um dich. Es geht um uns beide, und ich wusste, dass das hier dich hart treffen würde, nach allem, was du durchgemacht hast. Ich möchte nicht, dass du dir Sorgen machen musst, dass mir etwas zustoßen könnte.«

»Zu spät«, sagte sie und lachte unter Tränen.

»Die meiste Zeit ist es sehr lohnend, aber stinklangweilig, in Butler bei der Feuerwehr zu arbeiten. Wenn ich dir verspreche, dass du dir keine Sorgen machen musst, dann meine ich das auch so. Die Wahrscheinlichkeit, dass so was wie heute noch einmal vorkommt, ist verschwindend gering.«

Mit jedem beruhigenden Wort, das er sagte, entfernte sie sich weiter von dem Abgrund, auf den sie zugeschlittert war. Er half ihr, wieder darauf zu vertrauen, dass sie dieses Mal wirklich ihr Happy End bekommen würde.

Sie bemerkte, dass Landon das Zimmer verlassen und noch niemand anderes seinen Platz eingenommen hatte.

»Besser?«, fragte er nach langem Schweigen.

Sie nickte.

»Es tut mir leid, dass ich dir solche Angst gemacht habe.«

»Das ist doch nicht deine Schuld. Ich bin stolz auf dich, weil du Amanda gerettet hast. Alle sagen, dass sie gestorben wäre, wenn du nicht da gewesen wärst, um sie zu beschützen.«

»Ich habe nur meine Arbeit gemacht.«

»Du hast viel mehr gemacht.«

»Wo ist mein kleines Mädchen?«

»Zu Hause, mit Hannah.«

»Gut«, sagte er. Ihm fielen die Augen zu. »Alles ist gut, Dani. Ich liebe dich, und ich liebe sie, und wir werden ein langes, glückliches Leben zusammen haben.«

»Das hoffe ich.«

»Ich weiß es. Also, jetzt sag mir mal ganz ehrlich, was du von sechs Kindern hältst. Oder vielleicht sieben?«

»Ähm, na ja, ich bin ein bisschen besorgt wegen der Fünfeinhalb-Kilo-Situation.«

»Ich habe nur drei Kilo gewogen.«

»Weil du einen Zwillingsbruder hast!«

Lucas lachte. »Es wird alles gut, versprochen. Du weißt doch, dass ich immer für dich und Savvy und das Baseballteam, das wir zusammen gründen werden, da bin, egal, was passiert.«

Wenn es um Versprechen ging, beschloss Dani, dann konnte es eigentlich gar nicht mehr besser werden.

Epilog

Elmer kam vor Linc im Diner an und bestellte bei Megan, seiner Schwieger-Enkeltochter, einen Kaffee. Er liebte dieses Mädchen, das seinen Hunter so glücklich machte. Und jetzt erwarteten die beiden sein Urenkelkind, und Megan strahlte, als sie von Tisch zu Tisch lief, mit den Gästen sprach und ihre Kaffeetassen auffüllte.

Die verbitterte, wütende junge Frau, die sie einmal gewesen war, nachdem sie beide Eltern bei einem Autounfall verloren hatte, war wie weggeblasen, genau wie ihre unglückliche Liebe für Will. Sie hatte sich in den falschen Abbott verliebt, und sobald sie ihre Zuneigung auf Hunter gelenkt hatte, war alles genau so geworden, wie es hatte werden sollen.

Als die anderen Gäste versorgt waren, setzte Megan sich Elmer gegenüber an den Tisch. »Puh. Tut gut zu sitzen. Meine Fußgelenke sind so was von fett.«

Elmer runzelte besorgt die Stirn. »Du musst nur Bescheid sagen, dann bist du im Mutterschutz. Wir finden eine Vertretung für dich.« Eigentlich gehörte der Diner ihm, aber er war klug genug, die Leitung Megan zu überlassen.

»Noch nicht. Ich würde verrückt werden, wenn ich zu Hause herumsitzen würde, bis das Baby kommt.«

»Sag mir Bescheid, und wage es ja nicht, bis zum Tag vor der Geburt zu warten. Dein Leben wird die nächsten dreißig Jahre lang nicht mehr dein eigenes sein. Nimm dir ein paar Tage frei, bevor sie kommt und es mit der Ruhe und dem Frieden vorbei ist.«

»Dreißig Jahre? Ich dachte, sie ist nach achtzehn Jahren weg.«

Elmer lachte herzlich. »Du Anfängerin. Du wirst schon früh genug merken, dass Eltern sein ein Job fürs Leben ist.« Er beugte sich zu ihr vor. »Genieße die ersten achtzehn Jahre. Da müssen sie auf dich hören. Danach wird das schlagartig anders, wenn sie dir ständig sagen, dass sie jetzt machen können, was sie wollen, weil sie jetzt ›erwachsen‹ sind. Meine Sarah und ich haben in diesen Jahren viel durchgemacht.«

Megan verzog das Gesicht, lachte aber auch. »Gut zu wissen.«

»Keine Sorge. Ich bin da, um euch zu helfen.«

Sie tauschten ein herzliches Lächeln. »Ich zähle auf dich.«

Lincoln kam zu ihnen an den Tisch, und Megan stand auf, damit sich ihr Schwiegervater setzen konnte.

»Morgen«, sagte Linc und rutschte, um Megan wieder Platz zu machen.

»Morgen.« Megan goss Kaffee in die Tasse, die sie für ihn auf den Tisch gestellt hatte.

»Danke, Liebes. Wie fühlst du dich denn?«

»Darüber haben wir gerade gesprochen«, sagte Elmer

Wenn ihr noch nicht meinen Newsletter bekommt, tragt euch auf marieforce.com ein, damit ihr immer auf dem Laufenden seid, sobald es neue Bücher oder eine Lesung in eurer Nähe gibt.

Viele Menschen tragen dazu bei, dass es mir möglich ist zu schreiben, darunter mein Mann Dan und das HTJB-Team: Julie Cupp, Lisa Cafferty, Holly Sullivan, Isabel Sullivan und Nikki Colquhoun. Dank an meine tollen Lektorinnen Linda Ingmanson und Joyce Lamb, meine wundervolle Verlegerin Jessica Estep und meine liebsten Testleserinnen Anne Woodall und Kara Conrad. Dank an mein neues *Green-Mountain*-Betateam: Isabel, Katy, Jennifer, Alice, Nancy, Betty, Marchia, Jessica und Deb. Dank an meinen Freund Paul Ripa, der mir mit den Feuerwehrdetails in diesem Buch geholfen hat.

Und vor allem Dank an meine Leserinnen und Leser, die geduldig (und manchmal ungeduldig) auf jedes neue Buch warten. Ich verdanke euch allen mehr, als ihr je wissen werdet!

Alles Liebe
Marie